Marika Cobbold
Tee mit Selma

SERIE PIPER

Zu diesem Buch

Seit sie mit ihrem Freund, dem Anwalt Gerald, zusammengezogen ist, hat Amelia ihren Beruf als Journalistin aufgegeben. Insgeheim hofft sie darauf, möglichst bald eine Familie zu gründen, doch Geralds Interesse daran hält sich offensichtlich in Grenzen. Auch ihre neurotische Mutter, die nur um sich selbst kreist, kostet sie viele Nerven. Als Amelia schließlich ihren Freund in flagranti mit seiner jungen Kollegin Clarissa erwischt, könnte sie mehr denn je die Unterstützung ihrer heißgeliebten Großmutter gebrauchen. Doch Selma ist nach dem Tod ihres Mannes gegen ihren Willen in ein Altersheim gebracht worden, und Amelia, fest entschlossen, ihrer Großmutter zu helfen, beginnt einen eigenwilligen Kampf gegen die Bürokratie und die Vorurteile ihrer Familie. Ein warmherziges und kluges Buch über eine junge Frau, die bereit ist, für andere Menschen und ihre eigenen Ziele einiges aufs Spiel zu setzen.

Marika Cobbold, aufgewachsen in Göteborg und in der Schweiz, arbeitete nach dem Literaturstudium als Journalistin und Autorin. Sie lebt mit ihrem Mann und zwei Kindern teils in London, teils in Schweden. Zuletzt erschien auf deutsch ihr Roman »Das Leben, wie es sein sollte«.

Marika Cobbold
Tee mit Selma

Roman

Aus dem Englischen von
Sonja Hauser

Piper München Zürich

Von Marika Cobbold liegen in der Serie Piper vor:
Das Leben, wie es sein sollte (3573)
Tee mit Selma (3756)

Ungekürzte Taschenbuchausgabe
Februar 2003

Titel der englischen Originalausgabe:
»Guppies for Tea«, Black Swan/Transworld,
London 1993

Deutsche Erstausgabe: Droemer Verlag, München 1994
unter dem Titel: »Guppies zum Tee«
Umschlag/Bildredaktion: Büro Hamburg
Isabel Bünermann, Julia Martinez/
Charlotte Wippermann, Katharina Oesten
Foto Umschlagvorderseite: S. Cushner/ZEFA/Graphistock
Foto Umschlagrückseite: Trevor Leighton
Satz: Hans Buchwieser Satz- und Druck-Service GmbH, München
Druck und Bindung: Clausen & Bosse, Leck
Printed in Germany ISBN 3-492-23756-8

www.piper.de

Für Richard, in Liebe.

Danksagung

An dieser Stelle möchte ich Elizabeth Buchan und Hilary Johnson meinen Dank für ihre unschätzbare Hilfe aussprechen. Ein herzliches Dankeschön geht auch an meine Lektorin Diane Pearson, weil sie an dieses Buch geglaubt hat, und an meine Agentin Sarah Molloy für ihre Unterstützung.
Zu besonderem Dank bin ich Richard Cobbold, Lars Hjorne, Anne Hjorne, Liz Bebb und Ann Drake für ihre Hilfe und Unterstützung sowie Jeremy und Harriet Cobbold für ihre unermüdlichen Ermutigungen verpflichtet.

1

»Und das ist der Admiral.« Schwester Morris machte eine fröhliche Handbewegung in Richtung des Aufenthaltsraumes. »Wir setzen ihn gern neben das Aquarium, das erinnert ihn an die Zeit, als er noch zur See fuhr.«

Hinter Schwester Morris stand Robert Merryman, die Hände fest um die Griffe des Rollstuhls geklammert, in dem seine Mutter saß, und sah sich mit anerkennendem Blick um. Wäre da nicht dieser Geruch von Desinfektionsmitteln gewesen, dachte er, hätte man fast glauben können, man befinde sich in einem privaten Haus.

Schwester Morris führte sie nach oben. Die Wände im ersten Stock waren in sanften Grau- und Grüntönen gehalten, und an jeder weißlackierten Tür hing eine Keramikfliese mit einer Nummer darauf, die von pastellfarbenen Blumen umrahmt wurde. Schwester Morris blieb vor der dritten Tür rechts stehen, wo blaue Klematis die Zahl fünf umrankten.

»Da wären wir!« Schwester Morris klang, als wolle sie die Nummer des Glücksloses in einer Tombola verkünden: »Nummer fünf.«

Sie senkte die Stimme und fügte hinzu: »Wenn Sie wüßten, wie viele Anfragen wir schon hatten, seit dieses Zimmer freigeworden ist ...« Sie öffnete die Tür.

Robert beugte sich über den Rollstuhl und schaute hinein.

»Das Zimmer ist genau richtig für dich, Mutter, du

wirst schon sehen«, sagte Robert mit fröhlicher Stimme und kam sich dabei vor wie ein Ford-Verkäufer, der wußte, daß er am Ende des Tages am Steuer eines Jaguars nach Hause fahren würde.

Selma Merryman, die zusammengesunken in ihrem Rollstuhl saß, versuchte den Kopf zu drehen, um ihren Sohn anzuschauen. »Robert, ich will das gar nicht sehen. Ich habe zu Hause ein wunderbares Zimmer.« Ihre Stimme zitterte. »Es besteht kein Grund, warum ich hier sein sollte, mein Zeh verheilt sehr gut.« Doch ihre Proteste waren mittlerweile völlig mechanisch geworden und änderten nichts an den unverrückbaren Entscheidungen ihrer Familie. Sie wurde hineingeschoben.

Nummer fünf war ein kleines Zimmer in Form einer Schuhschachtel. Es roch darin nach Desinfektionsmittel, obwohl das Fenster am anderen Ende offenstand. Die Wände waren cremeweiß gestrichen, an der Wand stand ein schmales Bett mit einer orangefarbenen Tagesdecke aus Nylon. Hoch über der Frisierkommode mit der leicht zu reinigenden Melaminoberfläche hing ein freundliches Aquarell mit einem pinkfarbenen Sonnenuntergang. Unter dem Fenster mit den moosgrünen Vorhängen stand ein Stuhl mit beige-braun gestreiftem Sitzpolster. So einen Stuhl, dachte Robert, würde man in keinem normalen Haushalt finden.

»Wir haben neue Vorhänge aufhängen und einen neuen Boden verlegen lassen. Na ja, das war auch nötig.« Schwester Morris schürzte die dünnen, veilchenfarbenen Lippen. »Auch wenn die Toilette gleich um die Ecke ist.«

»Nicht schlecht, das Zimmer«, flüsterte Peggy Merryman ihrem Mann zu, während Schwester Morris das Fenster schloß und ein Kissen aufschüttelte. »Ziemlich sauber.« Peggy, die nicht gerade glücklich aussah, zog den Kragen ihres grünen Pullovers enger um ihren dünnen Hals.
»Hier wirst du dich viel wohler fühlen, Ma, du wirst schon sehen«, sagte Robert, genau wie Schwester Morris, ein bißchen zu laut.
»Ich sitze im Rollstuhl, Robert, das bedeutet nicht, daß ich taub bin.«
»Natürlich nicht, Mutter, natürlich nicht.« Robert lächelte Schwester Morris nervös zu, deren sandfarbene Augenbrauen sich bei Selmas Worten gehoben hatten. Er schritt um den Rollstuhl herum und ging vor seiner Mutter in die Hocke. »Ich glaube, wir müssen los. Das Rad der Zeit hält niemand auf. Wir haben noch einen langen Weg vor uns, bis wir daheim sind.« Er nahm Selma bei den Händen.
Bei dem Wort »daheim« hob Selma den Blick und fixierte ihn mit ihren Augen, die aussahen wie vom Sand abgeschliffene Kiesel. Sie packte seine rechte Hand und drückte sie gegen ihre Brust. Robert versuchte, sie ihr wegzuziehen. »Dagmar kommt zu Besuch, wenn wir nicht da sind, und natürlich auch Amelia. Gut, daß sie wieder im Land ist.« Doch Selma ließ seine Hand nicht los, sie hatte noch immer erstaunlich viel Kraft.
»Tja, wir müssen los.« Endlich gelang es Robert, seine Hand wegzuziehen. Er küßte Selma auf beide Wangen und tätschelte ihr dann verlegen den Kopf, bevor er das Zimmer mit hängenden Schultern verließ, als

wolle er sich unter einem Balken wegducken. Peggy umarmte ihre Schwiegermutter mit Tränen in den Augen, und dann verschwanden sie, gefolgt von Schwester Morris.
»Geht noch nicht«, rief Selma von der Stelle aus, an der sie sie abgestellt hatten. Sie konnte sich nicht einmal umdrehen, um ihnen nachzusehen. »Geht nicht.«
Doch als sie in die Stille hineinlauschte, wußte sie, daß es keinen Sinn hatte. Es hatte genausowenig Sinn wie damals, als sie auf den großen steinernen Stufen vor der Schule ihren Eltern nachgerufen oder viel später Daniel am Kai angebettelt hatte, er möge nicht mit dem Schiff nach Deutschland fahren. Wenn sie gehen wollten, konnte sie sie nicht daran hindern.
Später – sie wußte nicht wieviel, denn sie verlor allmählich das Zeitgefühl, spürte sie einen Ruck an ihrem Rollstuhl, und der Stuhl bewegte sich.
»Ich bin Schwester Williams, Mrs. Merryman. Ich werde Sie jetzt unseren anderen Bewohnern vorstellen. Sie werden hier bald Freunde finden, Sie werden schon sehen.«
»Lieber nicht«, erwiderte Selma mit etwas zu lauter Stimme. »Wenn Sie nichts dagegen haben, würde ich lieber in meinem Zimmer bleiben.«
»Ach was«, meinte Schwester Williams fröhlich. »Sie wollen doch hier nicht ganz allein rumsitzen.«
»Ich habe das Internat als Kind gehaßt«, sagte Selma, als Schwester Williams sie aus dem Zimmer schob.
»Tatsächlich, meine Liebe?« Das Personal hatte Anweisung, die Bewohner beim Namen zu nennen, nicht »meine Liebe« oder »mein Lieber« zu ihnen zu sagen, aber Schwester Williams vergaß das gerne.

»Ich habe es gehaßt!«
»Tja, aber das hier ist kein Internat, sondern Cherryfield.« Schwester Williams klang, als habe sie soeben ein Problem gelöst.
Sie fuhren an der Küche vorbei, durch deren Schwingtüren der Geruch von gekochtem Fisch drang, der sich mit dem des allgegenwärtigen Desinfektionsmittels verband. »Den Kabeljau gibt's heute zum Abendtee«, sagte Schwester Williams.
Selma richtete sich in ihrem Stuhl auf. »Kabeljau?«
»Fisch ist gut fürs Gehirn«, erklärte ihr Schwester Williams ganz mechanisch.
»Ich will keinen Kabeljau zum Abendtee. Eine Scheibe Räucherlachs auf einer dünnen Scheibe Vollkornbrot vielleicht, ja, möglicherweise auch ein kleines Sardinensandwich, aber keinen Kabeljau, nicht zum Abendtee.« Selmas Stimme mit dem leichten schwedischen Akzent klang bestimmt.
»Dann nennen Sie es eben Nachtessen, wenn Ihnen das lieber ist.« Eine Spur von Verärgerung schlich sich in Schwester Williams' betont fröhlichen Tonfall ein. »Hier wären wir dann jedenfalls. Das ist der Gemeinschaftsraum.« Sie schob Selmas Rollstuhl in die Mitte des Raumes.
Halb zugezogene, weinrote Dralonvorhänge sperrten das Licht des Frühlingsnachmittages aus, aus einem riesigen Fernseher plärrte *Blue Peter* bis in den hintersten Winkel. Zwei Polsterstühle flankierten die Verandatür am anderen Ende des Raumes, dem Fernseher gegenüber standen, aufgereiht an der Wand, beigefarbene Kunstlederstühle, auf denen die älteren Bewohner saßen.

Selma betrachtete die Reihe alter Leute mit wachsender Panik. Manche erwiderten ihren Blick mit einem kleinen Nicken oder einem Lächeln, andere starrten weiterhin den Bildschirm an.
»... und dann faltet man es so.« Die Moderatorin von *Blue Peter* hatte lange, purpurfarben schimmernde Haare. Sie bog die Ecken einer leeren Cornflakes-Schachtel zurück. »Schon ist es fertig.« Ihr junges Gesicht schenkte den alten Leuten ein strahlendes Lächeln. »Ihr eigener Stall!«
»Wenn es Ihnen nichts ausmacht, würde ich gern wieder in mein Zimmer zurück. Bei dem Lärm kann ich nicht lesen.«
»Schon komisch, wie die alten Leutchen plötzlich auf dem hohen Roß sitzen«, sagte Schwester Williams später bei einer Tasse Tee zu Schwester Morris.
»Wer sind diese Leute?« fragte sich Selma. »Was ist das für ein Ort hier?«

In dem stillen, alten Wohnzimmer der Old Rectory in Abbotslea hob Gerald Forbes den Blick von der Akte auf seinen Knien. »Ein Café! Nein, ich halte das für keine sonderlich gute Idee, Amelia. Du hast freundlicherweise eine vielversprechende berufliche Laufbahn aufgegeben, um dich um mich zu kümmern und um, wie du damals sagtest, zu schreiben, wann du wolltest. Aber doch nicht, um eine Caféinhaberin zu werden.« Er widmete sich wieder seiner Akte. Er bekommt allmählich eine Glatze, dachte Amelia. Seine Haare sind schwarz und seidig, bloß oben auf seinem Kopf ist ein kleiner pinkfarbener Fleck. Sie sagte: »Sprich das Wort Café nicht so aus.«

»Wie? Wie sollte ich es sonst aussprechen?« fragte Gerald verärgert.
»Du sagst ›Café‹ und meinst damit: Ekliges kleines Lokal, wo man bloß reinschaut und eine fette Wurst ißt, weil kein Pub mehr geöffnet hat. Aber ich will einen kleinen Himmel einrichten. Einen Ort, wo Schriftsteller schreiben, Maler ihre Skizzen machen, Käufer sich ausruhen und Aspidistren wachsen.« Amelia lächelte wieder, als sie sich auf die Armlehne von Geralds Stuhl setzte.
»Wenn du nur ein Zehntel deiner Phantasie und Energie auf deine Artikel verwenden würdest, würden sie in jeder Zeitschrift des Landes erscheinen«, sagte Gerald. Amelia schien ihn nicht gehört zu haben. »Außerdem möchte ich ein Trio. Du weißt schon, ein alter Herr am Piano und zwei große, grauhaarige Damen, die Cello und Violine spielen. Sie müssen groß sein, damit man sie hinter den Aspidistren sieht.«
Sie küßte Gerald geistesabwesend auf den kahlen Fleck auf seinem Kopf. »Damals in Göteborg hat sich Selma jeden Montag und Freitag an so einem Ort mit ihren Freundinnen getroffen, manchmal sogar noch öfter.« Amelia lehnte sich gegen Geralds Schulter und blickte verträumt in die Ferne.
»Natürlich haben sie damals Hüte getragen. Wahrscheinlich hätte es aber keinen Sinn, einen Hutzwang einzuführen. Was meinst du, Gerald?«
Gerald sprang von seinem Stuhl auf und schob sie dabei weg. »Ich halte das alles für Geschwafel. Ich dachte, du hast gesagt, das Abendessen würde heute mal pünktlich fertig.«
Amelia setzte sich auf den freigewordenen Stuhl und

sah ihn verletzt an. »Vor zwei Jahren warst du noch ein Künstler, der nach einer Muse suchte, den Kopf voll von post-raffaelitischen Ideen und Künstlerkommunen. Jetzt, wo du wieder Provinzanwalt bist, haben sich die Regeln verändert.« Dann fügte sie hinzu: »Wenn wir wenigstens Kinder hätten.« Es gelang ihr, gleichzeitig sehnsuchtsvoll und ermutigend zu klingen.

»Ich verstehe gar nicht, warum du es so eilig hast. Viele Frauen kriegen ihr erstes Kind erst nach Dreißig. Eines von den Mädchen im Büro hat mir neulich von einem Artikel erzählt, da stand drin, daß ältere Frauen die besseren Mütter sind.« Gerald war mittlerweile zu dem Getränkewägelchen hinübergegangen und goß sich noch einen Gin mit Tonic ein. »Soll ich dir nachschenken?« Er hielt die Whiskyflasche hoch, doch Amelia schüttelte den Kopf.

»Die arme Tante Edith hat dir das Haus doch bloß deswegen hinterlassen, weil sie hoffte, daß wir es mit den Kindern füllen würden, die sie nie bekommen konnte«, sagte sie.

»Tante Edith war lesbisch.«

»Genau das habe ich gesagt: Sie konnte keine Kinder bekommen. Und du kannst kein Provinzanwalt sein, ohne eine große Familie zu haben. Schau dir doch bloß mal die Fernsehserien an.«

»Du schaust zuviel fern. Clarissa Edwards, unsere neue Angestellte, hat ihren Apparat neulich Oxfam gestiftet.«

»Das ist aber nett von ihr«, sagte Amelia. »Wahrscheinlich bereut sie das schon bald. Leute, die ihren Fernseher weggeben, tun das meistens. Sie entdecken

sich selbst wieder und lesen all die Bücher, die sie schon immer lesen wollten, aber nie so spannend fanden wie *Dallas*. Sie legen Patiencen und entdecken die Stille, doch nach zwei Stunden sitzen sie beim Nachbarn und schauen dort fern.«
»Wann, hast du gesagt, gibt's was zu essen?«
Amelia seufzte und stand von ihrem Stuhl auf. »In zwei Minuten.«

»Hältst du das wirklich für klug, Liebes?« hatte Selma gefragt, als Amelia ihr gesagt hatte, daß sie mit Gerald zusammenziehen wolle. In dem Erker ihres Wohnzimmers in Devon hatte sie starken Kaffee in zwei winzige Tassen mit Goldrand gegossen und ihre Enkelin über das dampfende Getränk hinweg angeschaut.
Amelia war hin und her gegangen und hatte den beruhigenden Geruch von Teerosen eingeatmet, der unlösbar mit Selma verbunden war. »Ich mache es aus Liebe«, hatte sie geantwortet.
Als sie jetzt in der Küche der Old Rectory stand und eine Kasserolle aus der Mikrowelle holte, Tante Ediths letzter Neuerwerbung, erinnerte sie sich wieder daran. Amelia haßte diese Mikrowelle, ihr wäre einer von den alten schmiedeeisernen Herden lieber gewesen.
»Hältst du das wirklich für klug ...« Sie wandte sich um, als sie hörte, wie Gerald Selmas Satz aussprach. »Kinder zu bekommen, ich meine, du mit deiner Familiengeschichte?« Gerald lehnte mit dem Drink in der Hand an der Küchentür und bemühte sich, ihrem Blick auszuweichen.

Amelia sah ihn entsetzt an. »Was meinst du mit meiner Familiengeschichte?«
»Du weißt schon. Deine Mutter, schließlich hat sie nicht alle Tassen im Schrank.«
Amelia starrte ihn weiter an. Sie kam sich vor wie jemand, der einem Freund seine innersten Geheimnisse anvertraut, der dann nichts Besseres zu tun hat, als sie in der Schule herumzuerzählen.
Dann klingelte das Telefon, und Amelia hastete aus dem Zimmer. Sie hatte Tränen in den Augen, das konnte Gerald sehen. Mit einem traurigen Blick auf sein fast leeres Glas trank er den restlichen Gin mit Tonic aus und dachte an Stewart.
Stewart, sein Freund aus Kindertagen, hatte einen hübschen Setter gehabt und ihn eines Tages geschlagen. Das war ein gedankenloser Akt gewesen, ausgeführt ohne große Heftigkeit, die Ursache schnell vergessen. Doch schon bald schlug Stewart den Hund immer fester, das Gesicht rot vor Schuld und Vergnügen.
Bevor er den Hund zum erstenmal geschlagen hatte, hatte er ihn geliebt, doch schon bald haßte er ihn.
Gerald stand auf und schob die Kasserolle wieder in den Ofen zurück. Ich könnte Amelia nie hassen, dachte er, und ich könnte sie auch nicht schlagen, obwohl sie mich manchmal zur Weißglut bringt.
Als er Amelia vor etwas mehr als zwei Jahren bei einer Vernissage kennengelernt hatte, war sie nach einem dreijährigen Auslandsaufenthalt gerade erst nach England zurückgekehrt gewesen. »Warum Schweden?« hatte er gefragt und dachte, daß ihre lange Abwesenheit vielleicht erklärte, warum sie die Dinge um

sich herum eher beobachtete, als an ihnen teilzunehmen. Sie sah immer ein wenig überrascht aus.
»Meine Mutter ist Schwedin. Außerdem habe ich mich in den Sohn ihrer ältesten Freundin verliebt«, hatte sie beiläufig erzählt, während sie an einem großen Gouache-Akt vorbeigingen. »Er war verheiratet«, hatte sie hinzugefügt. »Eines Tages bin ich zufällig seiner Frau und seinen drei Kindern begegnet. Drei Kinder, alle klein und blond.« Sie hatte sich zu ihm umgewandt und ihn mit großen, mandelförmigen Augen angesehen. »Sie haben die Seelöwen in Slottskogen gefüttert, da war es aus. Ich habe ihn verlassen und bin hierher zurückgekommen.« Dann hatte sie sich einer Meereslandschaft zugewandt.
Als Gerald Amelia besser kennenlernte, fand er heraus, daß sie sich nie ganz in ihre Umgebung einfügte und dies bedauerte. Offenbar hatte sie den größten Teil ihrer Kindheit damit verbracht, zusammengerollt auf ihrem Stuhl zu lesen und zu träumen. Sie fühlte sich eher zu Hause in der Welt ihrer Bücher (wo es nur so von Fünflingen wimmelte, wo die Mutter immer ein gelassenes Lächeln auf den Lippen trug und die Väter ihre Kinder streng, aber liebevoll durch ein Leben voll von kleinen Abenteuern und stabilen moralischen Maßstäben steuerten) als in ihrem progressiven Internat oder der makellos sauberen Wohnung, in der sie mit ihrer Mutter lebte.
»Mein Vater hat sich aus dem Staub gemacht, als ich zwei war«, erzählte sie Gerald bei ihrer zweiten Verabredung mit sanfter, aber klarer Stimme. »Dann ist er gestorben.«
Als sie zum erstenmal miteinander schliefen, über-

raschte sie ihn, zuerst durch ihre Leidenschaft, dann durch ihre Verzweiflung, mit der sie sich eiligst ankleidete und sich weigerte, über den Geschlechtsakt zu reden.

Wochen später sagte er zu ihr: »Jedesmal, wenn wir miteinander geschlafen haben, führst du dich auf wie ein Mädchen, das gerade entjungfert worden ist.«

Sie hatte eine Weile nachgedacht und dann wehmütig gesagt: »Ich wollte immer als Jungfrau in die Ehe gehen, aber es hat nicht geklappt. Ich war erst sechzehn, als ich zum erstenmal mit meinem Freund schlief.« Sie beantwortete seine Frage gewissenhaft wie immer. »Das war sehr merkwürdig«, seufzte sie. »In der Schule wollten alle meine Freundinnen unbedingt entjungfert werden, doch bei den meisten hat sich der Wunsch nicht erfüllt. Aber ich mit meiner Schublade voll weißer Spitzennachthemden bin praktisch gleich in die ersten ausgestreckten Arme gefallen. Anscheinend konnte ich nicht anders.« Sie betrachtete ihn mit einem intensiven Blick, als hoffe sie, er könne ihr das Leben erklären.

»Ich war einfach nicht drauf vorbereitet. Schau sie dir doch bloß alle an: Pollyanna, Anne of Green Gables oder wie sie alle heißen, für die es keinen Übergang vom Mädchen zur Mutter gibt. Sie schenken Kindern mit einer Reinheit das Leben, die die Mutter Gottes beeindruckt hätte.

Ich bin zu meinen Großeltern gelaufen und habe mich eine Woche lang mit Winnie the Pooh eingeschlossen. Dort lag ich also auf meinem Bett und weinte stundenlang, weil alle aufrichtigen, gottesfürchtigen Charaktere in allen anständigen Romanen, die ich jemals gelesen hatte, mich verdammten. Sie verbannten mich in die Welt von *Kitty, a Teenager in Love* und *Sister Barton Gets a New Doctor.«* Amelia hatte ein wenig gelächelt und müde mit den Achseln gezuckt.

Gerald erinnerte sich an jedes einzelne Wort, das ihre sanfte, langsame Stimme ihm gesagt hatte, aber mittlerweile machte ihn das nur noch wütend. Er erhob sich vom Tisch und stellte das Glas unwirsch in die Spüle. »Warum muß alles immer so verdammt kompliziert sein?« rief er aus. »Warum kannst du nicht ganz normal sein?«

Draußen im Flur, wo die letzten Strahlen der Abendsonne durch das Bleiglasfenster drangen, stand Amelia mit dem Telefonhörer in der Hand da. »Miss Lindsay? Miss Amelia Lindsay?« Die Stimme am anderen Ende der Leitung wartete nicht auf eine Bestätigung, sondern fuhr in betrübtem Tonfall fort: »Miss Lindsay, hier spricht Schwester Morris vom Cherryfield-Altenheim. Ich weiß, Sie wollen am Wochenende ohnehin vorbeischauen, aber ich fürchte, das geht nicht.«

Als Schwester Morris Atem holte, fragte Amelia: »Sie wollen also nicht, daß ich meine Großmutter besuche?«

»O doch. Aber sofort. Ich fürchte, es muß sofort sein«, fügte Schwester Morris mit der grimmigen Befriedigung hinzu, die Übermittler schlechter Nachrichten oft empfinden.

»Sie ist doch nicht krank?«

»Nach dem, was sie zu der jungen Schwester gesagt hat, könnte man fast vermuten, daß sie ein krankes Gehirn hat, aber körperlich geht es ihr ausgezeichnet. Wir erwarten Sie dann morgen.« Schwester Morris legte auf.

2

Den ganzen Abend machte sich Amelia Sorgen. Was konnte los sein mit ihrer Großmutter? Wieso nahm Onkel Robert sich das Recht heraus, nach Brasilien abzudampfen und Amelia und eine hilflose Dagmar mit dem Problem alleinzulassen? Sie hörte nicht auf, sich Gedanken zu machen, bis Gerald sie anherrschte: »Warum rufst du nicht einfach an und fragst, was genau los ist, statt mir hier die Ohren vollzujammern?« Dann marschierte er hinauf ins Schlafzimmer.

»Ich kann jetzt nicht anrufen, es ist schon zu spät, ich wecke doch alle auf«, rief Amelia ihm mit schwacher Stimme hinterher. Früher hätte er sie sanft in den Arm genommen und ihr gesagt, sie solle sich nicht so viele Sorgen machen.

Am nächsten Morgen fuhr sie zum Bahnhof in Basingstoke, nachdem sie die Hennen gefüttert und den Tomaten- und Auberginensämlingen im Gewächshaus Wasser gegeben hatte.

Satte, schwarze Erde hing an den Absätzen ihrer roten Pumps, außerdem hatte sie vergessen, den Gürtel anzuziehen, der, so meinte Gerald, den Rock und den Pullover, die sie trug, erst richtig zur Geltung brachte. Amelia wußte sehr wohl um die Wirkung der richtigen Accessoires, hatte aber oft andere Dinge im Kopf. Nicht immer Wichtigeres, nur anderes.

Sie kam pünktlich am Bahnhof an – das tat sie immer bei Bahnhöfen und Flughäfen – und suchte sich einen Sitzplatz im Nichtraucherabteil.

Als der Zug nach Plymouth sich in Bewegung setzte, nahm Amelia einen Roman aus ihrer großen schwar-

zen Samttasche. Nachdem sie die richtige Seite aufgeschlagen hatte, starrte sie über den Rand des Buches, ohne etwas Bestimmtes anzuschauen.
Sie dachte an Willoughby, Selmas Mann, der im Kingsmouth Cottage Hospital hinter vorgezogenen Vorhängen gestorben war, abgeschottet vom fröhlichen abendlichen Geplauder der Station. Am Abend vor Willoughbys Tod sprach Onkel Robert das erste Mal den Gedanken an ein »nettes Heim« aus. Amelia hatte in dem hohen Mahagonibett, in dem Urgroßvater Jocelyn vor vierzig Jahren friedlich gestorben war – das hatte man Amelia erzählt –, versucht einzuschlafen. Doch sie hatte dieses Bett immer gehaßt, weil sie wußte, daß Jocelyn in diesem Bett der Gefangene seiner eigenen kraftlosen Glieder gewesen war und daß er sich mit stummen Schreien gegen das Herannahen des Todes gewehrt hatte. Jetzt, dachte sie, war es an Willoughby, gegen den grimmigen Schnitter zu kämpfen.
Sie hatte das Licht angeschaltet und einen Blick auf ihre Uhr geworfen, es war Viertel nach drei. Gerade wollte sie das Licht wieder ausmachen, als sie ihre Großmutter an der Tür sah, um deren Beine die beiden Katzen Tigger und Tim herumstrichen.
»Da bist du ja, Liebes«, sagte Selma. »Ich hab das verdammte Ding einfach nicht aufgekriegt. Da, probier's du mal.« Sie hielt ihr eine Dose Whiskas hin. »Da ist der Öffner, der geht schrecklich schwer.«
»Mutter, warum bist du denn noch auf?« Robert war mit zerzausten Haaren, aber ordentlich zugebundenem, kariertem Morgenmantel auf dem Treppenabsatz erschienen. Er schaute ins Zimmer und entdeckte

Amelia auf dem Bett, eine Dose Katzenfutter in der Hand. »Was ist los, Amelia?«
»Die Katzen, mein Lieber«, antwortete Selma geduldig. »Sie haben noch nichts zu fressen gekriegt.«
Robert starrte ihr nach, als sie, die miauenden Katzen ihr nachlaufend, mit der offenen Dose in der Hand in der Küche verschwand. An dem Abend hatte er die Sache mit dem »netten Heim« das erste Mal erwähnt.
Am nächsten Tag war Willoughby gestorben. Die Familie, Robert und Peggy, Amelias Mutter Dagmar und Amelia selbst, war zur Beerdigung geblieben, und Selma war ihnen allen dankbar gewesen.
Das hätte sie nicht sein sollen, dachte Amelia, als sie den Kopf vom Zugfenster abwandte und in ihrem Roman blätterte, ohne zu lesen, denn noch in der gleichen Woche war sie sozusagen unter Anklage gestellt worden. Der Kühlschrank voller alter Joghurtbecher und kleiner, sorgfältig eingewickelter Reste längst vergessener Mahlzeiten; ständig wiederholte Fragen, fruchtlose Einkaufsausflüge, die sich in zielloses Herumirren verwandelten – all das wurde von ihrer liebenden Familie beobachtet und gegen sie verwendet.
Peggy war sprachlos dagestanden und hatte auf ein in Butterbrotpapier eingewickeltes Päckchen gestarrt.
»Lammkoteletts«, hatte Selma, die gerade in der Küche erschienen war, hilfsbereit gesagt. »Ich habe mich schon gefragt, wo sie hingekommen sind.« Sie hatte eine Gabel genommen und damit eines der Koteletts aufgespießt. Als sie es aus dem Papier gehoben

hatte, hatte sie nachdenklich den Schimmel betrachtet, der sich mit dünnen Tentakeln daran festklammerte. »Die sind, glaube ich, nicht mehr so ganz frisch. An deiner Stelle würde ich die nicht mehr essen.«
Dagmar hatte sich ständig im Bad die Hände gewaschen und sorgfältig Kleenextücher über die Sitzflächen der bequemen, abgewetzten Sessel gebreitet, bevor sie sich darauf setzte.
Robert, der seine Halbschwester nicht allzuoft sah, hatte das alles als weiteren Beweis dafür gedeutet, daß die Zeiten vorbei waren, in denen ihre Mutter den Haushalt noch allein führen konnte. Wieder einmal, dachte Amelia, breitete sich die Besessenheit ihrer Mutter wie ein häßlicher Fleck über das Leben anderer Menschen aus.
»Ich vermisse ihn, ich vermisse ihn so sehr.« Selmas Tränen, die plötzliche Trauer nach tagelanger stoischer Beherrschtheit, hatten die Neunuhrnachrichten unterbrochen und sie alle in Verlegenheit gebracht.
Robert hatte den Fernseher leiser gestellt, bevor er sich mit Engelsgeduld seiner Mutter zuwandte. »Weißt du, wir glauben alle, daß du dich in einem netten Altenheim viel wohler fühlen würdest. Hier in diesem riesigen Haus, wo dich alles bloß an Pa erinnert, irrst du doch die ganze Zeit nur herum.«
»Ich werde deinen Vater nicht vergessen«, hatte Selma daraufhin gesagt und ihren Sohn angelächelt. »Egal, ob ich hier oder anderswo bin; schließlich war ich beinahe fünfzig Jahre mit ihm verheiratet.«
Dann bemerkte Peggy, daß Selma sich seit dem Tag, an dem Willoughby einen Schlaganfall erlitten hatte, seit dem Tag also, an dem er sie nicht mehr in die

Wanne hatte heben können, nicht mehr gebadet hatte. »Du mußt doch einsehen, daß du jemanden brauchst, der sich um dich kümmert«, hatte Robert diesmal bestimmter gesagt.
Amelia hatte sich Selma zugewandt. »Was meinst du dazu?« hatte sie gefragt.
Langsam hatte Selma die Kaffeetasse auf die Untertasse gesenkt, ihre zitternde Hand durch Willenskraft gezwungen, ruhig zu bleiben. Doch dann hatte sich ihre Bewegung beschleunigt, die Tasse war klappernd auf der Untertasse gelandet. Sie hatte Amelia mit verschwommenem Blick angesehen, als hätten die Tränen schließlich alle Farbe ausgewaschen. »Ich will hierbleiben. Dies hier ist mein Zuhause.«
Einen Monat später, vor fünf Tagen, war Selmas Haus verkauft und Selma selbst nach Cherryfield gebracht worden.

Amelias Einwände kamen von ganzem Herzen, wurden aber kaum durch Worte oder Taten gestützt.
Also machte sich Amelia in dem Zug nach Plymouth nicht nur über ihre Großmutter, sondern auch über sich selbst, ihren Mangel an Loyalität und ihre Schwäche, Gedanken.
Die Taxifahrt durch den kleinen Ort Kingsmouth führte Amelia an Ashcombe vorbei, dem Haus, das einst Selma und Willoughby gehört hatte und bald das Domizil von Mr. und Mrs. Desmond Hamilton, einem örtlichen Bauunternehmer und seiner Frau, sein würde. Amelia schaute zurück zu dem getünchten Haus auf dem Hügel über dem Bach, zu dem grünen Rasen, der zum Wasser hin abfiel und mit gelben

Osterglocken übersät war, die Willoughby gepflanzt hatte. Der Wagen bog um eine Kurve, und Ashcombe war nicht mehr zu sehen.

Der solide Bau von Cherryfield stand auf seinem eigenen Grund am anderen Ende des kleinen Ortes. Auch das Altenheim befand sich auf einem Hügel, es war ebenfalls weiß getüncht und hatte grüne Fenster. Robert hatte sich gefragt, ob die Nähe des Gebäudes und die Ähnlichkeit mit ihrem alten Zuhause seine Mutter eher freuen oder quälen würde. Würde es sie beruhigen, wenn sie jenseits des Flusses das Haus sah, in dem sie fünfzig Jahre lang gelebt hatte? Würde der Blick aus den grünen Fenstern von Cherryfield ihr Sicherheit verleihen? Oder wäre das für sie eine sanfte Folter?

»Ich glaube, ein Umzug an einen völlig anderen Ort wäre noch schlimmer«, hatte Robert schließlich erklärt. Selma hatte voll unangebrachter Achtung vor ihrem Sohn gesagt: »Ich weiß ja, daß ich eine Last bin, mein Lieber, aber warum kann ich denn nicht hier in Ashcombe bleiben? Ich verspreche, daß ich keine Probleme mache.« Dann hatte sie leise gelacht, was soviel heißen sollte wie: Als ob ich jemals Probleme gemacht hätte. Aber sie hatte den Blick dabei nicht von Robert gewandt.

Robert hatte seine Frau angesehen, die, als Selma sich mühsam aus dem Sessel erhob, mit dem Kopf in Richtung des sich ausbreitenden Flecks auf der Sitzfläche deutete.

In Cherryfield öffnete ihnen eine hübsche blonde Schwester die Tür. Als sie hinaustrat, um Amelia zu begrüßen, wehte eine Windböe ein helles Blütenblatt von dem Kirschbaum neben der Veranda auf ihre Locken. Die Schwester sah reizend aus, sehr jung. »Wenn Sie bitte hier warten würden«, dabei deutete sie auf einen Stuhl im Flur, »Schwester Morris kommt sofort.«

Amelia setzte sich beruhigt hin. Es schien keine ernsthaften Probleme zu geben, Cherryfield wirkte auf den ersten Blick genauso nett, wie Robert es beschrieben hatte.

Sie warf einen anerkennenden Blick auf die große Vase mit Kirschblütenzweigen, die sich in dem hochglanzpolierten Mahagonitisch spiegelten, und auf die Redoute-Drucke an den weißen Wänden. Die Sonne, die durch das farbige Glas über der Tür schien, warf ein verschwommenes Muster auf den braunen Teppich. Das Heim strahlte große Ruhe aus, dachte Amelia, während sie die neueste Ausgabe der Zeitschrift *The Field* durchblätterte.

»Lassen Sie mich in Frieden. Ich will mich nicht auf das verdammte Ding setzen.«

Amelia rappelte sich hoch, als sie Selmas wütende Stimme erkannte.

»Ich sage Ihnen zum letzten Mal, ich setze mich hin, wo ich will, und ich pinkle hin, wo ich will. Schließlich zahle ich genug hier.«

Die innere Tür des Flurs ging auf, eine rundliche Frau Mitte Fünfzig trat ein. »Miss Lindsay, ich bin Schwester Morris.« Sie streckte ihr die Hand entgegen und zog sie dann in dem Moment weg, in dem sie die von Amelia berührte. »Wahrscheinlich haben Sie unseren kleinen Ausbruch gerade mitbekommen. So etwas passiert uns die ganze Zeit.« Schwester Morris hob die sandfarbenen Augenbrauen und preßte die Lippen zusammen, als wolle sie sagen, daß sie nur mit Mühe die barscheren Worte zurückhielt, die sie eigentlich aussprechen wollte.

Als Amelia nichts erwiderte, sog Schwester Morris den Atem durch die Zähne ein und sagte: »Ich fürchte, die Angelegenheit verwirrt unsere anderen Bewohner, ganz zu schweigen vom Personal. Erst gestern ist eines von unseren Mädchen in Tränen aufgelöst nach Hause gelaufen.«

»Tut mir leid«, sagte Amelia schließlich. Etwas Besseres fiel ihr nicht ein. Als Schwester Morris sie mit erwartungsvollem Blick aus vorstehenden grünen Augen musterte, fügte sie hinzu: »Was kann ich machen?« Sie versuchte dabei verzweifelt, sich noch ein wenig länger an einer Welt festzuklammern, in der die Großeltern ihre Enkel maßregelten, und nicht umgekehrt.

»Es ist ganz einfach«, versicherte Schwester Morris Amelia. »Sie müssen, ich wiederhole müssen, Ihrer Großmutter klarmachen, daß sie als Gast in Cherryfield die Pflicht hat, sich gemäß unseren Regeln und Vorschriften zu verhalten ...«

Amelia stellte sich vor, wie Selma an die Wand einer makellos sauberen Folterkammer gekettet wurde und sie ihr die Regeln des Cherryfield-Altenheims entgegenbrüllte.

»... das heißt auch, daß sie auf dem Stuhl sitzen muß, der ihr eigens zugewiesen wurde.« Schwester Morris' Stimme klang ein wenig ruhiger, ihre Wangen hörten auf zu zittern. Fast verschwörerisch sagte sie dann:

»Es ist schon merkwürdig, wie sehr sie mein Vorschlag aus der Fassung gebracht hat, daß sie ihr kleines Problem mit ihrer Familie besprechen soll. Ich habe fast den Eindruck, daß Sie sich nicht sehr nahestehen.«
Amelia wollte gerade widersprechen, daß »einander nahestehen« nicht notwendigerweise mit der Diskussion von Ausscheidungsprozessen einherging, als Schwester Morris sagte: »Wissen Sie, ich bin mir sicher, daß ihre Weigerung, ihrer Inkontinenz ins Auge zu blicken, den größten Teil des Problems ausmacht. Wenn ich die Betroffene wäre«, dabei nahm ihr Gesicht einen Ausdruck ehrfurchtgebietender Fröhlichkeit an, »würde ich sagen: ›Ich glaube, ich bin inkontinent. Wo soll ich mich hinsetzen?‹«
Schwester Morris zwang sich, sich mit der weniger einfachen Realität auseinanderzusetzen: »Wissen Sie, man muß den Tatsachen nur ins Auge blicken. Sie finden Ihre Großmutter draußen im Wintergarten, es scheint ihr dort zu gefallen. Reden Sie ihr gut zu.«
»Wegen der Geschichte mit dem Pinkeln?« fragte Amelia, doch Schwester Morris war bereits durch die Doppeltür verschwunden.
Im Wintergarten, wo die scharlachroten Begonien aus den weißen Plastiktöpfen auf den Simsen wuchsen, deutete Schwester Morris mit anklagendem Finger zum Ende des Raumes. »Da hinten ist sie, immer noch im Rollstuhl, wie ich sehe. Ihr Zeh sieht schrecklich aus, ich weiß ja nicht, was ihr Arzt dazu sagt.« Dann eilte sie wieder in den Gemeinschaftsraum zurück.
Amelia blickte an der Reihe der Cherryfield-Bewohner entlang, die meisten von ihnen wie elektrische Geräte

mit Flaschen oder Ständern verbunden, hinüber zu Selma, die dasaß wie ein Babyelefant, den gebeugten, fleischigen Rücken halb dem Raum zugewandt.
Sie hob den Blick nicht, als Amelia an den anderen vorbei zu ihr ging. Ein paar von den Alten, »alten Leutchen«, würde Schwester Morris sie sicherlich nennen, wenn sie gute Laune hatte, antworteten auf ihr »Guten Morgen«, die anderen starrten weiterhin wortlos hinaus in den Garten oder in sich hinein, in ihre eigene, nur noch verschwommen erinnerte, schnell schwindende Vergangenheit.
Amelia legte Selma sanft die Hand auf die Schulter. Langsam wie ein alter Computer reagierte Selma auf diese neue Information. Sie wandte den Kopf, und als ihre mattbraunen Augen Amelia erkannten, machte ihre wütende Verwirrung einem breiten Lächeln Platz. Sie richtete sich ein wenig in ihrem Rollstuhl auf und strich sich mit ihrer kleinen Hand über die Haare. Sie hatten ihren bläulichen Schimmer verloren und waren zu den kleinen Locken aufgedreht, die sie immer gehaßt hatte.
»Amelia, Liebes, wie schön, dich zu sehen.« Sie hob das Gesicht, um einen Kuß zu bekommen. Amelia zuckte bei dem Anblick der Haare auf Selmas Oberlippe und Kinn zurück, das normalerweise immer glatt und blütenrosa gepudert war. Verlegen versuchte sie, ihr Entsetzen mit einer anderen Geste zu kaschieren, und vertrieb ein imaginäres Insekt, das sie mit seinem ebenso imaginären Summen störte.
»Wann haben wir uns das letzte Mal gesehen – letzte Woche, oder?« meinte Selma bemüht nonchalant, während sie Amelia nicht aus den Augen ließ. »Wahr-

scheinlich denkst du, ich habe nicht mehr alle Tassen im Schrank, aber mein Gedächtnis läßt einfach nach.« Amelia antwortete nicht sofort. Es wäre leicht gewesen, im gleichen beiläufigen Tonfall zu antworten: »Genau, die letzte Woche«, statt die Wahrheit zu sagen, daß sie ihre Großmutter seit der Beerdigung vor vier Wochen nicht mehr gesehen hatte. An jenem Abend hatte Selma mit ihrem schwarzen Samtkleid in würdiger Trauer am Kopfende des Tisches gesessen. Sie hatte ihren Mann angebetet, aber dort hatte sie gesessen, hatte Konversation gemacht, ihren allmählich kahl werdenden Sohn mittleren Alters quer über den Tisch angesehen, der auf dem Platz seines Vaters saß.

Doch damals war sie noch die Herrin ihres eigenen Hauses gewesen, und die Senilität konnte man Vergeßlichkeit nennen, als sie sich noch in ihrem praktisch eingerichteten Haushalt bewegte.

»Ich fürchte, das ist schon ein bißchen länger her«, sagte Amelia schließlich. »Ich habe schrecklich viel zu tun gehabt.«

»War das nicht bei uns allen so?« pflichtete ihr Selma bei, als sie sich wieder an die Zeiten erinnerte, in denen sie tatsächlich noch schrecklich viel zu tun gehabt hatte.

»Wieder mal Jane Austen.« Amelia nahm das dicke Taschenbuch in die Hand, das auf Selmas Handtasche lag.

»Möchtest du was Süßes?« Selma beugte sich mit einer zeitlupenartigen Bewegung über die Handtasche. Mit zitternder Hand hangelte sie nach den Griffen. Amelia überlegte noch, ob es taktlos wäre, ihr zu helfen, als

Selma die Tasche erwischte, jedoch wieder fallenließ. Es fielen ein Schlüsselbund heraus, dann drei Bonbons ohne Einwickelpapier, dafür umhüllt von Fusseln, ein paar Kupfermünzen, eine Flut von Kreditkartenbelegen sowie ein Lippenstift von Chanel. Schließlich flatterte noch ein Spitzentaschentuch herunter und legte sich über die Münzen wie ein Leichentuch.

»Ach, wie dumm von mir«, sagte Selma mit einem leisen Lachen, und dann: »Nimm die Schlüssel mit ins Haus und sorge dafür, daß die Heizung angemacht wird.«

Amelia wollte gerade etwas erwidern, als sie ein Schniefen, ein einsames Schluchzen hörte. Sie drehte sich um und entdeckte eine große kräftige Frau, die in einen zierlichen Korbsessel mit chintzbezogenem Polster gepreßt saß, wie ein großes Kind auf einem Puppenstuhl. Die Tränen liefen ihr über die glatten Wangen. Eine Schwester tauchte mit einer Gießkanne auf und begann die Begonien zu gießen. Nach einer Weile ging Amelia zu ihr hin und tippte ihr leicht auf die Schulter, um ihre Aufmerksamkeit zu erregen. »Sie scheint Kummer zu haben«, sagte sie und deutete auf die weinende Frau.

Die Schwester wandte sich um und lächelte ihr beruhigend zu. »Ach, keine Sorge, das ist nur Mrs. Wells.« Offenbar erklärte das alles. Sie goß weiter die Blumen. Amelia wartete eine Weile, dann kehrte sie wieder zu Selma zurück. Dabei warf sie der immer noch weinenden Mrs. Wells einen verstohlenen Blick zu.

»Ich bringe dich nach draußen.« Amelia nahm Selmas Sachen und begann vorsichtig, den Stuhl an den Gum-

mischläuchen und dünnen Beinen vorbeizuschieben, die unter den Häkeldecken hervorlugten.
Selma sah sich mit angewidertem Blick um. »Wer sind denn diese Leute?« fragte sie mit lautem Flüstern. »Ich kann mich nicht erinnern, sie eingeladen zu haben.«
Amelia schob Selma in den gesprenkelten Schatten eines großen Kirschbaumes. Sie stellte die Bremsen fest und setzte sich auf die Holzbank voller Vogeldreck.
»Schrecklich viele alte Leute da drinnen«, sagte Selma im Plauderton. Dann fragte sie: »Wie geht's der Dichtkunst?«
»Ach, die«, antwortete Amelia erstaunt darüber, daß ihre Großmutter sich daran noch erinnerte. »Die Leute sagen, es ist schwierig, ein Genie zu sein. Ich würde sagen, es ist bloß halb so schwierig, wie keines zu sein.«
»Weiß ich doch, weiß ich doch.« Selma schaukelte in ihrem Rollstuhl hin und her und lachte leise. »Als ich ein Mädchen war, habe ich mich immer danach gesehnt, daß die Leute sagten: ›Hört euch Selma an, sie spielt wie ein Engel‹, nicht ›Spielt Selma nicht gut?‹«
Amelia fühlte sich jetzt etwas wohler; ihre Großmutter hatte sich doch nicht so sehr verändert.
Eine Kirschblüte fiel von einem Ast und landete auf Selmas Füßen, dann noch eine. Wie eine Schneeflocke, dachte Selma, wie lange war es doch her, daß sie richtigen Schnee gesehen hatte.
Wenn sie die Augen schloß, konnte sie beinahe das Knirschen unter ihren Sohlen spüren, das Knirschen des festen Morgenschnees, wenn sie durch die Straßen

von der Schule nach Hause lief, die nebelige Atemwolke vor ihr wie eine Standarte. Ein durchdringender Schrei von oben, ein Geräusch, dachte sie, wie der Schrei der Pfaue zu Hause, wenn man sie über den Rasen jagte. Als sie damals den Blick gehoben hatte, hatte sie Mrs. Hollander ganz in Weiß auf dem Dach des großen Wohnhauses gesehen. Noch ein gellender Schrei, dann hatte Mrs. Hollander ihre weißen Arme ausgebreitet und war gesprungen. Vor Selmas Augen war sie durch die Luft gefallen wie eine riesige Schneeflocke, bevor sie auf das Pflaster aufschlug, den frischen Schnee rot färbte. »Armer fliegender Holländer«, sagte Selma laut.

»Was hast du gesagt, Großmutter?« Amelia beugte sich auf ihrer Bank vor. Doch bevor Selma Zeit zum Antworten hatte, hörten sie eine Stimme.

»Ach, da sind Sie.« Schwester Morris trat mit entschlossenen Schritten auf die Gänseblümchen im feuchten Gras. »Na, haben Sie sich ein bißchen unterhalten?«

»Mrs. ...? Ach, Sie glauben wahrscheinlich, ich habe nicht mehr alle Tassen im Schrank, aber ich kann mich nicht an Ihren Namen erinnern.« Selma lachte fröhlich.

»Schwester Morris, Mrs. Merryman. Ich bin Schwester Morris.«

»Aber natürlich. Sie kennen meine Enkelin noch nicht, nicht wahr?«

»O doch. Wir haben uns gerade erst unterhalten. Über unser kleines Problem.« Schwester Morris bückte sich ein wenig, um auf Augenhöhe mit Selma zu gelangen. Dann schaute sie sie mit fröhlichen Augen an. Jetzt kneift sie ihr gleich in die Wangen, dachte Amelia, doch Schwester Morris richtete sich wieder auf und gab sich mit einem verschwörerischen Lächeln in Amelias Richtung zufrieden. Selma warf ihr einen verständnislosen Blick zu.

»Unsere Toilettenprobleme«, erklärte Schwester Morris.

Selma konnte sich nicht wegdrehen, aber einen Moment schloß sie die Augen. Dann sagte sie langsam: »Tut mir leid, aber ich weiß nicht, wovon Sie reden. Wenn Sie uns jetzt bitte entschuldigen wollen ... ich würde Amelia gern einen Tee servieren. Amelia, Liebes, könntest du mir ins Wohnzimmer helfen?«

Drinnen rief Selma einer Hilfskraft zu: »Würden Sie uns wohl einen Tee bringen?«

»Tee gibt's erst um halb sechs, Mrs. Merryman, das wissen Sie doch.«

»Ich habe nicht vom Abendessen gesprochen«, meinte Selma hochmütig, die mit zitternden Händen und zusammengesunken in ihrem Rollstuhl saß. »Wenn es Ihnen nicht zu viel Mühe macht, hätten wir gern eine Tasse Tee und ein Stück Kuchen und ein paar Kekse.«

»Sie bekommen Ihre Kekse mit Ihrem Kakao, Mrs. Merryman«, erwiderte die junge Schwester mit fester Stimme, doch sie wandte sich Amelia mit einem freundlichen Grinsen zu. »Sie werden schrecklich gierig, wissen Sie«, flüsterte sie.

»Tut mir leid«, meinte Selma zu Amelia. »Anscheinend kann ich dir keinen Tee anbieten.«

»Kein Problem«, antwortete Amelia schnell. »Ich hab im Zug ziemlich viel gegessen.«

Neben dem Aquarium bewegte sich etwas. »Unsinn, so

eine Frechheit. Wenn man eine Tasse Tee will, sollte man auch eine bekommen.« Dann sank der Admiral wieder auf seinen Stuhl zurück.
»Guten Tag allerseits.« Eine kleine, ausgemergelte Gestalt, die gerade in den Gemeinschaftsraum geschoben wurde, hob das dürre Ärmchen zu einem fröhlichen Winken.
Selma warf ihr einen angewiderten Blick zu. »Da ist ja wieder diese anstrengende Frau. Sie redet die ganze Zeit.« Ungeachtet ihres heftigen Kopfschüttelns legte die Schwester zuerst eine Plastikunterlage auf den Stuhl neben Selma und setzte dann die Frau darauf. »Das wäre Miss White.«
Miss White trug ihren Namen zu Recht, dachte Amelia, als die winzige Frau sie weiterhin anstrahlte. Ihre großen Augen waren so verwaschen blau, daß sie beinahe farblos wirkten, und das Gesicht, das die Farbe von verknitterten Papiertaschentüchern hatte, wurde eingerahmt von weißen Locken, die ihr auf die schmalen Schultern fielen. Sie saß aufrecht auf ihrem Stuhl, unter ihrem babyblauen Polyesterkleid sahen die Ecken der Plastikunterlage hervor.
»Ich heiße Phyllis White.« Die kleine Frau streckte Amelia eine erstaunlich große Hand entgegen. »Ich bin auch neu hier, genau wie Ihre Großmutter. Hier ist es schön, finden Sie nicht auch? Man hat immer jemanden zum Reden. Natürlich sind ein paar von den alten Leutchen ziemlich schweigsam, aber selbst ein schweigsamer Mensch ist besser als gar keiner, sage ich immer.« Sie lachte schallend. Amelia warf Selma einen Blick zu, die schmollend und eifersüchtig dasaß.
Eine Stunde später kam Schwester Williams mit einer

jungen Hilfskraft zu ihnen. »Teatime«, verkündete sie fröhlich, als sie den alten Leuten zurück in ihre Rollstühle halfen. Der Admiral und ein paar andere benötigten nur Unterstützung beim Aufstehen und konnten dann mit Gehhilfen erstaunlich schnell selbst in den Speisesaal schlurfen.

Das Abendessen, jedes Essen, dachte Amelia, mußte eine Unterbrechung der Monotonie von Cherryfield darstellen, ein geriatrisches Happening sozusagen, auch wenn es lediglich aus drei Sardinen und einem halben Ei auf einem Salatblatt bestand.

»Liebes, geh noch nicht.« Selmas Stimme war leise, aber ihre fleischige Hand hielt Amelias Handgelenk fest wie eine Schraubzwinge.

»Ich bringe dich in den Speisesaal«, antwortete Amelia. »Und morgen früh komme ich noch einmal vorbei, bevor ich nach Hause fahre.«

Als Selma jedoch zwischen dem Admiral und Miss White am Tisch saß, schien es ihr nichts mehr auszumachen, daß Amelia ging. Sie hielt ihr artig die Wange zum Kuß hin und hob ein Stück hartgekochtes Ei vorsichtig zum Mund, als Amelia den Speisesaal verließ. Gelbe Krümel hingen an ihren Lippen und ihrem Kinn, als sie kaute und in ihrem Essen herumstocherte.

»Aber Mr. Hurst!« Amelia wandte sich in der Tür um, als eine Schwester zu dem Tisch neben dem Selmas eilte, wo Mr. Hurst, ein ziemlich rüstiger Mann mit geistesabwesendem Gesichtsausdruck, die Gabel in die Sardine seines Nachbarn spießte. Die Schwester zog seine Hand wieder zu seinem eigenen Teller zurück und hastete an einen anderen Tisch, wo jemand Milch verschüttet hatte. Als Amelia schließlich ging, sah sie, wie Mr. Hurst sich seelenruhig wieder über den Teller seines Nachbarn hermachte.

3

Amelia lag träge auf dem Bett in ihrem Zimmer im Anchor Inn.

Es war zehn Uhr abends. Sie hatte in dem kleinen Speisesaal zu Abend gegessen: gebratene Lammschulter mit Kartoffeln und zwei verschiedene Sorten Gemüse. Sie hatte zu Hause angerufen. Gerald hatte gehetzt geklungen, aber gesagt, er schaue fern. Er setzte diese Stimme, seine Krieg-der-Sterne-Stimme, immer ein, um jeglichen Versuch der Annäherung im Keim zu ersticken. Amelia hatte das Gefühl, daß alles, was sie tat, ihn verärgerte. Zum Beispiel neulich abends: Sie hatte sich ein heißes Bad eingelassen und eine halbe Flasche Gardenienöl hineingeschüttet. Dann hatte sie gewartet, bis sie seinen Wagen draußen auf der Straße hörte, und war ins Bad gegangen, in die Wanne. Als die Haustür zuschlug, sprang sie wieder heraus. So konnte sie ihn, nur mit einem Handtuch bekleidet, mit warmem, wohlduftendem Körper, im Flur begrüßen. Natürlich war das ein alberner Versuch gewesen, das wußte sie jetzt, als sie sich eine Träne aus den Augenwinkeln wischte, aber trotzdem hätte er nicht so unfreundlich sein müssen. Sie zuckte bei der Erinnerung daran zusammen: »Hast du denn nichts Besseres zu tun, als im Bad herumzuliegen? Nach einem harten Arbeitstag könnte ich doch zumindest erwarten, dich angezogen anzutreffen.« Wie peinlich. Und unfair: An jenem Tag hatte sie einen Artikel über die Brunnenkresse von Hampshire für eine schwedische Zeitschrift begonnen und beinahe fertiggestellt.

Sie seufzte. Gerald hatte im Grunde genommen recht: Sie war alles andere als gut organisiert, und es fehlte ihr an jeglichem Gefühl der Dringlichkeit. Sie lag auf dem Hotelbett, niedergedrückt von der Last der Dinge, die sie erledigen sollte: von Selma, von der Gedichtsammlung, die, da hatte Gerald ebenfalls völlig recht, nie fertiggestellt werden würde, von den unbeantworteten Briefen, die sich zusammen mit den ungelesenen Büchern auf ihrem Nachtkästchen in der Old Rectory stapelten.

Diesen Mangel an Selbstdisziplin haßte Amelia am meisten an sich selbst, die Angewohnheit, sich von anstehenden Aufgaben wegtreiben zu lassen, genau zu wissen, was eigentlich zu tun wäre, und dann doch nichts zu tun.

Seufzend stützte sie sich auf einen Ellbogen und starrte aus dem Fenster hinaus, über den Hafen hinweg nach Ashcombe. Das Haus lag in der Dunkelheit. Wäre Selma noch dort gewesen, wären die Lichter nacheinander in jedem Zimmer angegangen wie leuchtende Perlen an einer trüben Schnur, wenn sie in ihrem smaragdgrünen Samtmorgenrock im Haus herumwerkelte.

Sie hätte die Katzen gefüttert, ein bißchen abgestaubt, wenn sie plötzlich Lust bekommen hätte, hätte mit ihrem Mann geplaudert, manchmal lauter, manchmal leiser. Es war egal, ob er sie verstand, wich-

tig war das beruhigende Wissen um die Anwesenheit des anderen.
Dann hätte sie heiße Milch in zwei große Tassen gefüllt, die ihre schon zweimal geklebt und mit einer Katze verziert, Willoughbys mit einer Eule und einem Haarriß, der von oben nach unten verlief. Beide Tassen hatte ihnen Amelia vor mehr als zwanzig Jahren zu Weihnachten geschenkt.
Willoughby hatte kaputtes Porzellan immer geschickt geklebt. Das Reparieren beschädigter Dinge verschaffte ihm große Befriedigung.
Amelia hatte es immer gefallen, daß die Sachen im Haus ihrer Großeltern so alt, so vertraut waren. In der hellen Wohnung, die sie zusammen mit ihrer Mutter bewohnte, hatten die Dinge nie Zeit, vertraut zu werden, sie wurden immer schon vor der Zeit weggeworfen. Als Dagmars Ordnungssinn immer zwanghafter wurde, verringerte sich auch die Lebenserwartung ihrer Kleider, Schuhe, Küchengeräte, ihrer Nippes. Als Amelia neun Jahre alt war, hatte sie ihre Mutter halb im Scherz, halb ängstlich gefragt, ob ihre Mutter sie ebenfalls wegwerfen würde, wenn sie sich richtig schmutzig machte.
Dagmar hatte sie angesehen und so lange gelacht, daß Amelia die Antwort nicht mehr abwartete. Dann plötzlich hatte sich das Lachen in Weinen verwandelt, und Dagmar war aus dem Zimmer gerannt.
»Du mußt Geduld haben mit deiner Mutter«, hatte Selma später gesagt, nachdem das Kind ihr erzählt hatte, was passiert war. Sie hatte Amelias Hand genommen. »Weißt du, sie hat Angst.«
Amelia mochte die Hand ihrer Großmutter, die so

weich war wie das Leder, mit dem sie die Fenster der Wohnung saubermachte. Die Hand ihrer Mutter fühlte sich eher an wie eine Muskatnußreibe. »Angst wovor?« hatte sie gefragt.
Selma hatte mit den Achseln gezuckt und sie traurig angesehen. »Wahrscheinlich vor dem Leben. Und diese Angst ist so groß, daß niemand mit ihr fertig wird. Was macht deine Mutter also?«
Amelia hatte, den Blick fest auf Selma gerichtet, den Kopf geschüttelt.
»Sie schneidet die Angst in kleine Stücke, genau wie du gerade das große Stück Schokoladenkuchen zerteilt hast, das ich dir gegeben habe. Sie schafft sich kleine Ängste, häppchenweise Angst, und konzentriert sich darauf. Ich habe mich schon oft mit ihr darüber unterhalten, versucht, das Problem aus ihr herauszulocken wie Fleisch aus einer Krebsschere.« Sie schüttelte den Kopf.
»Ich wünschte, sie hätte mehr Ähnlichkeit mit dir«, hatte Amelia gesagt und ihrer Großmutter einen bewundernden Blick zugeworfen.
Selma war das, was sich ein Kind oder ein Mann unter vollkommener Schönheit vorstellte. Sie hatte keine Kanten, alles war abgerundet, die Arme, das Kinn, sogar ihre Nasenspitze. Sie trug weiche, fließende Gewänder, Amelia hatte sie noch nie mit einer Hose gesehen. Ihre Haare, zuerst noch schwarz, dann allmählich bläulich-grau werdend, bürstete sie glatt aus der Stirn und hinter die Ohren. Sie trug sie nackenlang.
Amelia empfand ihre Besuche in Ashcombe immer wie eine Bootsfahrt im Sonnenschein, auf dem trägen, glatten Fluß. Bei ihrer Mutter befand sich das Boot

draußen auf dem Meer, man wußte nie, wann sich der nächste Sturm zusammenbraute. Vielleicht lag das daran, daß Ashcombe für Amelia so lange eine Zuflucht vor der neuen, hellen Wohnung gewesen war, so lange, bis das behagliche Chaos sich in Verkommenheit verwandelte. Dagmar war natürlich nie mehr zu Besuch gekommen, nachdem Tigger der Kater in ihren Koffer gekotzt hatte, der offen auf dem Bett im Gästezimmer lag und darauf wartete, ausgepackt zu werden. Doch als sich Staubschicht um Staubschicht auf alle Oberflächen legte, die Farben der Porzellannippes trübte wie die Jahrhunderte die alten Meister matt erscheinen ließen, hatte Peggy gesagt, man müsse etwas unternehmen.

Dann war Willoughby gestorben, und Selma hatte noch den letzten Anschein von Kompetenz verloren. Hinter ihrer Fassade der Lebenstüchtigkeit kam jetzt die verängstigte und verwirrte alte Frau zum Vorschein, die manchmal ihre Trauer um den Mann vergaß, den sie angebetet hatte.

Amelia erhob sich widerwillig gähnend vom Bett und ging ins Bad, um ihr Make-up zu entfernen. Sie verrieb einen großen Klumpen teurer Nachtcreme auf ihrer gereinigten Haut und fragte sich, warum es in der Werbung hieß »so selbstverständlich wie das Zähneputzen«. Das Zähneputzen war langweilig, besonders, wenn man keinen Bettgenossen hatte, den der Mundgeruch stören konnte.

Egal, ob allein oder nicht – Selma wäre nie ohne Zähneputzen ins Bett gegangen, dachte Amelia. Dagmar merkwürdigerweise jedoch schon. Dagmars zwanghafte Sauberkeit war selektiv, das ging auch gar nicht anders, denn wenn man alle Kleiderbügel im Schrank zweimal täglich desinfiziert, bleibt nur noch wenig Zeit und Energie für die normalen Dinge des Lebens.

Amelia schlurfte ein wenig verärgert zum Bett zurück. Gerald hatte recht; ihre Mutter hatte nicht alle Tassen im Schrank. Deshalb hatte Selma kein Recht, sich ins Alter zu flüchten; Amelia brauchte sie. Voller Selbstmitleid schlief Amelia ein.

»Ich hab dir Sahnekaramelbonbons aus der Molkerei mitgebracht.« Am folgenden Morgen küßte Amelia Selma und reichte ihr die kleine, in Geschenkpapier eingewickelte Schachtel.

»Ach, wie nett.« Selma lächelte und begann dann, das Band zu lösen. Die Wahrscheinlichkeit, daß Selma mit ihrer zitternden rechten Hand das Päckchen jemals aufbekommen würde, war gering, doch Amelia bot ihr keine Schere an. Ihre Großeltern waren nie geizig gewesen, aber sie hatten alle Bänder immer aufgerollt und aufgehoben.

»Ich habe meine Brille nicht auf«, sagte Selma. »Versuch's du.«

Die Schachtel wurde geöffnet und auf den Kaffeetisch mit dem Teakholzfurnier gestellt. Selma beugte sich schweigend über die Karamelbonbons und suchte sich das größte aus. Während sie es langsam ganz vorne im Mund kaute, tasteten ihre Finger bereits nach dem nächsten.

Amelia sah weg, hinaus auf den Garten, wo der Wind die Kirschblüten über das Gras wehte. Sie konnte es nicht ertragen, Selma zuzuschauen, wie sie sich mit höchster Konzentration der Schachtel mit den Kara-

melbonbons widmete, als handle es sich dabei um eine ausgesprochen schwierige Aufgabe.
»Nimm doch auch eines, Liebes«, sagte Selma schließlich und steckte noch ein Bonbon in den Mund, bevor sie Amelia die Schachtel hinschob. Dann sah sie sie an und meinte mit bemühter Nonchalance: »Robert hat mir versprochen, daß ich zu meinem Geburtstag wieder daheim bin.«
Amelia, die sich gerade ein Bonbon nehmen wollte, erstarrte, die Hand auf halber Höhe zum Mund. »Robert hat das gesagt?«
»Ich verstehe gar nicht, warum du so überrascht tust. Du hast doch wohl nicht erwartet, daß ich auf ewig hierbleibe, oder?« Selma lachte ein bißchen über diesen absurden Gedanken. »Mein Zeh heilt sehr gut.« Sie streckte ihren bandagierten linken Fuß, der in einer Birkenstocksandale steckte, ein wenig vor und zuckte zurück, als sie damit gegen das Stuhlbein stieß.
»Sie bemühen sich hier wirklich redlich, das sehe ich schon«, meinte sie. »Im großen und ganzen ist das Personal sehr nett, aber ich könnte hier nicht leben. Diese schrecklichen alten Leute.« Selma machte eine bedeutungsschwangere Pause und verdrehte die Augen in Richtung ihrer Mitbewohner, die auf Stühlen entlang der Wand des Wintergartens saßen. »Der einzige, mit dem sich das Gespräch lohnt, ist der Admiral ... Oje, jetzt ist mir sein Name entfallen.«
Amelia saß schweigend da. Sie hatte das Gefühl, mit einem Roboter zu sprechen, dem ein kleines, aber wesentliches Teil seiner Kontrolltafel fehlte, so daß sein Verhalten immer ein bißchen merkwürdig war.

»Robert hat also gesagt, daß du an deinem Geburtstag wieder daheim bist?« wiederholte sie.
»Das habe ich dir doch gerade gesagt, Liebes. Paßt du denn nicht auf? Schau, das ist der Admiral.« Selma richtete sich ein bißchen von ihrem Stuhl auf und winkte ihm zu.
Der Admiral wurde von einem großen jungen Mann Mitte Zwanzig mit unordentlichen braunen Haaren und einem Gesicht mit ausgeprägten, aber liebenswürdigen Zügen durch die Tür in den Wintergarten dirigiert.
»Ich glaube, Sie kennen meinen Sohn Henry noch nicht.« Der Admiral schaute voller Stolz zu, als Henry zuerst Selma, dann Amelia die Hand gab. Als tue er etwas außergewöhnlich Kluges, dachte Amelia amüsiert.
»Er ist Seemann, wie sein Vater«, sagte der Admiral, als Henry ihm half, sich in den Stuhl neben Selma zu setzen. »Wissen Sie, ich habe spät geheiratet. Henry ist zur Welt gekommen, als ich schon senil wurde.«
»Ich habe meiner Enkelin gerade gesagt, daß ich wahrscheinlich nicht lange hierbleibe«, sagte Selma ziemlich großspurig.
»Schön für Sie«, meinte der Admiral. »Wirklich schön für Sie.« Er räusperte sich geräuschvoll. »Natürlich habe ich mein Haus verkauft. Ich habe mich freiwillig einsperren lassen. Die Bude ist viel zu groß geworden, als meine Schwester, Gott hab sie selig, den Löffel abgegeben hat. Henry ist natürlich auch nicht oft da.« Er zuckte mit den Schultern und grinste. »Tja, so ist das Militär eben.«

»Die gesamte Marine könnte sich auf den Kopf stellen und ihm Himbeeren ins Gesicht spucken, und mein Vater würde immer noch nachsichtig lächeln und sagen: ›Tja, so ist das Militär eben‹«, sagte Henry, ebenfalls nachsichtig lächelnd. Seine Stimme klang erstaunlich jungenhaft aus diesem großen Körper, dachte Amelia.
»Na ja, so schlecht ist das hier nicht. Das wenige Essen, das wir kriegen, ist ganz in Ordnung. Und die Schwestern sind auch nette Mädels.« Der Admiral sprach voller Nachdruck, als müsse er auch sich selbst überzeugen. »Natürlich wirbt das Heim hier mit dem Slogan ›Für den aktiven älteren Menschen‹. Obwohl das nicht unbedingt heißt, daß ich schon viel von den Aktivitäten gesehen habe, Anwesende natürlich ausgeschlossen.« Er machte Selma gegenüber eine höfliche Verbeugung.
»Das liegt nur an meinem verdammten Zeh«, meinte Selma.
»Und dann wäre da noch die Gruftgasse«, fuhr der Admiral fort.
»Die Gruftgasse?« Amelia warf Selma einen besorgten Blick zu.
»Das ist der andere Teil von Cherryfield, der Nebenbau«, erklärte Henry mit einem vorsichtigen Lächeln. »Für die weniger aktiven Bewohner, die ein bißchen mehr Pflege brauchen.«
»Sagen wir doch lieber für die chronisch Sterbenden«, unterbrach der Admiral mit heiserem Lachen, das in einem lauten Husten endete.
Selma rutsche unruhig auf ihrem Stuhl hin und her. »Natürlich habe ich schon seit Monaten nicht mehr

Tennis gespielt«, sagte sie. Der Admiral und Henry sahen ein wenig überrascht drein.
»Schaut mal, es gibt Kaffee.« Amelia deutete auf die Tür, durch die Schwester Williams gerade mit einem riesigen Tablett voller blauer Tassen und Untertassen trat. Hinter ihr folgte eine ganze Prozession an den Rollstuhl gefesselter Bewohner in den unterschiedlichsten Stadien der geistigen Verwirrung. Das war fast so etwas wie ein geriatrischer Festzug, dachte Amelia.
»Ich habe zu Schwester Morris gesagt, wir könnten den Kaffee doch im Wintergarten trinken, heute ist so ein schöner Morgen!« rief Schwester Williams.
»Hier herüber, Schwester«, wies Miss White sie mit erstaunlicher Autorität an, »hier herüber zu meinen neuen Freunden.«
Sie wurde zwischen Selma und den Admiral gesetzt. »Und wer ist das?« Sie zwinkerte Henry zu, der sich erhoben hatte, als sie sich zu ihnen gesellte. »Sie sind wohl bei der Marine wie ihr Vater, was? Waren Sie schon mal auf Kreta? Sie sind sicher schon mal auf Kreta gewesen. Ich habe wundervolle Tage dort verbracht. Wir sind mit dem Bus gefahren, die ganze Strecke.«
Henry lächelte ihr aufmunternd zu. Amelia wünschte sich, er hätte das unterlassen. »Natürlich gab es dort eine Fähre ... Doch wir waren im Bus, wenn Sie verstehen, was ich meine. Nette Leute waren das bei der Reise. Aber da habe ich immer Glück gehabt. Manche waren allerdings nicht ganz so nett, wie sie hätten sein können, das muß ich schon auch zugeben. Diese Reiseleiterin. Sie war wirklich nicht nett, nein ... Ich

habe ihr gesagt, ich möchte einen Platz vorne, aber nach dem ersten Tag hat sie mich ganz hinten hingesetzt. Ich habe jedes Schlagloch gespürt. Aber die meisten Leute waren nett.« Endlich schwieg Miss White, um sich einen Keks von dem Teller zu nehmen, den Henry ihr hinhielt.

Selmas Tasse klapperte, als sie sie wieder auf die Untertasse setzte. Miss White tunkte ihren Keks ein und saugte lautstark daran, bevor sie ihn hinter dünnen Lippen kaute. »Ich habe Reiseberichte für die *Hereford and Worcester Gazette* geschrieben«, sagte sie, nachdem sie ihren Keks gegessen und sich vergewissert hatte, daß es keine mehr geben würde. »›Eine alleinstehende Frau unterwegs, Europa durch mein Busfenster.‹ Die Serie war damals sehr beliebt. Bis die Mode sich änderte.«

»Amelia, Liebes«, sagte Selma, »bring mich doch bitte raus in den Garten, ja?«

Amelia stand mit einem entschuldigenden Lächeln auf.

Draußen hob Selma das Gesicht in die Sonne, schloß die Augen und seufzte zufrieden. Die warme Sonne auf der Haut, dachte Amelia, gehörte zu den wenigen Freuden des Lebens, die nie vergingen.

Bis zu Willoughbys Tod hatte Amelia sich nie Gedanken darüber gemacht, was mit der Leiche passierte, wenn sie erst mal im Grab lag; sie wußte lediglich, daß ihr der Gedanke ans Verbrennen nicht gefiel. Seit der Beerdigung jedoch wurde sie die Bilder von Willoghbys freundlichem Gesicht, von seinen kurzsichtigen blauen Augen, die allmählich verwesten nicht mehr los.

Noch vor wenigen Wochen hätte er an einem Tag wie diesem Gartenarbeit gemacht, dachte sie. Seine großen, kantigen Hände, die den Schaufeln eines Maulwurfs ähnelten, gruben Unkraut aus und pflanzten Sämlinge für den Sommer, den er nicht mehr erleben sollte.

»Amelia«, Selma packte sie an der Schulter und grub ihr die Nägel ins Fleisch. »Wie ist Großvater gestorben? Wahrscheinlich denkst du, ich habe völlig den Verstand verloren, aber es ist alles so verwirrend.« Selma flehte mit einem Blick um Verständnis.

Amelia dachte an Willoughby, wie er in dem schmalen Krankenhausbett lag, sich Atemzug für Atemzug dem Tod näherte. Sie dachte an Selma, wie sie ihn besuchte, ruhig an seinem Bett saß, seine Hand streichelte und mit ihm redete. Manchmal hatte sich so etwas wie Verärgerung in ihre Stimme geschlichen, denn so lange Jahre war er der Stärkere gewesen, das Spalier, um das sie die Äste ihres zufriedenen Daseins gerankt hatten. »Was machst du denn hier«, schien sie zu fragen, »so gebrochen?«

»Er hatte einen Schlaganfall und ist eine Woche später im Krankenhaus gestorben.« Amelias Stimme klang sanft, doch als sie das verkniffene Gesicht und die ängstlichen Augen ihrer Großmutter betrachtete, hatte sie das Gefühl, als schieße sie watteumhüllte Pfeile in ihr Herz. »Er ist ins Koma gefallen und nie wieder aufgewacht. Letztlich war eine Lungenentzündung die Todesursache.« Den »Freund des alten Menschen«, hatte der junge Arzt das genannt.

»Es hat ihm nie an etwas gefehlt, einer von uns beiden

war immer da.« Amelia nahm Selmas Hand, so daß das ständige Zittern einen Moment aufhörte.
»Danke, Liebes«, seufzte Selma. »Weißt du, ich vermisse ihn so sehr. In der Nacht ist es am schlimmsten. Ich träume die ganze Zeit von ihm, wenn' ich aufwache, denke ich, er sei immer noch hier. Dann fällt es mir wieder ein.« Sie starrte schweigend in den Garten hinaus. Amelia kam sich nutzlos vor, denn sie wußte, das einzige, was ihre Großmutter gebraucht hätte – ihren Mann –, konnte sie ihr nicht zurückgeben.
Dann blinzelte Selma und schloß die Augen. Das Kinn sank ihr auf die Brust, sie fing laut an zu schnarchen und öffnete kurz darauf die Augen mit einem kleinen Zittern wieder. Sie starrte Amelia einen Moment an – sie überlegt, wer ich bin, dachte Amelia, bevor sie sagte: »Ich weiß, es ist sehr nett, daß ich bei diesen Leuten bleiben kann, aber ich wäre viel lieber daheim. Ich bin mir sicher: Wenn ich erst wieder in meiner gewohnten Umgebung bin, geht's mir gut.«
Amelia lächelte ein wenig. Vielleicht sollte sie sich einen Flug nach Brasilien leisten und Robert einen harten Gegenstand auf den Kopf schlagen. Selma schlief wieder ein; ihr Kopf ruhte auf der Lehne des Rollstuhls.
»Mein Vater schläft auch da drinnen.« Amelia wandte sich um und sah, daß Henry sie lächelnd anschaute.
»Ich habe das Gefühl«, sagte Amelia zornig, »daß das Leben verdammt viele gute Dinge bieten muß, um einen Ausgleich für das hier zu schaffen.« Dabei deutete sie auf Selma, die laut aufschnarchte, bevor sie den Mund schloß und die Lippen bewegte. »Ich frage mich,

ob es wirklich so klug ist, zur Welt zu kommen, wenn man am Ende in Cherryfield landet.«

»Glücklicherweise wird man nicht gefragt«, erwiderte Henry forsch.

»Das schlimmste ist«, fuhr Amelia fort, die sich die Augen mit dem Handrücken rieb und somit das Gesicht mit Mascara verschmierte, »wenn man seinen Partner nicht mehr hat. Selma hat Glück gehabt: Auf dem Höhepunkt ihres Lebens wurde sie von ihren Eltern, von ihrem Mann, von ihren Kindern geliebt, sie war der Mittelpunkt ihrer Welt. Aber schauen Sie sie jetzt an, was ist übrig von all der Liebe, wo ist die Sicherheit geblieben? Am Ende ist man bloß noch ein alter Teddybär, den keiner mehr braucht.«

»Es gibt immer noch Gott. Er hört nie auf, einen zu lieben«, erklärte Henry überraschenderweise.

»Ach, Sie sind auch einer von diesen religiösen Fanatikern«, nickte Amelia.

»Aber nein«, meinte Henry. »Ich bin Schiffskaplan.« Dann setzte er sich in das Gras neben der Bank.

»Ach du lieber Himmel«, sagte Amelia und schaute ihn zum ersten Mal richtig an, »wie tröstlich für Sie.«

»Eigentlich soll das tröstlich für andere sein.« Er lächelte sie freundlich an.

Tja, dann tröste mal Selma, dachte Amelia, zornig über das Lächeln. Aber sie sagte: »Ist Ihr Vater hier glücklich?«

Henry stützte sich auf seine Ellbogen und starrte hinauf in den Himmel. »Glücklich ist nicht das richtige Wort, aber er ist an das Gemeinschaftsleben gewöhnt, an Institutionen, wenn Sie so wollen: Dartmouth,

Schiffe, Marinestützpunkte. Cherryfield macht ihm nichts aus, sondern das Alter.«
»Meine Großmutter ist sehr unglücklich.« Amelia sah Selma an, die mit weitgeöffnetem Mund vor sich hin schnarchte. »Sie glaubt, daß sie wieder nach Hause kommt. Mein Onkel«, dabei wandte sie sich entrüstet an Henry, »hat ihr nicht gesagt, daß das Haus verkauft worden ist. Er ist einfach nach Brasilien abgehauen, und ich muß es ihr beibringen.« Sie errötete, als sie sich an den unsichtbaren weißen Kragen erinnerte, der Henry Mallett vor so harschen Worten schützen sollte. »Entschuldigung«, sagte sie.
»Ist schon recht. Ich bin auch schon mal in einem Seemannskasino gewesen, keine Sorge.«
»Ich finde es schrecklich hier«, seufzte Amelia. »Hier macht mich alles wütend. Ich weiß, daß das nicht gerecht ist, schließlich geben sich alle redliche Mühe. Man könnte sich doch die Schlagzeilen vorstellen. Ich bin übrigens Journalistin; ich denke manchmal sogar in Fettschrift: ›**Mißhandlung in Altenheim: Schwester wischt alter Frau den Hintern ab.**‹ Klingt nicht nach einer heißen Story!«
Das Schnarchen verwandelte sich in einen Schluckauf, Selma wachte auf. Sie schaute unsicher zwischen Amelia und Henry hin und her, dann ruhte ihr Blick auf Amelia. »Liebes, wie schön, dich zu sehen. Wann bist du denn gekommen? Und wer ist dein junger Freund? Du mußt uns vorstellen.« Selma streckte den rundlichen Arm aus und lächelte kokett.
Henry erhob sich, gab ihr die Hand. »Ich heiße Henry Mallett. Ich glaube, Sie kennen meinen Vater bereits – Admiral Mallett.«

Amelia lächelte ihm dankbar zu. Sie ging nicht oft in die Kirche, hatte von Selma jedoch eine Hochachtung vor Geistlichen geerbt. Egal, ob Priester oder Rabbiner – sie versprachen Güte. Henry gefiel ihr.
»Großmutter«, sagte sie. »Henry ist Schiffskaplan.«
»Wie interessant.« Selma strahlte sie beide an. »Erzählen Sie mir doch, wie haben Sie meine Enkelin kennengelernt?«

4

»Das ist ja gerade das Beunruhigende«, meinte Amelia, während sie die Gemüsesuppe in dem Tontopf umrührte. »Im einen Moment ist sie ganz die alte Selma, die vernünftige Frau, zu der man mit seinen Problemen gehen kann. Im nächsten Augenblick ist ihr Verstand wie weggezaubert, und sie reagiert wie ein großes, irgendwie behindertes Kind.« Sie sah Gerald an, der am anderen Ende der Küche stand. »Das ist wirklich beunruhigend.«
»Na siehst du, dann war es doch die richtige Entscheidung, sie in das Heim zu stecken«, antwortete Gerald, nahm den *Independent* in die Hand und wandte sich dem Sportteil zu.
Amelia schrammte mit dem Kochlöffel am Herd entlang, so daß Gerald zusammenzuckte. »Vor noch gar nicht so langer Zeit hat sie die Menschen mit ihren Klavierabenden beglückt. Weißt du, damals in Schweden hat sich ein junger Mann doch tatsächlich unter ihrem Balkon erschossen, weil ihre Eltern die beiden nicht heiraten ließen. Und jetzt ist sie plötzlich je-

mand, den man irgendwohin ›steckt‹. Was nützt es, verdammt noch mal, schon, wenn man weiß, daß es ›doch die richtige Entscheidung gewesen ist‹?«

»Meiner Meinung nach viel«, erwiderte Gerald mit säuerlicher Miene.

Wie sehr ihre Unklarheit ihn doch verärgerte, dachte er, ihre Angewohnheit, mit dieser betont trägen Stimme unlogische Bemerkungen zu machen, einer Stimme, die, genau wie das Klavierspiel ihrer Großmutter, die Menschen in ihren Bann gezogen hatte. Sogar ihr hübsches Äußeres erzürnte ihn jetzt. Ihre grauen, schrägstehenden Augen, die weichen, welligen Haare, die ihr ovales Gesicht einrahmten, all das erinnerte ihn nur daran, wie sehr er sie einmal geliebt hatte.

Ach Amelia, dachte er, während er sie dabei beobachtete, wie sie in der Küche hin und her ging, den Herd abwischte, es erst mit dem dritten Zündholz schaffte, die Kerze auf dem Küchentisch anzuzünden, du bist einfach zu träge, zu nichts zu gebrauchen. Plötzlich wütend geworden, herrschte er sie an: »Warum unternimmst du denn nichts, wenn du die Situation für so unerträglich hältst?« Dann knallte er die Zeitung auf den Tisch und lief aus dem Zimmer.

Amelia weinte, während sie die Suppe auf dem Herd warmhielt und langsam darin herumrührte. Sie weinte bitterlich, denn jetzt hatte sie wirklich Angst, daß Gerald aufgehört hatte, sie zu lieben. Doch sie weinte auch vorsichtig, damit sie das Make-up nicht verschmierte, denn ganz hatte sie ihn noch nicht verloren, und er konnte jeden Augenblick in die Küche zurückkommen.

»Irgendwie bist du süß«, hatte Gerald schon bald nach

ihrer ersten Verabredung gesagt, und er hatte dabei verwirrt den Kopf geschüttelt, als wolle er sagen: Vielleicht wirke ich äußerlich stark, aber dir gegenüber bin ich hilflos. Außerdem war er ziemlich gutmütig, das bewies schon die Geschichte mit dem Modellsitzen. Damals als Maler war er genauso gewissenhaft und fleißig gewesen wie heute als Anwalt. Und trotzdem war er nicht wütend geworden, als sie absprachegemäß in sein Atelier gekommen war, um ihm für ein wichtiges Gemälde Modell zu sitzen und ihm dort nur die Zeit gestohlen hatte. Natürlich war das nicht ihre Absicht gewesen. Sie hatte ihn dabei beobachtet, wie er seine Staffelei aufgestellt hatte, hatte sich ausgezogen und sich dort hingesetzt, wo er wollte, doch dann war sie in Panik geraten wie ein kleines Mädchen, als er sie gebeten hatte, die Beine zu spreizen. Aber Gerald hatte voller Verständnis auf ihre Ängste reagiert. Sie hatte weinend in seinem riesigen blauen Sessel gesessen, die Knie zusammengepreßt, als seien sie zusammengeschweißt, und er hatte sich neben sie gekniet und bloß lächelnd gesagt: »Sie sind ein süßes, zerbrechliches, verträumtes Mädchen, und ich hätte Sie nie darum bitten dürfen.«
»Süß, verträumt, zerbrechlich«, zischte Amelia und platschte mit dem Holzlöffel in der Suppe herum. »Sag doch lieber weichlich, leichtgläubig und inkonsequent.«
Die Suppe köchelte jetzt schon so lange vor sich hin, daß sie mit Sicherheit nicht mehr schmeckte. Also nahm sie sie vom Herd und machte sich auf die Suche nach Gerald. Sie fand ihn im Schlafzimmer, am Tele-

fon. Als er sie in der Tür stehen sah, verabschiedete er sich laut und hastig und legte auf.
Amelia atmete tief durch und ging hinüber zum Bett. Sie setzte sich neben ihn, lächelte ihn an, strich ihm mit den Fingern durchs Haar. Ohne darauf zu achten, daß er nervös zurückzuckte, küßte sie ihn leicht auf die Wange. »Gerald, ich liebe dich.«
Gerald starrte auf einen Punkt hinter ihrer linken Schulter. »Ich liebe dich auch«, murmelte er.
Dankbar umarmte sie ihn, und schon nach kurzer Zeit spürte sie auch seine Arme um ihren Körper.

In einer kleinen, aber geschmackvoll eingerichteten Wohnung nicht weit von der Kathedrale in Exeter entfernt, leuchtete Dagmar Lindsay in die hintersten Winkel ihres Schrankes, um sicherzugehen, daß er wirklich sauber war, daß sie vorher nur einen Schatten dort gesehen hatte, keinen Schmutz. Noch einmal wischte sie mit dem Finger über die hintere Schrankwand. Ihre langgliedrigen Hände – Pianistenhände, hatte Selma immer voller Stolz gesagt – waren rauh, die Haut aufgesprungen, ganz anders als der cremige Teint ihres Gesichts und die weiche Haut ihrer schlanken Arme.
»Ich habe einfach keine Zeit, um nach Kingsmouth zu fahren«, murmelte sie, während sie Bügel um Bügel aus dem Schrank holte und sie mit Sagrotan abwischte. »Außerdem sehe ich nicht ein, warum Robert ungeschoren davonkommen sollte.« Sie ging hinüber zum Waschbecken, wusch das Tuch sorgfältig unter heißem Wasser aus, reinigte dann ihre Hände. Sie strich sich eine Strähne ihres blonden Haares aus der Stirn und glättete ihre kornblumenblaue Seidenbluse mit einem

tiefen Seufzer, bevor sie zufrieden lächelnd ins Wohnzimmer zurückkehrte, wo ihre Gäste gerade Kaffee tranken. »Entschuldigung«, sagte Dagmar, »aber ich mußte meine Mutter anrufen und fragen, wie es ihr geht.«

»Miss Lindsay, Miss Amelia Lindsay? Hoffentlich haben wir Sie nicht aufgeweckt.« Die Stimme am Telefon klang nasal und ein wenig verlegen. »Ich habe Ihrer Großmutter gesagt, daß es viel zu spät ist, um noch jemanden anzurufen, aber sie wollte nicht auf mich hören. Miss Lindsay, sind Sie noch dran?«
»Ja. Nein, Sie haben mich nicht aufgeweckt. Kein Problem. Rufen Sie von Cherryfield aus an?«
»Tut mir leid, ich habe mich nicht vorgestellt. Ich bin Schwester Kelly. Ich habe heute Nachtschicht. Ihre Großmutter kann ziemlich beharrlich sein, wenn sie etwas will.« Die Stimme lachte unsicher. »Ich gebe Ihnen jetzt Ihre Großmutter.«
»Amelia, Liebes.« Selmas Stimme klang weit weg, dann hörte Amelia ein Krachen, Schweigen, danach: »Scheiße!«
»Miss Lindsay, Mrs. Merryman hat den Hörer fallenlassen, aber hier ist sie wieder.«
»Amelia.« Selmas Stimme klang leise und verängstigt. »Ich wollte nur sichergehen, daß ich deine Nummer habe.« Schweigen. Amelia hörte, wie Selma ins Telefon atmete. »Sie ist 09 62 36 28 ... Mist, ich kann die letzte Nummer nicht lesen. Ist das eine Neun oder eine Eins?«
»Aber Großmutter, du hast doch gerade die richtige Nummer angerufen, du sprichst doch mit mir.«

»Ja, natürlich, wie dumm von mir. Wie war noch mal gleich die Nummer? 09 62 ...«

Egal, wie wütend Amelia Gerald machte – er konnte der Versuchung, ihr gute Ratschläge zu erteilen, ihr Leben für sie zu ordnen, nicht widerstehen. Am nächsten Abend hob er den Blick von seiner Akte und meinte, er halte es für arrogant, wenn sie glaube, nur sie könne sich um Selma kümmern. »Du kannst nicht jede Woche nach Devon fahren. Du mußt dein eigenes Leben führen, hast Aufgaben und Pflichten hier, mußt einen Haushalt führen. Dann wären da noch die Kosten für die Rumfahrerei, fürs Hotelzimmer ...« Er blätterte in seiner Akte. »Schließlich bist du nicht das Kindermädchen deiner Großmutter.«
Dennoch wurde Amelia den Gedanken an Selma, die allein und verwirrt in Cherryfield saß, nicht los. Freunde mit neugeborenen Kindern hatten ihr erzählt, für sie sehe die Welt plötzlich aus, als sei sie ausschließlich von Babys und Kinderwagen bevölkert. Eine Familienangehörige, die nicht erst auf die Welt gekommen, sondern auf dem besten Weg war, sie wieder zu verlassen, hatte die gleiche Wirkung, dachte Amelia. Alte Leute, für die sich der kleine grüne Mann an der Ampel zu schnell in einen roten verwandelte, überquerten die Straße lieber auf einem Fußgängerüberweg. Am Kreisverkehr standen sie wie gelähmt wegen des ständigen Verkehrsstroms, der aus allen Richtungen kam. Und auch im Supermarkt sah Amelia sie wieder, wie sie in ihrer Geldbörse unsicher nach den richtigen Münzen tasteten und sich für ihre altmodische Angewohnheit entschul-

digten, noch immer richtiges Geld mit sich herumzutragen.
Zwei Wochen nach ihrem ersten Besuch in Cherryfield bestieg Amelia wieder den Zug nach Plymouth. Während sie nach einem Sitzplatz suchte, überlegte sie, warum Gerald plötzlich nichts mehr gegen ihre Reise einzuwenden gehabt hatte. Konnte es damit zusammenhängen, daß sie wieder ein paar Artikel verkauft hatte und deshalb dieses Wochenende selbst finanzieren konnte?
Ein alter Mann ließ sich wie ein großer, zerzauster Vogel auf dem Sitz gegenüber nieder. Sein dunkelbrauner Regenmantel flatterte dabei um seine dürren Glieder. »Ist ja schon gut, ist ja schon gut«, murmelte Amelia vor sich hin. »Ich brauche keine weiteren Ermahnungen. Ich fahre ja nach Cherryfield.«
Als der Zug an einem großen Friedhof mit vielen Gräbern vorbeifuhr, starrten der alte Mann und Amelia hinaus.
Die Grabsteine, die meisten von ihnen aus Marmor, erhoben sich, neu und glänzend wie riesige Zähne, aus dem Boden, oder alt und bröckelnd, schlierig nach Jahren des Regens, wie gepuderte Wangen nach dem Weinen. Amelia betrachtete den alten Mann über ihr Buch hinweg und fragte sich, ob auch er den Sog der Gräber spürte oder ob der Tod sogar in seinem Alter noch etwas war, das nur andere betraf.
»Schöner Tag heute«, lächelte der Mann und entblößte dabei ein tadelloses, weißes Gebiß.
»Schöner Tag heute«, sagte auch die Schwester, die Amelia die Tür in Cherryfield öffnete.
Selma saß auf einem Stuhl vor dem Fernseher, das

Gesicht halb von dem Programm über Lernschwächen im Erwachsenenalter abgewandt. Auf ihrem Schoß lag ihre Gesamtausgabe der Werke von Jane Austen. Amelia mußte erst die Hand auf Selmas Arm legen, bevor diese mit einem Stirnrunzeln den Blick hob und Amelia ansah. Plötzlich reckte sie den Kopf mit einem entzückten Lächeln vor. »Liebes, was für eine nette Überraschung.«

»Ich habe angerufen und ihnen gesagt, daß ich komme. Eigentlich hätten sie es dir sagen sollen.«

»Das Mädchen war den ganzen Morgen über in meinem Zimmer beschäftigt, aber sie hat mir kein Wort gesagt.« Selma runzelte die Stirn. »Ich wünschte, ich hätte früher davon erfahren; ich war die ganze Woche nicht beim Einkaufen.«

»Wir gehen aus zum Mittagessen«, erwiderte Amelia schnell. »Geht's deinem Zeh besser? Kannst du ein bißchen laufen?«

»Er tut noch ein bißchen weh, aber natürlich kann ich laufen. Gib mir doch deine Hand, Liebes, ja?«

Amelia begann sie hochzuziehen. Einen Augenblick lang stand Selma wackelig auf beiden Beinen. Das Kleid war ihr hinten hochgerutscht, so daß man die Ränder ihrer fleischfarbenen Unterhose sehen konnte. Dann plötzlich sank sie mit einem Schmerzensschrei wieder auf den Stuhl zurück.

»Soll ich einen Rollstuhl besorgen, bloß für heute, damit du deinen Fuß ausruhen kannst?«

»Das ist doch lächerlich«, murmelte Selma. »Meinem Fuß fehlt nichts, das ist bloß ein kleiner Schnitt.«

Als Amelia wenige Minuten später einen Rollstuhl durch die Tür schob, hörte sie Selma kokett lachen wie ein junges Mädchen. Neben ihr standen der Admiral und sein Sohn und plauderten mit ihr. Henry lehnte entspannt an dem halbleeren Bücherregal hinter ihm, während sein Vater, der die gleiche Pose versuchte, angespannt wirkte. Lediglich die Tatsache, daß er sich mit dem Ellbogen auf das Regal lehnte, hinderte ihn daran, zusammenzubrechen.

»Ich setze mich ein bißchen, wollen Sie sich nicht zu mir gesellen?« meinte Amelia und ging zu ihnen hin. Der Admiral warf ihr einen dankbaren Blick zu und sagte: »Aber gern.«

»Ich werde schnell müde, wenn ich so lange herumstehe«, fügte sie hinzu und fragte sich, ob sie nicht ein wenig übertrieb.

»Amelia, Liebes, du hast mir ja gar nicht gesagt, daß dein junger Freund auch hier ist.« Selma schenkte Henry ein huldvolles Lächeln.

»Großmutter, das ist Henry Mallett, Admiral Malletts Sohn.«

»Tja, wo wir nun schon mal alle hier sind«, meinte Henry, »da könnten wir doch zusammen Mittag essen, oder?«

Amelia fiel nicht auf, welche Automarke Henry fuhr, nur daß sein Wagen burgunderrot war und daß sie alle bequem hineinpaßten. Selma, die frischen Lippenstift aufgetragen und ein wenig Parfüm hinters Ohr getupft hatte, wurde vom Rollstuhl auf den Vordersitz des Autos gehievt, und Amelia stieg mit dem Admiral hinten ein.

Henry schlug vor, zu einem Hotel am Rande von Dartmoor zu fahren. Sie waren etwa eine halbe Stunde unterwegs, fuhren durch das nahegelegene Totnes und über schmale, gewundene Straßen, die von hohen Hecken gesäumt wurden. Selma kurbelte das Fenster herunter und seufzte glücklich, als der Wind durch ihre Locken wehte. Der Admiral betrachtete die Landschaft.

»Fast hätte ich vergessen, daß es so etwas wie Kinder gibt«, meinte er lächelnd, als er drei kleine Mädchen auf Fahrrädern sah.

Als sie vor dem Hotel geparkt hatten, entstand ein Durcheinander, da Selma den Sicherheitsgurt nicht lösen konnte. »Dummes Ding«, brummelte sie mit hochrotem Kopf. »Er hat sich völlig verheddert. Nein«, sagte sie, als Henry ihr helfen wollte, »es geht nicht ... Oh, danke.« Dann hievten sie sie wieder in den zusammenklappbaren Rollstuhl. »Ich kann es gar nicht erwarten, wieder auf den Beinen zu sein«, sagte sie über die Schulter gewandt zum Admiral, als Henry sie auf den Hoteleingang zuschob.

Drinnen am Tisch des Restaurants gab der Admiral sich mitteilsam. »Ich suche den Wein aus, mein Junge, ja?« sagte er, als er kurzsichtig die Weinkarte las.

Als ersten Gang wählten sie Stilton-Suppe, als Aperitif einen trockenen Sherry. Danach aßen sie Lammkoteletts mit neuen Kartoffeln und einem, wie der Admiral es ausdrückte, »soliden Bordeaux«. Selma und er bestellten sich danach noch ein Trifle. »Nicht dieses neumodische Nouvelle-Irgendwas-Zeugs«, meinte der Admiral mit gerümpfter Nase, »dabei könnte man ja verhungern.« Er winkte den Kellner noch einmal heran. »Mit der Sahne brauchen Sie nicht zu sparen.« Dabei zwinkerte er Selma zu, die glücklich vor sich hinkicherte.

»Sie sind schrecklich«, meinte sie lachend.
Amelia hatte fast das Gefühl, daß die Luft in Cherryfield zu dünn war für das wirkliche Leben und daß Selma und der Admiral hier in der richtigen Welt wieder ihr eigentliches Ich annahmen, keine alten Leute mehr waren, sondern nur noch Leute.
Als sie Henry anschaute, merkte sie, daß er lächelte.
»Wie lange bleiben Sie hier?« fragte sie ihn.
»Den größten Teil des Sommers, dann beziehen wir sechs Monate lang im Golf Stellung. Wenigstens wird sich mein Vater bis dahin in Cherryfield eingewöhnt haben.«
»Ich wünschte, ich würde nicht so weit weg wohnen«, seufzte Amelia. »Meine Mutter wohnt in Exeter, aber ohne Wagen hat es nicht viel Sinn, bei ihr zu bleiben.«
Amelia erwähnte lieber nicht, daß der Gedanke daran, sich mit ihrer Mutter allein in der Wohnung aufzuhalten, ihr das Gefühl gab, ein entsprungener Häftling zu sein, den man wieder eingefangen hatte.
»... und natürlich trauten sie ihren Augen im Hochkommissariat nicht, als ich mit der Ausgehuniform für die Tropen in den Pool gesprungen bin.« Der Admiral lachte laut bei dem Gedanken, während er einen Löffel voll Trifle mit einer Cocktailkirsche an die Lippen hob. Plötzlich herrschte Schweigen, dann wurde das lange Gesicht des Admirals rosafarben und schließlich rot. Amelia starrte ihn an, als er zu husten begann, seine wäßrigen blauen Augen hervortraten, ihm die Tränen über die Wangen liefen. Henry sprang von seinem Stuhl auf.
Am Tisch gegenüber starrte ein Mädchen herüber und stupste seine Mutter an, eine Familie an einem ande-

ren Tisch setzte das Gespräch in betont lauterem Tonfall fort, als wolle sie zeigen, daß sie völlig unbeteiligt sei.
Der Admiral saß verkrampft auf seinem Stuhl, als Henry seine Lippen auseinanderschob. Er hatte mittlerweile aufgehört zu husten und gab mit bläulichem Gesicht krächzende Geräusche von sich.
Selma rührte sich nicht von der Stelle und hielt sich mit beiden Händen an den Kanten des Tisches fest.
»Einen Notarzt, schnell!« rief Amelia dem Kellner zu.
Schweißperlen traten Henry auf die Stirn, als er seinem Vater die Finger in den Mund steckte. Plötzlich befreite sich der Admiral mit einem Ruck und spuckte mit lautem Rülpsen sein Gebiß auf den Teller mit Trifle.
Henry tupfte seinem Vater das Gesicht mit einer in Mineralwasser getunkten Serviette ab. »Es ist schon in Ordnung, Pa«, flüsterte er. »Ich bin ja da.«
Die Gäste vom Nebentisch flüchteten, die Kaffeetasse in Händen, und das Mädchen vom Tisch gegenüber konnte sich nicht mehr halten vor Lachen.
»Das ist nicht komisch«, flüsterte Amelia, den Tränen nahe, »das ist überhaupt nicht komisch.«
»Jetzt ist alles in Ordnung«, sagte Henry und sah sie an. »Ich glaube nicht, daß wir den Notarzt noch brauchen. Machen Sie sich keine Sorgen, ihm fehlt nichts.«

5

Der Admiral hatte sich eine Weile, ein feuchtes, rosafarbenes Handtuch mit den aufgestickten Worten »Für unsere Gäste« auf der Stirn, auf einer

Chaiselongue in der Damentoilette ausgeruht. Jetzt saß er vorne neben Henry auf dem Beifahrersitz. Sein Kopf lehnte an der Kopfstütze, und die Sonne schien auf ein paar Bartstoppeln auf seinem Kinn, die er beim Rasieren vergessen hatte.
Damit Selma mit ihrem verletzten Fuß mehr Platz hatte, hatte Henry den Fahrersitz fast ganz nach vorne geschoben, so daß seine Knie beim Fahren beinahe ans Lenkrad stießen.
Amelia hielt es für das beste, einfach zu reden. »Ach, schaut doch mal die süßen Lämmchen da. Der Frühling ist wirklich toll, so voller Hoffnung auf einen neuen Anfang ...« Dann hielt sie inne. Ich bin taktlos, dachte sie.
»Ich meine, egal wie alt man ist«, versuchte sie es noch einmal, »der Frühling ist ... na ja, irgendwie voller Hoffnung.« Sie sah Henrys Gesicht im Rückspiegel. Ein Lächeln spielte um seine Augen.
In Cherryfield wurde der Admiral ins Bett gesteckt. Selma sagte zu Amelia: »Geh noch nicht«, und nahm ihre Hand. Als Amelia nichts darauf antwortete, fügte sie hinzu, als sei ihr das gerade erst eingefallen: »Kann ich nicht mitkommen und ein paar Tage bei dir bleiben?«
Wenn Selma zehn Jahre alt gewesen wäre, dachte Amelia, hätte sie sicherlich hinter ihrem Rücken Däumchen gedrückt.
»Ich hätte einen Urlaub wirklich bitter nötig«, fuhr Selma fort, in dem gleichen gespielt lässigen Tonfall. »Ich weiß gar nicht mehr, wann ich das letzte Mal Urlaub gemacht habe.«
»Großmutter, ich würde mich wirklich freuen, wenn

du kommst, aber«, sie schwieg einen Augenblick, »aber im Moment ist das ein bißchen schwierig.«
»Ach, mach dir mal keine Sorgen«, meinte Selma fröhlich, »ich bin mir sicher, daß Henry nichts dagegen hätte, er ist ein netter Junge.«
Amelia atmete tief durch. Sie war müde, es war ein harter Tag gewesen. Dann erinnerte sie sich, daß sie selbst immer zu Selma hatte kommen können. Wenn Selma und Willoughby etwas gegen Amelias Anwesenheit in Ashcombe gehabt hatten, hatten sie das nie gesagt.
»Natürlich würden wir uns sehr freuen, wenn du kommst«, sagte sie nun bestimmt. »Ich mache einen Tag aus, sobald ich wieder daheim bin. Aber ich komme sowieso morgen noch mal vorbei, bevor ich wegfahre. Mummy kommt auch.« Dann löste sie schnell ihre Hand und ging zur Tür. Sie spürte, daß Selma sie nicht aus den Augen ließ.

Am nächsten Morgen um zehn Uhr traf Amelia sich vor dem Hotel mit Dagmar. »Du siehst gut aus.« Dagmar hielt Amelia einen Moment mit ausgestrecktem Arm fest und musterte ihr Gesicht, dann zog sie sie mit einem zufriedenen Lächeln zu sich heran und gab ihr einen Kuß.
»Du auch«, erwiderte Amelia, ebenfalls lächelnd, erstaunt darüber, daß sie die Anwesenheit ihrer Mutter als tröstend empfand. Dagmar sah tatsächlich gut aus: Sie war groß, blond und wirkte elegant mit ihrer grauen Hose und dem marineblauen Blazer – man konnte sich kaum vorstellen, daß sie schon über Fünf-

zig war. Die ewige Schwarzseherei bekam ihr offenbar, dachte Amelia.

»Heute ist so ein schöner Tag«, sagte sie. »Ich glaube nicht, daß wir ein Taxi brauchen.« Während ihres Spaziergangs erzählte sie Dagmar von dem mißglückten Ausflug und davon, wie verwirrt und unglücklich Selma ausgesehen hatte.

»Du hast völlig recht«, murmelte Dagmar.

»Außerdem«, meinte Amelia, weil sie glaubte, ihr so eine Reaktion zu entlocken, »hat Robert sie angelogen, um sie nach Cherryfield zu bringen. Sie glaubt immer noch, daß sie zurück nach Ashcombe kann. Er muß seine Handlungsvollmacht genutzt haben.«

»Oje, oje. Wie schrecklich.« Plötzlich hörte Amelia die Stimme ihrer Mutter etwas entfernt. Als sie sich umdrehte, sah sie, daß Dagmar ein paar Meter weiter stehengeblieben war und die Sohlen ihrer Schuhe begutachtete, zuerst auf dem einen Fuß balancierend, dann auf dem anderen.

»Was ist los?« herrschte Amelia sie an. »Du bist nirgends reingetreten, wenn dir das Sorge macht. Das hätte ich gerochen.« Plötzlich stieg der Zorn auf ihre Mutter wieder in ihr hoch, machte sie grausam. »Konzentrier dich doch einmal auf etwas anderes als auf dich selbst, ja? Du bist nicht in Hundescheiße gestanden, getreten oder gesessen, keine Möwe hat dir in die Haare geschissen ...«

»Bitte«, unterbrach Dagmar sie, »sprich nicht so mit mir. Ich kann nicht anders, das weißt du doch.«

Amelia hätte gute Lust gehabt, ihr eine schallende Ohrfeige zu geben. Peng! Ein roter Handabdruck auf ihrer blassen, glatten Haut. Sie konnte sich nicht erinnern, jemals die ungeteilte Aufmerksamkeit ihrer Mutter genossen zu haben, jemals nicht gegen Hundescheiße, Bakterien, Würmer und alle möglichen Dinge, die man in der Nacht wegwischen muß, angekämpft zu haben.

»Tut mir leid, erzähl mir's noch mal.« Dagmars gerötete Hand berührte Amelias Arm. Und, wie immer nach unangenehmen Vorfällen, sei es nun mit Dagmar oder mit Gerald oder einer Freundin oder einem Verkäufer, der ihr erklärt hatte, daß vierzehn Monate heutzutage für eine Waschmaschine eine anständige Lebensdauer sei, lauerte tief unter Amelias gerechtem Zorn eine leise Stimme, die ihr zuflüsterte: »Eigentlich ist alles deine Schuld, Amelia.« Diese leise Stimme klang triumphierend, und Amelia hatte immer Angst, daß das die Stimme der Vernunft sein könnte.

»Nein, tut mir leid«, sagte sie und erzählte ihr weiter von dem Mittagessen mit Admiral Mallett und Henry.

Als sie vor der Tür zu Cherryfield standen, trat Dagmar einen Schritt beiseite, um Amelia vorzulassen, dann putzte sie sich die Füße auf dem Fußabstreifer ab, jeweils sechsmal.

Selma saß im Gemeinschaftsraum. »Setzen Sie sich doch, Mrs. Lindsay«, sagte Schwester Williams zu Dagmar, bevor sie hinaushuschte, weil eine Glocke geläutet hatte.

Dagmar lehnte dankend ab, sagte, sie wolle sich lieber die Beine vertreten, und beugte sich dann hinunter, um Selma einen Kuß auf die Wange zu geben. Dabei bemühte sie sich, die Armlehne des Stuhls nicht zu berühren. Dagmar sagte immer, die Bakterien seien nicht der eigentliche Grund für ihre Angst, sondern die Furcht, sie auf andere zu übertragen. Amelia überlegte, ob es ihrer Mutter einleuchten würde, wenn sie ihr erklärte, daß sie Gefahr lief, auf ihre zerbrechliche alte Mutter zu fallen und sie zu zerquetschen, wenn sie so krampfhaft versuchte, den Bakterien auf dem Stuhl zu entgehen. Sie nahm Dagmar am Ellbogen und sagte mit einem Blick auf den Stuhl neben Selma: »Willst du dich nicht setzen?«

»Ach ja, Liebes, setz dich doch«, meinte auch Selma. »Sonst habe ich das Gefühl, daß du jeden Augenblick wieder gehst, und dabei freue ich mich doch so, daß ihr da seid.«

Dagmar setzte sich mit einem gequälten Blick auf die äußerste Stuhlkante. »Setz du dich«, sagte sie zu Amelia. Ihre Stimme klang locker, aber ihr Blick flehte Amelia an, ihr nicht zu widersprechen.

»War der Admiral heute schon unten?« erkundigte Amelia sich, während sie Platz nahm.

»Was meinst du, Liebes?« Selma sah sie mit einem höflichen Blick an.

»Admiral Mallett, wie geht's ihm heute?«

»Er ist nicht zum Frühstück runtergekommen. Aber ich auch nicht.« Selma schenkte ihr ein breites Lächeln. »Ach, schau, da ist ja dein junger Freund«, sagte sie und nickte Henry zu, der an der Tür stand. »Warum fragst du nicht ihn? Er scheint Admiral Mallett besser zu kennen als wir alle.«

»Ach, ist Gerald auch hier?« Dagmar wirkte erfreut. »Das ist wirklich nett von ihm, daß er den langen Weg auf sich genommen hat, um Mummy zu besuchen. Paßt gar nicht zu ihm.«

»Guten Morgen allerseits«, sagte Henry und gesellte sich zu ihnen.
»Das ist ja gar nicht Gerald«, zischte Dagmar Amelia ins Ohr.
Amelia stützte den Kopf in die Hände.
»Lassen Sie mich Ihnen einen Stuhl holen, Mrs. Lindsay«, hörte sie Henry sagen. »Sie sitzen doch sicher nicht bequem so.« Als sie den Blick hob, sah sie, wie Henry einen kleinen, chintzbezogenen Sessel von der anderen Seite des Raums holte. Dagmar lächelte weiter, obwohl sie den unregelmäßigen Fleck auf der Sitzfläche mit dem Rosenmuster entdeckt hatte. Auch Henry lächelte, während er ihr den Stuhl hinstellte. Langsam ließ Dagmar sich auf den Stuhl sinken.
»Neulich habe ich ein hübsches Brautkleid in *Vogue* gesehen«, sagte Selma mit bedeutungsvollem Blick an Amelia gewandt. »Das würde dir gut stehen, Liebes. Schlicht, aber wunderschön geschnitten.«
»Du bist ungefähr so subtil wie ein Panzer«, erwiderte Amelia.
»Wo wohl die Toilette ist?« murmelte Dagmar.
»Wann heiraten Sie denn?« fragte Henry Amelia interessiert.
»Das ist schon merkwürdig, daß gerade Sie diese Frage stellen«, meinte Selma mit einem mißbilligenden Lachen.
Amelia wandte sich Henry zu, der allmählich ein wenig verwirrt aussah, und sagte: »Überhaupt nicht, soweit ich weiß.« Am liebsten hätte sie ihre Großmutter an den Schultern gepackt und geschüttelt. Deine Senilität ist nicht für alles eine Ausrede, dachte sie voller Zorn. Dann fiel ihr Blick auf Selmas rechte

Hand, die, obwohl sie sie mit der anderen stützte, nicht aufhörte zu zittern. Wie tanzende Füße an lahmen Beinen, dachte sie. Was bin ich doch für ein Schwein, daß ich so wütend werde.

Sie schenkte Selma ein Lächeln. »Es ist meine Schuld, Großmutter, ich überlege es mir immer wieder anders.«

Dagmar sprang von ihrem Stuhl hoch, wie jemand, der sich lange genug mit dem Gestank eines Hundes zu seinen Füßen abgefunden hatte. »Wo war noch mal die Toilette?« wollte sie wissen.

Amelia sagte es ihr. Ihre Mutter würde hingehen, das wußte sie, nicht weil sie aufs Klo mußte, sondern weil sie ihre Hose anschauen mußte, sichergehen mußte, daß kein Fleck daraufgekommen war von dem Stuhl und daß sie nicht roch. Dann würde sie sich die Hände mit Seife waschen, bis hinauf zu den Gelenken rubbeln, bevor sie sie unters fließende Wasser hielt und sich dabei bemühte, nur ja nicht das Waschbecken zu berühren.

Amelia hatte das oft genug gesehen. Dagmar murmelte dabei normalerweise Sätze wie: »Igitt, war das Gebäck klebrig«, oder, »Ich weiß nicht, warum die bis heute keine Zeitungen erfunden haben, von denen die Druckerschwärze nicht abfärbt«. Die meisten Leute fanden ihr Verhalten nicht merkwürdig. Wenn man adrett aussah und sich ordentlich kleidete, das war Amelia inzwischen klar, mußte man sich noch wesentlich seltsamer benehmen als Dagmar, damit die Welt merkte, daß man völlig daneben war.

Dagmar kehrte entspannt lächelnd wieder. »Ich würde gern ein bißchen mit Mummy spazierengehen, es ist

so schön draußen. Kommst du auch, Liebes?« fragte sie Amelia.
Amelia antwortete, sie wolle nachkommen. »Ich trinke nur noch meinen Kaffee aus.« Eine Schwester half ihnen dabei, Selma in den Rollstuhl zu manövrieren. Während sie sich abmühten, unterhielt sich Amelia im Plauderton mit ihr, um sie von der unwürdigen Situation abzulenken. Fast wie ein Gynäkologe, dachte sie.
Endlich war Selma soweit, und Dagmar schob sie im Rollstuhl hinaus, dessen Griffe sie am äußersten Ende anfaßte.
Henry beugte sich etwas näher zu Amelia herüber. »Denken Sie sich nichts, brüllen Sie einfach los.« Er lächelte sie ermutigend an.
»Geht's Ihrem Vater heute besser?« fragte sie jedoch, obwohl sie staunte, wie sensibel Henry war.
»Danke, ganz gut, aber trotzdem bleibt er heute im Bett. Als ich gegangen bin, hat er geschlafen.«
»Amelia! Amelia!« rief Selma von der Terrasse her, wo Dagmar sie abgestellt hatte. »Liebes, mir ist gerade eine wundervolle Idee gekommen.« Sie beugte sich auf ihrem Rollstuhl nach vorn und schaute durch die Verandatür zu ihnen herein. Auf der anderen Seite des Pfades betrachtete Dagmar verträumt den blühenden Kirschbaum. »Ich gebe an meinem Geburtstag ein Fest, genau wie früher.« Selma streckte die Hände nach Amelia aus.
»Im August bin ich längst wieder daheim. Ich weiß, ohne den lieben Willoughby wird das natürlich alles ganz anders sein«, einen Augenblick verschwand die Freude aus ihrem Blick, doch dann brachte sie ein

Lächeln zustande, »aber das Leben muß weitergehen, wir dürfen nicht aufgeben.«
Amelia schob den Rollstuhl die Terrasse entlang und eine hölzerne Rampe hinunter auf den Rasen. Dann winkte sie Henry zu, der eine Zeitschrift durchblätterte.
»Ich werde Admiral Mallett einladen. Du kennst den Admiral doch, oder?« Die ständigen Wiederholungen machen einen irgendwann mürbe, dachte Amelia, während Selma weitersprach: »Und die kleine Mrs. Finch dürfen wir nicht vergessen, und Sheila und Mark und Tony Bellamy ...« Dagmar gesellte sich zu ihnen, als sie wieder zur Terrasse zurückkehrten.
»Und dann wäre da noch Violet. Die müssen wir unbedingt einladen.« Selma lächelte glücklich.
Durch die Verandatür sah Amelia, daß Henry nicht mehr dasaß.
Später, als das Mittagessen aufgetragen wurde, verabschiedete sie sich von Selma und meinte, an Dagmar gewandt, mit forscher Stimme: »Du bleibst doch den ganzen Tag, nicht wahr, Mummy?«
Dagmar nickte mit einem Märtyrerblick.
»Ich muß zurück nach Davenport«, sagte Henry, der gerade vom Zimmer seines Vaters zurückkehrte. »Ich kann Sie zum Bahnhof bringen.«
Eine Weile fuhren sie schweigend dahin. Es dauerte immer eine gewisse Zeit, bis man Cherryfield abgeschüttelt hatte, dachte Amelia. Als sie auf die Straße nach Plymouth einbogen, sagte sie zu Henry: »Würde es Ihnen was ausmachen, wenn ich ein paar Minuten auf Gott schimpfe?«

»Tun Sie sich keinen Zwang an.« Henry lächelte. Er fuhr ziemlich schnell auf der Überholspur.
»Aber jetzt mal im Ernst«, sagte Amelia, während sie sich erhitzt die Haare aus dem Gesicht strich, »Gott scheint immer mit der einen Hand einzufordern, während er mit der anderen austeilt. Schauen Sie sich das Leben doch mal an. Wir bekommen es, wunderbar! Aber das Ende ist immer traurig. Ich meine, wer hat schon jemals was von einem glücklichen Tod gehört?«
Henry gab keine Antwort, schien aber zuzuhören, während er eine Reihe von schweren Lastern überholte.
»Man möchte meinen, daß wenigstens die Geburt das reine Glück ist, aber nein. Sogar heute noch, wo nicht mehr allzuviel dabei passieren kann, ist sie immer mit Schmerz verbunden und für die Frau ziemlich erniedrigend. Alle frommen Sprüche, die man anständigen Mädchen seit Eva eingebleut hat, werden ad absurdum geführt. ›Halt die Beine zusammen‹, heißt es seit Urzeiten, und plötzlich muß das arme Mädel die Beine für die halbe Welt breit machen ...« Amelia schwieg. »Ich mache immer den gleichen Fehler«, sagte sie. »Tut mir leid, aber ich bin nun mal hoffnungslos vulgär.«
»Kein Problem.« Henry bog nach rechts, in Richtung des Bahnhofs. »Reden Sie ruhig weiter.«
»Das ist bloß ein kleines Beispiel«, fuhr Amelia fort, »aber ich finde, es wäre angenehm, wenn die Dinge, die wir gern für uns behalten, und die Dinge, die nicht alle sehen dürfen, ein bißchen gleichmäßiger am Körper verteilt wären ... und nicht auf einen Punkt konzentriert«, schloß sie lahm.
»Ich glaube«, sagte Henry, »daß Sie Gott ein bißchen

unrecht tun. Den meisten von uns hat er wunderbare, effektive Fortpflanzungsorgane gegeben, die außerdem noch andere, genauso notwendige Funktionen übernehmen, das ist alles. Sie können ihm wohl kaum die Schuld dafür geben, daß wir unsere Unschuld verloren haben und plötzlich prüde und kultiviert geworden sind, oder?« Er hielt vor dem Bahnhof. »Schließlich bräuchten Sie dafür ziemlich große Ohren, meinen Sie nicht auch?« Dann stieg er aus und öffnete ihr die Beifahrertür.

6 Der Hals einer Champagnerflasche ragte aus dem Eis hervor, das in einem roten Plastikeimer schmolz. Er stand in der Mitte des Küchentisches und war das erste, was Gerald sah, als er, zwei Stunden zu spät, aus dem Büro nach Hause kam. »Was soll denn das?« Er warf seine Aktentasche auf einen Stuhl und lockerte seine Krawatte.

»Was das soll? Ach, nichts Besonderes.« Dann lächelte Amelia und schlang ihm die Arme um den Hals. »Ich hatte nur Lust zu feiern, das ist alles.«

»Wahrscheinlich hast du das noch nicht gemerkt, aber wir stecken mitten in einer Rezession. – Ist ja egal«, sagte er mit gezwungen geduldiger Stimme, »was wolltest du feiern?«

»Daß wir nicht alt und inkontinent sind – schon gut, ich gehe jetzt jede Nacht viermal aufs Klo, aber wenigstens erreiche ich es noch rechtzeitig –, daß wir unsere eigene Wohnung haben, wo wir machen können, was wir wollen, die Füße auf den Tisch legen, Wein trinken, lesen, die ganze Nacht aufbleiben, den Tag verschlafen, ein Fest geben.« Sie griff nach einem langen, schlanken Glas und stellte es vor ihn hin. »Alles. Weißt du überhaupt, was für ein Luxus es ist, wenn man in seine eigene Küche gehen und kochen kann, was man will, und es dann vielleicht noch ins Wohnzimmer mitnehmen und vor dem Fernseher essen kann?«

»Du weißt genau, daß ich nicht gern vor dem Fernseher esse«, sagte Gerald und setzte sich seufzend.

Amelia wagte einen neuen Anlauf. Mit ernstem Gesicht sagte sie: »Und was am wichtigsten ist: Wir haben einander.«

Sie holte die Flasche aus dem Eimer. Dabei tropfte das Eiswasser auf ihren khakifarbenen Rock und die weiße Baumwollbluse. Das Hemd gehört doch mir, dachte Gerald. Wie macht sie das bloß, fragte er sich. Wie kann ein so unklarer, so zerbrechlicher Mensch wie Amelia sich mit solcher Kraft an einer Illusion festklammern? Müde nahm er das Glas, das sie ihm reichte, natürlich hatte sie es zu voll eingeschenkt. Er nippte an dem Champagner und dachte, daß ihm ein Glas wirklich guter Chablis viel lieber gewesen wäre.

Früher am Tag war Geralds Vater auf einen Plausch zu seinem Sohn ins Büro gekommen. »Gerald, alter Junge«, hatte er angefangen und dabei die Schulter seines Sohnes berührt wie jemand, dem man sagt, er solle eine zahme Schlange streicheln, »ich weiß, daß sich seit meiner Jugend ein paar Dinge geändert haben, schließlich leben wir jetzt in den neunziger Jahren. Ich meine, heutzutage kann man ja kaum den

Fernseher anschalten, ohne daran erinnert zu werden.«
Gerald konnte es sich nicht verkneifen zu fragen: »Weißt du nur deshalb, weil du den Fernseher anstellst, daß wir in den neunziger Jahren leben?«
»Ach, egal.« Norman Forbes ließ seinen Mittelfinger unter seinen Kragen gleiten. »Ich will nur sagen: Es wird Zeit, daß du Amelia ... daß ihr heiratet, Zeit, daß ihr eine Familie gründet, obwohl mich das natürlich nichts angeht. Aber schließlich ist Amelia jetzt schon über Dreißig ...« Mit einem Blick auf Gerald räusperte er sich und fuhr fort: »Die Bohemienzeit, das ist eine Phase, die vergeht, genauso, wie fast jeder Mann irgendwann mal einen anderen Mann attraktiv gefunden hat. So was passiert eben.« Einen Augenblick wirkte Norman wehmütig.
Gerald trommelte mit den Fingern auf dem Schreibtisch herum.
»Ein Leben in Sünde ...«, meinte Norman, »von einem Künstler erwartet man so was, ist wahrscheinlich gut fürs Image. Aber jetzt bist du Anwalt, und das macht einen großen Unterschied, jedenfalls in Hampshire.«
Gerald seufzte. »Das sagt Amelia auch immer.«
»Tja, sie ist eben ein vernünftiges Mädchen. Jetzt habe ich dir gesagt, was ich denke, als dein Vater und als Teilhaber der Firma. Aber natürlich ist es dein Leben und deine Entscheidung.« Dann hatte Norman ermutigend gehüstelt und war mit zufriedenem Blick aus dem Zimmer gegangen.
Gerald hatte mit der Faust mehrere Male ziemlich fest gegen den Türrahmen gehämmert, dann war er zu Clarissa in das kleine Büro gleich nebenan gegan-

gen und hatte ihr zusätzliche Arbeit gebracht, damit sie länger dableiben mußte.
Wieder in seinem Büro, hatte er sich in den braunen Sessel gesetzt, den er von seinem Großvater geerbt hatte, und darüber nachgedacht, wie sehr er seinem Vater und Amelia doch zustimmte. Es war wirklich an der Zeit, zu heiraten und eine Familie zu gründen.
Doch in einem Punkt unterschied sich seine Sicht von der ihren: Nicht mit Amelia wollte er sein neues Leben teilen, sondern mit Clarissa. Er wollte Clarissa heiraten, Clarissa sollte die Mutter seiner Kinder werden – Clarissa mit ihrem gesunden Menschenverstand und ihrer Selbständigkeit, zu der ein Schuß Respekt vor Gerald kam. Amelia hingegen, dachte er, war eine ständige Erinnerung an all die Träume der Vergangenheit, die bei der Kollision mit der Realität geplatzt waren wie eine Seifenblase.
»Sonderlich spritzig bist du heute aber nicht.« Amelia gab sich größte Mühe, nicht weinerlich zu klingen, und beugte sich lächelnd über den Küchentisch zu Gerald, der mürrisch die Vase mit dem riesigen Strauß Narzissen anstarrte. Dann schnüffelte sie und richtete sich auf. »Was ist denn das für ein Parfüm?«
»Was? Ach so.« Gerald räusperte sich. Das war seine Chance, endlich alles zu klären. Tut mir leid, altes Mädchen, würde er sagen. Da ist eine andere. Was du an meinem Revers riechst, ist Diorissimo, das Parfüm, das sie verwendet.
Er leerte das fast noch volle Glas Champagner. »Ach das«, antwortete er. »Eines von den Mädchen, eine Aushilfe, hat eine ganze Flasche von dem Zeug über eine von meinen Akten geschüttet.« Das war's also. Er

hatte es verpatzt. »Riecht gar nicht so schlecht«, fügte er noch lahm hinzu.
Später lag Gerald auf seiner Seite des breiten Messingbettes und konnte nicht einschlafen. Die Ungerechtigkeit der Situation hielt ihn wach. Wie sollte er schlafen, wenn die Welt um ihn herum so völlig unvernünftig war? Er, ein fünfunddreißigjähriger Anwalt auf dem Weg nach oben, konnte seine achtbare und gescheite Assistentin Clarissa nicht heiraten. Er konnte sie nicht heiraten wegen seiner Geliebten.
Er schlug seinen Teil des Oberbetts zurück und setzte sich auf. Dann goß er sich aus der Evian-Flasche Wasser in das Glas, das auf seinem Nachtkästchen stand. »Geliebte« – das war altmodisch, das wußte er. Er trank das Wasser mit zwei großen Schlucken aus. Aber genau das war sie, seine Geliebte. Es wäre schön gewesen, wenn er noch das Adjektiv »ausgehalten« hätte hinzufügen können, aber er wußte, daß das nicht fair war. Schließlich verdiente sie als Freiberuflerin gar nicht so schlecht, und außerdem war da noch das Geld vom Verkauf ihrer Wohnung.
Doch sie hatte die Mentalität einer Frau, die sich aushalten ließ, dachte er, als er sich zornig wieder zurücklegte. Eigentlich erstaunte es ihn, daß sie in ihrem Beruf soviel Erfolg hatte.
Er erinnerte sich daran, wie er sie bei der Vernissage kennengelernt hatte. »Wollen Sie für mich Modell stehen?« hatte er sie schon bald gefragt. »Ich möchte einen Akt malen«, hatte er gesagt und ihr tief in die schrägen grauen Augen geschaut. »So eine Art Rubens in den achtziger Jahren; die Üppigkeit der Vergangenheit verbunden mit der neuen, kantigeren Frau von heute.«

Dann hatte er sein Weinglas geleert und erwartet, daß sie entweder lachen würde oder beleidigt wäre.
Doch sie hatte nur gelächelt und gesagt: »Ja, warum nicht. Wann?«
Typisch Amelia, dachte er verbittert. Dieses sofortige und überraschende Ja, ihr lächelndes Auftauchen im Atelier am nächsten Nachmittag, wie vereinbart. Und dann ihre Panik, ihre Weigerung, ihr schlankes, nacktes Bein so über die Armlehne des Sessels zu legen, wie er wollte.
»Tut mir leid, wirklich«, hatte sie geschluchzt, »aber ich kann die Beine nicht spreizen.«
Gerald stützte sich auf einen Ellbogen und betrachtete Amelia, die neben ihm schlief, betrachtete ihre welligen rotbraunen Haare, die auf dem weißen Kissen ausgebreitet lagen, ihre Wange mit den hellen Sommersprossen, die auf ihrer Hand ruhte. Einen Augenblick machte der Zorn Zärtlichkeit Platz, ohne daß er das gewollt hätte. Er beugte sich zu ihr hinunter, küßte sie leicht auf die Wange, seufzte tief, rollte auf den Rücken und schloß die Augen.

Hitler hatte unter Waschzwang gelitten, und Stalin, das hatte Dagmar irgendwo gelesen.
Nicht gerade die beste Gesellschaft, dachte sie, konnte sich jedoch ein trauriges Lächeln nicht verkneifen. Sie saß im Bett, eingehüllt von ihrem Elend wie von einer Decke. Sie war sich im klaren darüber, daß sie an diesem Elend selbst schuld war, daß kein äußerer Anlaß dafür bestand, aber das, so dachte sie, half ihr ungefähr genausoviel wie das Wissen, daß man nie vor den Bus hätte laufen sollen.

Ich habe meinen Mann verjagt mit meiner Neurose. Und ich habe Amelias Achtung für immer verloren. Dagmar wischte sich die Tränen aus den Augen, holte ein frisches Kleenex aus der Schachtel neben sich und putzte sich geräuschvoll die Nase. Wie sollte ein Kind eine Mutter wie Dagmar auch respektieren? Eine Mutter, die, statt sich wie alle anderen über den kalten Krieg Sorgen zu machen oder darüber, welchen Einfluß Mick Jaggers sinnliche Lippen auf die Unschuld ihrer Töchter hatten, wertvolle Stunden und Tage damit verbrachte, sich Gedanken darüber zu machen, ob eine Türklinke zum Überträger einer tödlichen Krankheit werden konnte oder nicht.

Und jetzt bin ich fünfundfünfzig Jahre alt und mache mir immer noch Sorgen über die falschen Dinge. Auf der ganzen Welt artikulierten Frauen ihre Betroffenheit über Atomkraft und AIDS und dachten nach über die Hormonsubstitution. Doch Dagmar gehörte nicht zu ihnen. Auch ihre Gedanken drehten sich hin und wieder um diese Probleme, und die Schlüsse, zu denen sie gelangte, waren im großen und ganzen auch vernünftig. »Er soll ein Kondom verwenden, wenn du dir nicht hundertprozentig sicher bist«, hatte sie Amelia geraten. »Und so kaltherzig das auch klingen mag, aber überleg dir Zungenküsse genau, besonders, wenn einer von euch eine Verletzung im Rachenraum hat.«

Doch das waren ganz alltägliche Sorgen, und wenn man den ganzen Tag damit verbracht hat, Kleiderbügel zu desinfizieren, war kaum noch Raum für die Normalität.

Als sie jetzt auf dem großen Ehebett saß, das sie nie ersetzt hatte, dachte sie einen Augenblick an all die vergeudeten Jahre, an all die Flugzeuge, die über ihren Kopf hinweggeflogen waren, während sie am Boden festklebte mit ihrem unnötigen Gepäck. Doch lange konnte sie nicht daran denken, denn sonst wäre ihr das Wissen um all die vergeudete Zeit unerträglich geworden.

Sie griff nach den Büchern auf dem Nachtkästchen. Ein bißchen Wodehouse würde sie aufmuntern, das tat er immer. Sie hatte eine neue Gesamtausgabe gekauft. Schon seit einiger Zeit hatte sie aufgehört, sich Bücher aus der Bibliothek zu holen, denn sie hatte entdeckt, daß manche Menschen tatsächlich beim Lesen in der Nase bohrten.

Sie schlug das Buch beim Anfang der zweiten Geschichte auf. Schon nach ein paar Zeilen merkte sie, daß sie sich nicht konzentrieren konnte. Sie mußte sich die Hände waschen. Sie versuchte sich einzureden, daß es keinen Grund gab, warum sie sie waschen mußte. »Schau«, sagte sie sich, »schau, sie sind ganz sauber.« Aber sie konnte Madeleine Bassets sentimentale Sprüche nicht genießen und nicht über Berties Auseinandersetzungen mit seinen Tanten lachen, solange sie das Gefühl hatte, ihr Magen sei von hüpfenden Flöhen bevölkert.

Wieder streckte sie ihre rauhen Hände aus. »Schau doch, du dumme Kuh, sie sind völlig sauber, siehst du das denn nicht?« Sie redete auf sich ein, aber es nützte nichts, die Flöhe hüpften in ihren Eingeweiden herum. Wieder einmal den Tränen nahe, legte sie das Buch auf einen unberührten Teil des Oberbetts und tappte ins Bad.

Das war das Schlimme an den Bakterien, sinnierte

sie, während sie ihre Hände unter dem laufenden Wasser schrubbte: Man konnte sie nicht sehen. Warum trugen sie nicht scharlachrote T-Shirts mit der Aufschrift »Ich bin eine schädliche Bakterie« auf der Brust?
Sie ging wieder ins Bett, streckte die Beine aus. Fürs erste waren die Flöhe gebändigt. Nächstes Mal, versprach sie sich, während sie das Buch in die Hand nahm, würde sie nicht mehr klein beigeben.

In Cherryfield lag auch Selma im Bett, bereits seit neun Uhr. Sie hatte eine Weile geschlafen, jetzt döste sie vor sich hin. Ihr Bett war warm und weich, das Zimmer dunkel. Ihr Zeh tat ihr nicht weh. Wenn Willoughby zu ihr ins Bett kam, würde sie es ihm sagen. Er machte sich Sorgen um sie, das sah sie an der Art und Weise, wie er sie anschaute, wenn er glaubte, sie würde es nicht merken: halb liebevoll, halb verzweifelt.
»Geh doch mal zu Dr. Scott«, hatte er gesagt, als der Zeh ihr immer mehr weh getan hatte, als der dunkle Fleck auf ihrer Haut immer größer geworden war.
Doch Selma war nie zum Arzt gegangen, und das wußte Willoughby, Gott hab ihn selig, auch.
Sie lächelte in der Dunkelheit des Zimmers vor sich hin. »Lieber, lieber Willoughby«, murmelte sie schläfrig. Welches Glück, daß sie ihn gefunden hatte. Er hatte sie geheiratet, als sie das Gefühl gehabt hatte, nichts als Kummer mit ihm teilen zu können. Er war Dagmar ein ebenso liebevoller und geduldiger Vater gewesen wie seinem eigenen Sohn.
»Ich kam nach Schweden, um Eisenerz zu finden, doch

ich habe reines Gold entdeckt«, erzählte er allen, die es hören wollten, allen, die von ihm erfahren wollten, wie er nach Schweden ging und mit einer schönen jüdischen Frau und einer kleinen blonden Tochter zurückkehrte.

Selma ließ sich auf ihren schönen Erinnerungen dahintreiben. Als ihr Blick jedoch auf fremde Gegenstände fiel, versuchte sie, sich aufzusetzen. Wo war der große bemalte Spiegel auf ihrer Frisierkommode? Und wo war die Chaiselongue ihrer Mutter? Wo war Willoughby?

Sie tastete an der Kante des schmalen Bettes entlang.

»Willoughby!« schrie sie.

Draußen waren Schritte zu hören, dann ging langsam die Tür auf, ein Lichtstrahl fiel herein. Schlurfende Schritte näherten sich dem Bett. Aus der Dunkelheit tauchte eine Hand auf und tastete oben auf dem Nachtkästchen herum. Vor sich hinmurmelnd griff der Admiral in das Glas, in dem Selmas Gebiß lag. Nachdem er es flüchtig am Seidenrevers seines Morgenmantels abgewischt hatte, ließ er es in einen Waschbeutel gleiten, wo es gegen die anderen fünf, die er bereits eingesammelt hatte, klapperte.

„Wer ist da?« Selmas Stimme zitterte, als sie nach dem Licht suchte, die Decke bis ans Kinn hochgezogen. »Wer ist da? Was ist los?«

Doch der Admiral hatte sich bereits wieder entfernt.

7 Am nächsten Morgen wachte Amelia mit einem Kater auf. Das war Geralds Schuld. Sie hatte am Vorabend fast die ganze Flasche Champagner allein trinken müssen, er hatte nicht einmal ein zweites Glas gewollt. Sie legte ihre kühlen Handflächen auf die Schläfen. Wenn er schon die ganze Zeit von Rezession redete, dachte sie wütend, mußte sie doch das Gefühl bekommen, sie müsse die Flasche austrinken. Und jetzt war er verschwunden, ohne sie aufzuwecken.

Als sie sich die Zähne putzte, jeden einzelnen dreißig Sekunden lang, wie ihr Zahnarzt ihr geraten hatte (das schien ihr weniger anstrengend als ihre nächsten Schritte zu überlegen), betrachtete sie ihr Gesicht im Spiegel. Gar nicht so schlecht, dachte sie, als sie die Zahnpaste von ihrem Mund wegwischte, wenn man bedachte, wie mies sie sich fühlte. Sie hatte nicht den Eindruck, daß Gerald sie überhaupt noch anschaute – wie schade. Schon bald würden all diese prallen kleinen Zellen austrocknen, und ihre Haut würde ihrem Fleisch kaum noch mehr Halt bieten als ein ausgewaschener Büstenhalter oder eine von diesen Netztaschen, die sich bei jedem neuen Einkauf noch ein Stückchen weiter nach unten dehnten.

Während sie sich aufrichtete, fragte sie sich, ob ein Stift, den sie unter ihre Brüste klemmte, immer noch zu Boden fallen würde. Es war vernünftiger, den Versuch erst gar nicht zu wagen.

Einunddreißig war eigentlich kein Alter, dachte sie, doch irgendwie schienen die Straßen voll von jüngeren Leuten zu sein. Sie zog das Nachthemd über den Kopf, ließ es zu Boden gleiten, stieg darüber und ging unter die Dusche.

Auch Vierzig war noch nicht alt, man kam den Fünfzig nur schon näher. Ohne großen Erfolg versuchte sie, mit dem Duschgel ein wenig Schaum auf ihrem Körper zu verteilen. Das Leben, dachte sie, war eine einzige Hetze von einem Geburtstag zum nächsten. Man wurde geboren, tanzte ein wenig durch die Welt und landete schließlich in Cherryfield.
Vielleicht, überlegte sie, während sie sich mit Geralds Handtuch abtrocknete – das ihre lag noch immer im Schlafzimmer -, vielleicht litt er unter der Midlifecrisis? Ihre verheirateten Freundinnen verwendeten das Wort im Zusammenhang mit ihren Ehemännern ziemlich oft. Natürlich war das eine praktische Verallgemeinerung, denn zahllose kleine und größere Sünden ließen sich so wegrationalisieren – alles, von unvorhergesehenen Wutausbrüchen über übellaunige Bemerkungen wie »Na schön, gegrillte Lammkoteletts sind also immer meine Lieblingsspeise gewesen, aber jetzt eben nicht mehr!« bis zu zerstreutem Verhalten im Bett.
Sie zog sich an und rieb sich eine Sunblockercreme ins Gesicht, während sie darauf wartete, daß sich zwei Aspirin in einem Glas Mineralwasser auflösten. Sie hatte das Gefühl, als könne sie verstehen, was solche Männer durchmachten, verstehen, aber nicht entschuldigen. Sie sah sie vor sich: jung und voller Selbstvertrauen, sicher, daß sie es weit bringen würden im Leben, daß sie das Chaos der Welt in den Griff bekommen würden. Doch nur allzubald standen sie an der Schwelle zum mittleren Alter, konnten kaum etwas anderes verändern als ihre Frauen.
Aber Gerald war noch jung. Sie sah sich das Foto an,

das sie im letzten Sommer von ihm gemacht hatte, während sie sich großzügig mit Shalimar einsprühte. Sie trug gern Shalimar bei der Gartenarbeit, weil das überhaupt nicht paßte. Er hatte immer noch die Chance, es als populärer Rechtsberater ins Fernsehen zu schaffen oder gegen die Zerstörung der Regenwälder zu kämpfen.

Warum war Gerald so unzufrieden? Amelia stach mit einer Mistgabel in die schwere, schwarze Erde und versuchte, den Lauch vom letzten Jahr zu lockern.

In der Nacht hatte es geregnet, und jetzt glitzerte die Sonne auf den Wassertropfen, die sich auf den fahlgrünen Blättern gesammelt hatten. Der aromatische Duft der sich langsam erwärmenden Erde vermischte sich mit dem säuerlichen Geruch des Lauchs, und ein paar Schritte entfernt, am Rand des Gemüsebeetes, blühte die Zypresse rosafarben.

Amelia richtete sich mit dem Trog voll erdigen Lauchs auf und lauschte auf das Gezwitscher der Vögel, das einen so angenehmen Kontrast zum Dröhnen des Verkehrs bildete. Ich liebe diesen Ort, dachte sie.

Als sie wieder hinein ging, läutete das Telefon. Sie ließ sich nicht die Zeit, ihre Schuhe auszuziehen, sondern hastete durch die Küche und in den Flur.

»Ich bin's, Henry Mallett.« Seine Stimme klang höher, als sie sie in Erinnerung gehabt hatte. »Ich habe mir Ihre Nummer in Cherryfield geben lassen, hoffentlich macht Ihnen das nichts aus.«

»Aber nein«, sagte Amelia, während sie sich auf die Kante des Tischchens im Flur setzte und dabei zusah, wie der Schmutz von ihren Schuhen auf den beigefarbenen Teppich bröckelte.

»Schwester Morris hat gesagt, es würde Ihnen sicher nichts ausmachen – ›Schließlich sind Sie ja Geistlicher, Mr. Mallett‹«, Henry gelang eine halbwegs passable Imitation von Schwester Morris' Stimme. »Ich wollte eigentlich nur wissen, ob Sie bald wieder vorbeischauen. Dann könnten wir zusammen zum Abendessen gehen.« Kurzes Schweigen. »Das würde mich aufmuntern.«
»Ich fürchte, Gerald ist es nicht recht, wenn ich sooft nach Cherryfield fahre«, sagte Amelia. »Ich wollte eigentlich erst nächste Woche wieder hin.« Sie schwieg eine Weile. »Ist irgend etwas Besonderes passiert, daß Sie Aufmunterung benötigen?«
»Nein, nein. Es hat nur ein bißchen Ärger gegeben mit meinem Vater, es ging dabei um Gebisse. Wir sehen uns, wenn Sie das nächste Mal herkommen.« Dann verabschiedete er sich.
Amelia legte mit dem unangenehmen Gefühl auf, Henry im Stich gelassen zu haben.

Zur gleichen Zeit saß Schwester Morris in der Küche von Cherryfield und betrachtete verzweifelt die Gebisse, die vor ihr auf dem Tisch lagen. Die Bewohner waren im Speisesaal versammelt und wurden allmählich unruhig.
»Ich weiß einfach nicht, wie wir jemals rauskriegen sollen, welches wem gehört.«
»Das müssen Sie machen wie im Märchen.« Schwester Williams eilte mit ein paar leeren Tassen in den Händen herein.
»Wie bitte?« fauchte Schwester Morris sie an.
»Bereisen Sie das Königreich und setzen die die Ge-

bisse allen ein.« Damit verschwand Schwester Williams.

»Sehr witzig.« Schwester Morris starrte die Gebisse mißbilligend an. Kopfschüttelnd sagte sie zu der Köchin: »Sie werden Tapioca-Pudding machen müssen, Ruth, es hilft nichts.«

»Kein Tapioca«, antwortete Ruth, die so sparsam mit ihren Worten umging, als müsse sie sie höchstpersönlich von ihrem kargen Gehalt bezahlen. »Am Mittwoch ist Körnertag.«

»Aber was sollen wir denn machen?« jammerte Schwester Morris. »Stellen Sie sich doch mal vor, was die Körner mit dem Gaumen der alten Leutchen anstellen.«

»Lieber nicht«, erwiderte Ruth.

Als Gerald am Abend aus dem Büro zurückkehrte, hastete Amelia zu ihrer Schreibmaschine im Erker des Wohnzimmers, damit es so aussah, als habe sie die ganze Zeit gearbeitet. Er verkündete: »Ich nehme eine Woche frei. Ich gehe mit Nick und Tom zum Angeln.« Er sagte das mit ziemlich zorniger Stimme, als reagiere er, dachte Amelia, auf einen Krach, den sie noch gar nicht geschlagen hatte. »Ach«, antwortete sie nur.

»Na komm schon, raus damit, du bist enttäuscht.« Mit wütendem Blick warf Gerald sein Sakko auf den Sessel. »Weißt du, ich bin nicht dein Eigentum.«

»Ich habe nie ...«

»Du mußt wirklich ein bißchen unabhängiger werden.«

»... gesagt, daß du mein Eigentum bist.«

»Du mußt lernen, allein zurechtzukommen.« Gerald nahm die Zeitschrift von Amelias Schreibtisch, warf einen Blick auf die aufgeschlagene Seite und knallte sie wieder auf den Tisch.
Auch Amelia betrachtete die Seite, die ihr ziemlich harmlos erschien; es ging darin um religiöse Feste.
Sie hörte ein sprudelndes Geräusch, als Gerald eine Flasche Tonic Water aufmachte. Dann fluchte er, als das Tonic auf Tante Ediths Rosenholztisch lief. »Jemand hat die verdammte Flasche geschüttelt«, sagte Gerald langsam.
Amelia hatte genug. »Das war ich«, sagte sie. »Mir sind bei meinem letzten Auftritt die Rasseln ausgegangen. Und wenn du unbedingt zum Angeln möchtest, ist das deine Sache, schließlich sind wir ja nicht verheiratet.«
»Genau.« Gerald wandte sich ihr mit fast zufriedenem Gesicht zu. »Wußte ich's doch, daß du diesen Punkt früher oder später zur Sprache bringen würdest.«
Den Tränen nahe, meinte Amelia: »Ich komme mir vor, als würde ich mit der Herzkönigin aus *Alice im Wunderland* sprechen. Ich wollte bloß sagen, daß ich dir zustimme: Du bist nicht mein Eigentum. Und wenn es mir etwas ausmacht, daß du wegfährst, liegt das nur daran, daß *ich* nicht ohne dich fahren würde, und deshalb bin ich vielleicht ein bißchen enttäuscht, daß du nicht das gleiche empfindest.« Sie wischte sich zornig die Tränen mit dem Ärmel ihres Sweatshirts weg. »Das ist alles«, fügte sie lahm hinzu.

Am Sonntag fuhr Gerald zum Angeln. Er hatte den größten Teil der vorangegangenen beiden Tage damit verbracht, Ruten und Dosen und Stiefel aus den unterschiedlichsten Teilen des Hauses in den Flur zu tragen. Sie hatten lediglich miteinander gesprochen, um die Dinge des täglichen Lebens zu regeln. Amelia hatte die Hoffnung gehegt, daß ihr untypisches Schweigen Gerald in Besorgnis stürzen würde, doch irgendwann kam sie zu dem Schluß, daß ihm dieses Schweigen entweder angenehm oder daß es ihm überhaupt nicht aufgefallen war. Sie schaute weiterhin die Immobilienanzeigen der örtlichen Zeitungen durch, um vielleicht geeignete Räumlichkeiten für ein Café zu finden, und arbeitete an einem Artikel über die Einführung multikultureller Gremien in den örtlichen Schulen.

»Da kenne ich mich besonders gut aus«, murmelte sie vor sich hin, während sie Gerald dabei zusah, wie er nach seinem Exemplar von *Fliegenfischen: Die Poesie der Bewegung* suchte. »Schließlich bin ich halb Schwedin, halb Engländerin, eine anglikanische Jüdin, und ich lebe in einem unorthodoxen Verhältnis mit einem Schwein zusammen.«

»Was hast du gerade gesagt?« Gerald wandte sich ihr mit einem aufrichtig freundlichen Lächeln zu, und Amelia, die sich sofort schämte, lächelte zurück. »Nichts, gar nichts.« Die Neigung, von jemandem Besitz zu ergreifen, ist wirklich ein schrecklicher Charakterzug, dachte sie. Also fügte sie hinzu: »Hoffentlich beißen die Fische.«

»Wo?« fragte Gerald und brachte sie zum Lachen.

Sein Abschiedskuß war erstaunlich herzlich, da er in der einen Hand einen Koffer hatte und in der anderen zwei Angelruten. »Fährst du am Freitag nach

Cherryfield?« wollte er wissen. »Ich würde gern wissen, wo ich dich erreichen kann. Paß auf dich auf«, rief er ihr aus dem Auto zu und hob den Arm zum Abschied, als er wegfuhr. Amelia, die ihm von der Haustür aus nachwinkte, hatte das Gefühl, daß der Wagen auf die Straße hinaussprang wie ein kleines Lamm beim Anblick einer satten grünen Weide.

8 Amelia schloß hinter Gerald die Haustür, straffte die Schultern und beschloß, die Zeit, die er weg sein würde, gut zu nutzen. Eigentlich, dachte sie, während sie ihren Schreibtisch ordnete, war es gar nicht so schlecht, eine Woche für sich zu haben. Sie konnte den Artikel fertig schreiben, ihren Schrank ausmisten und mit Freunden zum Mittagessen gehen, vielleicht sogar Selma besuchen.
Doch jeden Abend, wenn die Schatten im Garten länger wurden wie Geister, die ihre Gewänder über die Rosenbeete zogen, fühlte sie sich einsam. Fast war es, als brauche sie ein anderes Lebewesen, um sicher zu sein, daß sie auch außerhalb ihrer eigenen Phantasie existierte.
Als sie mit Gerald nach Abbotslea gezogen war, hatte sie von eifrigen Pfarrern auf der Suche nach Sherry und bekehrbaren Schäfchen geträumt, von Postmeisterinnen, die immer auf einen Plausch aus waren, und von neugierigen Nachbarn. Sie hatte neugierige Nachbarn schon immer gemocht, weil sie sich wenigstens um den anderen kümmerten, doch der Ort hatte

sich als herbe Enttäuschung erwiesen. Vielleicht war er pittoresk, aber überall standen Häuser zum Verkauf, die Schilder ragten vor den rosenüberwachsenen Cottages aus dem Boden, da die jüngeren Bewohner sich größere Behausungen zulegten, und die älteren, die neugierigen Kirchgänger, die gerne mal auf einen Plausch zusammenkamen, allmählich wegstarben.

Der wahre Kollektivismus, dachte Amelia, war nicht in Bulgarien zu finden, sondern unter den älteren Einwohnern eines englischen Ortes auf dem Lande. »Ich hab heuer jede Menge Saubohnen. Willst du welche? Ich hätte dafür gern was von deinen roten Rüben.« Im Schaufenster des örtlichen Kramerladens war ein Schild angebracht mit dem Text: »Ich fahre jeden ersten Donnerstag im Monat in die Stadt und habe drei freie Plätze im Wagen. Wer mitfahren will, soll um halb neun an der alten Bushaltestelle an der Main Street warten.«

Aber all das verschwand allmählich. Es lag begraben in dem hübschen Kirchhof oben auf dem Vicarage Hill, zusammen mit den Gebeinen der alten Miss Craig, der herrschsüchtigen Miss Payne und des Major Stapleton von den Royal Fusiliers. Ihnen folgten die neuen Dorfbewohner nach, die sich gegenseitig die Schuld dafür gaben, daß es kein Dorfleben mehr gab, wenn sie den Sieben-Uhr-fünfzehn-Zug nach London bestiegen oder, so räumte Amelia ein, hinter verschlossenen Türen für die überregionalen Blätter an Artikeln über den Verfall der Dorfgemeinschaft schrieben.

Als Amelia am Mittwoch abend sechs auf Video aufgenommene Folgen der Serie *Neighbours* anschaute, das Essen vor sich, dachte sie, daß sie eigentlich auch nur

eine Schmarotzerin war. Ohne einen anderen Menschen, an dem sie sich aufrichten konnte, funktionierte sie nicht besonders gut, versagten ihre Gedanken. Während sie sich die Folgen ansah, schob sie die klebrigen, allmählich kalt werdenden Nudeln auf ihrem Teller herum. In der Ferne lockte Cherryfield wie eine alte, aufgedonnerte Nutte: »Gib mir dein Geld, dann sorge ich schon dafür, daß du dich wohl fühlst bei mir.«
»Und so«, sagte sie laut, »habe ich also meine wertvolle Zeit verbracht, bis sie mich in ihre Arme nimmt.« Sie glaubte zu sehen, wie ihre Worte sich im Raum ausbreiteten, an der Fußbodenleiste entlanghuschten, über die Stühle und das Sofa, nach einem Zuhörer suchten, bevor sie wieder zu ihr zurückkehrten.
Das wär's dann, dachte sie, ich gehe ins Bett.
Am nächsten Morgen, als sie die Vorhänge zurückzog, sah sie draußen einen Himmel, der ausschaute, als habe ein Maler ihn mit einem einzigen trüben Grauton bemalt. Nachdem sie sich angezogen hatte, steckte Amelia den mittlerweile fertiggestellten Artikel in einen braunen DIN-A4-Umschlag, nahm ihre Handtasche und ging in den Kramerladen.
Es hatte aufgehört zu regnen, aber ein kalter Wind zwang sie dazu, ihre ausgewaschene grüne Windjacke zuzuknöpfen. In Abbotslea trug sie diese Windjacke immer, denn sie war ein Statement: Vielleicht lebe ich in Sünde mit eurem Anwalt zusammen, sollte das heißen, aber im Grunde meines Herzens bin ich ziemlich harmlos und konventionell. Amelia hoffte, daß dies als Widerspruch in sich betrachtet würde – eine Windjacke zu tragen und eine Bedrohung für die Gesellschaft darzustellen.

Als sie an dem Kramerladen ankam, hörte sie, daß jemand ihren Namen rief. Aus der entgegengesetzten Richtung kam Rosalind Hall, Amelias engste Freundin im Ort, mit einem Kinderwagen. Sie trug eine kanariengelbe Regenjacke, und von den riesigen Rädern des alten Kinderwagens spritzte das Wasser hoch.
Amelia wartete auf sie, froh, daß sie doch noch jemanden gefunden hatte, mit dem sie sich unterhalten konnte, obwohl ihre Freundschaft mit Rosalind nach der Geburt von deren Sohn Ronald nicht mehr so war wie früher. Rosalind verbrachte einen großen Teil der Zeit damit, sich für ihr Kind zu entschuldigen, während Amelia sich dafür entschuldigte, keines zu haben.
»Du Glückliche«, sagte Rosalind gerade, ohne es wirklich zu meinen, »du kannst einfach deinen Mantel nehmen und aus dem Haus gehen. Wenn du wüßtest, wie lange es dauert, bis man so einen kleinen Racker angezogen hat.«
Amelia erwiderte, sie sehne sich manchmal danach, jemanden zu haben, der sie aufhielte.
»Gerald scheint ja in letzter Zeit so zufrieden. Was stellst du denn mit ihm an?« erkundigte sich Rosalind, um auch etwas zu sagen, während sie Ronald anlächelte, der seinen Mund zu einem unwiderstehlichen zahnlosen Grinsen verzog. »Na, du kleiner Kerl?« turtelte sie mit ihm, während sie den Wagen mit dem Fuß hin und her schaukelte.
Amelia reagierte überrascht. »Ich hatte nicht den Eindruck, daß ich es Gerald in letzter Zeit habe recht machen können. Im Moment ist er gar nicht da.« Amelia seufzte. »Es ist lächerlich, schließlich ist er bloß eine

Woche weg, aber ich vermisse ihn.« Während sie redete, wippte sie auf und ab, um auf gleicher Höhe mit Rosalind zu bleiben, deren Kopf immer wieder unter der Haube des Kinderwagens verschwand.

Rosalind schaute mit einem nachsichtigen Lächeln auf. »Wenn das Nichtverheiratetsein eine solche Wirkung hat, sollten Chris und ich uns vielleicht scheiden lassen. Ich meine, schließlich ist London doch bloß eine Stunde weg.«

»Was meinst du damit: London ist bloß eine Stunde weg?«

Wieder tauchte Rosalinds Kopf auf. »Ich meine, London ist doch nicht so weit von Abbotslea weg.« Sie sprach genauso geduldig, als rede sie mit dem kleinen Ronald. »Ich habe Gerald gegenüber von der Royal Academy gesehen – du hast mir gesagt, er ist eine Woche weg –, und da ich hoffe, daß die Geburt meinen scharfen Verstand nicht völlig verwirrt hat, zähle ich einfach zwei und zwei zusammen und gehe davon aus, daß Gerald in London ist. Wir wollten dort die Monet-Ausstellung anschauen.« Wieder verschwand Rosalinds Kopf unter der Haube, und Amelia hörte ein gedämpftes: »Stimmt's, Ronnilein?«

»Gerald war gestern in London?« Amelia kam sich ziemlich dumm vor. Sie sah, wie Rosalind die Lippen bewegte, hörte, was sie sagte, aber sie begriff nicht. »Hast du mit ihm geredet?«

Rosalind wurde allmählich ungeduldig. »Nein, das habe ich nicht. Wir haben ihm nur über die Straße zugewunken. Ja, unser Kleiner hat Mr. Forbes zugewunken, nicht wahr, Liebling?«

»Bist du dir sicher, daß es Gerald war?«

Plötzlich stieß Ronald einen jämmerlichen Schrei aus. Rosalind warf einen Blick auf ihre Uhr, während sie die Bremse des Kinderwagens mit dem Fuß löste. »Ich bin nicht hingegangen und hab mir seinen Führerschein oder seinen Ausweis zeigen lassen, aber soweit ich gesehen habe, war es Gerald. Aber jetzt muß ich wirklich heim und Ronnie was zu essen geben, der Kleine ist ja schon fast am Verhungern.«

Ausnahmsweise freute sich Amelia darüber, daß der Kramerladen nicht mehr von Wing Commander Stephens OBE AFC, dem früheren Eigentümer, betrieben wurde, als sie eintrat. Er war Amelia immer sehr amüsant erschienen, weil er ständig Angst hatte, er sei durch die Ausübung seines jetzigen Berufes auf der sozialen Leiter abgestiegen. Alle, die ein Kind hatten, ein Eis mit in den Laden brachten oder im falschen Teil des Ortes wohnten, behandelte er kühl, während er sich allen anderen gegenüber jovial und dienstbeflissen zeigte.

Dieses Benehmen hatte die meisten Bewohner des Ortes in die behagliche Anonymität des Supermarktes im nahegelegenen Alresford getrieben. Manchmal erschien Mrs. Stephens mit karierter Polyesterkittelschürze und erzählte Amelia von der Zeit in der Botschaft in Peru, von den glanzvollen Festen, die sie ausgerichtet, von den Leuten, die sie dort kennengelernt hatten. Am Ende konnte jedoch nicht einmal der samstägliche Ausverkauf der Waren, die das Verfallsdatum überschritten hatten, den Wing Commander vor den realen Gegebenheiten von Angebot und Nachfrage bewahren. Als er schließlich zumachte, sagten alle im Ort, es sei ohnehin nur noch eine Frage der

Zeit gewesen, bis das Gesundheitsamt den Laden geschlossen hätte.
Der Laden war von einem jungen Paar aus einem nahegelegenen Ort übernommen worden, das große Pläne hatte: Es wollte eine ganze Kette von Mini-Marts aufbauen. Einerseits behielt es das gewohnte Warenangebot an Süßigkeiten und Keksen, Dosensuppen und Milchreis, Käse und Tee bei, andererseits erweiterte es dieses Angebot um kalorienreduzierte Tiefkühlkost, Videotapes zum Ausleihen und einen kleinen Postschalter, und sie stellten eine junge Frau für die Bedienung der Kasse ein, die die Kunden ähnlich behandelte wie ein Gärtner die Würmer: wie eine Spezies, die notwendig war, aber als Individuum nicht viel zu bieten hatte.
Früher hätte Amelia, die die Gunst des Wing Commander trotz ihrer kurzen Röcke und ihrer unorthodoxen Beziehung zum Sohn der Forbes-Familie wegen ihres hübschen Gesichts und wegen ihrer Verbindung zu eben dieser Familie gewonnen hatte, sowohl Geralds Abwesenheit als auch ihr eigenes düsteres Gesicht erklären müssen. Doch jetzt gab sie lediglich ihren Brief auf und kaufte Brot und Käse mit dem geringstmöglichen Kommunikationsaufwand.
»Per Eilpost, oder? Das macht einunddreißig Pence«, hieß es am Postschalter, und »Zwei Pfund genau, danke«, an der Kasse.
Den restlichen Vormittag versuchte Amelia, dem, was Rosalind gesagt hatte, Sinn abzugewinnen. Sie haßte Rätsel und Unsicherheiten. Sie ließen sie hektisch werden, sich verhalten wie jemand, dessen Zimmerdecke an fünf Stellen leckt, der aber nur einen Eimer hat. Zu-

erst rief sie in Geralds Büro an, um seinen Vater zu fragen, wo Gerald war. Sie mochte Norman, und er konnte sie auch gut leiden. Es machte ihr nichts aus, ihm gegenüber zuzugeben, daß ihr sein Sohn abhanden gekommen war. Aber Norman war in einer Sitzung, und die Sekretärin wußte nicht, wo man Mr. Gerald Forbes erreichen konnte. »Ist das Miss Lindsay?«
»Nein«, antwortete Amelia und verstellte plötzlich ihre Stimme.
Als nächstes rief sie Geralds Freund Tom an, der ihn angeblich zum Angeln begleitete. Sie erreichte nur den Anrufbeantworter, der ihr lediglich verriet: »Tom ist im Augenblick nicht zu Hause ...«
Nick konnte sie nicht anrufen, denn sie hatte weder seine Nummer noch seine Adresse. Also saß sie neben dem Telefon und versuchte sich zu beruhigen. Gerald würde sich schon wieder melden. Es mußte eine vernünftige Erklärung dafür geben, warum er mitten in London gesehen worden war, wenn er doch eigentlich beim Angeln in Schottland sein sollte. Gerald war ein guter Mensch. Er log nicht. Er würde jeden Augenblick hereinkommen und ihr sagen, daß der Angelausflug abgeblasen worden war.
Doch er kam nicht herein, und sie hörte weder an diesem noch am nächsten Tag etwas von ihm. Wütend und nervös, mit einem Gefühl, als winde sich ihr Magen wie Spaghetti um eine Gabel, saß sie am Küchentisch und atmete tief durch: ein, aus, ein, aus. Sie kam sich vor wie ein riesiger Dampfkessel, dessen Ausguß mit einem Korken verstopft war, so daß der Dampf nicht entweichen konnte (sie hatte einmal zusammen mit Dagmar einen Kurs für Entspannungs-

übungen besucht). »Und jetzt zieh den Stöpsel raus«, sagte sie mit leicht amerikanischem Akzent zu sich selbst. »Spür, wie der Dampf entweicht.«

»Verdammt!« brüllte sie, als das Bild ein eigenes Leben annahm, Amelia sich abmühte, den Stöpsel aus dem riesigen Kessel zu ziehen. »Verdammt, verdammt, verdammt!« Sie stand auf und schrie so laut, daß ihr der Hals weh tat, während sie mit den Fäusten in die Luft schlug.

Das half tatsächlich. Sie ging zum offenen Fenster hinüber und lehnte sich hinaus, um die feuchte Luft einzuatmen.

»Amelia, sind Sie das?« Mrs. Jenkins, ihre Nachbarin, stand neben der niedrigen Steinmauer. Sie lächelte, hatte dabei aber die Lippen zusammengekniffen. »Ich dachte, ich hätte Ihre Stimme gehört.«

»Mrs. Jenkins, ach ja ... Ich habe gerade meinen Text geübt für ... für die Sommeraufführung des Altenheims von Cherryfield. Cherryfield ist ziemlich fortschrittlich, müssen Sie wissen.« Sie winkte ihr rasch zu und wandte sich vom Fenster ab.

Vierundzwanzig Stunden später packte Amelia eine Tasche zusammen, hinterließ Gerald für den Fall, daß er vor ihr nach Hause käme, einen Zettel, und machte sich auf den Weg nach Kingsmouth.

9

Selma liebte Pflanzen. In Ashcombe waren sie allgegenwärtig gewesen: grüne Leibwächter im Wohnzimmer, ein wohlriechender, vielfarbiger Zaun draußen. Als sie das erste Mal nach Ashcombe gekommen war, mit ihrer kleinen, blassen Tochter an der Hand, war sie im Mondlicht hinaus auf die Terrasse gegangen. Die Kamille, auf die sie getreten waren, hatte die Luft mit ihrem einschläfernden Geruch erfüllt, während sie über den Garten hinweg hinaus aufs Meer blickte.

»Lassen Sie mich in Ruhe!«
Als Amelia am späten Nachmittag in Cherryfield eintraf, hörte sie Selmas Stimme aus dem geöffneten Fenster im ersten Stock. Amelia war schockiert, ihre Großmutter genauso schimpfen zu hören, wie sie selbst es vor ein paar Stunden getan hatte, und sie duckte sich, als eine Birkenstocksandale in ihre Richtung flog.
Eine Topfbegonie folgte der Sandale, sauste knapp an ihrer rechten Schläfe vorbei und knallte zu ihren Füßen auf den Boden. Sie konnte niemanden am Fenster sehen, bis ein uniformierter Arm es mit einem Ruck schloß. Amelia bückte sich, um den Schuh aus den Scherben und der Erde aufzuheben, und säuberte ihn, bevor sie zur Eingangstür ging. Sie klingelte mit roten Wangen, denn sie ahnte bereits, was Schwester Morris ihr sagen würde. »Das wollte sie sicher nicht«, übte sie deshalb. »Wahrscheinlich hat sie nicht gemerkt, daß das Fenster offen war.«
»Hallo! Amelia, Liebes!«
Amelia sah, daß es Selma gelungen war, das Fenster wieder zu öffnen. Sie beugte sich mit rosafarbenen Wangen und einem Lächeln heraus. »Was für eine nette Überraschung. Ich komme gleich runter,

wenn ...« Sie wandte sich mit vorwurfsvollem Tonfall um. »Wenn ich darf.«

Als Selma mit dem Treppenlift herunterkam, den rundlichen Rücken ganz gerade, überlegte Amelia, ob sie nicht wenigstens erwähnen sollte, daß sie fast durch eine Topfpflanze k.o. geschlagen worden wäre. Vielleicht sollte sie Selma sogar dazu bringen, eine Erklärung zu geben, die die immer noch abwesende Schwester Morris besänftigen würde. Aber ihre Großmutter sah so normal, so glücklich aus, daß sie lieber nichts sagte.

»Wenn du mir das verdammte Ding reichen könntest«, sagte Selma und deutete auf das Gehgestell, das am Fuß der Treppe stand. Langsam verlagerte sie ihr Gewicht auf das Gehgestell, dann folgte Amelia Selma, die stockend zum Wintergarten schlurfte. Hin und wieder blieb Selma stehen, vergaß, einen Fuß vor den anderen zu setzen, wie kranke Babys manchmal vergessen zu atmen. Dann zuckte sie zusammen und schlurfte weiter.

»Das geht ja schon wunderbar mit dem Gehgestell«, lächelte Schwester Williams wohlwollend, als sie im Gemeinschaftsraum an ihr vorbeigingen. Sie erwähnte nichts von der Szene oben. »Ich habe es Ihnen ja gleich gesagt, Mrs. M., daß es nichts schadet, wenn Sie's mal versuchen.«

Amelia setzte Selma in einen Korbsessel. Sie musterte das Gesicht ihrer Großmutter, es sah plötzlich sehr klein aus, nachdem sie ihre Wut abgelassen hatte. »Ernährst du dich auch vernünftig?« erkundigte sie sich.

»Hier gibt's immer wieder das gleiche«, antwortete

Selma. »Wo ich vorher war, hat's mir viel besser gefallen.«
Amelia brachte es nicht übers Herz, zu fragen: »Was meinst du damit: Wo ich vorher war?« Sie sagte lieber nichts.
»Ich kann's gar nicht erwarten, wieder in meine eigene Küche zu kommen.« Nachdem sie ein wenig in ihrer Handtasche herumgesucht und eine bequemere Stellung für ihren Fuß gefunden hatte, schaute Selma Amelia plötzlich direkt in die Augen. Bitte spiel das Spiel mit, schien ihr Blick zu sagen.
»Dir geht's ja von Tag zu Tag besser«, meinte Amelia, um der Wahrheit auszuweichen.
»Ich werde nicht gesund, solange ich hier bin«, beharrte Selma. Sie beugte sich soweit wie möglich zu Amelia herüber. »Es ist schon komisch hier. Man kann keine Pläne machen. Weißt du, ich bin schon seit Wochen nicht mehr beim Schwimmen gewesen.« Sie lehnte sich wieder zurück und schloß die Augen einen Moment. »Hier gibt's auch keine Tiere.«
Bei jedem Besuch hatte Amelia Angst davor gehabt, daß Selma nach den Katzen fragen würde, doch das tat sie nie. Wahrscheinlich, so dachte Amelia, erkundigte sich Selma deshalb nach so vielen Dingen nicht, weil sie zu große Angst vor den Antworten hatte.
»Ich lebe nur für den Tag, wo ich wieder zurück kann«, meinte Selma nüchtern.
Amelia spürte, wie sie errötete. Sie beugte sich vor, nahm Selmas zitternde Hand und beruhigte sie. »Das dauert sicher nicht mehr lange.«
»Versprichst du mir das?« Selma lächelte.

»Ich versprech's«, sagte Amelia und spürte, wie ihr übel wurde.
Selma schloß die Augen, und schon bald schlief sie ein. Amelia überlegte sich in der Zwischenzeit die bizarrsten Möglichkeiten, wie sie ihr Versprechen einlösen könnte. Vielleicht, dachte sie schließlich müde, vergaß Selma die Sache, wie so vieles andere auch.
Amelia entspannte sich. Die Zeit schien in dem überheizten Raum stehenzubleiben. Amelia hatte Selma schon sooft dabei zugesehen, wie sie nach dem Essen in ihrem Sessel eindöste – Selma hatte immer gern ein Nickerchen gemacht. »Bleib doch bei mir, Liebes«, hatte sie im Erker des Wohnzimmers von Ashcombe, den Stuhl vor dem Fenster, mit Blick aufs Meer, gesagt. »Ich mach bloß einen Moment die Augen zu«, dann lehnte sie sich zurück und schlief ein. Selma liebte das Meer, den sich ständig ändernden Ausblick. Sie schien der See nicht böse zu sein, daß sie ihr ihren ersten Mann, Amelias leiblichen Großvater, genommen hatte.
»Jeden Morgen stand ich am Kai von Göteborg und wartete darauf, daß die Fähre ihn und seine Eltern und seine Schwester aus Deutschland zurückbringen würde«, hatte Selma Amelia erzählt.
»Ich war wie die Statue von der Frau des Seemanns, die über die Hafeneinfahrt wacht, hoffend, wartend. Die Fähren kamen und auch die Schiffe mit Flüchtlingen an Bord, aber Daniel und seine Familie waren nie dabei. Dein Großvater war ein mutiger Mann, er ist in dem Wissen, was vielleicht passieren würde, nach Deutschland zurück.«
Selma wollte nie über das reden, was danach folgte,

aber Amelia hatte eine Postkarte mit einer Schrift, die der auf den alten Liebesbriefen von Daniel völlig unähnlich war, in einer mit Seide ausgeschlagenen Schachtel hinten in Selmas riesigem Walnußholzschrank gefunden. Die krakelige Schrift der Karte teilte ihr auf Deutsch mit: »Ich bin zu meiner eigenen Sicherheit in Haft genommen worden. Mir geht es gut, ich bin gesund.« Aber Daniel war in Belsen gestorben, und in einer Schublade in Selmas Schreibtisch lag der Brief, den Daniels Mutter geschrieben hatte, bevor sie ebenfalls festgenommen worden war. Nur Selma konnte die steile Schrift lesen, aber sie alle kannten den Brief, Tante Magdas letzten Brief in dem allmählich vergilbenden Umschlag.

Es lagen ihm ein paar Fotos bei, Schnappschüsse von einem längst vergangenen Sommerurlaub. Auf dem einen lächelte Daniel, groß und braunhaarig wie Amelia, in die Kamera, den Arm um Selmas Schulter gelegt. Auf einem anderen saß Tante Magda zusammen mit Ella, Daniels kleiner Schwester, im Schatten eines Sonnenschirms. Ein paar Briefe, einige Fotos – das war alles, was von dieser Familie blieb.

Amelia saß in Cherryfield und dachte an ihren Großvater Daniel, der gestorben war, als er jünger gewesen war als sie heute, und sie wußte, daß im Vergleich zu seinen Leiden der Verlust von Gerald weniger wog als eine Feder.

Als Amelia noch klein war, hatte man ihr immer gesagt, sie solle an die anderen Menschen denken, denen es noch schlechter ging, wenn sie Mitleid mit sich selbst hatte. Der Rat, sie solle Bilder des Leidens heraufbeschwören, damit ihr eigener Kummer nicht mehr so schlimm erschiene, hatte ihr immer Probleme bereitet. War das denn etwas anderes als eine Ausbeutung fremder Tragödien? Wen sollte man schon fragen? Selma wandte meist den Blick ab von Dingen, die sie beunruhigten, und konzentrierte sich statt dessen auf etwas Schönes, auf eine Blume, ein hübsches Gesicht, einen Polsterstoff für die Stühle im Eßzimmer. Dagmar hingegen schien davon überzeugt, daß das Leiden auf jeden lauerte, der sich zu sehr freute, also ließ sie sich nicht davon überraschen, sondern suchte das Leid bewußt und integrierte es in ihr Leben. Dann konnte sie sich zurücklehnen, sich sogar hin und wieder entspannen und sagen: »Na, hab ich's euch nicht gesagt: Keiner von uns ist sicher vor dem Leid.«

Amelia rückte ihren Stuhl aus der Sonne, die jetzt schon tief am Himmel stand und sie blendete.

»Was hast du gesagt, Liebes?« Selma zuckte zusammen und betrachtete Amelia mit schläfrigem Blick.

»Ich muß bald gehen«, antwortete Amelia. »Es gibt gleich was zu essen. Morgen werde ich fast den ganzen Tag bleiben, vielleicht könnten wir in die Stadt fahren.«

»Geh noch nicht«, sagte Selma wie immer. »Da«, dabei deutete sie auf die Glastüren, die zum Gemeinschaftsraum führten. »Da ist Admiral Mallett, du mußt noch bleiben und ihn begrüßen.« Sie richtete sich ein wenig in ihrem Stuhl auf und winkte dem Admiral lächelnd zu, der sie bereits entdeckt hatte. Immer noch lächelnd meinte sie: »Der arme alte Admiral Mallett. So ein netter Mann, aber ganz im Vertrauen, ich habe den Eindruck, daß er einen kleinen Webfehler hat.«

Der Admiral, der sich schwer auf zwei Krücken stütz-

te, wandte sich zu Henry um, der seinen Vater durch die Tür geleitete.
Mit lauter Stimme rief Selma: »Admiral, wie geht's Ihnen heute? Kommen Sie doch zu uns herüber.« Sie deutete mit der Hand auf einen leeren Stuhl. Als sie sich bewegte, fiel Amelia das erste Mal auf, daß der Verband um Selmas Knöchel sich ihr Bein hinaufwand wie eine weiße Schlange. Amelia fröstelte. Sie betrachtete Selmas Gesicht, um zu sehen, ob sie Schmerzen hatte, doch Selma wirkte entspannt und lächelte den Admiral an.
»Ich habe meiner Großmutter gerade versprochen, daß sie bald wieder nach Hause kommt.« Amelia beugte sich zu Henry hinüber, damit Selma und der Admiral sie nicht hören konnten.
»Das ist nett«, antwortete Henry. »Warum haben Sie mir nicht gesagt, daß Sie kommen?«
»Ich habe weder Ihre Telefonnummer noch Ihre Adresse.«
»Stimmt.« Henry lächelte sie an.
»Aber«, Amelia schwieg einen Augenblick, verärgert darüber, daß er sie so anstarrte, so, dachte sie, als erwarte er, daß sie im nächsten Moment einen besonders eindrucksvollen Kartentrick vorführte. »Aber«, begann sie noch einmal, »es gibt kein Haus mehr. Es ist verkauft. Verstehen Sie jetzt?«
Henry hörte auf zu lächeln. »Ja, ich verstehe.«
»Halten Sie mir jetzt bloß keine Moralpredigt über das Lügen«, herrschte Amelia ihn an. »Das könnte ich nicht ertragen.«
»Jetzt sind Sie aber unfair«, meinte Henry mit sanfter Stimme. »Ich predige nur sonntags und mittwochs,

alles andere wären Überstunden. Ich wollte eigentlich sagen«, dabei streckte er seine Beine aus, »daß Sie allmählich eine Strategie erarbeiten sollten.«
Amelia runzelte die Stirn. »Was meinen Sie mit ›Strategie‹?«
»Ich meine, Sie sollten überlegen, wie Sie Ihre Großmutter wieder nach Hause bekommen.« Dann wandte er sich seinem Vater zu, der seine Aufmerksamkeit mit einem wiederholten: »Was ich noch sagen wollte ...« auf sich ziehen wollte.
Amelia starrte Henrys gelassenes Gesicht einen Moment an, sein starkes Kinn, die ein wenig kindliche Nase, und dachte: »Irgendwie ist er etwas beschränkt.«
Selma legte ihre pummelige Hand auf Henrys Arm, sie mußte ihr Gegenüber immer berühren beim Sprechen. »Ihr Vater hat mir gerade versprochen, zu meinem kleinen Fest zu kommen. Und Sie müssen auch kommen. Amelia bringt Sie mit. Vergessen Sie es nicht. Es ist am sechzehnten August, schreiben Sie es in Ihren Kalender.«
Amelia lauschte Selmas aufgeregten Ausführungen, bis Miss White sich zu ihnen gesellte und sich sofort ebenfalls eine Einladung sicherte. »Wer nicht wagt, der nicht gewinnt.«
»Wollen Sie heute abend mit mir zum Essen gehen?« Henrys Stimme klang beiläufig, aber seine Augen, braun wie die eines Eichhörnchens, dachte Amelia, fixierten sie.
Sie war schon lange nicht mehr bewundernd angeschaut worden. Sie fühlte sich ganz klein, wie eine ihrer vernachlässigten Topfpflanzen. Genau, dachte

sie, ich bin wie das arme Usambaraveilchen, das ich alle vierzehn Tage düngen sollte, das aber höchstens jeden Monat einen Tropfen abkriegt. Seine Blüten werden immer weniger, bis es nur noch mattgrüne Blätter hat.

Sie lächelte und sagte, sie würde gern mit ihm zum Essen gehen, und erhielt als Dank ein breites Grinsen. Amelia war genauso dankbar wie Henry. Seine Einladung bewahrte sie vor der Warterei auf einen Anruf von Gerald, der sowieso nicht kommen würde, vor einem weiteren einsamen Abendessen in dem kleinen Speisesaal des Hotels. Diese einsamen Essen erinnerten sie immer an die schrecklichen Tanzveranstaltungen, die sie als Teenager besuchen mußte. Damals hatten kurzgeschnittene rotbraune Haare und ein winziger Busen natürlich keine Chance gegen lange blonde Zöpfe und Körbchengröße C. Einmal hatte sie bei einem Fest in der Stadthalle ein Heft über eine Holzwurmplage gefunden und gelesen. Sie hatte die Seiten mit konzentriertem Blick betrachtet und zumindest sich selbst vormachen können, daß das letzte, was sie bei einer solchen Tanzveranstaltung machen wollte, Tanzen war. Sie war so beschäftigt mit ihrer Broschüre, daß kaum noch Raum für jemanden blieb, der sie vielleicht aufgefordert hätte. Sie hatte gerade das Kapitel »Der Holzwurm und Ihre teuren Erbstücke« erreicht, als ein Junge mit riesigen Schwitzflecken unter den Armen sie schließlich fragte, was sie denn da lese.

»Proust«, hatte Amelia geantwortet und war wieder nicht aufgefordert worden.

Bei jeder einsamen Mahlzeit, bei der sie sich in die

Weinkarte vertiefte und in den Text am Ende der Speisekarte, wo es hieß, auch Cromwell habe schon einmal hier gegessen, glaubte sie, einen Hauch von Pestiziden in der Luft wahrzunehmen.
Mit einem freundlichen Lächeln sagte sie zu Henry: »Eigentlich wollte ich heute abend ein Schild um den Hals tragen mit der Aufschrift: ›Ich esse allein, weil ich an Lepra leide‹, aber jetzt brauche ich das nicht mehr.«
Dann war es sechs Uhr, und es gab Tee, oder, wie Selma meinte, Abendessen, das viel zu früh serviert wurde.
»Wir lassen sie jetzt wieder mal allein.« Amelia stand mit Henry an der Tür und deutete auf die Teller mit Corned beef und schlaffem Salat, die gerade herumgereicht wurden.
Henry erwiderte nichts, doch als er sich abwandte, sah sie, daß seine Wangen sich röteten.
Als sie den Blick über die Tische und die alten Leute schweifen ließ, die die Gabel zum Mund führten, im Essen herumstocherten, Wasser aus dicken, trüben Gläsern tranken, hatte sie das Gefühl, als sehe sie fern, ohne den Ton angeschaltet zu haben, so leise war es in dem Raum. Die Anstrengung, einen weiteren Tag in Cherryfield zu überleben, hatte ihren Tribut von den Bewohnern gefordert; sie hatten keine Energie mehr für Gespräche.
Amelia und Henry gingen durch den leeren Gemeinschaftsraum hinaus in den Flur, gefolgt von den Schuldgefühlen, die ihnen hinterher trotteten wie ein großäugiger Mischling, den sie auf ihrem Spaziergang nicht mitnehmen wollten.

»Tut mir leid, aber ich muß gleich weinen«, entschuldigte sich Amelia bei Henry, als eine Pflegerin die Tür hinter ihnen verschloß. »Heute scheint mir der Spruch ›hart, aber herzlich‹ besonders zutreffend. Wer hat das wohl gesagt?« Sie tupfte sich die Augen mit einem bestickten Taschentuch aus der Schweiz ab, das Selma ihr einmal geschenkt hatte.

»Winston Churchill, Bernard Shaw, Oscar Wilde?« Henry rasselte die Namen mit einem Lächeln herunter, aber seine Stimme klang belegt, als weine auch er. Amelia versuchte, etwas zu sagen, was ihn aufmuntern würde. »Wie wär's mit Jesus, was würde er sagen?«

»Bitte machen Sie sich nicht über mich lustig«, antwortete Henry leise, als er ihr die Wagentür aufhielt. »Nicht jetzt.« Dann knallte er die Tür zu und ging zu seiner Seite hinüber, bevor sie etwas erwidern konnte. Sie ließen den Wagen neben der Fähre stehen und gingen zu einem nahegelegenen Lokal, um etwas zu trinken, bevor sie über das Kopfsteinpflaster schlenderten, um ein Speiserestaurant zu suchen.

»Keinen Wimpy«, sagte Henry, als sie an dem Fastfood-Lokal vorbeigingen, »und auch kein Kentucky Fried Chicken. Ich hätte eher Lust auf etwas pompös Französisches oder etwas sinnlich Italienisches. Ja, etwas Italienisches mit tropfenden Kerzen in grünen Flaschen.«

Doch in Kingsmouth war weit und breit kein italienisches Lokal zu finden, dafür aber jede Menge Fast food. Doch als sie den Hügel vom Hafen aus hinaufgingen, erklang vom anderen Ende der dunklen Straße Pianomusik.

»Das war früher mal eine ziemlich schäbige Pension.« Amelia warf einen Blick auf die beleuchtete Fassade des Gebäudes, wo Geranientöpfe an schmiedeeisernen Haken hingen. Die Musik hatte mittlerweile aufgehört, aber Henry deutete triumphierend auf die runden Tische drinnen, auf denen Kerzen in Weinflaschen auf karierten Tischtüchern standen.
»Perfekt«, seufzte er glücklich.
Als sie an ihrem Wein nippten, betrat ein kleingewachsener, schick gekleideter Mann mit unnatürlich schwarzen Haaren das Lokal durch eine Tür am hinteren Ende. Leicht gebückt durchquerte er das Restaurant und huschte mit winzigen, schnellen Schritten an einem Wagen mit Kuchen und Nachspeisen vorbei zu dem Klavier in der Ecke. Er hob die rechte Hand hoch in die Luft, bevor er den ersten Ton von »An der schönen blauen Donau« anschlug.
»Was will man mehr?« sagte Henry und lehnte sich auf seinem Stuhl zurück.
Der kleine Mann spielte weiter, während sich das Restaurant allmählich füllte. Er spielte Walzer und Polkas und Märsche, während Amelia und Henry Breitling und Schweinefleisch auf römische Art aßen (Unsere britischen Gäste haben keine besondere Vorliebe für Kalbfleisch, hatte der Oberkellner erklärt), und nach dem letzten Medley hob er noch einmal die Hände hoch in die Luft, bevor er den allerletzten Akkord anschlug. Dann sprang er erstaunlich behende von seinem Hocker auf, verbeugte sich vor dem applaudierenden Publikum und verschwand auf dem gleichen Weg, wie er gekommen war.
»Der würde Selma gefallen«, sagte Amelia. Dann

dachte sie einen Augenblick nach. »Es ist schon komisch, daß Musik, Poesie und Gemälde als Luxus betrachtet werden. Eigentlich sind sie doch alle große Gleichmacher. Ich meine ...« Als sie merkte, daß Henry ihr tatsächlich zuzuhören schien, hielt sie kurz inne und lächelte ihn an, bevor sie fortfuhr: »Man braucht nicht gesund zu sein oder einen Job zu haben, man muß nicht mal alle fünf Sinne beisammen haben, um sich an diesen Dingen zu erfreuen. Meine Großmutter ist nicht in der Lage, etwas herzustellen oder jemanden zu ernähren, sie kann auch keine neuen Dinge erforschen. Sie hat nicht einmal die Kontrolle über ihr eigenes Leben. Ich bezweifle, daß sie allein länger als eine Woche überleben würde. Aber Mozart und Strauß, ein Gedicht oder ein schönes Gemälde – all das öffnet bei ihr noch immer die gleichen Türen wie bei uns. Es verschafft ihr ein Gefühl der Freude und des Friedens, auch sie glaubt, dann einen Hauch der Unsterblichkeit wahrzunehmen.« Amelia hatte den Eindruck, daß sie zuviel redete, also leerte sie ihr Glas Rotwein, die Wangen ein wenig rosiger als sonst.
»Vielleicht schreiben deshalb so viele Männer an der Front Gedichte«, sagte Henry. »Ich plaudere ja nicht gern aus der Schule, aber in der Bibel bei Lukas heißt es: ›Betrachtet die Lilien, wie sie wachsen, sie arbeiten nicht und spinnen nicht.‹« Er sprach sanft, aber so eindringlich, daß es Amelia leid tat, als er mit einem »etcetera etcetera« aufhörte.
Außerdem fragte sie sich, warum er einfach davon ausging, daß sie das Ende des Zitates kannte, denn das tat sie nicht, jedenfalls nicht genau, und sie wußte, sie würde später zu faul sein, es nachzuschla-

gen. »Na schön, ich bin also kein sonderlich origineller Denker«, lachte sie.
Der kleine Mann kehrte wieder ans Klavier zurück, und nachdem er es sich auf seinem Hocker bequem gemacht hatte, spielte er »A Rhapsody in Blue«.
Während sie lauschte, beobachtete Amelia die anderen Gäste. An dem Tisch hinter Henry saßen fünf Frauen, die sich ungezwungen unterhielten und lachten. An den anderen Tischen waren fast nur Paare, die beim Essen kaum ein Wort sprachen.
Vielleicht ließ sich die Qualität einer Liebesbeziehung nicht daran messen, wie oft man miteinander schlief, dachte sie, sondern daran, wieviel man im Restaurant miteinander redete. Noch vor nicht allzulanger Zeit war sie stolz darauf gewesen, über wie viele Dinge sie und Gerald sich unterhalten konnten, wenn sie ausgingen. Sie saßen beieinander, steckten die Köpfe zusammen, vergaßen manchmal sogar das Essen, aber in letzter Zeit waren sie den schweigend kauenden Paaren, die sie früher so verachtet hatte, sehr ähnlich geworden.
Seufzend sagte sie plötzlich zu Henry: »Gerald, das ist der Mann, für den Sie meine Großmutter hält, Gerald hat möglicherweise ein Verhältnis.« Dann hob sie den Blick, überrascht über ihre eigenen Worte, überrascht darüber, daß sie ihm gegenüber etwas zugab, was sie nicht einmal sich selbst hatte eingestehen wollen.
Henry wirkte nicht überrascht, sondern betrachtete sie nur nachdenklich, den Kopf ein wenig zur Seite geneigt, wie ein übergroßer Vogel, der dem Gesang eines anderen Vogels lauschte.
Amelia lächelte schwach. »Das ist ziemlich schlimm,

weil ich ihn wirklich von ganzem Herzen liebe und so.« Sie sah nachdenklich drein. »Wahrscheinlich bin ich für Sie wie für die meisten anderen Menschen nur ein schlampiges Verhältnis, also weiß ich nicht so recht, als was man seine neue Affäre bezeichnen soll. Sagen Sie mir, Henry, was würde die Kirche davon halten? Hat eine betrogene Geliebte irgendwelche Rechte? Kann sie überhaupt betrogen werden oder nur bestraft?«

»Machen Sie sich darüber im Moment mal keine Gedanken«, sagte Henry völlig unerwartet. »Fragen Sie ihn lieber direkt, ob er fremdgeht. Wenn ja, verlassen Sie ihn.«

Amelia sah ihn an. »Wie alt sind Sie?«

»Sechsundzwanzig.«

»Ganz schön jung.« Amelia berührte seine Wange. »Schon merkwürdig, wie etwas, das strategisch günstig um den Hals hängt wie ein Stethoskop, ein Mikrofon oder ein Kragen, die Leute dazu bringt, große Weisheiten von einem zu erwarten.«

»Tut mir leid«, Henry wirkte verlegen.

Amelia lächelte und schüttelte den Kopf. »Nein, es tut mir leid, ich war unhöflich. Es ist wirklich sehr nett, daß Sie mir zuhören. Manchmal fühle ich mich sehr allein. Meine Mutter ist ganz in Ordnung, bis etwas wirklich Interessantes, zum Beispiel Hundescheiße, ihre Aufmerksamkeit erregt. Ich habe Willoughby bewundert, aber der ist tot. Manchmal habe ich das Gefühl, daß das auch für Selma besser wäre.« Sie sah Henry an. »Was halten Sie von der Euthanasie?«

»Nichts«, antwortete Henry.

»Aber warum?«

»Weil einzig und allein Gott das Recht hat, Leben zu nehmen.«

»Der Herr hat gegeben, der Herr hat genommen«, murmelte Amelia. Dann sagte sie: »Aber er bestimmt nicht den Ursprung des Lebens, das tun wir, Mann und Frau. Wir entscheiden, ob wir ein Kind wollen oder nicht.«

»Gott hat Ihnen diese Fähigkeit gegeben.«

»Er hat mir auch die Fähigkeit gegeben, Leben zu nehmen.«

»Die Fähigkeit ja, aber nicht das Recht.« Henrys liebenswürdiges Gesicht hatte einen strengen Ausdruck angenommen. »Was Sie tun können, ist, den Schmerz zu lindern, jemandem das bißchen Leben, das er noch hat, so erträglich wie möglich zu machen.«

»Aber das heißt doch, daß Sie das Hinschlachten von völlig gesunden jungen Männern im Krieg billigen – schließlich sind Sie ja bei der Marine –, aber nicht akzeptieren können, daß alten Damen das Sterben ein bißchen leichter gemacht wird?«

Henry schenkte den restlichen Wein ein. »Man muß sich gegen das Böse wehren. Manchmal muß man dabei Gewalt anwenden. Der heilige Augustinus spricht von der Doktrin des gerechten Krieges; möglicherweise wurde dieser Gedanke geboren, um Roms Kolonialkriege zu rechtfertigen, aber in sich ergibt die Idee Sinn. Menschen sind nun mal nicht unfehlbar.« Er lächelte. »Und manche sind noch viel weniger unfehlbar als andere. Als Hitler Europa mit Krieg überzog, hätten da Leute wie ich ruhig zusehen und zu den Männern, die ihr Leben riskierten, um das schlimmste Leiden in der Geschichte der Menschheit zu beenden, sagen sollen: ›Du sollst nicht töten‹?« Henry schüttelte den Kopf. »Ich glaube nicht. Man muß gewisse Prinzipien im Leben haben, aber Menschen sollten sie meiner Ansicht nach nicht in Stein meißeln.«

»Hat nicht George Bernard Shaw einmal zu einer Dame, die beim Essen neben ihm saß, gesagt: ›Wir streiten uns doch nur wegen des Preises‹?«

Henry sah sie mit ernstem Blick an. »Nein, das finde ich nicht. Wir streiten uns über das, was wir für richtig und falsch halten, tief in unserem Herzen. Wir glauben wahrscheinlich beide, daß man ein Kind vor einem brutalen Killer beschützen muß, auch wenn das Gewaltanwendung bedeutet, die geringstmögliche Gewalt, um das Kind zu retten. Aber wen bedroht Ihre Großmutter? Ihren Seelenfrieden?« Henry beugte sich zu Amelia hinüber, legte seine Hand auf die von Amelia. »Wenn Sie sie fragen würden, ob sie sterben möchte – was würde sie Ihrer Meinung nach antworten?«

Amelia wurde rot, zog die Hand weg, schaute Henry wütend an, als sei er persönlich verantwortlich für die Ungerechtigkeiten der Welt. »Das«, sagte sie, »ist die gemeinste Falle überhaupt, dieser absurde Überlebensinstinkt, den wir haben. Dieser pathetische Wunsch, am Leben festzuhalten, auch wenn wir wissen, daß der Spaß vorbei ist. Nicht, daß das Leben so oft Spaß macht, das kommt noch dazu.«

»Ach«, meinte Henry. »Ich habe gar nicht gewußt, daß Sie so zynisch sein können.«

»Nicht zynisch«, doch Amelia mußte lächeln. Er ist wie ein Schwamm, dachte sie, er saugt allen Zorn einfach in sich auf.

»Nein, ich bin überhaupt nicht zynisch, ich leide nur

unter etwas, was Selma ›die schwarze Phase‹ nennt. Wahrscheinlich meint sie damit meine Neigung zur Melancholie.«
»Mir gefällt ›schwarze Phase‹ besser«, sagte Henry. »Das klingt doch viel flotter. Aber lassen Sie sich davon nicht unterkriegen.«
»Nein, keine Sorge. Ich überspiele das die meiste Zeit ziemlich geschickt. Und ich werde Selma auch nicht umbringen, egal, wie sehr ich sie liebe. In meinem Fall ist die Überzeugung nie mit dem nötigen Mut gepaart.«
»Gott sei Dank«, sagte Henry lediglich.

Es war keine Nachricht für Miss Lindsay da. »Nein, kein Anruf von einem Mr. Gerald Forbes«, antwortete der Nachtportier, nachdem er den Blick von der Sportseite des *Evening Herald* gehoben hatte. Ja, da war er sich ganz sicher.

10

Dagmar war mit sich zufrieden, als sie den Wagen vor Cherryfield abstellte. Sie war am Morgen mit einem Gefühl der Stärke und Selbstsicherheit, einer Bereitschaft zum Kämpfen, aufgewacht. Sie hatte bereits zu viel von ihrem Leben vergeudet, doch das würde ein Ende haben. Sie lächelte bei dem Gedanken an das interessante Gespräch mit dem neuen Gastprofessor aus Amerika, das sie über die Bedeutung der Fiktion in der Gesellschaft geführt hatte. Nicht nur er war überrascht darüber gewesen,

wieviel sie zu dem Thema zu sagen hatte, sondern auch sie selbst.
»Wer nicht wagt, der nicht gewinnt«, murmelte sie. Das war der Satz, den ihr Mann immer auf der Skipiste gesagt hatte, wo sie sich kennengelernt hatten. »Wer nicht wagt, der nicht gewinnt.« Und sie widerstand dem Drang, die Autoschlüssel in ein Papiertaschentuch zu wickeln, bevor sie sie in ihre Handtasche gleiten ließ.
Als sie klingelte, trat Amelia an ihre Seite. Sie gaben einander zur Begrüßung einen Kuß, doch bevor sie Gelegenheit hatten, miteinander zu reden, ging schon die Tür auf, und Selmas Stimme klang wütend durch den Gemeinschaftsraum: »Mörder, Vieh, Nazi!«
Dagmar und Amelia sahen einander an und eilten dann hinein, wobei Amelia beinahe eine Schwester mit einer Bettpfanne umgerannt hätte.
»Bleiben Sie mir vom Leib, verstehen Sie?« Wieder hörten sie Selmas Stimme, doch sie klang jetzt leiser, zitterte ein wenig. »Woher soll ich wissen, ob Sie mich nicht auch in den Kochtopf stecken wollen? Schließlich bin ich alt und krank.«
Als sie den Gemeinschaftsraum betraten, sahen sie Selma mit aschfahlem Gesicht verängstigt auf ihrem Stuhl sitzen, die Hände um die Armlehne verkrampft.
»Immer mit der Ruhe, meine Liebe, immer mit der Ruhe.« Admiral Mallett versuchte, seine Stimme unter Kontrolle zu behalten, auf die er sich so wenig verlassen konnte wie ein vierzehnjähriger Junge im Stimmbruch, als er sich mit Mühe von seinem Stuhl neben dem leeren Aquarium erhob. »Ich muß schon sagen, Schwester.« Er stand jetzt, schwer auf seine

Krücken gestützt, vor Schwester Morris. »Daß Sie die kleinen Dinger gekocht haben, ist schon ein bißchen übertrieben.«
»Was, um Himmels willen, ist denn hier los, Schwester Morris?« erkundigte sich Dagmar, während Amelia neben Selma niederkniete und sie in den Arm nahm.
Schwester Morris wandte sich mit hochrotem Kopf und vor Wut keuchend zu ihr um. »Wieder so ein lächerlicher Aufruhr wegen nichts und wieder nichts, das ist los! Darf ich Ihnen außerdem sagen, Mrs. Lindsay, daß Ihre Mutter wie üblich die Rädelsführerin ist?«
»Aber, aber«, beruhigte der Admiral, immer noch auf die Krücken gestützt, aber mit festerer Stimme, »die kleinen Dinger waren kein Nichts. Ich hab sie gemocht. Und Mrs. Merryman hat sie auch gemocht. Es geht gar nicht darum, wer der Anführer ist.«
Amelia, die immer noch die Arme schützend um Selma geschlungen hatte, fragte sanft: »Wieso regst du dich denn so auf? Versuch, es mir zu erklären.«
Selma gelang es, sich halb aus dem Stuhl aufzurichten und anklagend mit dem Finger auf Schwester Morris zu deuten. »Ich hab in die Küche hineingerufen, was sie denn dort wieder zusammenbrauen. Es hat elendiglich gestunken. Und dann sehe ich«, Selma war wieder in den Stuhl zurückgefallen, deutete aber immer noch auf Schwester Morris, »und dann sehe ich, wie sie wie eine der Hexen aus *Macbeth* vor einem dampfenden Topf steht und die Guppies vom Admiral in das kochende Wasser wirft – einen nach dem anderen. Gesungen hat sie nicht dabei, aber viel hat nicht mehr gefehlt; ihre Lippen haben sich bewegt.«
»Ich habe genug. Ich ziehe mich zurück«, meinte

Schwester Morris äußerlich ruhig, aber innerlich fast hysterisch. »Wenn jemand sich dafür interessieren sollte, was wirklich passiert ist, kann er ruhig zu mir kommen.« Dann eilte sie mit hocherhobenem Kopf hinaus. Die Holzsandalen saugten sich dabei mit jedem Schritt an ihren nackten Fersen fest und lösten sich mit einem Schmatzen wieder.

»Wahrscheinlich sollte ich ein schlechtes Gewissen haben«, sagte Clarissa und schleuderte den Salat trocken, »weil ich hier in Amelias Küche bin und ihre Sachen benutze«, sie warf Gerald unter ihren dichten Wimpern einen verschämten Blick zu, »und in ihrem Bett mit dir schlafe.«
»Mein kleiner Blondschopf.« Gerald zerzauste ihr die Haare liebevoll.
Clarissa lächelte ihn anerkennend an. »Irgendwie denke ich mir aber gar nichts«, sagte sie, »das ist ja das Komische dabei. Ich habe das Gefühl, als wäre ich hier an meinem angestammten Platz und als wäre sie der Eindringling, verstehst du, was ich meine?« Sie leckte ein wenig Öl von ihren Fingern. »Na ja, bald wird das ja auch so sein. Ich mache nicht mal eine Ehe kaputt dabei.«
Irgendwie beschlich Gerald nun doch ein Schuldgefühl, aber genau wie eine einzelne Wolke an einem ansonsten makellos blauen Himmel warf auch dieses Gefühl keinen langen Schatten. »Du bist so vernünftig, das gefällt mir«, sagte er.
Während sie die Salatschüssel auf den Tisch stellte, fragte Clarissa: »Aber du bist dir wirklich sicher, daß sie erst am Montag wiederkommt? Ich meine, warum

hast du so einen Zirkus wegen dem Wagen gemacht, daß man den von außen auch ja nicht sieht?« Sie sah ihn fragend an.
Gerald stellte sich vor, wie Amelia auf einem Operationstisch lag und er ihr das Herz mit der gekonnten Hilfe von Clarissa herausnahm. Er schüttelte sich, Amelias Phantasie schien ansteckend zu sein. »Ich bin mir ganz sicher«, sagte er mit fester Stimme. »Sie kümmert sich wirklich um ihre Großmutter, das muß ich ihr lassen. Zu viel sogar«, fügte er hastig hinzu, als er sah, wie Clarissa das Kinn vorreckte. »Wahrscheinlich«, meinte er, »war die alte Dame für sie eher so etwas wie eine Mutter als die arme Dagmar.«
»Ist sie wirklich verrückt, die Mutter, meine ich?« Clarissa nahm ein Salatblatt aus der Schüssel und knabberte daran.
Gerald dachte einen Augenblick nach, während er die Flasche Chablis entkorkte. »Nicht offiziell, aber sie ist schrecklich neurotisch. Früher mal hatte sie eine vielversprechende Karriere als Pianistin vor sich, genau wie Selma übrigens. Aber laut Aussage von Amelia hat sie so viel Zeit damit verbracht, das Klavier zu desinfizieren, daß sie keine Zeit mehr zum Üben hatte.« Wieder fühlte er sich ein wenig schuldig, als er das erzählte, denn er mißbrauchte Amelias Vertrauen, doch dann rief er sich ins Gedächtnis, wie sehr Amelia ihn manchmal ärgerte. »Amelia ist ihr in mancherlei Hinsicht ähnlich.«
»Was? Sie desinfiziert auch alles?«
»Um Himmels willen, nein, schau dich doch bloß mal um.« Clarissa, die sich über ihren kleinen Scherz freute, schlang die Arme um Geralds Nacken.

Gerald lachte ein wenig unsicher, als er sich daran erinnerte, daß Amelia einmal gesagt hatte, man erkenne einen verliebten Mann immer daran, daß er auch über die geistlosesten Witze seiner Geliebten lacht.

Etwa zur gleichen Zeit kam Henry in Cherryfield an. Er machte sich Sorgen um seinen Vater, der seit dem fatalen Mittagessen mit Amelia und Mrs. Merryman nicht mehr der Alte war. Aller Kampfeswille schien aus ihm gewichen zu sein. Und dann war da noch die Geschichte mit den gestohlenen Gebissen. Henry seufzte und strich sich mit den Fingern durch die Haare. Eine ehemalige Freundin hatte ihm einmal gesagt, man erkenne immer sofort, wenn er Sorgen habe, denn dann streiche er sich jedesmal die Haare zurück. Monate später, als er sich von ihr trennte, hatte sie ihm überdies erklärt, daß diese Geste sie immer aufgeregt hatte. Da war sie wieder: Seine Finger strichen über seine Haare, als könnten sie damit die Probleme wegwischen, aber jetzt, wo sein Vater ihn so dringend brauchte, war nicht der richtige Zeitpunkt, es sich abzugewöhnen.
Er fand den Admiral im Gemeinschaftsraum, wo er mit traurigem Gesicht neben dem Aquarium saß, während Selma an seiner Seite auf ihrem Stuhl hin und her schaukelte und wie ein Kind weinte. Die Tränen liefen ihr über die Wangen. Amelia kniete bei ihr und weinte ebenfalls über den Kummer ihrer Großmutter. Das Chaos wurde noch durch das Fernsehen vervollkommnet, in dem in voller Lautstärke eine australische Seifenoper lief.
Amelia sah Henry mit großen, verweinten Augen an.

»Ich nehme sie mit nach Hause nach Abbotslea. Sonst kümmert sich ja doch niemand um sie.«
»Aber was, um Himmels willen, ist denn passiert?« erkundigte sich Henry mit sanfter Stimme. Er legte seinem Vater die Hand auf die Schulter.
Der Admiral schüttelte nur den Kopf und deutete mit dem Stock auf das leere Aquarium. Henry wandte sich Amelia zu.
»Fragen Sie diese schreckliche Schwester Morris«, sagte diese und erhob sich.
Henry sah sie lange an. »Gut«, sagte er schließlich. »Ich suche sie.« Dann ging er weg.
»Sie ist in ihrem Zimmer«, rief Amelia ihm nach, »aber wenn ich Sie wäre, würde ich mir die Mühe nicht machen.«
Henry fand Schwester Morris in ihrem Zimmer im zweiten Stock. Als sie ihm die Tür öffnete, schlug ihm die Hitze eines offenen Kamins entgegen wie der Dampf eines riesigen Motors. Über seinem Kopf schepperte eine Klingel.
Schwester Morris bewahrte würdiges Schweigen, als sie ihm einen Platz auf dem breiten Sofa voller Kissen in den unterschiedlichsten Formen und Farben anbot. Er setzte sich und schob ein rosafarbenes in Herzform, auf das der Spruch »Nur die Heimat des Herzens zählt« gestickt war, zur Seite, um es nicht zusammenzudrücken.
Auf dem Kaminsims stand eine Sammlung von Porzellanschweinen in unterschiedlichen Berufskleidungen: Eines trug eine Krawatte und einen Bowlerhut, ein anderes eine Schwesternuniform, wieder ein anderes war gekleidet wie ein Feuerwehrmann, und dann

entdeckte Henry sogar noch ein Priesterschwein. Schwester Morris teilte sich ihren Stuhl mit einem großen Teddybären, einer Kattunkatze und einem riesigen, ausgestopften Igel, und auf dem Kaffeetisch stand eine offene Keksdose mit dem Paddington Bear darauf. Schwester Morris schien wild entschlossen, sich die allgegenwärtigen Geister des Alters vom Leib zu halten, indem sie ihr eigenes Wohnzimmer mit Kinderkram vollstopfte. Wie ein Medizinmann, dachte Henry, der seine Hütte mit Totems und Talismanen ausstattete, um das Böse abzuwehren.

Er räusperte sich und begann mit sorgfältig gewählten Worten. »Unten scheint es ein Problem zu geben. Vielleicht könnten Sie mir erklären, was los ist.«

Schwester Morris' Kinn zitterte vor Erregung, und ihre Wangen röteten sich. »Es freut mich, daß jemand mich fragt. Sie sind Priester«, ihre Stimme wurde sanfter, jedoch nur einen Moment lang. »Die Angelegenheit ist maßlos übertrieben worden ...«

Fünf Minuten später kehrte Henry in den Gemeinschaftsraum zurück. »Also«, sagte er, während er sich auf den leeren Stuhl zwischen seinem Vater und Selma setzte, »es gibt eine absolut einleuchtende Erklärung, ihr braucht euch keine Sorgen zu machen. Die Fische waren krank«, fuhr er fort und kam sich dabei vor wie die groteske Version einer Briefkastentante, als sich immer mehr alte Leute um ihn versammelten wie Aasgeier, um nur ja nichts zu versäumen.

»Tja, daß sie sie gekocht hat, kann nicht sonderlich viel geholfen haben«, sagte Miss White mit fester Stimme, während sie sich in einen Sessel hievte. »Und wenn das das Allheilmittel von Schwester Morris für die Wehwehchen der Welt ist, kann keiner von uns mehr ruhig in seinem Bett schlafen. Mir ist das ja nicht so wichtig, weil ich ohnehin nicht sonderlich gut schlafe.« Ihr Gesichtsausdruck zeugte von tapfer ertragenen Leiden. »Ich wälze mich die ganze Nacht herum ...«

»Der Tierarzt hat Schwester Morris gesagt, daß er nichts für sie tun kann«, erklärte Henry mit fester Stimme. »Ich fürchte, sie hatte keine andere Wahl, als die armen Tiere zu erlösen.« Er lächelte Selma aufmunternd zu, die zusammengesunken in ihrem Sessel mit dem Rosenmuster saß. »Offenbar geht das am schnellsten, wenn man die Fische in kochendes Wasser wirft.«

»Ich hab einmal Hummer gegessen«, sagte Miss White. »Meiner Meinung nach längst nicht so gut, wie die Leute immer sagen.«

Eine kräftige Frau, die Henry noch nie zuvor gesehen hatte, beugte sich mit vor Aufregung geröteten Wangen und großen Augen vor. »Es ist mir egal, was Schwester Morris sagt, aber jedenfalls werde *ich* die armen kleinen Fische nicht zum Tee essen.«

»Ich auch nicht«, pflichtete ihr ein Chor von Stimmen bei. »Ich esse keinen Bissen davon.«

Henry biß die Zähne zusammen, beschämt über seinen plötzlichen Wunsch, sie alle bei der Schulter zu packen und sie anzubrüllen, daß sie den Mund halten sollten. Er sah in die alten, schlaffen, haarigen, zahnlosen, verwirrten Gesichter. Und er bemerkte die Demütigung im Blick seines Vaters, obwohl er mit straffen Schultern neben dem leeren Aquarium saß. Gott vergebe mir, dachte er, dann stand er von seinem

Stuhl auf, ging zu seinem Vater hinüber und legte ihm die Hand auf die Schulter. »Was meinst du, sollen wir einen kleinen Ausflug mit dem Wagen machen, einen Drink im Anchor nehmen?«
Amelia kam mit einem kleinen Koffer herunter, der hastig eingepackt worden war, denn auf der einen Seite hing ein Stück blauen Stoffes heraus. Sie wollte Selma aus dem Stuhl aufhelfen, sah sich jedoch zuerst nach dem Gehgestell um.
»Ich glaube, Sie reagieren übereilt«, meinte Henry mit leiser Stimme, ging jedoch hinüber zum Fernseher, aus dem noch immer laute Musik dröhnte, und holte das Gehgestell, das in der Ecke dahinter stand. Er stellte es neben Selmas Stuhl und sagte dann, an Amelia gewandt: »Man sollte nie Entscheidungen treffen, wenn man erregt ist. Bringen Sie Ihre Großmutter nach oben, damit sie sich ausruhen kann, setzen Sie sich hin und denken Sie drüber nach.« Er sah von Selmas grauem, ausdruckslosem Gesicht zu Amelias leuchtend roten Wangen und feuchten Augen. »Wie wollen Sie sie zurückbringen? Wie wollen Sie mit ihr fertig werden, wenn Sie sie zu Hause haben? Sie haben doch nicht mal genug Kraft, um sie hochzuheben.«
»Wir schaffen das schon«, sagte Amelia und lächelte ganz mechanisch in seine Richtung. »So lange wird das sowieso nicht dauern, sie muß sich bloß ein bißchen erholen von hier.«
Henry sagte nichts mehr, sondern half Selma hoch. »Dann lassen Sie sich wenigstens von mir zum Bahnhof bringen«, sagte er, als er ihnen die Tür aufhielt.
Amelia wandte sich zu ihm um. »Das ist sehr nett von

Ihnen, aber meine Mutter müßte jeden Augenblick wiederkommen, sie wird uns hinfahren.«
Auch Selma war in der Tür stehengeblieben, und einen Moment glaubte Henry, einen Ausdruck des Triumphs in ihren Augen zu sehen. Er seufzte, durchquerte den Raum und setzte sich neben seinen Vater auf den Stuhl, auf dem Selma gesessen hatte.
»Was ist mit dir, Pa, willst du auch von hier weg?«
Der Admiral wandte sich ihm zu und versuchte ein Lächeln, aber seine faltigen, fleckigen Hände umkrampften die Griffe seiner Krücken. »Mach dir um mich keine Sorgen, mein Junge. Es ist nicht das Heim hier, es ist das Alter. Altwerden macht einfach keinen Spaß.« Er legte eine Hand auf die von Henry. »Aber so ist das Leben eben, und nicht mal du mit deinen Verbindungen kannst daran was ändern.«

Dagmar fuhr Selma und Amelia zur Plymouth Station.
»Ist wirklich nett von dir, daß du Mummy mit zu dir nimmst«, zischte sie Amelia über die Schulter zu. »Ich hätte sie natürlich selber gern bei mir, aber ich könnte mir nie freinehmen.« Dann fügte sie in ihrer normalen Stimme hinzu: »Tja, wenigstens habe ich dir ein anständiges Kleid ausgesucht, Mummy. Dieses bügelfreie Monstrum, das die Frau in Cherryfield dir anziehen wollte, war ja schrecklich.«
Amelia hatte sich während der Fahrt ein wenig beruhigt, sie spürte, wie die Röte wieder aus ihren Wangen wich und ihr Puls sich normalisierte, doch als Dagmar den Wagen vor dem Bahnhof abstellte, begann sie, sich Gedanken zu machen, wenn auch aus

anderen Gründen: Henry hatte recht gehabt. Wie würde sie zurechtkommen? Aber war Rosalind sich nicht genauso unfähig vorgekommen, als sie den kleinen Ronnie in seiner geblümten Tragetasche aus dem Krankenhaus nach Hause gebracht hatte? Amelia ging ihre Aufgaben im Geiste durch: Baden und Ankleiden, ein Essen kochen, das nicht nur nahrhaft, sondern auch mit Gebiß problemlos zu kauen war. Wie reinigte man wohl ein Gebiß? Wenigstens hatte sie genug Geistesgegenwart besessen, eine der Schwestern in Cherryfield zu fragen, welche Medikamente Selma benötigte. Dann war da noch Gerald. Amelia warf ihrer Mutter einen hilflosen Blick zu, aber jetzt war es zu spät, es sich anders zu überlegen.

Dagmar schrieb mit großen Buchstaben »Schwerbehindert« auf ein Stück Papier und steckte es hinter die Windschutzscheibe. Dann halfen sie Selma übers Gleis zu dem wartenden Zug. Amelia stieg zuerst ein, packte Selma an den Handgelenken und begann, sie hochzuziehen. Dagmar, die sich bemühte, mit ihrem Hosenbein nicht die schmutzige unterste Stufe zu berühren, schob an Selmas Hinterteil. »Fast wie Winnie the Pooh, der im Hasenbau steckenbleibt«, rief sie mit fröhlicher Stimme. Selma tat so, als habe sie die Bemerkung nicht gehört.

Ein Beamter trat dienstbeflissen hinter die gestrandete Selma, um einer jungen Mutter dabei zu helfen, ihren Zwillingskinderwagen in den nächsten Waggon zu heben. Die Babys lächelten ihn mit zahnlosen Mündern an. Kleine blonde Engel, dachte Amelia verbittert, als Selma endlich im Zug war. Auch sie lächelte

erleichtert und verlegen, auch sie hatte keine Zähne. Mein Gott, dachte Amelia, sie hat ihr Gebiß vergessen.
Als Amelia Dagmar vom Fenster aus zuwinkte, dachte sie, wie ungerecht doch alles eingerichtet war. Die Zahnlosigkeit der Babys war süß, ihre Pausbacken goldig. Sie sabbern, rülpsen und spucken, weil sie ihre Körperfunktionen noch nicht unter Kontrolle haben, aber sie sind so unwiderstehlich süß, daß nur wenige Menschen sich ihrem Charme entziehen können. Schließlich, dachte Amelia, sieht man ja auch nicht allzu viele Heime für aktive Babys in den Vororten, oder?
Sie wandte sich vom Fenster ab und setzte sich gegenüber von Selma hin. Aber was war mit den alten Leuten, warum machte es man den Jungen so leicht, sie abzuschieben? Amelia empfand fast schon schmerzliches Mitleid, als sie ihre Großmutter betrachtete, die zusammengesunken auf ihrem Sitz saß, kein schöner Anblick, das Kleid über den dicken Knien, ein unsicheres Lächeln auf ihrem fahlen Gesicht. Nein, es war einfach nicht fair.
Sie reichte Selma eine Ausgabe von *Good Housekeeping*. Selma sagte: »Wie schön« und blätterte sie glücklich durch. Sie hatte sich beim Zeitschriftenhändler immer *Good Housekeeping* zurücklegen lassen, sogar noch, nachdem Willoughby in den Ruhestand gegangen war und die beiden sparen mußten.
Weiß sie denn, fragte sich Amelia, daß sie nie mehr selbst eine Mahlzeit zubereiten wird, wenn sie die Rezepte so eifrig studiert?
»Ich muß mal.« Selma legte die Zeitschrift weg.
Amelia tat der Rücken weh, als sie Selma von ihrem

Sitz hochzog. Einen Augenblick standen sie von Angesicht zu Angesicht da, Amelia gebeugt, Selma schwankend, die Hände miteinander verklammert. Amelia fragte sich, was sie als nächstes tun sollte. Dagmar hatte ihr geholfen, Selma auf ihren Sitz zu hieven, weil der Gang für ein Gehgestell zu eng war.

»Wir müssen uns umdrehen«, sagte Amelia schließlich. »Das Klo ist da drüben.« Sie deutete über Selmas Schulter. Immer noch mit verklammerten Händen drehten sie sich wie ein bizarres Paar bei einem grotesken Tanz.

In Ashcombe hatte Dagmar Klavier gespielt, wenn die Sonne durch die halbgeschlossenen Jalousien hereindrang, und Selma hatte Amelias kleine Hände in die ihren genommen. *»Dansa min docka«*, hatte sie auf Schwedisch gesungen, »Tanze, mein Püppchen, tanze, solange du jung bist, denn bald wirst du alt und schwerfällig.« Runde um Runde hatten sie gedreht, über die Sonnenmuster auf dem Eichenholzboden.

Plötzlich kam der Zug zum Stehen. Selma stürzte auf Amelia, der es gelang, nicht umzufallen. »Jetzt kann ich nicht gehen«, flüsterte Selma. »Jetzt sind wir im Bahnhof.«

»Trotzdem bring ich dich jetzt hin. Das Gehen ist leichter, wenn der Zug steht.«

Amelia führte Selma vorsichtig Schritt um Schritt durch den Waggon. Die Leute hoben den Blick und wandten ihn sofort verlegen wieder ab, ein paar Kinder kicherten. Selmas Gesicht blieb ausdruckslos, während sie nach vorne starrte.

»Setz dich da hin.« Amelia drückte Selma auf einen leeren Sitz am Ende des Wagens, während sie an der

schweren Schiebetür zerrte. Sie preßte das Hinterteil gegen die eine Hälfte, um sie offenzuhalten, und gleichzeitig beugte sie sich vor, um Selma aufzuhelfen. Gleich bekomme ich einen Bandscheibenvorfall, und dann bin ich den Rest meines Lebens ein Krüppel, dachte Amelia, während sie sich auf die Unterlippe biß. Als der Zug wieder anfuhr, zerrte sie Selma von ihrem Sitz hoch und half ihr hinaus in den Gang. Wie die Krebse schoben sie sich seitlich bis zu der Tür, auf der WC stand, und Amelia begann, ihre Großmutter hineinzudirigieren.
Selma sträubte sich. In Ashcombe hatte es einen englischen Setter gegeben, der sich genauso dagegengestemmt hatte, wenn er im Regen spazierengehen sollte.
»Willst du denn nicht mehr gehen?« fragte Amelia sanft.
Selma sah sie hilflos an. »Jetzt muß ich nicht mehr.«
Amelia starrte hinunter auf Selmas Beine und dachte: Ich schäme mich zu Tode für sie. Aber sie zwang sich, ihre Stimme nüchtern klingen zu lassen, wie Schwester Morris: »Kein Problem«, sagte sie, und mit einem Lächeln, das sie bewußt auf Selmas Gesicht richtete, half sie ihr wieder zurück auf ihren Sitz.

Während der Taxifahrt von Basingstoke wurde Selma fröhlicher, plapperte glücklich vor sich hin, genoß die Fahrt durch die regennassen Straßen von Alresford. Sie kannte das Städtchen von Besuchen bei einer Tante, die sie das letzte Mal gesehen hatte, als sie noch ein kleines Mädchen gewesen war. Als der Wagen an einer roten Ampel hielt, hastete eine alte

Frau, deren dicke Beine in ebenso dicken Wildlederschuhen verschwanden und die sich einen Regenschutz aus Plastik um die dünnen grauen Haare gebunden hatte, über die Straße.

»Mein Gott, manche Leute sind schon schrecklich«, meinte Selma fröhlich. Da saß sie nun mit ihrem grauen Damenbart und ohne Zähne, die Strickjacke voller Flecken, und trotzdem betrachtete sie die Frau da draußen voller Schadenfreude und Mißbilligung. Selma war früher schön gewesen, dachte Amelia, und Gott sei Dank glaubte sie immer noch, es zu sein.

Das Taxi hielt vor der Old Rectory, und der Fahrer stieg aus, um Selma aus dem Wagen zu helfen. Während sie sie heraushievten, furzte Selma laut und vernehmlich. Eine Sekunde lang erstarrten alle. Der Fahrer und Amelia versuchten verzweifelt, jeden Blickkontakt zu vermeiden. Schließlich sprachen sie beide gleichzeitig, der Fahrer seine Fingernägel betrachtend, Amelia den Inhalt ihrer Handtasche musternd. »Wieviel schulde ich Ihnen?«

»Neun Pfund achtzig, meine Liebe.«

»Nein, Liebes, laß mich das machen.« Selma, die aussah, als habe der kleine Zwischenfall nichts mit ihr zu tun, lehnte sich schwer gegen den Wagen, während sie in ihrer Handtasche herumsuchte. Sie reichte dem Fahrer einen Fünf-Pfund-Schein, bevor sie noch ein paar lose Münzen hervorholte und mit zitternden Fingern in seine Hand zählte. »Eins, zwei, drei, vier Pfundmünzen«, sagte sie lächelnd, »und zwei Fünfziger. Behalten Sie den Rest«, fügte sie gnädig hinzu.

Amelia hatte die Zeitungen nicht abbestellt, als sie weggefahren war, und holte jetzt das unhandliche

Paket aus dem Kasten am Zaun. Dann schaute sie mit einem Stirnrunzeln in Richtung Arbeitszimmer. »Ich muß das Licht angelassen haben«, sagte sie.
Sie half Selma ins Haus und setzte sie in den Sessel im Wohnzimmer, bevor sie das Gepäck von draußen holte. »Ich bringe dir eine Tasse Tee«, meinte sie lächelnd.
Das Zimmer erschien Selma wie ein irgendwie vertrautes Gesicht. Es hatte etwas Bekanntes, aber wem gehörte es? Sie dachte verzweifelt nach, doch ihr Gedächtnis wurde immer mehr wie ein Schatzkästchen für sie, zu dem sie den Schlüssel verloren hatte.
Als sie Gemurmel aus dem Nebenzimmer hörte, wurde sie unruhig. Sie war mit Amelia hierhergekommen, aber wo war dieses Hier?
Die Geräusche von nebenan wurden lauter, bereiteten ihr Sorge. Sie waren gedämpft, klangen gequält, irgendwie vertraut. Wo war Amelia? Selma versuchte, sich aus dem tiefen Sessel zu erheben, doch wie eine Ertrinkende wurde sie immer wieder in die tiefen Polster zurückgezogen.
Endlich kam Amelia wieder. Sie stand mit einem Tablett in den Händen in der Tür, da hörten sie vom Nebenzimmer, wie jemand immer wieder einen Namen rief: »Gerry, o Gerry, Gerry, Gerry!«
Amelia stand wie vom Donner gerührt, lauschte, immer noch lächelnd. Dann durchquerte sie den Raum. Ihre Wangen waren leuchtend rot, als sie das Tablett vorsichtig auf dem Tisch vor Selma abstellte.
Noch ein paar Schritte, diesmal schneller, und schon war sie bei der Tür zum Arbeitszimmer und riß sie auf. Die hohe Rückenlehne von Geralds Drehstuhl schwang hin und her, zwei dicke Beine hingen über die

Armlehnen, die Zehen an den kleinen Füßen wanden sich ekstatisch.

Dann drehte sich der Stuhl, und sie sah Gerald mit verzerrtem Gesicht, ein Mädchen auf seinem Schoß, den Rock über ihrem nackten Hintern.

»Hallo, Gerald«, sagte Amelia. »Ich wußte nicht, daß du zu Hause bist.«

11 Gerald dabei zuzusehen, wie er versuchte aufzuspringen, Clarissa immer noch auf dem Schoß, bereitete Amelia ein paar Sekunden lang höchstes Vergnügen. Sie hielt sich die Hand vor den Mund und krümmte sich vor Lachen, bis Geralds Stimme ihr Einhalt gebot.

»Geh runter, Liebling«, zischte er. Es war das »Liebling«, das Amelia wieder in die Realität zurückholte.

»Ich versuche mein Bestes«, ächzte Clarissa, während sie sich auf ihrem nackten Hinterteil herumschwang und schließlich aufstand. Ihr Rock rutschte über ihre Hüften und bedeckte ihre Scham, als sie sich abmühte, ihren Slip von ihren Knöcheln hochzuziehen.

Amelia stand schweigend da und betrachtete die kräftig gebaute junge Frau, deren feines blondes Haar in feuchten Strähnen über ihr breites Gesicht hing. Sie wurde rosarot im Gesicht, als sie durch das Kleid mit dem Blumenmuster hindurch an ihrem Slip zerrte. Amelia sah weg.

Gerald stand beim Schreibtisch. Er hatte seine Hose

mittlerweile hochgezogen, aber aus dem halboffenen Hosenschlitz lugte ein Zipfel seines blau-weiß gestreiften Hemdes. Des Hemdes, das so schwierig zu bügeln war, schoß es Amelia durch den Kopf. »Wer ist das Mädchen? Das ist doch Clarissa, nicht wahr?« beantwortete Amelia ihre eigene Frage ruhig und gefaßt. Bleib ganz ruhig, sagte sie zu sich selbst. Er kommt jetzt gleich zu mir herüber und sagt, wie leid es ihm tut, daß das nie hätte passieren dürfen. Schon bald wird er das kräftige Mädchen mit dem nichtssagend hübschen Gesicht zur Tür bringen, und ich kann anfangen, mich mit der Situation zu befassen. Wenigstens wußte sie jetzt, wer diesen Wermutstropfen in ihr Leben gepreßt hatte. Die Phantasie war ein unbezwingbarer Gegner; junge Frauen mit glattem Haar und rosigem Hinterteil waren da schon leichter zu bewältigen.

»Natürlich ist das Clarissa«, herrschte Gerald sie an. »Tut mir leid«, sagte er dann mit sanfterer Stimme, »ich habe ganz vergessen, daß ihr euch noch gar nicht kennt.«

Er benimmt sich, als wären wir auf irgendeiner Party, dachte Amelia. Gleich wird mir diese Clarissa erzählen, daß sie das Gefühl hat, sie kenne mich schon seit Ewigkeiten. Sie biß sich auf die Lippe und wartete darauf, daß Gerald etwas sagte.

»Hör mal zu, altes Mädchen.« Gerald ging tatsächlich einen Schritt auf sie zu, aber das, was folgte, war ganz anders, als das, was sie sich ausgedacht hatte. »Es tut mir leid, daß du es so hast rausfinden müssen, das wollten wir wirklich nicht. Aber ich wollte es dir schon seit Wochen sagen. Du bist ja so arglos.« Er wedelte

hilflos mit den Armen herum, bat Clarissa mit den Augen um Unterstützung.
»Ich finde das alles furchtbar.« Clarissa, die inzwischen ihren Slip hochgezogen und somit alles wieder unter Kontrolle hatte, sprach mit klarer, spröder Stimme. Gerald ging näher zu ihr und legte ihr den Arm um die Schulter.
Diese stumme Geste der Zugehörigkeit traf Amelia wie ein Schlag in den Solarplexus. Sie sank auf den Holzstuhl neben der Tür und mußte sich zusammenreißen, um sich nicht zu übergeben.
»Amelia, Liebes, willst du mich deinen Gastgebern nicht vorstellen?« Selma stand in der Tür, nachdem sie sich seitlich von einem Möbelstück zum anderen durchs Wohnzimmer gehangelt hatte. »Amelia, ist alles in Ordnung?«
Amelia richtete sich langsam auf. »Ja, natürlich. Alles in Ordnung.« Sie warf Gerald einen hilflosen Blick zu, der wegsah.
Amelia stand auf. »Großmutter, du erinnerst dich sicher noch an Gerald. Und das ist Geralds ... Freundin Clarissa.«
Selma freute sich über die Vorstellung und sagte, ziemlich großspurig: »Wie schön, euch beide kennenzulernen. Es ist sehr nett von Ihnen, daß meine Enkelin und ich bei Ihnen bleiben können.« Sie geriet ins Wanken und hielt sich an der Tür fest. Es sah so aus, als würde sie gleich hinfallen, doch Amelia packte einen Stuhl und schob ihn ihr gerade noch rechtzeitig unters Hinterteil. Selma ließ sich geräuschvoll darauf sinken.
Gerald warf ihr einen besorgten Blick zu. »Ich glaube, wir gehen lieber.«

»Du kannst später wiederkommen, Gerald, wenn wir uns alle ein bißchen beruhigt haben«, sagte Clarissa ruhig und bestimmt.
»Laß *sie* gehen, Gerald, aber du kannst nicht fort, das siehst du doch sicher ein. Du kannst nicht einfach so gehen.« Amelias Stimme wurde lauter, und dann, peng!, schlug sie mit der Faust gegen das Bücherregal.
Wieder wurden Clarissas blasse Wangen rot, wie leuchtend rote Farbe, die sich auf Glanzpapier ausbreitet. »Gerald, du wirst mich doch nicht heimschicken wie eine ... wie eine Hure, oder?«
Bei dem altmodischen Wort spitzte Selma die Ohren. »Nun streitet doch nicht, Kinder«, sagte sie von ihrem Stuhl aus.
»Siehst du denn nicht, daß das alles sinnlos ist?« meinte Gerald. »Du kannst fürs erste hierbleiben, Amelia. Und deine Großmutter natürlich auch.« Er nickte in Richtung Selma. »Und ich komme in ein oder zwei Tagen vorbei.«
Bevor Amelia etwas einfiel, wie sie ihn hätte aufhalten können, war er schon an der Haustür. »Wirklich, das ist mein Ernst. Ihr müßt nicht sofort ausziehen. Ich kann jetzt erst mal bei Clarissa bleiben.« Er sah sie an und streichelte ihre Wange mit dem Zeigefinger. Dann eilte er mit Clarissa den kurzen Weg zum Gartentor hinunter. Als Amelia den beiden nachsah, stellte sie sich vor, daß sich ein Schatten von ihrem Körper löste wie ein Film und sich zwischen Gerald und Clarissa drängte. Fröstelnd schloß sie die Haustür hinter ihnen und ging ins Wohnzimmer, wo Selma zusammengesunken auf ihrem Stuhl saß. Sie fühlte sich absolut allein.

»Du mußt weitermachen, wegen den Kindern.« Wie oft hatte sie diesen Satz nicht schon in einer Zeitschrift gelesen oder von einem Bekannten oder von einem traurigen Menschen in einem Fernsehinterview gehört? Jetzt wußte Amelia, was diese Leute meinten. Sie konnte sich nicht aufs Bett werfen und weinen, sie konnte nicht toben oder Geralds Kaschmirpullover zerfetzen. Sie konnte sich nicht einmal mit seinem teuersten Wein betrinken, jetzt, wo sie sich um Selma kümmern mußte. Also kochte sie, zwei Stunden, nachdem Gerald sie verlassen hatte, Zwiebeln und Karotten, die sie zu einer dicken, glatten Suppe verrührte: leicht zu schlucken, keine Zähne nötig. Dann mußte sie noch das Geschirr wegräumen, das Selma hatte fallenlassen bei dem Versuch, es zur Spüle zu tragen. Selma hatte einen überraschten Blick auf die blauweißen Scherben zu ihren Füßen geworfen. »Irgendwie habe ich in letzter Zeit zwei linke Hände. Außerdem habe ich noch nie gern in einer fremden Küche gearbeitet.«
Um neun Uhr schlief Selma im Sessel. Amelia weckte sie eine Stunde später. »Zeit fürs Bett, meinst du nicht auch?« sagte sie lächelnd.
Das Gehgestell mußten sie am Fuß der Treppe stehen lassen. Amelia ging rückwärts die Stufen hinauf und zog Selma an beiden Händen nach, Schritt für Schritt. Auf halber Höhe blieben sie stehen, um sich auszuruhen, und Amelia brach in Tränen aus.
Selma starrte sie entsetzt an. »Nicht weinen, Amelia. Bitte hör auf damit. Ich kann es nicht mitansehen, wenn du weinst.«
Amelia atmete tief durch und versuchte es noch ein-

mal mit einem breiten Lächeln. »Tut mir leid. Ich bin bloß ein bißchen müde. Tut mir wirklich leid.«
Sie half Selma beim Ausziehen und wickelte sie aus mehreren Schichten Untergewändern, die dem schlaffen Fleisch so etwas wie Form verliehen. Als sie ihren schmerzenden Rücken streckte, sagte sie: »Heute abend lassen wir das Baden mal ausfallen.«
Endlich lag Selma im Bett. Mit zwei Kissen im Rücken sah sie Amelia erwartungsvoll an und meinte dann: »Weißt du, ich hätte gute Lust runterzugehen und mir eine Tasse warme Milch zu machen.«
»Das mache ich schon.« Amelia trat bei jedem Schritt so fest auf, daß ihr die Füße weh taten. Sie erhitzte die Milch und murmelte dabei die ganze Zeit in den Topf hinein. Einmal glaubte sie, Selma habe gerufen, und lief nach oben. Als sie zurückkehrte, war die Milch auf dem Herd übergelaufen. Selma war inzwischen eingeschlafen.

Drei Tage, nachdem Gerald zusammen mit Clarissa das Haus verlassen hatte, kam er allein zurück. Er hatte angerufen, um sicherzugehen, daß Amelia da war, und jetzt saß er auf seinem üblichen Platz an dem großen Küchentisch. Amelia saß ihm gegenüber, Ellbogen auf dem Tisch, das Kinn in die Handflächen gestützt.
»Alles in Ordnung?« fragte er, als wisse er nicht, daß die Antwort nein lautete.
Amelia musterte das Gesicht, das sie so gut kannte, das lange Kinn und die großen grauen Augen, die den ihren ähnelten, die kleine weiße Narbe an der Unterlippe. Jetzt wußte sie, wie den Leuten in den Science-

fiction-Filmen zumute war, wenn das Gehirn des Geliebten von einem Außerirdischen beherrscht wurde. Der Mann, der ihr gegenübersaß, sah aus wie Gerald, rieb sich die Augen mit den Knöcheln wie Gerald, hatte die gleiche Stimme wie Gerald, aber innen drin, da hatte sie keinerlei Zweifel, wurde er von kleinen grünen Männchen kontrolliert.
»Ich vermisse dich«, sagte sie.
Gerald sah sie ein wenig verärgert an. »Tja, das wär's also.« Er räusperte sich und trommelte mit den Fingern gegen die Tischkante.
Was würde er wohl machen, wenn ich zu ihm hinüberginge und meine Hand in seine Hose gleiten lassen würde? Amelia neigte den Kopf ein wenig zur Seite. Dieser Mann, dachte sie, hat zwei Jahre lang ein paarmal pro Woche nackt und verwundbar in meinen Armen gelegen. Plötzlich ist er verbotenes Gebiet; wenn ich die Hand ausstrecke und seine Wange berühre, verletze ich seine Privatsphäre.
Sie versuchte eher geschäftsmäßig als flehend zu klingen, und sagte: »Ich kann also wirklich nichts sagen oder tun, um dich zu mir zurückzuholen?«
»Nein, Amelia.« Geralds Stimme klang geduldig, sogar auf unpersönliche Weise mitfühlend. Das war die Stimme, dachte sie, die er benutzte, wenn er Mrs. Smith erklärte, daß seine Firma keinerlei Möglichkeiten mehr sehe, Mrs. Smith' Nachbarn daran zu hindern, daß er ihren Eingang mit seinem Rasenmäher versperrte.
Gerald lehnte sich über den Tisch zu ihr hinüber. »Es tut mir wirklich leid, daß du es so hast herausfinden müssen. Das wollten Clarissa und ich wirklich nicht.

Aber das kann kein absoluter Schock für dich sein. Wenn du ganz ehrlich zu dir selbst bist, mußt du doch gemerkt haben, daß zwischen uns nicht alles in Ordnung war.«

»Nein, das habe ich nicht.«

»Was?« Gerald rutschte auf seinem Stuhl zurück. »Was meinst du damit?« Wieder dieser verärgerte Tonfall. Amelia bemühte sich, die Tränen zurückzuhalten. »Ich meine, daß ich nicht ehrlich zu mir selbst gewesen bin.«

Gerald seufzte. »Siehst du denn nicht, daß wir zu unterschiedlich sind? Niemand hat schuld daran, aber um ehrlich zu sein ...«

»Ehrlich und aufrichtig«, sagte Amelia, zwei Worte, mit denen oft die schrecklichsten Dinge eingeleitet wurden.

»... verstehe ich dich nicht. Alles, was du machst, erscheint wie ein Spiel, wie etwas, das dich beschäftigt, während du dich treiben läßt und darauf wartest, daß das Leben beginnt. Ich führe dich in eine Richtung, und du folgst artig, aber die ganze Zeit habe ich das Gefühl, daß du in die entgegengesetzte Richtung abdriftest auf der Suche nach weiß Gott was.« Gerald wurde plötzlich lebhaft. »Ich brauche jemanden ... jemanden, der mir eine Basis gibt.« Er sah Amelia an, flehte sie an, ihn zu verstehen.

Amelia starrte ihn seinerseits entsetzt an. Sie hatte ihm ihre Liebe gegeben, ihr Leben zwei Jahre lang mit ihm geteilt, und so schätzte er sie ein: ohne eine feste Basis, nicht ganz normal. Sie blinzelte und schluckte, immer noch benommen von seinem letzten Schlag, hatte erneut Gerald zusammen mit Clarissa auf dem

Stuhl vor Augen. Sie zuckte hilflos mit den Achseln und sagte: »Clarissa hat allerdings eine breite Basis.« Etwas anderes fiel ihr nicht ein.
»Mein Gott! Du bist einfach hoffnungslos kindisch.« Gerald schlug mit der Faust auf den Tisch. »Wenn du mit einer ernsten Situation konfrontiert wirst, fällt dir nichts Besseres ein als so ein pubertärer Quatsch.«
»Tut mir leid«, sagte Amelia, doch merkwürdigerweise fühlte sie sich erleichtert; schließlich war sie ja ein hoffnungsloser Fall, von ihr war nichts zu erwarten.
»Möchtest du einen Drink?« Sie stand vom Tisch auf.
»Danke«, nickte er, ein wenig besänftigt.
Amelia holte eine Flasche Chablis aus dem Kühlschrank. Der Kork brach, weil sie den Korkenzieher schief ansetzte.
»Komm, laß mich das machen«, sagte Gerald wie immer und nahm ihr die Flasche aus der Hand. Dann, als habe er sich gerade erst wieder an Selmas Existenz erinnert, fragte er: »Wo ist deine Großmutter?«
Amelia deutete hinaus auf den Rasen, wo Selma, den Rücken ihnen zugewandt, dasaß, ein smaragdgrünes Tuch mit Goldquasten um die Schultern. »Ich habe ihr Gehgestell mit hereingenommen.« Sie lächelte ein wenig. »Sonst hätten wir uns nicht ungestört unterhalten können.«
Die Reise von Cherryfield hatte das letzte bißchen Orientierungsvermögen, das Selma noch gehabt hatte, gestört. Wie ein kleines Kind, das zu oft umgezogen ist, blieb sie immer dicht bei ihrer Enkelin, der einzigen Konstante in ihrem Leben. Egal, wo Amelia auch hinging – sie hörte immer das Geräusch des Gehge-

stells hinter sich, mit dem Selma fluchend und vor sich hinmurmelnd gegen Türen und Möbel stieß.
Gerald drehte die Flasche in der Hand. »Ist das nicht ein bißchen übertrieben, ein 1983er Chablis?«
»Nein«, antwortete Amelia einfach.
Gerald seufzte und redete von etwas anderem. »Vielleicht glaubst du, du hast keinen Grund, Clarissa zu mögen, aber sie war es, die gesagt hat, ich soll dich bis zum Ende des Sommers hierbleiben lassen, damit du dir in Ruhe etwas Eigenes suchen kannst.«
Muß er sie auch noch ins Gespräch bringen, dachte Amelia. Wie ein Fernsehansager, der immer wieder einen Schluck Wasser aus dem Glas neben sich nimmt, erfrischte sich Gerald an ihrem Namen.
»Sie ist wirklich ein Schatz, diese Clarissa, nicht wahr?« sagte sie. »Ich wüßte nicht, was ich ohne sie machen sollte. Darf ich dir noch Wein nachschenken?«
»Nein, danke, ich muß noch fahren.«
»Du könntest ja die Nacht hier verbringen«, bot Amelia ihm an und beobachtete Gerald dabei, wie er nachdachte, ob sie ihm tatsächlich Hilfe anbieten oder ihn provozieren wollte.
Offenbar wollte er sich nicht festlegen und antwortete in neutralem Tonfall: »Es ist erst halb sieben.«
Amelia sah auf die Uhr. »Ja, stimmt.« Sie lächelte ihn über den Tisch hinweg an. »Da haben wir ja noch viel Zeit zum Plaudern.«
Zehn Minuten später stand Gerald auf und wandte sich zum Gehen. »Ich komme wieder«, sagte er. »Schließlich müssen wir noch klären, wie wir die Sachen aufteilen.« Er tätschelte ihr schnell und verlegen die Wange, eine Geste, die sie inzwischen haßte. »Ich

werde immer dein Freund sein, Amelia«, sagte er mit einem intensiven Blick. »Du kannst jederzeit zu mir kommen, wenn du etwas brauchst.«

»Ach ja«, meinte Amelia. »Da wäre tatsächlich etwas.«

Gerald wandte sich auf der Schwelle um. »Ja?«

»Ich könnte einen guten Anwalt brauchen.«

»Sehr witzig.« Gerald verzog den Mund, vielleicht zu einem Lächeln, dachte Amelia, wenn man es nicht so genau nahm.

Sie ging ums Haus herum zum Rasen, wo Selma auf dem weichen Stuhl unter dem Apfelbaum eingeschlafen war. Amelia setzte sich leise ins trockene Gras und lehnte sich mit dem Rücken gegen den Stamm des Baumes. Die Abendsonne hüllte alles in goldenes Licht, und drüben bei den Büschen hoppelten, zuerst noch vorsichtig, dann, als sich nichts bewegte, allmählich kühner werdend, Kaninchen hervor und knabberten am Gras.

Mein Gott, wie ich diesen Garten liebe, dachte sie und vergrub das Gesicht in der Armbeuge. Bis Gerald hierhergekommen war, hatte sie es nicht für möglich gehalten, daß sie wirklich keine Macht mehr über ihn hatte. Jetzt sprang er vor ihrem geistigen Auge herum wie ein Rattenfänger von Hameln, der ihr Leben von ihr weglockte, ihr Zuhause, ihren Garten, ihre Hoffnung auf Kinder. Sie hob den Kopf. Vor ihr wuchsen die Bourbonrosen, die sie gepflanzt hatte, als sie hier eingezogen waren. Souvenir De La Malmaison, Honorine de Brabant, Mme. Isaac Pereire, Louise Odier: Nun würde Clarissa die herbstliche Schönheit all dieser verführerisch duftenden, farbenprächtigen Grand Old Ladies genießen.

Amelia zuckte zusammen, als sie eine Hand auf ihrer Schulter spürte.
»Alles in Ordnung, Liebes? Du wirkst ein bißchen gedämpft.« Selma musterte sie besorgt.
Selma sah mit Amelias indischem Tuch um die Schultern und den glattgebürsteten Haaren wieder so sehr wie ihr eigenes Ich aus der Zeit vor Cherryfield aus, daß Amelia drauf und dran war, ihr alles über Gerald und Clarissa zu erzählen. Jahrelang war sie mit all ihren Problemen zu ihrer Großmutter gekommen, hatte ihr und niemandem sonst alles anvertraut, und Selma hatte zugehört, hatte ihr gute Ratschläge erteilt, sie getröstet.
Nein, nein, dachte Amelia und richtete sich an dem warmen Stamm im Rücken auf. Ich versuch's lieber nicht. Diese vertraute Selma ist lediglich eine Fata Morgana, die einem die Worte entlocken will.
»Na komm schon, Liebes, ich merke doch, daß was nicht stimmt.«
Sie wird mich gleich anschauen, dachte Amelia, und mir erklären, daß das alles nicht passiert wäre, wenn ich aufgehört hätte mit dem Daumenlutschen, oder sie wird mich bitten, ihr das Ludo-Spiel zu holen. Aber Selma betrachtete sie mit wachem Blick.
»Gerald, er hat mich verlassen. Ich liebe ihn und dieses Haus immer noch«, dabei deutete sie auf den Garten. »Jetzt muß ich hier weg, an einem anderen Ort neu anfangen.« Erst bei der Hälfte des Satzes wurde ihr klar, wie das in Selmas Ohren klingen mußte, deren einzige Alternative Cherryfield war.
»Tut mir leid, Liebes. Dieser, dieser ... wie war doch noch mal gleich sein Name?«

»Gerald.«
»Ach ja, natürlich, Gerald. Ich weiß nicht so recht, aber ich denke die ganze Zeit, er heißt Henry. Tut mir leid, daß ihr nicht mehr befreundet seid.« Sie streckte die Hand nach Amelia aus, die sie ergriff. »Ich weiß, das ist kein rechter Trost für dich, aber du findest schon wieder jemanden. Vergiß ihn und konzentrier dich darauf, einen hübschen Ort zum Wohnen zu finden; das eigene Zuhause ist das wichtigste überhaupt.«
Amelia sah sie mit Tränen in den Augen an. Wenn ihre Großmutter aufgesprungen wäre und sich eine Gummimaske vom Gesicht gerissen hätte, hinter der ihr altes, weißes, gelassenes und schönes Antlitz zum Vorschein gekommen wäre, hätte sie Amelia auch nicht mehr überraschen können als mit den vernünftigen Worten, die sie soeben gesprochen hatte. Mit einem tiefen, zufriedenen Seufzer rückte Amelia näher zu ihr.
»Jedenfalls«, meinte Selma und schürzte die Lippen, »war es wirklich unhöflich von ihm, so früh wieder zu gehen, wo du dir doch solche Mühe gegeben hast.«

12

»Ich war ziemlich verletzt«, sagte Amelia und fragte sich gleichzeitig, warum sie immer zwischen Understatement und Übertreibung zu oszillieren schien, ohne sich je für ein gesundes Mittelmaß entscheiden zu können.
»Ach?« Rosalind, die am Küchentisch saß, wandte den Blick einen Moment von Ronald ab und Amelia zu.

»Entschuldige«, fing Amelia noch einmal an. »Es lag daran, daß er gesagt hat, ich sei vage und könne mich für nichts entscheiden. Das war einfach unfair. Es stimmt schon, ich plane vielleicht nicht immer alle Einzelheiten meines Lebens, aber ich hatte durchaus gewisse Dinge vor. Möglicherweise sind meine Ansichten auch nicht sehr modern. Ich gebe ja zu, daß Artikel über junge Frauen, die Maria aus *The Sound of Music* nacheifern, im *Cosmopolitan* eher rar sind ...«

Rosalind wirkte überrascht. »Ich hab gar nicht gewußt, daß du singst.«

»... über Frauen, die es sogar noch besser machen wollen als sie; schließlich wollte ich die Kinder allein kriegen.« Sie hob den Blick von ihrer Kaffeetasse und sah Rosalind an. »Daß ich singe? Nein, das tue ich nicht.« Sie runzelte die Stirn. »Ich habe mir den großen behaglichen Schoß der Familie ersehnt. Ich habe davon geträumt, eine geniale Mutter zu werden, Marmelade einzukochen, Einladungen zum Tee zu geben, Tiere zu haben, meine Hausarbeit zu machen, Picknicks im Garten zu veranstalten. Ich habe sogar daran gedacht, aus Tante Ediths Vorhängen im Wohnzimmer Kinderkleidung zu nähen.«

Rosalind beugte sich über den Tisch und fragte mit leiser, besorgter Stimme: »Bist du denn so knapp bei Kasse?«

Nun sah Amelia überrascht drein. »Nein, nein. Das meiste Geld aus dem Wohnungsverkauf habe ich angelegt, und die freiberufliche Arbeit bringt schon was ein. Ich habe nie Miete zahlen müssen, habe auch keine Hypothek abbezahlt. Wir hatten ausgemacht, daß ich mich um alles hier kümmere, unser eigenes

Gemüse anbaue, die Hühner versorge und so weiter. Er wollte uns mit seinen Gemälden finanzieren.« Mit einer für sie völlig untypischen Klarheit sagte sie: »Das war so was wie ein In-Sein mit umgekehrten Vorzeichen, so kam er sich originell vor, ein bißchen wie ein Rebell. Und ich hätte lange Kleider getragen und die traditionelle Muse des Künstlers gespielt.« Sie rieb sich die Augen. »Wahrscheinlich habe ich für ihn nur eine Lebensphase dargestellt, genau wie seine Malerei, aber er war für mich das ganze Leben.«

»Ist diese Clarissa denn nicht in seinem Büro beschäftigt?« erkundigte sich Rosalind. »Ich meine, sie ist wahrscheinlich eine Karrierefrau, oder?«

Amelia seufzte. »Ich weiß. Ich glaube, es ist sehr gefährlich, den Menschen das zu geben, was sie sich wünschen.« Sie beugte sich zu Ronald hinunter und streichelte seine glatte Wange. Er bedankte sich mit einem strahlenden Lächeln.

»Was willst du jetzt machen? Gehst du wieder zurück nach London?«

»Ich habe keine Ahnung. Ich kann noch nicht klar denken. Außerdem ist London so ...« Sie zuckte hilflos mit den Achseln. »Na ja, so groß.«

Rosalind nahm Ronald vom Teppich hoch und stand auf. Über die Schulter seiner Mutter betrachtete er Amelia von der Seite und versuchte es noch einmal mit einem Lächeln. Dabei schwankte sein großer Kopf wie eine Pfingstrose auf einem dünnen Stengel.

»Egal, komm auf jeden Fall nächste Woche auf einen Kaffee vorbei«, sagte Rosalind. »Dann hast du wenigstens was vor. Ich muß los, Ronnie kriegt gleich sein Fläschchen, dann muß er eine Runde schlafen.«

»Ich mache mich wohl auch lieber an Großmutters Mittagessen«, sagte Amelia und begleitete Rosalind und Ronnie zur Tür. »Sie schläft gerade, aber wenn sie aufwacht, hat sie immer einen Bärenhunger.«

Erhitzt von der Wärme des Herdes öffnete Amelia die Küchenfenster, um eine frische Brise hereinzulassen. Sie blieb einen Moment am Fenster stehen, genoß die Luft auf ihrem Gesicht und das Zwitschern der Mehlschwalben, die unter dem Dachvorsprung nisteten.
»Linsen?« fragte Selma, die bereits am Tisch saß, mit entrüsteter Stimme. »Linsen im Juni?«
Amelia drehte sich zögernd zu ihr um. »Tut mir leid, aber ich dachte, du brauchst das Protein, und etwas anderes ist mir nicht eingefallen – jedenfalls keine Suppe. Ich wünschte, dein Gebiß würde endlich kommen. Ich würde wetten, daß Schwester Morris sich besonders viel Zeit mit dem Schicken läßt.« Sie setzte sich gegenüber von Selma an den Tisch und lächelte sie aufmunternd an, während sie selbst ihre Suppe löffelte. »Mmm«, sagte sie. »Meine Linsensuppe ist gar nicht so schlecht.«
»Wenn du meinst, Liebes«, sagte Selma mit gerunzelter Stirn. Sie hob den Löffel zum Mund und versuchte, ihn in den Mund zu stecken, doch ihre zitternde Hand brach immer wieder in die andere Richtung aus. Sie ließ den Löffel zurück in den Teller sinken und sagte: »Weißt du, ich bin schon seit Ewigkeiten nicht mehr beim Schwimmen gewesen. Wahrscheinlich bin ich deswegen so steif.«
Amelia aß einen Löffel Suppe und überlegte, was sie darauf antworten sollte. »Rosalinds Eltern haben

einen Swimmingpool«, sagte sie schließlich. »Sie wohnen gleich am Ortsrand.« Plötzlich lächelte sie. »Ich glaube, sie hätten nichts dagegen, wenn wir bei ihnen ein bißchen rumplanschen.«
Rosalinds Mutter freute sich, Amelia und ihre Großmutter einladen zu dürfen. »Sie hat sogar angeboten, dir einen Badeanzug zu leihen«, erzählte Amelia Selma, während sie auf ein Taxi warteten. Zum Glück, dachte sie, war Mrs. Rowlands ziemlich kräftig gebaut.
Der Pool wurde vom restlichen Garten durch eine verfallene Mauer, die von Klematis und rosafarbenen Rosen überwuchert war, abgetrennt. Das Gehgestell taugte nicht viel auf Mosaikpflaster, doch nach einer Weile kamen Amelia und Selma bei dem kleinen Tor an, das wegen der Enkel, die manchmal zu Besuch kamen, zugesperrt war. Mrs. Rowlands brachte ihnen lächelnd und fröhlich plaudernd einen riesigen Badeanzug in Neonpink. Amelia begleitete Selma zum Umziehen in die kleine Hütte.
»Da«, sagte sie und holte einen Plastikbeutel und ein Gummiband aus ihrer Tasche. »Für deinen Fuß.«
Das Wasser war warm, und Selma ließ sich auf dem Rücken dahintreiben, während sie sich mit einer Hand an der Leiter festhielt. Sie hatte die Augen geschlossen und lächelte. Amelia schwamm hin und her, ohne ihre Großmutter aus den Augen zu lassen. »Tolles Wasser, meine Augen brennen überhaupt nicht«, rief sie Mrs. Rowlands zu, die strickend in einem bonbonfarben gestreiften Liegestuhl saß.
»Wir nehmen fast kein Chlor. Das liegt am Farbstoff«, rief Mrs. Rowlands zurück.

Amelia schwamm an den Rand und stützte sich auf den Ellbogen auf. »Am Farbstoff?«
»Wir schütten nicht literweise Chemikalien in den Pool. Ambrose mag das nicht, also haben wir uns diesen absolut harmlosen Farbstoff besorgt. Wenn unsere Enkel mal in den Pool pinkeln, wird das Wasser um sie herum rot. Das machen sie dann so schnell nicht wieder, das kann ich Ihnen sagen.« Mrs. Rowlands lachte schallend.
»Entschuldigen Sie mich.« Amelia glitt zurück in den Pool und schwamm zu Selma hinüber. »Mir wird allmählich kalt, sollen wir mal rausgehen?«
Selma, die sich immer noch, die eine Hand an der Leiter, treiben ließ, machte die Augen auf. »Geh du ruhig raus, Liebes. Mir ist überhaupt nicht kalt.« Dann schloß sie die Augen wieder und ließ sich weiter auf dem klaren Wasser treiben.
»Was ist mit deinem Zeh?« versuchte es Amelia noch einmal.
Diesmal machte Selma lediglich ein Auge auf und sah sie alles andere als begeistert an. »Meinem Zeh geht's gut.«
Amelia schwamm in hektischen kleinen Kreisen herum, den Kopf hoch gereckt, immer auf der Suche nach dem roten Farbstoff. Das ist nicht fair, dachte sie, es ist einfach nicht fair. Sie hörte mit dem Schwimmen auf und trat Wasser.
»Es wird allmählich spät. Ich habe dem Taxifahrer gesagt, er soll uns um halb vier abholen, jetzt ist es zehn nach drei.«
Mrs. Rowlands winkte ihnen vom Poolrand aus zu. »Sie müssen sich nicht verpflichtet fühlen, hier bei uns

zu sitzen«, rief Amelia. »Sie haben sicher andere Dinge zu tun.«

»Doch nicht, wenn Sie da sind, Amelia. Seit der kleine Ronnie auf der Welt ist, haben wir uns doch kaum noch gesehen. Rosalind scheint für niemanden sonst mehr Zeit zu haben.« Mrs. Rowlands strickte die Reihe zu Ende und legte das Strickzeug weg. »Ronnie ist natürlich noch viel zu klein zum Schwimmen, wir halten auch nicht allzuviel von der Theorie, daß Kinder mit dem Wasser aufwachsen sollen. Ambrose findet das auch schrecklich unhygienisch.« Sie war mittlerweile an den Poolrand getreten und lächelte Amelia an. »Ich habe zu ihm gesagt: ›Aber die Kleinen wissen doch mit zwei Monaten noch nicht, was Scham ist.‹«

Amelia packte Selma unter den Armen. »Ich gehe jetzt mit dir raus«, zischte sie und schob sie auf die erste Stufe der Leiter. Ein roter Strudel wand sich im Wasser um Selmas Knie. Amelias Blick traf sich mit dem von Mrs. Rowlands. Sie wischte sich die tropfnassen Haare aus der Stirn, lächelte nervös und sagte: »Zeit, rauszugehen.«

»Wahrscheinlich haben Sie recht, Amelia.« Mrs. Rowlands lächelte nicht zurück, als sie ihr Strickzeug vom Stuhl nahm. »Decken Sie den Pool bitte nicht zu. Wir müssen ...« Sie schwieg und starrte dann Selmas runden, zusammengesunkenen Körper auf den Stufen und den roten Strudel zu ihren Füßen an, der an den Rändern bereits pink wurde. »Wir müssen da noch ein paar Dinge erledigen.« Dann drehte sie sich um und eilte mit entrüsteten Trippelschritten zum Haus zurück, die zu sagen schienen: »Wartet nur, bis Ambrose das sieht; wartet nur, bis Ambrose das sieht.«

Als Amelia später am Abend Selma eine Tasse heiße Milch aufs Zimmer brachte, schlief diese bereits auf dem Rücken liegend und schnarchte vor sich hin. Amelia stand da und sah sie an wie eine Mutter, die mit zwiespältigen Gefühlen ihr Riesenbaby betrachtet. Dann wandte sie sich ab und ging hinunter zu ihrem Schreibtisch im Alkoven des Wohnzimmers. Eine halbe Stunde später schaltete sie das Licht aus und ging ins Bett; es war ganz so, wie sie es erwartet hatte: Leiden machte keinen besseren Dichter aus dem Menschen.

Zwei weiße Bettgarnituren von Selmas Doppelbett flatterten auf der Wäscheleine und verstärkten Amelias Gefühl, eine Kinderschwester aus dem Lande Liliput zu sein, der man ein Baby aus Brobdingnag anvertraut hatte. Als sie eine riesige Unterhose dazuhängte, klingelte das Telefon. Es war Dagmar, die wissen wollte, wie es Selma ging.

»Gut«, antwortete Amelia und lauschte auf das Klappern, das normalerweise das Herannahen von Selma verkündete. »Keine großen Probleme«, fügte sie hinzu.

»Und dir?« Dagmar klang besorgt.

Amelia wollte Dagmar von Gerald erzählen, aber sie wußte, sie würde es in dem Moment bereuen, in dem sie es tat. Wenn man Dagmar etwas anvertraute, war das ungefähr so tröstlich, als habe man seinen Kopf ins Maul eines Löwen gesteckt; sie zerrte an dem Problem, machte sich Gedanken darüber und kaute darauf herum. Am Schluß saß man mit den zerkleinerten Teilen da und konnte sehen, wie man damit fertig wurde. An anderen Tagen war sie so erfüllt von ihren

eigenen Sorgen, daß sie überhaupt keine Energie mehr für Amelia übrig hatte.
»Uns geht's gut«, sagte sie mechanisch.
»Wunderbar. Amelia, du wirst das nicht glauben, aber ich habe einen tollen Mann kennengelernt. Er hat eine Gastprofessur für amerikanische Literatur, ist ungefähr so alt wie ich, geschieden. Liebes, ich glaube, daraus könnte wirklich was werden.«
»Das ist ja toll«, sagte Amelia und meinte es auch so.
»Du mußt unbedingt nach Exeter kommen und ihn kennenlernen, wenn du Mummy zurückbringst.« Schweigen. »Wann kommt sie denn zurück?«
Amelia machte einen Satz, damit ihr die Tür nicht ins Gesicht schlug, die Selma aufgedrückt hatte. Selma fand die Türen der Old Rectory sehr praktisch, weil sie sie mit dem Gehgestell aufdrücken konnte, während sie selbst sich gegen den Türrahmen lehnte.
»Hier ist Großmutter«, sagte Amelia. »Willst du mit ihr reden?« Sie reichte Selma den Hörer. Als sie das Zimmer verließ, hörte sie sie sagen: »Mir geht's gut, danke, bis auf den blöden Zeh. Ich hab noch kein einziges Mal Tennis spielen können. Aber ich war beim Schwimmen. Nein, nicht heute morgen, ich glaube, das war letzte Woche«, sagte sie unsicher.
Letzte Woche, dachte Amelia, als sie in den Garten hinausschlenderte, habe ich noch geglaubt, meine Zukunft liege hier. Gerald hatte ihr immer vorgeworfen, sie sei pessimistisch. Sie wußte, daß das nicht stimmte. Sie war sogar so hoffnungslos optimistisch, daß sie ihre Herzensträume unter dem Mantel des Pessimismus zu verbergen versuchte. Zu viel Glück hatte

sie immer unsicher gemacht, wie eine Hochseilartistin, die direkt unter die Zirkuskuppel hinaufklettert.
Aber jetzt hatte sie nichts zu fürchten, dachte sie, als sie durch die granatroten Blätter der Rotbuche hinauf zum Himmel sah und ausrief: »Weißt du, Gott, du hast mich nicht überrascht!« Dann hängte sie weiter die Wäsche auf.
Auf dem Rückweg zum Haus blieb sie beim Gemüsebeet stehen und zog ein Unkraut mitsamt der Wurzel heraus. Warum mache ich mir überhaupt die Mühe, seufzte sie, es wäre doch vernünftiger, wenn ich ein Flugzeug anheuere, das den Garten mit Pflanzenschutzmittel besprüht.
Drinnen roch sie Verbranntes. Sie rannte durch den Flur in die Küche. Ein Kochtopf ohne Inhalt stand auf der Ceranplatte, Rauchschwaden erhoben sich stinkend von den schwarzen Pfützen neben der Platte. Amelia packte den Griff des Topfs, zog die Hand jedoch sofort fluchend wieder weg. Sie nahm einen Topflappen und nahm den Topf vom Herd, bevor sie ihre verbrannte Hand unters kalte Wasser hielt.
»Was für ein schrecklicher Gestank.« Selmas Gehgestell knallte gegen die Küchentür, so daß sie abrupt stehenbleiben mußte. Als sie das Gleichgewicht wiedergewonnen hatte, fügte sie hinzu: »Da ist sicher was verbrannt!«
»Ich glaube, du hast einen Topf mit Milch auf der Platte gelassen«, sagte Amelia und verdrängte ihren Zorn. »Ich fahre zum Einkaufen in den Ort, kommst du mit? Wir werden den Bus nehmen müssen, aber für die Rückfahrt bestellen wir ein Taxi.«

Selma schaffte es durch die Tür des Supermarkts, blieb aber im Drehkreuz stecken. Eine kleine Reihe von Leuten bildete sich hinter ihr, während Amelia sie befreite. Sie mühten sich durch die überfüllten Gänge. Selma verhakte sich mit ihrem Gehgestell immer wieder in den Beinen anderer Kunden, und Amelia kam kaum noch nach mit den Entschuldigungen. Den Tränen nahe, betrachtete sie voller Neid die jungen Mütter, deren Babys in die Sitze der Einkaufswagen paßten. Dann warf sie Selma einen Blick zu, die sie ihrerseits, eine Packung Bücklinge in der Hand, erwartungsvoll anschaute. Nach all den Träumen von Kindern und Familienleben, dachte sie, als sie Selma die Packung entwand und sie wieder ins Kühlregal zurücklegte, habe ich jetzt also das hier bekommen. Es war, als habe Gott ihre innigsten Wünsche erraten, allerdings wie durch einen Zerrspiegel, und ihr Selma gegeben.
»Laß uns jetzt weitergehen, ja?« Sie lächelte ihrer Großmutter ermutigend zu, während sie sich vorstellte, wie sie sie in den Kindersitz eines Einkaufswagens steckte und wie ihre kegelförmigen Beine zwischen den Stangen hervorschauten.
Amelia lief zwischen den Regalen herum wie ein Roboter und holte eine Packung Erbsen hier, Butter dort, dazu noch Linsen und ein paar Dosen Thunfisch heraus. Wahrscheinlich war es albern, sich etwas so Unkompliziertes wie ein Kind zum Lieben und Aufziehen zu wünschen, dachte sie. Schließlich hatte es in der Geschichte immer schon Frauen gegeben, die ihre Jugend dem Alter und dem Verfall geopfert hatten. Sie stellte eine tropfende Flasche ins Regal zurück, be-

sann sich dann und reichte sie einer Verkäuferin, weil sie es für unsozial hielt, wenn der nächste Kunde möglicherweise eine defekte Flasche kaufte.
»Alles in Ordnung?« fragte sie Selma, die klein und erschöpft aussah von der stockenden Wanderung durch eine fremde Umgebung.
Ich werde eine Petition einreichen, daß in allen Supermärkten eigene Einkaufswagen für alte Leute eingeführt werden, dachte sie, und große Plastikstühle in jedem Restaurant fordern. Warum gibt es eigentlich keine Krippen für alte Leute am Arbeitsplatz? Warum nicht? All diese Mütter hatten sich selbst für ein Kind entschieden oder doch zumindest bei seiner Zeugung Spaß gehabt. Aber Amelia hatte sich nicht eines Tages hingesetzt und mit Tränen in den Augen gesagt: »Wie wär's, Liebling, wollen wir uns nicht unseren eigenen zitternden, verwirrten, inkontinenten alten Menschen anschaffen?« Außerdem war Selma auch nicht das Produkt eines lustvollen Augenblicks, jedenfalls nicht für Amelia.
Sie setzte Selma auf einen Stuhl neben dem Kinderreitkamel und stellte sich in die Wartereihe vor der Kasse. Als sie einen Blick auf die Uhr warf, sah sie, daß das Taxi wahrscheinlich schon wartete, deshalb machte sie sich auch, als sie endlich durch die Kasse war, nicht die Mühe, ihre Einkäufe ordentlich einzupacken, sondern warf sie einfach wieder in den Wagen zurück. Um Selma durch die automatische Tür zu bringen, mußte sie diese offenhalten. Das Taxi wartete tatsächlich schon draußen, und der Fahrer stand ungeduldig neben ihr, während sie ihre Einkäufe in den Kofferraum verfrachtete.

»Weißt du, ich hätte gern Pralinen. Haben wir welche gekauft?« fragte Selma vom Vordersitz aus.

»Nein.«

»Würden Sie mir freundlicherweise hinaushelfen?« bat Selma den Fahrer. Dann versuchte sie, sich zu Amelia herumzudrehen. »Ich bin gleich wieder da, Liebes.« Sie hielt sich an dem Gehgestell fest, das neben der Wagentür stand, und begann auf den Eingang des Supermarktes zuzuschlurfen.

»Ich habe die nächste Fuhre in zwanzig Minuten«, brummelte der Fahrer.

»Wir haben keine Zeit!« rief Amelia Selma zu.

Selma wandte sich ihr mit erzürntem Gesichtsausdruck zu. »Aber wirklich, Liebes, nun mach kein solches Theater. Ich hole doch bloß ein paar Süßigkeiten. Ich bringe dir auch welche mit.« Dann verschwand sie, nachdem ein anderer Kunde ihr durch die Tür geholfen und Amelia einen mißbilligenden Blick zugeworfen hatte, im Laden.

Zehn Minuten später forderte der Taxifahrer Amelia auf, ihre Sachen wieder aus dem Wagen auszuladen. Dann fuhr er mit aufheulendem Motor davon, und Amelia mußte sich nach einem neuen Einkaufswagen umsehen, bevor sie sich auf die Suche nach Selma machte.

Sie fand sie weder beim Bonbonstand noch bei der Tiefkühltheke. Es gab doch sicherlich niemanden, der alte Damen entführte? War da möglicherweise noch eine Hintertür, durch die sie entwischt sein konnte? Amelia hastete durch die Gänge und kam schließlich bei der Abteilung »Tabak und Spirituosen« an.

»Da bist du ja, Liebes. Wir haben uns schon Gedanken gemacht, wo du geblieben sein könntest.« Selma saß an der Tabaktheke, neben ihr ein junger Mann in der roten Uniform der Supermarktangestellten. In der linken Hand hielt sie eine kalte Zigarette. Sie winkte damit in Amelias Richtung.
»Ja, Madam.« Aus dem Mund des jungen Mannes mit dem dünnen Schnurrbart über den Pickeln klang das »Madam« fast wie eine Beleidigung. »Daß Sie Ihre Oma einfach so allein lassen. Sie war ganz schön durcheinander, als ich sie hier gefunden habe, das kann ich Ihnen sagen.«
Selma schätzte es normalerweise nicht allzusehr, wenn andere Menschen außer Amelia sie »Oma« nannten, aber heute betrachtete sie Amelia genauso vorwurfsvoll wie der junge Mann.
Mit einem spitzen »Passen Sie auf sich auf«, verabschiedete sich der Angestellte von Selma und ging weg. Selma schaute ihm mit einem Lächeln nach. »Was für ein netter junger Mann«, sagte sie.
»Du rauchst doch nicht«, erwiderte Amelia eisig.
»Aber natürlich rauche ich.« Selma blickte Amelia an, als halte sie sie für verrückt. »Aber nicht hier drin, hier darf man das offenbar nicht. Bei Cullen's hat's nie so alberne Vorschriften gegeben.«
Amelias Augen verengten sich, aber sie hatte das Gefühl, daß es nicht gerecht wäre, ihrer Großmutter zu erklären, daß sie im Jahre 1959 das letzte Mal geraucht hatte, in dem Jahr, in dem Amelia zur Welt gekommen war. Statt dessen half sie Selma auf die Beine und dirigierte sie ein zweites Mal hinaus auf die Straße.

»Entschuldigen Sie, Madam, haben Sie einen Kassenzettel für diese Waren?«
Amelia hob den Blick und sah einem Mann mittleren Alters mit schwarzer Lederjacke in die Augen. Er hielt ihr einen Ausweis unter die Nase.
»Was meinen Sie damit?« Dann mußte sie lachen. »Ach so, jetzt verstehe ich, Sie glauben, weil ich den Laden verlassen habe, ohne durch die Kasse zu gehen ...« Der Mann verschränkte seine kräftigen Arme vor der Brust und reckte das Kinn vor. Amelia hörte auf zu lachen. »Ich will ja nur sagen, daß ich schon bezahlt, aber dann meine Großmutter verloren habe, die noch mal reingegangen ist, um Süßigkeiten zu kaufen ...«
»Wo ist denn der Wagen, Liebes? Ich bin ziemlich müde«, sagte Selma leise.
»Zeigen Sie mir einfach den Kassenzettel, Madam, ja? Dann können Sie sofort gehen.«
»Den Kassenzettel.« Amelia suchte in ihrer Handtasche herum.
»Ein Kreditkartenbeleg tut's auch«, meinte der Mann, der offenbar Blut geleckt hatte.
Amelia kniete nieder und kippte den Inhalt ihrer Tasche auf den Boden: Schlüssel, Tampax, Lippenstift, Bürste, ein Foto von Gerald.
»Da drin ist er nicht, nicht wahr, Madam?«
»So selbstgefällig müssen Sie das auch wieder nicht sagen«, herrschte Amelia ihn an, als sie Selmas bleiches Gesicht sah. Dann begann sie, den Einkaufswagen auszuleeren, in der Hoffnung, den Kassenzettel irgendwo zwischen den Einkäufen zu finden. Schließlich lagen alle Sachen um sie herum auf dem Boden

verstreut, aber sie konnte noch immer keine Spur von dem Kassenzettel entdecken.
»Würden Sie dann bitte mitkommen, Madam?« Es fiel dem Mann offenbar schwer, seine Befriedigung zu verbergen, und Amelia überlegte, wann das letzte Mal jemand »Madam« zu ihr gesagt hatte, der sie nicht fertigmachen wollte.
Ich hätte ihn nicht anblaffen sollen, dachte Amelia, als er mit verschränkten Armen neben ihr stehenblieb, während sie den Einkaufswagen wieder belud. Als sie fertig war, schob er ihn mit einer Hand vor sich her, während er mit der anderen Amelias Ellbogen packte.
»Ich schwöre Ihnen, ich habe gezahlt.« Amelia blieb an der Tür zum Supermarkt stehen. »Fragen Sie doch das Mädchen an der Kasse.«
»An welcher Kasse waren Sie?«
»Wie zum ... Woher soll ich das wissen?« meinte Amelia resigniert.
Der Mann drückte sie durch die Tür und hielt diese dann offen, damit auch Selma hereinkommen konnte, doch Selma blieb in der Tür stehen und versperrte den Eingang. »Warum gehen wir da hinein?« wollte sie wissen.
»Offenbar hat Ihre ... Enkelin, nicht wahr? das Geschäft verlassen, ohne zu zahlen.«
»Amelia? Ach was, Unsinn.«
Der Mann schenkte ihr keine Beachtung und dirigierte Amelia zum Aufsichtsschalter, der sich wie eine Kanzel vor dem riesigen Schaufenster des Ladens befand. Über die Haussprechanlage sagte er: »Wenn sich ein Angestellter erinnern sollte, von dieser Dame Geld

entgegengenommen zu haben, soll er sich im Büro des Managers einfinden.«

»Kann mir bitte jemand erklären, was hier vor sich geht?« Selma schwankte mit aschfahlem Gesicht hin und her.

»Es tut mir leid, aber ich muß wirklich meine Großmutter nach Hause bringen«, sagte Amelia.

Der Mann blickte von Selma zu Amelia. »Ich hole die Polizei, die kann sie nach Hause fahren. Sie kann zusammen mit Ihnen im Büro warten, da drinnen ist ein Stuhl.«

Als sie durch den Laden geführt wurde, so langsam, daß auch Selma Schritt halten konnte, spürte Amelia die Blicke der anderen Kunden auf sich: feindselig, verlegen, amüsiert. Sie schaute nicht weg, sondern erwiderte die Blicke mit steinernem Gesicht. Plötzlich haßte sie alle ihre Mitmenschen und konnte verstehen, warum jemand auf die Idee kommen konnte, mit einem Maschinengewehr in eine Menge zu feuern.

»Da ist sie ja wieder«, erklärte eine erzürnte Stimme. Das war Selmas Freund von der Tabaktheke. »Die Frau kann doch nicht mal auf eine Katze aufpassen.«

Schon bald kam die Polizei in das kleine Büro im Obergeschoß, und Selma wurde von einer mitfühlenden Polizistin nach Hause gebracht. Es fand sich niemand, der bestätigt hätte, Amelias Geld entgegengenommen zu haben. Der Polizist setzte sich auf die Kante des Schreibtischs.

»Sind Sie sich sicher, daß Sie nicht nur geglaubt haben, Sie hätten bezahlt? Es ist bestimmt nicht einfach, wenn man gleichzeitig ein Auge auf die alte Dame haben muß.«

»Ich bin mir sicher, und es ist wirklich nicht einfach«, antwortete Amelia müde.

Sie nahm den Bus nach Hause. Das Mädchen an der Kasse Nummer fünf erinnerte sich daran, daß Amelia gezahlt hatte, doch sie hatte gerade Mittagspause gehabt, als der Ladendetektiv seine Durchsage machte.
»Was für ein Glück, daß der Chef mich noch gefragt hat«, sagte das Mädchen mit zufriedenem Lächeln und half Amelia dabei, ihre Einkäufe in Plastiktüten zu verstauen.
»Heben Sie den Kassenzettel das nächste Mal auf«, rief der Polizist ihr noch fröhlich nach.
Amelia ging mit hängenden Schultern aus dem Laden, aus einem Luftloch in einer der Plastiktüten tropfte bunte Eiskremsauce. Nachdem sie die Tüte in einen nachgemachten viktorianischen Abfallkorb an der Bushaltestelle gesteckt hatte, hätte sie sich am liebsten aufs Pflaster gesetzt und geheult, damit die Leute wirklich etwas zum Schauen gehabt hätten, wenn man sie in eine nette, friedliche Irrenanstalt abtransportierte. Doch sie stand nur mit geballten Fäusten da, den Mund aufgerissen, bereit, zu brüllen. Nichts passierte. Offenbar war mehr nötig, um einen Nervenzusammenbruch zu kriegen. Dann kam der Bus.
Selma schaute zu Hause inzwischen die Fußballweltmeisterschaft an. Sie saß in ihrem Sessel, den verletzten Fuß vor sich ausgestreckt. In der Hand hielt sie eine brennende Zigarette mit einer langen Aschenspitze. Als sie sich umdrehte, um Amelia zu begrüßen, fiel die Asche auf den Boden.

»Hör doch«, sagte sie und nahm Amelias Hand, als Luciano Pavarotti am Ende der Übertragung zu singen begann. Bei den letzten Klängen von »Nessun Dorma« seufzte sie, und Tränen traten ihr in die Augen. »Rugby mag ja der Sport für Gentlemen sein, aber die Musik ist bloß halb so gut wie beim Fußball.«
In der Nacht erwachte Amelia aus einem Traum. Gerald hatte in diesem Traum darauf bestanden, den Kamin anzumachen, obwohl es ein heißer Sommertag war. Amelia zwang sich, die Augen zu öffnen, und setzte sich auf. Dann schnupperte sie, nahm den Geruch von Verbranntem wahr. Sie schlug das Oberbett zurück, rannte aus dem Zimmer. Im Flur wurde der Geruch stärker, und als sie barfuß über den abgewetzten grünen Teppich rannte, trieb ihr eine Rauchwolke aus Selmas Zimmer entgegen.

13

»Nur noch einen Augenblick, Alan«, rief Dagmar aus dem Bad. Er hatte sie in das beste Restaurant von Devon eingeladen, und sie war jetzt daran schuld, daß sie zu spät kamen. Alan haßte Unpünktlichkeit. Dagmar kannte ihn noch nicht so gut, aber das wußte sie, deshalb hatte sie auch schon gute zehn Minuten vor der vereinbarten Zeit auf dem Sessel beim Fenster gesessen.
Sie hatte sich noch sorgfältiger gekleidet als üblich: Hatte das schwarze Spitzenkleid nicht einen Hauch von »Wolf im Schafspelz«? Es würde Amelia gut stehen, dachte sie mit einem verärgerten Seufzen, als sie

es wieder auszog und statt dessen ein blaukariertes Kostüm aus dem Schrank holte. Ein Kostüm, das sie in der Masse verschwinden ließ, aus ihr eine Frau machte, an der die Verkäufer und Kellner vorbeisahen, um lohnendere Objekte zu finden. Sie warf es aufs Bett.
Endlich war sie mit einem fast durchsichtigen kornblumenblauen Rock, der sich beim Gehen um ihre Knöchel bauschte, und mit einer leuchtend gelben Bluse ins Wohnzimmer gegangen. Alan mochte Matisse. Wenn sie in dem smaragdgrünen Sessel auf ihn wartete, hoffte sie, ihn an eine der sinnlichen Damen des Malers zu erinnern.
Während des Wartens hatte sie plötzlich einen Geruch wahrgenommen. Keinen starken Geruch, sondern eher eine leichte Disharmonie zu ihrem Rosen- und Maiglöckchenduft. Sie hatte den Kopf schräggelegt wie ein Setter, der einen Vogel wittert, dann war sie zu dem Schluß gekommen, daß das ihre Bluse sein mußte. Sie war sich nicht hundertprozentig sicher, daß sie in der Reinigung gewesen war. Aber sogar wenn: Heutzutage wurde doch alles achtlos zusammengeworfen, verdreckte Hosen, schmutzige Regenmäntel und feine Seidenblusen, alles in die großen grünen Behälter neben der Kasse. Sie hatte auf ihre Uhr gesehen und war ins Schlafzimmer geeilt, hatte die Bluse ausgezogen und eine vom Bügel gezerrt, die sie nicht ganz so gern mochte. Nichts sollte diesen Abend verderben. Sie würde so makellos wie ein originalverpacktes Buch sein.
Es klingelte an der Tür, als sie gerade den letzten Knopf zumachte. »Herein.« Sie öffnete die Tür. »Ich

muß noch mal schnell auf die Toilette.« Sie warf Alan ein entschuldigendes Lächeln zu, bevor sie ins Bad hastete.

»Es dauert bloß eine Sekunde, Alan«, rief sie, als sie sich die Hände wusch und den Rock glattstrich und ihr Gesicht im Spiegel betrachtete. Nachdem sie überprüft hatte, ob kein Lippenstift auf ihren Zähnen war, nahm sie einen Kamm vom Bord. Er glitt ihr aus den Fingern auf den Boden hinter dem Waschbecken. »Mist«, murmelte sie, als sie sich bückte und nach dem Kamm tastete.

»Ich komme schon«, rief sie wieder, doch ihre Hände zitterten und ihr Herz klopfte wie wild; sie fürchtete die Unterseite aller Dinge, die verborgenen Oberflächen, wie andere Angst vor einem dunklen Keller haben. Ihre Finger berührten das Plastik des Kamms. Sie zog ihn mit Daumen und Zeigefinger hervor und hielt ihn unters fließende Wasser, spülte ihn, seifte ihn ein, spülte ihn noch einmal. Dann waren ihre Hände an der Reihe. Sie wusch sie sich wie ein Chirurg vor einer Operation, schrubbte zwischen den Fingern und dann hinauf bis zu den Gelenken. Die Seife schäumte über die Manschetten ihrer Bluse, schon breiteten sich durchsichtige Flecken auf der Seide aus. Schließlich hielt sie auch noch ihre gelbweiße Uhr aus Metall unters Wasser, nur für den Fall, daß auch sie mit der Rückseite des Waschbeckens in Berührung gekommen war. Als sie sie abtrocknete, hinterließ das Armband kleine graue Oxidierungsstreifen auf dem blaßgelben Handtuch.

»Da bist du ja endlich. Hoffentlich haben sie den Tisch inzwischen nicht vergeben.« Alan, der normalerweise

schon fast übermenschlich liebenswürdig war, runzelte die Stirn, als Dagmar ein geblümtes Chiffontuch um die Schultern schlang.
Dagmar eilte die Stufen hinter ihm hinunter. Die rauhen Hände taten ihr noch weh von dem heißen Wasser. Sie mußte endlich aufhören mit dem Blödsinn, sagte sie sich und lächelte Alan an, als er ihr die Beifahrertür aufhielt. Dich will ich nicht verlieren, dich nicht.
Als sie aus der Stadt hinausfuhren, redete sie ununterbrochen, ertränkte ihre Ängste in einem nicht versiegenden Wortschwall. Hin und wieder sah sie hinüber zu Alan, um sich zu vergewissern, daß sie ihn noch immer gut unterhielt.
Das Restaurant war klein, und die Tische standen so eng beieinander, daß Dagmar den Nachbartisch streifte. In dem Lokal roch es nach Essen, und der Duft von Tabak hing über der rustikalen Eicheneinrichtung. Auf jedem Tisch stand eine Vase mit rosafarbenen Blumen und Lavendel, daneben ein Dartington-Kerzenleuchter aus Glas mit einer rosafarbenen Kerze darin.
»Nicht schlecht.« Alan griff über den Tisch nach Dagmars Hand. »Tut mir leid, daß ich dich vorhin angeschnauzt habe. Wahrscheinlich bin ich selber einfach zwanghaft pünktlich.«
Ich wünschte, die Leute würden das Wort »zwanghaft« nicht so leichtfertig benutzen, dachte Dagmar, als sie ihn anlächelte und seine Hand drückte. Wenn ihre Freundin an einem diesigen Montagmorgen nicht aus dem Bett wollte, war sie erschöpft. Wenn Penny nach dreiwöchigen Umbauarbeiten in ihrem Haus einen Heulkrampf bekam, litt sie unter Depressionen. Was wußte Alan schon von zwanghaftem Verhalten, von

dem Tiger, der Dagmar in seinen Klauen festhielt, sogar in ihren Träumen.

»Ich verstehe das schon«, log sie ihn an. »Es gibt nichts Ärgerlicheres, als auf jemanden warten zu müssen.« Sie erwärmte sich für das Thema. »Schließlich ist das schon irgendwie arrogant, wenn man einfach annimmt, daß die Zeit anderer Menschen weniger wert ist als die eigene.«

»Genau das ist es!« Alan bestätigte ihre Aussage, indem er mit der Faust auf den Tisch schlug. »Imogen, das ist meine Exfrau, hat das nie verstanden, sie ist immer zu spät gekommen.« Er überflog die Speisekarte. »Die Schnecken sind hier ausgezeichnet.«

Dagmar haßte Schnecken, sagte aber, sie würde gerne welche probieren. Ihre Wangen glühten, und ihr Lachen war ein bißchen zu laut, als sie ihren langen weißen Hals streckte.

»Wir können Ihnen auch *mock escargot* anbieten«, sagte die Kellnerin, die neben ihr stand.

»Klingt nicht sonderlich vertrauenerweckend«, meinte Dagmar und lachte wieder. »Wie ist denn Ihre Mockturtle?«

Die Kellnerin konnte nicht ganz folgen.

»Ah, du magst also *Alice im Wunderland* auch?« Alan beugte sich über den Tisch.

»Aber natürlich«, log Dagmar. Sie hatte sich beim Lesen von *Alice im Wunderland* nie besonders wohl gefühlt.

Alan erzählte von seinen Lieblingsschriftstellern, und Dagmar folgte seiner Gesprächsführung wie eine geübte Tänzerin. Er findet mich toll, dachte sie freudig erregt. Doch sofort folgte ein weiterer Gedanke: Lieber

Gott, laß es nicht schiefgehen, mach, daß ich die Kontrolle nicht verliere.
»Das Cape würde dir gefallen.« Alan schob seinen Teller zur Seite und lehnte sich zufrieden auf seinem Stuhl zurück. »Mein Haus ist ziemlich klein, aber es liegt in einem hübschen Teil des Ortes. Es ist ganz mit Schindeln gedeckt und überwachsen von Glyzinien.«
Dagmar hatte darauf geachtet, ihre Handtasche auf einen glänzend sauberen Teil des Bodens zu stellen, doch jetzt verfing sich die Kellnerin, die die Teller abräumen wollte, mit dem Fuß im Riemen. Sie verlor einen Augenblick das Gleichgewicht und trat direkt auf Dagmars Handtasche. Während Alan von seinem Heimatort erzählte, starrte Dagmar auf den braunen Fleck vorne auf dem Schuh der Kellnerin.
»Ich wollte schon immer mal nach Amerika, besonders in die Neuenglandstaaten.« Dagmar löste widerwillig den Blick vom Boden und lächelte Alan unsicher an.
»Weihnachten daheim ist wunderbar«, erzählte Alan. »Die Schneeflocken treiben vom Himmel wie Zuckerwatte, draußen in dem Baum vor dem Haus hängen bunte Lichter ...«
Vielleicht war das Mädchen ja in etwas getreten. Auf den Straßen vor dem Restaurant lag wahrscheinlich soviel Hundescheiße herum wie Bomben in einem Minenfeld. Dagmar nickte und lächelte Alan zu, während sich ihre Gedanken überschlugen. Das war wie der Geschicklichkeitstest, den Robert mit ihr gemacht hatte, als sie Kinder waren: Man rieb sich den Bauch mit der einen Hand, während man sich mit der anderen auf den Kopf klopfte. Sie lächelte und redete, doch ihre Gedanken waren an einem völlig anderen Ort.

»Ich habe weiße Weihnachten immer gemocht«, sagte sie, aber die ständige Anspannung ließ sie allmählich müde werden. Sie spürte, wie ihre Konversation an Glanz verlor. Sie gab sich größte Mühe, sich zu konzentrieren.

»Als ich noch ein kleines Mädchen war, während des Krieges, hatten wir einmal einen – wie wir das nennen – Wolfswinter ...« Sie schaute immer wieder hinunter zu ihrer Handtasche auf dem Boden, suchte nach Flecken. Sie glaubte, einen winzigen braunen Streifen neben dem Verschluß entdeckt zu haben. »Es war Weihnachten ...« fing sie noch einmal an, doch der Glanz war aus der Schilderung verschwunden. Sie hatte Alan erzählen wollen, wie ihre jüdischen Großeltern darauf bestanden hatten, ebenfalls einen Weihnachtsbaum zu schmücken, damit sie sich gegenüber den anderen Kindern nicht benachteiligt vorkommen mußte. Sie hatte ihm von dem Abend erzählen wollen, als sie auf den Fenstersims geklettert war und durch einen Spalt in dem Verdunkelungsvorhang hinaus auf die Schneewehen geschaut hatte, die im Licht der Sterne glitzerten. Als Selma sie schließlich dort weggezogen hatte, war sie der festen Überzeugung gewesen, daß Gott ziemlich achtlos mit dem Licht umging, das er so großzügig durch den schwarzen Himmel entweichen ließ.

Aber sie erzählte Alan nichts von alledem. Statt dessen nahm sie die Handtasche vom Boden und suchte das braune Leder nach Flecken ab, während sie vorgab, den Verschluß nicht öffnen zu können. »Ich habe etwas im Auge.« Dann holte sie eine Puderdose aus der Tasche und wischte ein wenig an ihrem Augenlid herum.

Alan plauderte weiter, aber nach einer Weile erlahmte

auch er. Sie aßen ihre Birnen in Portweinsauce fast schweigend.
»Du bist müde, nicht wahr?« Alan legte seine Hand auf die ihre. »Ich bringe dich gleich nach Hause.«
Vor ihrer Haustür hielt Dagmar ihm die Wange zu einem Abschiedskuß hin und schloß die Tür hinter ihm. Sie stand einen Augenblick lang mit dem Rücken zur Tür da und dachte daran, wie der Abend plötzlich durch jenen großen, alles auffressenden Tumor der Angst jeglichen Charme verloren hatte. Mit einem leisen Seufzer der Verzweiflung betrachtete sie ihre Handtasche. Dann kippte sie ihren Inhalt auf den Boden, bevor sie mit bleichem Gesicht in die Küche lief, die Tasche in den Abfalleimer warf und den Deckel daraufknallte.
Später saß sie mit einer großen Tasse Tee und einem Teller Schokoladenplätzchen im Bett und versuchte, den Abend in rosigeren Farben zu sehen. Das Telefon klingelte. Sie ergriff den Hörer in der Hoffnung auf ein Wunder, in der Hoffnung, daß Alan sie anriefe und ihr erklärte, was für ein wundervoller Abend es gewesen sei.
Doch es war Amelia. »Ich bin im Krankenhaus«, erklärte sie Dagmar. »Wegen Selma. Sie hat ihr Zimmer in Brand gesetzt.«

14

Amelia verbrachte den größten Teil der Nacht damit, Selma anzustarren, die sediert im Krankenhaus von Basingstoke lag. Sie atmete röchelnd, der Rauch hatte ihre Lungen angegriffen. Ein Vorhang war um ihr Bett herum zugezogen, genau wie damals bei Willoughby. Amelia hatte das Gefühl, sich in einer Raumkapsel zu befinden. Hin und wieder erreichten sie Geräusche von der entfernten Erde, gedämpftes Geklapper von Schuhen auf Vinyl, Flüstern. Der Vorhang wurde aufgezogen, und eine Schwester sagte ihr, sie solle nach Hause gehen und sich ein wenig ausruhen.

In der Old Rectory schlief Gerald in dem Sessel vor dem flackernden Fernseher. Amelia nahm ihm vorsichtig die Fernbedienung aus der Hand und schaltete das Gerät aus. Dann stand sie eine Weile da und schaute ihn einfach nur an. Sie kam sich vor wie eine Kannibalin, die sich an seiner Jugend nährte, lauschte auf seinen Atem, der seinen regelmäßig geöffneten Lippen entströmte. Sie kniete neben ihm nieder, legte ihre Wange gegen die seine, spürte seinen warmen Atem auf ihrer Haut. Als Gerald sich bewegte, erhob sie sich schnell.
»Du hast so ... unberührt ... ausgesehen.« Sie lächelte verlegen.
»Ich hab von dem Feuer gehört.« Gerald richtete sich auf und wischte sich die Haare aus der Stirn. »Ich bin sofort gekommen, als Mrs. Jenkins angerufen hat. Ich habe mir den Schaden oben schon angeschaut.« Zu ihrer Überraschung lächelte er. »Es könnte schlimmer sein.« Nachdem er die Beine übereinandergeschlagen hatte, fragte er: »Was ist mit deiner Großmutter, wie geht's ihr?«
»Ich weiß es nicht so genau.« Wie früher setzte sich

Amelia auf die Armlehne seines Sessels. »Sie hat im Bett geraucht; daran hätte ich eigentlich denken müssen. Aber die Leute im Krankenhaus glauben, daß sie es überstehen wird. Ob sie sich allerdings wieder ganz erholen wird, ist die andere Frage.« Sie sprach ruhig, dann schlug sie sich plötzlich mit der Faust gegen die Stirn. Als sie den Blick wieder hob, hatte sie Tränen in den Augen. »Mein Gott, Gerald, ich weiß nicht mal, ob ich das möchte.«

Gerald zog sie auf seine Knie und legte ihr die Arme um die Schultern. Er versuchte sie durch leise, gutturale Geräusche zu beruhigen. »Das ist der Schock«, murmelte er. »Das ist der Schock.«

Sorgen und Schuldgefühle hatten ihren Magen zusammengedrückt wie eine unerbittliche Faust, doch jetzt lösten sie sich und sie schlief schon fast, als sie spürte, wie Gerald einen Arm von ihr wegzog.

»Scheiße! Es ist schon fünf, ich muß heim.« Er schob sie von seinen Knien und erhob sich mit einem Ruck.

Amelia sah ihn mit verschlafenem Blick an. »Ich hatte gedacht, du kommst wieder zurück.«

Gerald seufzte. »Du mußt akzeptieren, daß die Geschichte mit uns vorbei ist.« Er trat einen Schritt auf sie zu. »Mein Gott, Amelia, ich wollte dich nicht auf dumme Gedanken bringen.« Er warf ihr einen mitleidigen Blick zu. »Tut mir leid, wirklich.« Er tätschelte ihr die Wange.

Sie zuckte zurück, atmete fröstelnd ein. Sie konnte sich vorstellen, wie er wieder bei Clarissa war. »Die arme alte Amelia«, würde er dort sagen. »Es ist schon jämmerlich, wie wenig sie loslassen kann.«

Wenn mein Kopf jetzt platzen würde, dachte sie, würde glühendheißer Zorn herausfließen und uns alle ertränken wie die Sintflut. Sie ballte die Hände zu Fäusten und starrte Gerald nach, der mit steifem Rücken zur Tür ging, die Augen geradeaus gerichtet, als fürchte er, ein Blick zurück könne ihn in eine Salzsäule verwandeln. Nächstes Mal gebe ich Selma bloß eine Taschenlampe, dachte sie. Aber bevor ich sterbe, hänge ich dieses breitarschige blonde Miststück an ihren dicken Knöcheln auf und erwürge sie mit ihrem eigenen Laura-Ashley-Rock.

»Nein, nein, mir tut es leid«, rief sie ihm nach. »Ich weiß gar nicht, was über mich gekommen ist. Wahrscheinlich hast du recht, das ist der Schock.« Sie zwang sich zu einem Lächeln.

Selma überraschte alle außer Amelia, indem sie überlebte. Eine Woche, nachdem sie ihre Quiltdecke in Brand gesetzt hatte, hustete sie noch immer, und ihre Beine waren übersät mit nässenden Brandwunden, aber sie war am Leben, und ihr Herz schlug so stark wie eh und je – es schien einem anderen Rhythmus zu folgen als ihr restlicher geschwächter Körper.

Das Krankenhaus brauchte das Bett.

Amelia rief in Cherryfield an und ließ sich mit Schwester Morris verbinden.

»Wer ruft denn an?«

»Judas«, murmelte Amelia. »Ich wollte sagen, Miss Lindsay.«

»Schwester Morris am Apparat.«

Amelia hatte Selma aus Cherryfield entführt, und jetzt, kurz vor ihrer Wiedereinweisung, empfand sie die Stimme der Oberschwester doch tatsächlich als tröstlich. Schwester Morris erklärte ihr, es sei kein Problem, Mrs. Merryman wieder aufzunehmen, denn die Zahlungen seien weiterhin geleistet worden.

»Ich habe das Gefühl, daß ich dafür verantwortlich bin«, demütigte sich Amelia vor ihr. »Sie hat wieder zu rauchen angefangen; wahrscheinlich hatte sie vergessen, daß sie es aufgegeben hatte. Aber ich hätte nie gedacht ... Es war schrecklich. Sie hat ausgesehen wie ein Pilz in all dem Rauch. Ihr Haarnetz hat sie auch getragen.« Amelia hatte das Bild noch immer vor Augen, und irgendwie verstärkte das Haarnetz den Schrecken der Situation noch, auch wenn sie nicht so genau wußte, warum. »Sie braucht bessere Pflege, als ich sie ihr geben kann. Es ist alles meine Schuld, ich hätte sie nie wegholen dürfen.«

Schwester Morris gab sich großzügig. »Gehen Sie nicht zu hart mit sich selbst ins Gericht, Miss Lindsay, Sie haben nur das getan, was Sie für das beste gehalten haben. Aber wir Profis wissen natürlich, daß das bei den älteren Menschen kaum jemals genügt. Wenn Sie mir jetzt bitte den Namen des Arztes geben würden, der sich um Ihre Großmutter kümmert.«

»Ich kann's gar nicht erwarten, hier rauszukommen. Ich hasse Krankenhäuser.« Selma begrüßte die Nachricht, daß sie am Samstag morgen entlassen werden sollte, mit einem Lächeln. »Ich habe schon viel schlimmere Verbrennungen als diese gehabt«, meinte sie mit einem Blick auf ihre bandagierten Beine. »Deshalb verstehe ich auch nicht, was das alles soll.« Sie hob artig die Arme, damit die Schwester sie anziehen konnte, und Amelia starrte ihre Knochen an, die wie überdimensionale Kleiderbügel das schlaffe Fleisch zusammenhielten. Dann warf sie einen Blick auf ihre eigenen Arme, als wolle sie sich versichern, daß sie noch immer fest und honigbraun waren, bevor sie sich voller Schuldgefühle abwandte.

Geralds Citroën stand draußen vor dem Krankenhaus. Sie hatte sich den Wagen für die Fahrt nach Cherryfield geliehen, als er ins Haus gekommen war, um die Wände des Gästezimmers wegen der Neutapezierung auszumessen.

»Wahrscheinlich hat Clarissa ja einen Fiat Uno oder so was. Sicher nennt sie ihn Algie«, fügte sie noch ziemlich undankbar hinzu.

»Nein, Hughie.« Gerald hatte ein wenig gelächelt, bevor ihm wieder einfiel, wo seine Loyalitäten nun lagen.

Amelia schnallte Selma auf dem Beifahrersitz des Wagens fest, die bandagierten Beine ausgestreckt, den Sitz so weit zurückgeschoben, wie es nur ging. Dann winkte Amelia dem Pflegepersonal zum Dank noch einmal zu, als sie aus dem Parkplatz des Krankenhauses herausfuhr.

»Ich hasse Krankenhäuser«, sagte Selma noch einmal und hustete, so daß ihr Schleim aus Nase und Mund lief und sie sich vor Anstrengung zusammenkrümmte. Als sie sich endlich wieder beruhigt hatte, lehnte sie sich mit aschfahlem Gesicht und tränenden Augen zurück und sagte eine ganze Weile nichts.

Amelia litt mit ihr, während sie auf der Autobahn dahinfuhr, doch sie konnte den Wagen nicht anhalten und sie tröstend in den Arm nehmen. Chopin war gestorben, als er seine »Polonaise« spielte, hatte Blut gespuckt, bis mehr davon auf den weißen Elfenbeintasten des Klaviers war als in seinem gebrechlichen Körper, hatte Selma ihr einmal erzählt. Vielleicht, dachte Amelia, war das der bessere Tod – ein großer Schmerz inmitten eines Lebens voller Schönheit? Es war mit ziemlicher Sicherheit besser als das, was Selma durchmachte; es war besser, als die Energie in kleinen, schmerzhaften Stößen zu verlieren.

Sie befanden sich auf der A 303 in Richtung Westen, als Selma wieder etwas sagte. »Ich habe gedacht, wir fahren wieder zu dir nach Hause. Aber wir sind jetzt schon ziemlich lange unterwegs.«

»Mußt du aufs Klo?«

»Nein, Liebes, ich habe nur das Gefühl, daß wir jetzt schon ziemlich lange ...«

»Cherryfield«, unterbrach Amelia sie beschämt und voller Mitleid. »Wir fahren nach Cherryfield. Du brauchst ordentliche Pflege, und dort ist es viel besser als im Krankenhaus. Du hast Glück, daß du noch am Leben bist.« Der Satz war ihr nur so herausgerutscht, aber sie dachten beide schweigend darüber nach.

»Wahrscheinlich hast du recht«, sagte Selma schließlich zu Amelias großer Überraschung. War das eine rein mechanische Antwort, oder meinte sie das wirklich? Amelia warf Selma einen Blick zu. War sie tatsächlich froh, noch am Leben zu sein? Erinnerte sie sich überhaupt noch an Cherryfield?

»Admiral Mallett wird sich freuen, dich wiederzusehen«, meinte Amelia. Selma schien sie nicht gehört zu haben.

Geralds Mutter hatte einmal gesagt, er solle sie ein-

schläfern lassen, wenn sie senil würde. »Einschläfern«, hatte sie gesagt, und sie hatte es ernst gemeint. Amelia hatte Gerald später gefragt: »Warum haben die Menschen nur solche Angst, senil zu werden? Schließlich ist man selbst doch der einzige, der das nicht merkt. Man macht allen anderen das Leben zur Hölle, aber man selbst merkt es nicht, und es kümmert einen auch nicht.« Ein seniler Geist, hatte sie sich vorgestellt, war wie ein gelöschtes Videotape, leer. Aber da hatte sie sich gewaltig getäuscht. Der Film war noch immer darauf, aber Szenen waren willkürlich herausgeschnitten, an anderer Stelle wieder eingefügt, so daß das Ganze unverständlich wurde. Vertraute Gesichter tauchten an merkwürdigen Orten auf, Rückblenden ergaben mehr Sinn als die orientierungslose Gegenwart. Nein, die Senilität stellte keinen Ausweg dar. Amelia beschleunigte, beobachtete, wie sich der Tacho auf hundertvierzig Stundenkilometer zubewegte. Man war dazu verdammt, immer wieder nach Teilen der Realität zu greifen, die so verführerisch waren wie Sonnenstrahlen und genauso schwer zu fassen.
»Ich kenne Admiral Mallett, er ist ein netter Mann«, sagte Selma plötzlich.
Amelia sah hinaus auf die Rapsfelder und die üppig grünen Wiesen, bunt wie ein Bild vom Flohmarkt, als seien ihre eigenen Fahrten durch die sommerliche Landschaft Englands gezählt, nicht die von Selma.
»Du erinnerst dich also doch an Cherryfield?« fragte sie leise.
Wieder herrschte eine Weile Schweigen, als kommunizierten sie über Satellit.

»Natürlich erinnere ich mich, es ist schrecklich dort. Robert hat mich zu überreden versucht, daß ich für immer hinziehe.« Selma wandte sich Amelia zu. »Wo ist überhaupt Robert? Ich habe ihn schon Ewigkeiten nicht mehr gesehen.«
»In Brasilien. Er lebt jetzt dort ...« Sie wollte gerade »erinnerst du dich« hinzufügen, ließ es aber sein. Statt dessen sagte sie: »Er weiß von dem Unfall. Er ruft an, sobald du wieder dort bist.«
»Ich muß mal hinfahren und ihn besuchen«, erklärte Selma.

***

Schwester Morris begrüßte sie vor dem Gebäude von Cherryfield, einen großen Mann mit sandfarbenen Haaren bei sich.
»Willkommen, Mrs. Merryman«, sagte Schwester Morris lächelnd, deren Lippen sich nicht nach oben bewegten, sondern horizontal, bevor sie wieder ihre übliche Abwehrposition einnahmen. »Das ist Mr. Jones, er ist während Ihrer Abwesenheit zu uns gestoßen, um uns hinter den Kulissen beizustehen – er hilft beim Tragen, bringt die Sachen und so weiter.«
Amelia betrachtete den kräftigen, grinsenden Mr. Jones und stellte sich vor, wie er auf allen vieren die Flure und Treppen von Cherryfield hinauf und hinunter eilte, alte Leute in den Fängen wie verletzte Vögel. Aber er half Selma ganz sanft aus ihrem Sitz und hob sie in den Rollstuhl, der auf dem Rasenstreifen stand. Amelia holte einen kleinen Koffer aus dem Koffer-

raum. »Ich habe den größten Teil ihrer Kleider hiergelassen. Sie müßten eigentlich noch alle in ihrem Zimmer sein.« Dann machte sie sich auf den Weg zum Haus.

»Sie ist nicht mehr in ihrem Zimmer.« Schwester Morris wurde zu Amelias Überraschung rot und senkte den Blick wie ein schuldbewußtes Kind. Jetzt wird sie gleich mit ihren weißen Schnürschuhen auf dem Kies scharren, dachte Amelia.

»Gibt es einen besonderen Grund, warum man sie verlegt hat?« erkundigte Amelia sich.

Schwester Morris hob den Blick, als Selma von Mr. Jones vorbeigeschoben wurde. »Fürs erste«, meinte Schwester Morris, um ihre Selbstsicherheit wiederzuerlangen, »sollte Mrs. Merryman intensivere Pflege erhalten. Deshalb haben wir sie nach Honeysuckle verlegt.« Sie fügte den letzten Satz ziemlich hastig hinzu, als wolle sie damit allen Einwänden zuvorkommen, die Amelia vielleicht haben könnte.

»Aber das ist doch das Nebengebäude.« Amelia war bestürzt. Sie kam sich vor wie eine Mutter, die gerade ihr Kind davon überzeugt hat, daß es sich eine Warze entfernen läßt, und dann feststellen muß, daß der Chirurg unbedingt amputieren möchte. »Das können Sie nicht machen, das würde sie nicht überstehen.« Als Schwester Morris sich in Richtung Tür in Bewegung setzte, rief sie ihr nach: »Sie sagt Gruftgasse dazu, wissen Sie das eigentlich?«

»Sonderlich hilfreich ist das nicht«, antwortete Schwester Morris aus dem Inneren des Hauses. »Wir tun nur das Beste für unsere Gäste. Wenn ich Sie daran erinnern darf: Genau diese emotionale Reaktion hat Ihre

Großmutter überhaupt erst in diese Situation gebracht.«

Nun war es an Amelia, den Kopf hängenzulassen. Schwester Morris hatte recht. Es war eine panische Reaktion gewesen, Selma aus Cherryfield mitzunehmen. Sie hatte ihr nur geschadet.

»Mein Zimmer ist oben.« Selma versuchte, Mr. Jones über die Schulter anzusehen. »Da bin ich mir ganz sicher. Amelia, bist du da? Könntest du dem Mann bitte sagen, daß mein Zimmer oben ist?«

Wieder, dachte Amelia, wäre es so einfach, einfach auf Selmas Senilität zu zählen und ihr einzureden, daß sie sich täuschte, daß ihr Zimmer immer schon im Nebengebäude gewesen war – das war so einfach, als ziehe man einem Ertrinkenden den Schwimmreifen weg.

Mr. Jones war mit hilflosem Blick am Fuß der Treppe stehengeblieben. Amelia eilte zu Selma und kniete neben ihr nieder.

»Es ist in Ordnung, Großmutter, es ist ja nicht für lange.«

»Was?« kreischte Selma.

Amelia warf Schwester Morris einen vorwurfsvollen Blick zu und legte ihre Hand auf die von Selma. »Sie verlegen dich nur so lange ins Nebengebäude, bis deine Brandwunden verheilt sind. Das hat nichts mit dem Alter zu tun. Es hängt mit diesem schrecklichen Unfall zusammen. Ich meine, wenn ich solche Verletzungen hätte, würde ich jetzt im Krankenhaus liegen.«

»Und warum bin ich nicht dort? Warum bin ich nicht im Krankenhaus?«

Amelia standen die Tränen in den Augen, als sie Selma ansah. »Bitte«, flüsterte sie, »ich versuche mein Bestes.«
»Ich will nach Hause.« Selma zog ihr die Hand weg. »Ich will nach Ashcombe. Ich vermisse die Katzen.« Sie warf Amelia einen strengen Blick zu. »Wo sind die Katzen?«
Amelia erhob sich. Und was mache ich jetzt? Sehe ich ihr in die Augen und sage: Ashcombe ist verkauft!? Deine Sachen sind eingelagert, bis du stirbst, bis man sie zwischen den Kindern verteilen kann. Und die Katzen? Sie sind eingeschläfert worden. Wir haben versucht, ein neues Zuhause für sie zu finden, aber sie waren zu alt und haben gestunken, niemand wollte sie. Sollte sie das sagen? Sie seufzte. »Komm, wir gehen in dein Zimmer.«
»Amelia.« Selma packte sie am Ellbogen und betrachtete sie mit einem intensiven Blick, als sei sie der einzige Mensch auf der Welt. »Ich weiß, daß ich an meinem Geburtstag nicht nach Hause kann, nicht nach diesem blöden Unfall.«
Sie gibt auf, dachte Amelia verzweifelt, ohne Hoffnung.
»Aber an Weihnachten, Liebes«, fuhr Selma fort. »Das ist doch etwas anderes. Bis dahin bin ich wieder auf den Beinen.« Sie legte die Hand auf Amelias Arm und flüsterte: »Ich könnte es nicht ertragen, an Weihnachten nicht zu Hause zu sein.«
Amelia starrte ihr nach, als Mr. Jones den Rollstuhl in Richtung Nebengebäude schob.
»Amelia!« Selma klang jetzt verängstigt.
»Ja, natürlich«, antwortete Amelia schnell, »natürlich

bist du an Weihnachten zu Hause.« Viele kleine Teufelchen tanzten durch ihr Gehirn und sangen: »Lügnerin, Lügnerin.«
Sie folgte Mr. Jones durch die Schwingtüren am Ende des langen Flures. Eine kräftige junge Schwester, die gestärkte Haube auf den schwarzen Haaren, eilte mit breitem Lächeln auf sie zu. »Wir haben uns noch nicht kennengelernt«, sagte sie zu Amelia und streckte ihr die Hand hin. »Ich bin Schwester Scott.« Dann beugte sie sich über den Rollstuhl und sagte, das Gesicht ganz dicht vor dem von Selma: »Wir kümmern uns schon um Sie, Mrs. Merryman. Sie brauchen sich keine Sorgen zu machen.«
»Ach, verpissen Sie sich«, antwortete Selma.
Die Schwester gab vor, sie nicht gehört zu haben. Sie übernahm den Rollstuhl von dem schweigenden Mr. Jones und schob ihn in einen hellerleuchteten, nur karg eingerichteten Raum. Während sie Selma am ersten Bett vorbeischob, sagte sie: »Das ist Mrs. Ambrose. Ihr Mann ist drüben im Hauptgebäude. Sie sind erst diese Woche gekommen.« Dann stellte sie Selma am Fuß des zweiten Bettes bei dem kleinen Fenster ab.
Auf dem Tisch neben Mrs. Ambroses Bett befanden sich allerlei Sachen: mehrere Fotos ohne Rahmen, die an einer Wasserkaraffe und an einer kleinen Vase mit Rosen lehnten, zwei gerahmte Bilder von ein und demselben jungen Mann mit Fliegermütze. Gleich neben dem Bett lag eine Bibel und auf dem Lederumschlag ein Rosenkranz mit Perlmuttperlen. Über dem Bett hing die Zeichnung eines Streichholzjungen mit riesigem Kopf, der am Strand spielte. Darunter stand »Der lieben Oma, von Joe«.

Amelia trat einen Schritt näher und warf einen Blick auf das Bett. Wo steckte Mrs. Ambrose? Plötzlich hatte sie das Gefühl, als müsse gleich ein Skelett in einem spitzenverzierten Nachthemd unter der rosafarbenen Decke hervorspringen und rufen: Überraschung, Überraschung!
»Ich glaube, sie ist nicht hier.« Amelia wandte sich Schwester Scott zu. »Mrs. Ambrose scheint verschwunden zu sein.«
Schwester Scott, die gerade die einen Augenblick nicht protestierende Selma auskleidete, wandte sich ihr zu. »Sie ist im Gemeinschaftsraum und besucht Mr. Ambrose. Warum gehen Sie nicht ein bißchen im Garten spazieren, während ich Mrs. Merrymans Beine verbinde? Kommen Sie doch in einer Viertelstunde wieder.«

Durch die offene Tür seines Zimmers beobachtete Admiral Mallett die junge Frau in der weißblauen Uniform, wie sie Mrs. Merrymans Kleider einsammelte. Das Bündel, drei gemusterte Sommerkleider, ein paar Strickjacken und ein Gabardineregenmantel, der nicht mehr beige, sondern gesprenkelt grau war, hing über dem kräftigen Arm der Schwester mit den Sommersprossen. Sie klapperte den Flur entlang.
»Was ist los, Schwester? Mrs. Merryman kommt doch zurück, oder?« In seiner Vorstellung klang seine Stimme fest, die Worte hatten nicht allzuviel Dringlichkeit. Doch das, was er hörte, war das Krächzen eines alten Mannes, der beruhigt werden wollte. Die Leute verschwanden, starben, und er konnte nichts dagegen tun.

Die Schwester gab keine Antwort, also rief er noch einmal: »Schwester!«
Jetzt drehte sie sich um. »Admiral Mallett, ich habe Sie gar nicht gesehen. Ja, Mrs. Merryman ist in der Tat wieder da, wir verlegen sie gerade nach Honeysuckle.« Dann verschwand sie mit klappernden Sohlen über die frisch polierten Bohlen.
Die arme Mrs. Merryman. Dem alten Mann traten die Tränen in die Augen. Das wird ihr gar nicht recht sein. Er wandte sich um und ging unsicher zu der großen Mahagonikommode, die er von zu Hause mitgebracht hatte. Die Schlüssel für den Rover lagen in der obersten Schublade rechts. Er steckte sie in seine Hosentasche und hangelte sich, die Hände fest um das Geländer geklammert wie eine Krabbe, die Stufen hinunter.
Im Flur bändigte Schwester Morris gerade einen riesigen Strauß Gladiolen in einer großen Vase auf dem Essenstisch.
»Ich mache eine kleine Spritztour«, sagte der Admiral beiläufig, als er an ihr vorbeiging.
Schwester Morris wandte sich ihm mit einer widerspenstigen Blume in der Hand zu. »Halten Sie das für klug, Admiral?«
»Aber sicher«, erwiderte er. »Schließlich habe ich einen gültigen Führerschein.«
»Aber Admiral ...«
»Ich will Sie nicht weiter aufhalten, Schwester. Auf Wiedersehen.«
Er hatte den Wagen nicht mehr gefahren, seit er an diesen schrecklichen Ort gekommen war. Wann war das gewesen? Ende April, schon vor drei Monaten. Ganz schön dumm, daß er es nicht getan hatte, dachte

er, als er den Wagen rückwärts aus dem Parkplatz von Cherryfield herauslenkte. Vielleicht war seine Reaktionsfähigkeit nicht mehr so gut wie früher, aber das machte er mit Fahrpraxis wett. Erfahrung zählte noch immer, sagte er sich, als er aus der Ausfahrt hinaus auf die Straße fuhr. An der nächsten Kreuzung gesellte sich ein Traktor zu ihm. Admiral Mallett machte das nichts aus, er war ja nicht in Eile. Eigentlich war es ganz gut, daß er etwas langsamer fahren mußte. Henry hatte schon recht gehabt, als er ihn dazu überredet hatte, einen Wagen mit Automatik zu kaufen. Admiral Mallett beugte sich ein wenig nach vorn und schaute nach links, wo drei große Eichen mitten auf einem riesigen Feld wuchsen, und dem Wunsch des Bauern nach ungehindertem Vorankommen widerstanden.

Ein roter Blitz raste kreischend am Rover des Admirals vorbei und bog vor dem Traktor wieder auf die linke Seite der Straße ein, bevor er hinter der nächsten Kurve verschwand. »So ein Narr«, murmelte der Admiral vor sich hin.

Nach ein paar hundert Metern bog der Traktor links ab. Der Admiral trat auf die Bremsen. Der Mann hatte keinen Blinker gesetzt, das hätte er schwören können. Hinter ihm kam ein Volvo Estate nur Zentimeter von seiner eigenen Stoßstange entfernt zum Stehen. Die Schnauze eines weißen Audi schob sich wie ein Fächer zusammen, als sie in den metallic-blauen Volvo krachte.

Der Admiral sah den Zusammenstoß im Rückspiegel und fuhr an die Seite. Nachdem er die Tür aufgemacht hatte, schwang er die Beine hinaus. Er packte seinen

Stock und stand auf. Mit einem Blick auf einen vorbeifahrenden Wagen ging er hinüber zum Unfallort. Neben dem Volvo stand eine weinende Frau, die ein kleines Mädchen an der Hand hielt. Der Audi-Fahrer, ein junger Mann, starrte, die Ärmel seines weißen Hemdes aufgerollt, mit hochrotem Kopf auf die zerdrückte Schnauze seines Wagens.
Der Admiral schwankte unsicher auf seinen Beinen hin und her und schüttelte mitfühlend den Kopf. An die weinende Frau gewandt, meinte er: »Aber, aber junge Frau, es ist ja nicht so schlimm, es ist ja niemand verletzt. Es hätte schlimmer kommen können.« Er lächelte dem kleinen Mädchen zu, das schüchtern zurücklächelte.
Der junge Mann warf ihm einen wütenden Blick zu.
»Wissen Sie«, sagte der Admiral und deutete mit dem Stock auf ihn, »das kommt davon, wenn man zu nahe auffährt.« Er wandte sich wieder der Frau zu. »Sind Sie sicher, daß alles in Ordnung ist, Madam? Soll ich Sie nicht lieber zu einem Arzt fahren, Sie und das kleine Mädchen?« Er ging ein paar Schritte auf sie zu und lächelte erneut – alles unter Kontrolle, das lernte man beim Militär.
»Du alberner alter Narr.« Die Worte kamen langsam, voller Verachtung. Admiral Mallett wandte sich, auf seinen Stock gestützt, mit roten Wangen um. »Du alter Esel, so was wie dich sollte man nicht mehr auf die Straße lassen«, brüllte ihm der junge Mann, die Arme vor der Brust verschränkt, entgegen. Irgendwie schien das alles die Schuld des Admirals zu sein: die weinende Frau mit dem blassen Kind, der zusammengedrückte Wagen. Der Admiral blinzelte und schluckte.

»Reden Sie nicht so mit ihm.« Die Frau hatte aufgehört zu weinen und sah den Audi-Fahrer wütend an. Sie trat einen Schritt auf den Admiral zu und meinte tröstend: »Es ist nicht viel passiert, da haben Sie völlig recht. Schließlich ist niemand verletzt.«
»Nicht viel passiert? Was glauben Sie wohl, was das da ist, Sie blöde Kuh?« Der junge Mann versetzte der eingedrückten Front seines Wagens einen Tritt. »Sie mit Ihrem Panzer haben leicht reden, aber was ist mit meinem Auto? ›Nicht viel passiert‹«, äffte er ihre Stimme nach.
Der junge Mann soll nicht so mit ihr reden. Eigentlich sollte ich ihm den Mund verbieten, dachte der Admiral. Aber er hatte Angst, er war lediglich ein verängstigter alter Mann, der allen nur im Weg herumstand. Schon das zweite Mal an jenem Tag war er den Tränen nahe.
»Machen Sie sich keine Sorgen«, tröstete ihn die Frau wieder. »In dem grellen Licht ist es manchmal schwierig, den Blinker zu erkennen.« Sie wandte sich dem jungen Mann zu, der sich auf den Beifahrersitz seines Wagens gesetzt hatte, die Füße auf der Straße, den Kopf in die Hände gestützt. Er hob bekümmert den Kopf.
»Das ist ein neues Auto. Noch dazu mein eigenes, kein Firmenwagen.« Er seufzte, machte sich nicht einmal die Mühe, den Admiral anzusehen. »Sagen Sie dem alten Esel, er soll sich verpissen und uns die Sache regeln lassen. Sie sind ja wohl versichert, oder?« fragte er die Frau.
Sie nickte und nahm den Admiral beim Arm. »Fahren Sie einfach nach Hause«, sagte sie und begleitete ihn

zu seinem Rover zurück. »Dann kommt schon alles in Ordnung.«

»Uns ist nichts passiert«, sagte nun auch das Kind. »Aber fahren Sie lieber heim. Mein Daddy sagt, alte Leute haben auf den Straßen nichts verloren.«

Der Admiral fuhr weg. Ihm klangen die Beleidigungen des Audi-Fahrers immer noch im Ohr – verletzende Worte, die ihm entgegengeschleudert worden waren, so wie man einen streunenden Hund mit Tritten verjagt. Und dann noch das kleine Mädchen mit seinem: Mein Daddy sagt, alte Leute haben auf den Straßen nichts verloren. In den Augen dieser jungen Leute war er, Konteradmiral John Mallett, so etwas wie ein Außerirdischer. Als habe er sich mit Beginn seines achten Lebensjahrzehnts von der menschlichen Spezies verabschiedet. Sahen sie denn nicht, daß er genau wie sie war, nur ein paar Jahre älter? Schließlich war auch er nicht als Tattergreis auf die Welt gekommen.

Er fuhr an zwei Teenagern auf ihren Fahrrädern vorbei, die die Rucksäcke über eine Schulter gehängt hatten. Sie riefen einander lachend etwas zu. Ich bin eure Zukunft, seht ihr das denn nicht? wollte er ihnen nachbrüllen. Und ihr seid meine Vergangenheit. Das ist alles.

Er bog von der großen Totnes Road ab und fuhr auf einen kleinen Weg, der nach Harbertonford führte. Es war niemand vor ihm und auch niemand hinter ihm. Er wagte es, den Blick von der Straße zu wenden und das üppige Grün und das leuchtende Gelb der Felder zu bewundern. Eine S-Kurve bewältigte er ohne Probleme.

»Nicht so schnell, Johnnie.« Er hörte eine sanfte

Stimme, halb verängstigt, halb erregt, in seinem Ohr. Lydia, das Mädchen, das später Henrys Mutter geworden war, hatte sich bei ihrer ersten gemeinsamen Fahrt an ihn geklammert wie eine geschmeidige Weinrebe. Sie kam aus London und hatte bei ihrer Spritztour aufs Land ein Baumwollkleid und einen weißen, weichen Hut auf ihrem langen, glatten Haar getragen. Die kleinen Wege von Devon fand sie ziemlich abenteuerlich, hatte sie ihm gesagt.

»Abenteuerlich«, hatte er mit einem Lächeln wiederholt. »So habe ich das noch gar nicht gesehen.«

Er war damals neunundvierzig Jahre alt und bereits Admiral. Sie war vierundzwanzig und mochte die Beatles.

»Sie waren sicher im Krieg«, hatte sie ihn bei der Cocktailparty in London gefragt, bei der sie sich kennengelernt hatten.

»In welchem, im Weltkrieg oder in Korea?«

»Wollen Sie damit etwa sagen, daß Sie in beiden waren?« Sie hatte ihn mit großen blauen Augen angesehen. »Ach was!«

Sie hatte während der Fahrt nach Devonport gelacht und erzählt, und er hatte geschwiegen wie immer, hatte sich aber nicht satthören können an ihrer Stimme, die in seinen Ohren verpuffte wie die Blüten des Löwenzahns. Sie hatte die dunklen Haare an seinen Unterarmen mit ihren rosafarbenen Fingernägeln berührt. »Ich liebe deine Arme. Sie geben einem ein Gefühl der Sicherheit. Die Jungen in meinem Alter sind alle solche Schwächlinge.« Ihre schmalen Schultern hoben sich zu einem Seufzen. Er spürte, wie sie ihn anschaute. »Du bist sexy.«

Der Wagen war nach rechts abgekommen.
»Du hast doch nichts dagegen, wenn ich ehrlich bin, oder? Ich finde, wenn man etwas an einem anderen Menschen positiv findet, sollte man ihm das auch sagen. Findest du nicht auch?«
Mit schnellerem Herzschlag und einem Lächeln hatte er geantwortet: »Das glaube ich auch.«
Der Lastwagen im Rückspiegel holte ihn mit seinem verärgerten Hupen wieder in die Gegenwart zurück. Er warf einen Blick auf den Tacho und sah, daß er nur dreißig fuhr. Also streckte er die Hand zum Fenster hinaus und winkte seinem Hintermann zu, als wolle er sagen: »Tut mir leid, alter Knabe. Ich fahre ja schon weiter.« Dann beschleunigte er. Der Laster folgte ihm auf den Fersen. Er fuhr schneller, als ihm recht war, doch er konnte den LKW nicht abschütteln. Die Fahrerkabine sah im Rückspiegel fast so aus, als sitze sie auf dem Dach des Rover.
Hinter der nächsten Kurve war eine Kreuzung. Er mußte nach rechts auf die Hauptstraße abbiegen, um wieder nach Kingsmouth zu gelangen. Die Dämmerung brach allmählich herein. Er hielt den Wagen seitlich, um besser an den hohen Hecken vorbeizusehen. Die Autos kamen unablässig aus beiden Richtungen. Auch auf der anderen Seite wartete jemand. Der Fahrer gab kein Zeichen, also wollte er wahrscheinlich geradeaus fahren, das hieß, er hatte Vorfahrt. Der Admiral beugte sich weit über das Lenkrad, schaute nach rechts, dann nach links, wieder nach rechts, als schaue er einem Tennismatch zu. Jetzt kam eine Lücke. Er ließ den anderen Wagen vor. Der Fahrer des Lastwagens hupte. »Ist ja schon gut, ist ja schon gut«,

murmelte der Admiral, aber er hatte Angst. Der erste Wagen war vorbei, doch es folgte ein zweiter. Außerdem gab es im fließenden Verkehr keine Lücken mehr, nur noch eine Straße, auf der die Autos dahinfuhren wie auf einem Fließband. Der Lastwagenfahrer drückte auf die Hupe, hörte nicht mehr auf. Der Admiral sah in den Rückspiegel, beugte sich noch weiter übers Steuer, das Herz klopfte, die Augen huschten nach links und rechts. Er hatte einen bitteren Geschmack im Mund. Er leckte sich mit der Zunge die aufgesprungenen Lippen. Außerdem hätte er pinkeln müssen.
Der Lastwagenfahrer hatte inzwischen aufgehört zu hupen. Etwas entspannter lehnte sich der Admiral zurück.
»Kein Grund zur Panik, alter Junge«, sagte er sich. »Irgendwann muß ich ja rüberkommen. Muß der Kerl eben warten.«
»Tut!« Wieder fing das Hupen an, und andere schlossen sich an, wie ein Chor direkt aus der Hölle. Der Schreck trieb ihm die Tränen in die Augen. Mit gehetztem Blick lenkte er den Wagen unvermittelt auf die Hauptstraße. Neuerliches Hupen ließ ihn nach rechts schauen. Er sah den offenen Mund des Range-Rover-Fahrers. Jetzt ist es aus, dachte er, und plötzlich explodierte alles um ihn herum. Dann herrschte Schweigen.

15

Henry Mallett stand im Garten von Cherryfield, mit dem Rücken zur Verandatür, bewegungslos unter dem Kirschbaum, den Kopf ein wenig erhoben.

Vielleicht sprach er mit Gott, dachte Amelia, während sie sich ihm leise von hinten näherte. Er wandte sich um, und als er sie sah, trat ein Lächeln auf sein Gesicht. Wahrscheinlich, so dachte Amelia, hatte es ihn viel Mühe gekostet, ein so schreckliches Hemd zu finden wie das, das er trug – es war türkisfarben mit einem asymmetrischen Muster in Schwarz und Limonengrün.

Henry trat auf sie zu und sah aus, als wolle er sie auf die Wange küssen, doch dann besann er sich eines Besseren und schüttelte ihr statt dessen die Hand.

»Schön, Sie kennenzulernen«, machte sie sich über ihn lustig, doch er schenkte ihr keine Beachtung und sagte nur: »Ich habe von dem Feuer gehört. Gott sei Dank ist Ihnen beiden nichts passiert.«

Amelia hörte auf mit ihrem Spielchen. »Mir ist nichts passiert, aber Selma ist in der Gruftgasse.«

»Das habe ich auch gehört. Es tut mir leid. Wie nimmt sie's?« Er wartete mit ein wenig vorgerecktem Kopf auf ihre Antwort, als wolle er keines ihrer Worte überhören. Sie hatte das Gefühl, als müsse sie seine Aufmerksamkeit mit einer Aussage größter Tiefgründigkeit belohnen.

»Schlecht«, antwortete sie.

Als sie auf dem Rasen herumschlenderten, schien Henrys Aufmerksamkeit ihr weitere Gedanken zu entlocken, die sie sich bisher nicht einmal selbst eingestanden hatte.

»Ich wünschte, sie wäre tot.« Sie sah ihn an, fast erwartend, daß er den Finger heben und Verdammnis vom Himmel regnen lassen würde. Doch das tat er nicht. Er hörte einfach nur zu, also redete sie weiter.

»Selma ist der einzige Mensch, den ich wirklich liebe und der mich wiederliebt, und trotzdem wünsche ich ihr den Tod. So schlecht nimmt sie es.« Sie setzte sich auf den trockenen Rasen. »Natürlich könnte ich mich täuschen.« Sie wandte sich ihm zu, als er sich neben sie setzte. »Natürlich könnte es ja auch sein, daß sie beim Anblick des Nebengebäudes sofort gedacht hat: ›Das hier ist der richtige Ort für mich, hier bin ich glücklich‹, aber irgendwie habe ich das Gefühl, daß ein Mensch, der zusammengesunken im Rollstuhl sitzt, dem die Tränen über die Wangen rollen und dessen Hand an seinem Arm herumzittert wie eine schlecht gespielte Marionette, nicht so glücklich sein kann.« Sie warf ihm einen wütenden Blick zu. Er lächelte sie an. Sie hörte auf, ihn wütend anzustarren, und fragte: »Geht es Ihrem Vater gut?«

»Es ist soweit alles in Ordnung. Offenbar macht er eine Spritztour mit dem Wagen. Ich glaube, das ist eine gute Nachricht. Er ist, seit er hierher gekommen ist, nicht mehr allein draußen gewesen.« Henry wechselte übergangslos das Thema. »Und Ihre Mutter, lieben Sie die nicht?«

Während sie darüber nachdachte, rupfte Amelia ein Büschel Gras aus dem Rasen und verstreute es über ihre Beine. »Vielleicht, ja, wahrscheinlich schon. Aber bei ihr muß das Sonnenlicht so viele Schichten durchdringen, daß es ziemlich schwach ist, wenn es endlich ankommt. Meine Großmutter hat das Leben immer bejaht; meine Mutter verweigert sich ihm. Ich mache mir Sorgen, daß ich so werden könnte wie sie.«

»Ihre arme Mutter, sie muß sehr unglücklich sein«, sagte Henry.

Amelia schaute ihn von der Seite an. »Und heute habe ich Selma versprochen, daß sie an Weihnachten nach Hause kommt.« Sie ließ es wie eine Herausforderung klingen: Was stellt also jemand wie du, der so viel Glauben und Energie hat, mit jemandem wie mir an, der so schwach und träge ist?

»Wie lange wollen Sie sie noch anlügen?«

Amelia hatte keine Kraft mehr zu kämpfen. »Mein Gott, Henry, ich weiß es nicht. Das ist, wie wenn man die eine Kreditkarte mit der anderen finanziert; früher oder später endet die Angelegenheit mit Tränen.«

»Aber was wollen Sie unternehmen?« beharrte Henry.

»Ich weiß nicht, was ich machen werde«, jammerte sie. »Sie sagen immer: ›Was wollen Sie unternehmen?‹ und das auf diese schrecklich energische Weise. Aber ich bin müde.« Ihre Stimme wurde schrill. »Ich bin es müde, mir Sorgen um Selma zu machen, ich bin es müde, ständig Mitleid mit ihr zu haben. Es ist einfach nicht fair.« Sie zupfte die letzten Blütenblätter von einem Gänseblümchen und sah ihn an. »Heißt es nicht in der Bibel: ›Alles hat seine Zeit‹!? Nun, für mich wäre jetzt die richtige Zeit, mich um Dreimonatskoliken und den Aluminiumgehalt von Babynahrung zu kümmern. Oder doch zumindest die richtige Zeit, um in Ruhe mein egoistisches Leben als dreißigjährige Karrierefrau führen zu können. Statt dessen sitzt mir das Mitleid mit Selma im Nacken wie eine Hexe, die mir ihre Klauen jedesmal, wenn ich mich zu befreien suche, noch tiefer ins Fleisch gräbt.«

Henry räusperte sich, und Amelia fügte hastig hinzu: »Und bitte erzählen Sie mir jetzt nicht, daß es die wahre Bestimmung des Menschen ist, seinen Mitmenschen zu helfen und sich ansonsten auf ein tolles Leben nach dem Tod zu freuen. Das könnte ich im Moment schlecht ertragen. Ich habe schreckliche Kopfschmerzen.« Ihr Gesicht wirkte fahl in dem hellen Licht, die Sommersprossen hoben sich goldbraun von ihrer weißen Haut ab.

»Sie sind wahrscheinlich schon lange nicht mehr in der Kirche gewesen, wenn Sie glauben, daß man heute immer noch so predigt«, meinte Henry trocken, aber er wirkte besorgt.

Am liebsten würde ich seinen schönen, starken Mund mit leidenschaftlichen Küssen bedecken, dachte Amelia. Dann würde er mir endlich meine Ruhe lassen.

»Eigentlich wollte ich Ihnen ein paar konstruktive Ratschläge anbieten«, sagte Henry.

»Die will ich auch nicht. Ich will nur in Ruhe mein Leben weiterführen.«

»Sie wollen sagen, daß Sie weiterhin davon träumen möchten, wie Sie Ihr Leben führen könnten. Sie wollen darauf warten, daß Gerald Sie heiratet. Sie wollen Kinder, die dann alles tun dürfen, wozu Sie selbst nie den Mut und die Energie hatten.«

Amelia machte sich nicht einmal die Mühe, beleidigt dreinzuschauen. »Gerald hat mich wegen einer unabhängigen Karrierefrau verlassen. Sie ist genau der Typ, der ich auch gewesen bin, bevor ich alles für ihn aufgegeben habe.« Dann fügte sie nachdenklich hinzu: »Aber natürlich habe ich besser ausgesehen.«

»Sie sehen noch immer besser aus«, berichtigte Henry sie überraschenderweise. Dann murmelte er beflissen: »Trotzdem tut es mir leid, das zu hören. Doch es ist

nun mal passiert, das heißt, jetzt können Sie auch die Gelegenheit beim Schopf ergreifen und etwas Positives mit Ihrem Leben anfangen. Übernehmen Sie selbst die Kontrolle. Betrachten Sie die Hexe auf Ihrem Rücken als Jockey, der Sie antreibt. Cherryfield ist für keinen von uns so weit weg, also machen Sie weiter mit dem Leben. Packen Sie es, ringen Sie es nieder und sagen Sie: ›Ich bin stärker.‹« Henry sah sie mit seinen hellen, braunen Augen an.
»Das ist der Seefahrer, der aus Ihnen spricht, oder?«
Amelia konnte sich ein Lächeln nicht verkneifen. Sie kratzte sich nachdenklich das rechte Knie; ihre Strumpfhose juckte in der Hitze, aber mit nackten Beinen wollte sie nicht gehen. Als Gerald sie einmal fragte, warum sie als einzige Frau im Sommer auch noch Strumpfhosen trug, hatte sie geantwortet: »Blaugeäderte, sommersprossige Beine sind einfach nicht schön.« Natürlich waren Strümpfe nicht ganz so warm, dachte sie jetzt, während sie gedankenverloren weiterkratzte, aber der Strumpfgürtel rutschte immer wieder über die Hüften, und die Strümpfe kringelten sich. Strumpfhalter waren bestimmt gefährlich, dachte sie weiter, weil sie in die Oberschenkel schnitten wie Aderpressen.
»Wenn ich wüßte, was Sie jetzt denken.« Als Amelia den Blick hob, stellte sie fest, daß Henry sie anstarrte. Sie hörte auf mit dem Kratzen und mußte lächeln. »Sie würden's nicht glauben: Ich habe an Strümpfe und Strumpfhalter gedacht.«
Er grinste zurück. »Doch, Ihnen glaube ich das schon.«
»Wissen Sie, ich habe tatsächlich Pläne«, sagte sie in ernsthafterem Tonfall. »Ich würde gern ein Café auf-

machen. So ein altmodisches Caféhaus wie auf dem Kontinent. Wo ältere Damen sich ein wenig erholen können nach einem harten Tag voller Einkäufe. Wo sie ihre Tüten und Päckchen mit einem Seufzer der Zufriedenheit neben den Tisch stellen und hübsche Kalorienbomben bestellen können. Ich stelle sie mir immer mit Hut vor«, sagte sie. »Mir sind die Hüte deshalb so wichtig, weil ein Mensch, der einen Hut trägt, sein Leben im Griff haben muß.« Sie sah Henry lächelnd an. »Aber wahrscheinlich haben Sie das nicht gemeint.«
Henry wirkte erstaunt. Amüsiert fiel Amelia auf, daß er sich größte Mühe gab, ihre Beine nicht anzustarren.
»Was ist mit Ihrem Journalismus?« fragte er.
Sie zuckte mit den Achseln. »Ich hätte nicht aufhören sollen bei der Zeitung. Es ist nie einfach, wieder einen Einstieg zu finden, besonders nicht bei der gegenwärtigen Wirtschaftslage. Natürlich könnte ich es bei den Provinzblättern versuchen, aber das würde einen Rückschritt bedeuten.« In der Hoffnung, ihn ein wenig zu beeindrucken, fügte sie hinzu: »Noch ein Wort zu dem Café: Ich wollte Dichterlesungen veranstalten und antiquarische Bücher im Regal haben. Ich möchte gern, daß die Leute darin blättern, während sie essen. Natürlich dürften sie mir keine Flecken reinmachen.«
Henry hatte ihr schweigend zugehört. Als sie eine Pause machte, war es ihr wie immer peinlich, daß ihr jemand so aufmerksam lauschte. »Natürlich würden meine Gäste nicht viele Bücher kaufen, die meisten leihen sie sich in der Bücherei, aber die jüngeren Leute, die ältere Damen toll finden ...« Sie schwieg und schaute hinaus auf den Garten. Es war zwar erst Juli, aber

der sanfte Nebel, der vom Meer hereintrieb und sich auf die Buchenhecken legte, kündete bereits vom Herbst. Sie liebte den Herbst, da waren die Tage nicht mehr so heiß, daß man jede Minute nutzen mußte.

»Warum eröffnen Sie Ihr Café nicht hier unten?« wollte Henry wissen. »Dann wären Sie nicht so weit von Ihrer Mutter und Großmutter weg und auch nicht so weit von mir.«

»Vielleicht.« Sie lächelte ihn an. »Ich mag London, aber gelebt habe ich dort nie gern. Mir sind kleine, neugierige Orte lieber.«

»Dann setzen Sie Ihre Idee doch in die Tat um. Gehen Sie zu den Immobilienmaklern am Ort und sehen Sie, was die haben.«

Ich bin so schwach, dachte Amelia, daß ich sogar Entscheidungen treffe, um jemandem zu gefallen. Sie sah ihm in die Augen. »Na schön. Ich schaue noch kurz nach Selma, dann gehe ich.« Sie stand auf und wischte sich das Gras vom Rock.

Auch Henry erhob sich. »Wo mein Vater wohl steckt?« Nachdem er einen Blick auf seine Uhr geworfen hatte, runzelte er die Stirn. »Er sollte schon längst wieder zurück sein.«

Während Amelia die Immobilienmakler am Hafen abklapperte und sich die Pläne von Häusern mit Läden, kleinen Postschaltern und der Genehmigung, fünfundzwanzig Hundezwinger zu errichten, zeigen ließ, erfuhr Henry vom Tod seines Vaters.

Eine Polizeibeamtin kam nach Cherryfield, um Schwester Morris zu informieren. »Mir wurde gesagt,

daß ich seinen Sohn, Reverend Mallett, hier finden würde«, meinte sie.
Draußen im Garten hatten sich die Nebel gelichtet, er lag im Licht der Abendsonne. »War er sofort tot?« wollte Henry wissen, der sich zusammenkrümmte, als müsse er sich gleich übergeben.
Alle fragen das, dachte die Beamtin. »Nein, nicht sofort«, sagte sie leise, fügte jedoch das hinzu, was er hören wollte: »Aber er hat nicht leiden müssen. Er hat sich im Notarztwagen sogar noch ziemlich aufgeführt, hat man mir erzählt. Jetzt ist er im Krankenhaus, wenn Sie ihn sehen wollen.«
»Ich glaube nicht, daß er um sein Leben gekämpft hat. Ich glaube, er hat darum gekämpft zu sterben«, sagte Henry und fuhr sich mit den Fingern durch die Haare.
Der Beamtin kam es seltsam vor, daß ausgerechnet ein Priester so etwas sagte. Schwester Morris, die im Schatten des Kirschbaumes stand, räusperte sich.
»Wieso glauben Sie das, Mr. Mallett? Ihr Vater war recht glücklich hier, wissen Sie.«
»Das glaube ich auch«, murmelte die Beamtin besänftigend, als sie sich wieder auf den Weg machte. Dieser Reverend Mallett wirkte fast ein wenig wild, als er Anstalten machte, ihr zu folgen, dachte sie. »Er hat wirklich nicht gelitten«, wiederholte sie, um ihn zu trösten.

Admiral Malletts Tod ließ Amelia in Tränen ausbrechen. Als sie mit einem Stapel Prospekten aus der Stadt zurückgekehrt war, die sie Henry zeigen wollte, hatte Schwester Morris ihr von dem Unfall erzählt. Selma hatte immer noch geschlafen, und im Gemeinschaftsraum kursierten allerlei Gerüchte. Der Admiral hatte einen Schlaganfall erlitten. Er war von einem Laster überfahren worden. Er war mit einem Traktor zusammengestoßen.

Doch Miss White war sich sicher, daß sie als einzige die wirkliche Antwort auf all die Fragen hatte. »Das war der KGB.« Sie schüttelte den Kopf. »Dieser Blake wird eine Menge erklären müssen.«

Dann kam Schwester Morris herein und erklärte allen, was passiert war.

Miss White nickte weise. »Genau, meine Liebe. Es heißt immer, es sei ein Autounfall gewesen, wenn der KGB seine schmutzige Arbeit verrichtet hat.« Dann fügte sie nachdenklich hinzu: »Man möchte meinen, daß denen inzwischen mal was Neues einfallen könnte.«

»Die Russen sind jetzt mit uns befreundet«, berichtigte sie der alte Mann in dem Sessel neben ihr.

»Vielleicht sind das *Ihre* Freunde, Mr. Ambrose«, herrschte Miss White ihn an, »aber sicher nicht die meinen.«

Amelia suchte das Weite.

***

Sie rief vom Hotel aus in der Kaserne von Devonport an und verlangte Henry. Während sie wartete, übte sie ein paar Kondolenzfloskeln. Ich bin bei Ihnen in dieser schwierigen Zeit: zu formell. Es war das beste so: zu kaltherzig. Wenn ich irgend etwas tun kann: zu unverbindlich. Doch dann bahnte sich ein Gedanke seinen Weg durch das Korsett der Schicklichkeit und

schoß ihr durch den Kopf: Du bist frei. Herny, du bist frei. Sie erzitterte, wurde rot, nahm den Hörer vom linken Ohr, hielt ihn ans rechte. Schließlich sagte man ihr, daß man Henry nirgends finden könne.
Sie rief Dagmar an, doch der Klang ihrer Stimme, so etwas wie zuckersüße Ungeduld, versetzte Amelia sofort in ihre Kindheit zurück, wo sie immer ungelegen gekommen war, wo nie so recht Zeit für sie gewesen war. Ihr Wunsch, ihrer Mutter alles zu erzählen, wurde plötzlich von dem Bedürfnis überlagert, alles zu verschweigen, so daß sie schließlich lediglich sagte: »Wir sind wieder da.«
»Alan und ich wollen morgen vorbeischauen«, sagte Dagmar. »Ich bringe den kleinen Hund mit. Habe ich dir schon erzählt, daß ich einen Hund gekauft habe? Alan liebt Hunde.«

Amelia ging nach dem Abendessen spazieren. Hinter dem Hafen waren die engen Straßen menschenleer. Der volle Mond stand am tiefblauen Himmel, und der Abendwind war fast so mild wie am Mittelmeer. Ein bißchen außer Atem blieb sie oben auf dem Hügel stehen und sah hinüber nach Ashcombe. Ein Licht ging an im Wohnzimmer, dann wurden die Vorhänge zugezogen.
In Selmas Kindheit wurden zum jüdischen Neujahrsfest zu Hause die Gläser zur Feier der Diaspora erhoben: Nächstes Jahr in Jerusalem! Ashcombe war jetzt Selmas Jerusalem. Dort hatte sie alles gehabt, was sie sich jemals vom Leben erwartet hatte: einen Ehemann, Kinder, Ruhe, Räume mit Blumen und ein Wohnzimmer mit einem Klavier und Meerblick.

In Cherryfield gab es Schwester Morris und Miss White, Sardinen zum Abendtee, Musik aus dem Fernseher und einen Ausblick auf Zierkirschen. Selma hatte Zierkirschen nie leiden können. »Nächstes Jahr in Jerusalem«, summte Amelia vor sich hin, bevor sie sich umwandte und wieder zum Hotel zurückging. Und wie, um Himmels willen, soll ich das schaffen?

Es war zwei Uhr morgens, als Amelia durch ein Klopfen an ihrer Tür im Hotel geweckt wurde. Zuerst glaubte Amelia noch, das Geräusch gehöre zu ihrem Traum, in dem sie Selma in einem Einkaufswagen durch einen kleinen Ort voller Häuser mit Glasfronten schob. Doch Selma schüttelte immer wieder den Kopf und sagte: »Nein, Liebes, das ist auch nicht Jerusalem.« Amelia klopfte an eine andere Tür, lauter und lauter, und schließlich wachte sie auf. Sie rollte herum und schwang, noch immer im Halbschlaf, die Beine aus dem Bett. Dann tappte sie barfuß zur Tür und fragte, ohne aufzumachen: »Wer ist da?«

»Der Nachtportier, Miss Lindsay. Tut mir leid, daß ich Sie zu dieser Stunde wecke, aber unten ist ein Priester, der mit Ihnen sprechen möchte. Er läßt sich nicht abwimmeln. Er sagt, er heißt Mallett.«

Amelia machte die Tür auf. »Schicken Sie ihn doch bitte herauf, ja?«

Der Nachtportier hatte offenbar genauso tief geschlafen wie Amelia. Die wenigen sandfarbenen Haare standen ihm wie ein Hahnenkamm in die Höhe, und seine Augen waren gerötet. Als er Amelias kurzes Nachthemd und ihre nackten Beine bemerkte, wurden seine Augen groß. »Hier herauf, Miss?«

»Er ist Priester. Ein Priester, der Trost sucht.«
»Ich hab immer gedacht, die spenden Trost«, murmelte der Nachtportier.
»Tja, bei dem ist beides möglich.« Ungeduldig trat Amelia an ihm vorbei hinaus auf den Flur.
»Ich hole ihn«, sagte der Portier schnell, weil er offenbar glaubte, seinem Chef sei es lieber, die Sünde spiele sich hinter geschlossenen Türen ab.
Amelia blieb lauschend an der offenen Tür stehen. Sie hörte Murmeln, dann schwere Schritte, die die Holzstufen heraufeilten.
»Amelia, entschuldige bitte, daß ich dich so überfalle.« Henry ließ sich von ihr umarmen, wie selbstverständlich hatte er zu dem vertraulichen »Du« gewechselt. Sie hielt ihn immer noch, als sie ins Zimmer zurückwich. Er weinte, das spürte sie. Sie hob vorsichtig die Hand, strich ihm über die Haare, tätschelte ihm den Rücken, tröstete ihn. Sie fühlte, wie er zitterte, und als sie befürchtete, sie könne ihn nicht mehr länger festhalten, ließ er sie los.
»Tut mir leid«, sagte er und ließ sich auf den rosafarbenen Sessel beim Fenster sinken.
»Ich bin froh, daß du gekommen bist. Ich habe den ganzen Abend versucht, dich zu erreichen.«
»Ich weiß. Danke.« Er sah sie nicht an. »Es geht ihm besser, dort, wo er jetzt ist. Trauer ist selbstsüchtig.« Er schluchzte und versuchte, es durch ein Hüsteln zu kaschieren.
Amelia kniete neben dem Stuhl nieder und nahm seine Hände. »Dessen braucht man sich nicht zu schämen«, flüsterte sie. »Du bist Kaplan, kein Heiliger. Du hast ihn geliebt.«

Henry lächelte sie unsicher an. »Wir waren immer allein, er und ich, und noch Winter. Meine Mutter ist gestorben, als ich ein Jahr alt war. Ich kann mich nicht an sie erinnern.«

»Ich weiß auch nicht viel von meinem Vater, außer daß er leuchtend blaue Augen gehabt und sich überhaupt nicht für seine Tochter interessiert hat. ›Irische Augen‹, murmelt meine Mutter manchmal, mehr ist aus ihr nicht herauszubekommen.« Amelia schwieg, versuchte zu erspüren, wieviel oberflächliches Geplauder angemessen war.

Henry wirkte jetzt ruhiger. Wie er so auf dem viel zu kleinen rosafarbenen Stuhl saß, erinnerte er sie an Willoughbys Boxer, der sein ganzes Leben lang die aussichtslose Hoffnung gehegt hatte, doch noch einmal auf das tellergroße Seidenkissen zu passen, das Selmas siamesischer Katze gehörte. »Wer ist Winter?« fragte sie sanft.

»Winter.« Wieder dieses hastige Lächeln. »Das war der Lieblingssteward meines Vaters. Als man ihn aus Altersgründen aus der Marine entlassen hat, hat er weiter bei uns gearbeitet. Er hat mich mit aufgezogen, bis ich ins Internat kam. Später hat er dann ein Lokal in Modbury aufgemacht. Wir sind in Verbindung geblieben, bis er vor fünf Jahren gestorben ist. Ich habe ihn sehr, sehr gern gemocht.«

Amelia seufzte. »Es gibt Zeiten«, sagte sie, »wenn es im Leben mehr Tod als Leben zu geben scheint, wenn du verstehst, was ich meine.«

Henry lachte gequält. »Wenigstens ist Winter glücklich gestorben. Sein Arzt hat ihm gesagt, er muß aufhören mit dem Biertrinken oder sich wenigstens auf

die alkoholfreien Getränke verlegen. Er ist an einer geplatzten Blase gestorben, weil er zuviel getrunken hat.« Wieder lachte Henry, ein bißchen zu laut und ein bißchen zu lang, so daß Amelia sich allmählich Sorgen machte. Dann schluchzte er verlegen vor sich hin.
»Ich vermisse meinen Vater jetzt schon schrecklich. Weißt du, ich habe nie um meine Mutter getrauert, dazu war ich zu jung. Natürlich habe ich das Konzept einer Mutter vermißt, jemanden, der immer Nachsicht geübt hätte ...« Er sah Amelia mit großen Augen an. »Das, was andere Kinder hatten und für selbstverständlich hielten. Aber der Verlust meines Vaters – das ist so, als hätte ich mich mein ganzes Leben lang in einem warmen, gemütlichen Raum aufgehalten und als wären plötzlich die Wände um mich herum eingefallen und ich müßte mich der Welt stellen.«
Er nahm Amelias Hand. »Ich hoffe bloß, daß er keine Angst gehabt hat. Er war einer der mutigsten Männer, die ich kannte, und der Gedanke daran, daß er Angst gehabt haben und allein gewesen sein könnte ...«
Er will nur seinen Vater zurück, dachte Amelia. Wie soll man einem Menschen helfen, wenn er den einzigen Menschen, der ihn trösten könnte, verloren hat? Plötzlich schoß ihr ein Satz durch den Kopf, ein Satz, den Selma einmal ausgesprochen hatte: »Sag nicht im Kummer, daß es ihn nicht mehr gibt, sondern in Dankbarkeit, daß es ihn einmal gegeben hat«, murmelte sie eher für sich selbst als für Henry.
Henry lächelte sie an, und sie lehnte ihre Schulter gegen sein Knie. »Erzähl mir von deinem Vater.« Sie hatte es immer merkwürdig gefunden, wie alle um einen Trauernden herum schwiegen, als wollten seine

Freunde aus reiner Verlegenheit auch noch die Erinnerung an den Verstorbenen töten.
Sie unterhielten sich lange Zeit über den Admiral, dann stand Amelia auf und reichte Henry die Hand. »Sollen wir ins Bett gehen?« Sie bedauerte die Frage in dem Moment, als sie sie ausgesprochen hatte. Geschmacklos, genau, das war es. Sie spürte, wie sie rot wurde, als Henry sich zurücklehnte. Wie ein schuldbewußtes Kind sagte sie hastig: »Ich habe das nicht so gemeint.«
»Ich wünschte, du hättest es«, sagte er, lächelte und zog sie auf seine Knie. »Obwohl ich ablehnen hätte müssen, denn ich bin nicht nur meiner hübschen Uniform wegen Kaplan.« Er küßte ihre Hand leicht. »Aber das war ein sehr netter Gedanke. Danke.«
Es war fünf Uhr morgens, als er ging. Amelia stand am Fenster und sah ihm nach, wie er zum Parkplatz lief, während die Sonne über dem Meer aufging.

16

»Mrs. Merryman hat die Nacht gut verbracht«, teilte Schwester Williams Amelia mit, als sie ihr später am Vormittag die Tür öffnete. »Sie hat darauf bestanden, im Gemeinschaftsraum auf Sie zu warten. Wir dachten zwar, es wäre besser für sie, wenn sie sich in ihrem Zimmer ausruhen würde, aber sie kann ziemlich beharrlich sein, wenn sie will, Ihre Großmutter.«
»Das weiß ich«, erwiderte Amelia. »Es ist doch wunderbar, daß sie weiß, was sie will, oder?«

Schwester Morris eilte mit einem besorgt dreinblickenden Ehepaar mittleren Alters an ihnen vorbei. »Und das ist unser Gemeinschaftsraum.« Schweigen. »Normalerweise haben wir natürlich eine Warteliste, aber nach dem kalten Wetter im März ist überraschend die Nummer zwei frei geworden ...« Sie verschwanden nach oben.

Bevor Amelia den Flur verlassen hatte, klingelte es, und Dagmar stand zusammen mit einem großgewachsenen Mann in der Tür, der einen verspielten jungen Hund an der Leine hielt, wahrscheinlich einen Labrador.

»Liebes.« Dagmars Lippen wischten an Amelias Wange vorbei. Ihr Lächeln erhellte den Flur mit seiner Fröhlichkeit. »Und das ist Alan.« Sie sah zuerst Amelia an, dann Alan, während die Worte nur so aus ihrem Mund sprudelten. Alan trat ein und wäre fast über den kleinen schwarzen Hund gefallen, der sich mit der Leine um seine Füße gewunden hatte.

»Admiral Mallett ist gestern gestorben«, flüsterte Amelia, als sie zusammen in den Gemeinschaftsraum gingen. »Großmutter ist wahrscheinlich ziemlich durcheinander.«

»Es wird Heulen und Gebißknirschen geben«, meinte Dagmar und lachte laut. Plötzlich schwieg sie. »Tut mir leid, Liebes, er war wirklich ein netter alter Knabe. Es ist nur alles so schrecklich.« Ihre Stimme klang schrill. Amelia verkrampfte sich und sah Alan an. Sie konnte es nicht ertragen, daß ihre Mutter sich selbst zum Narren machte.

»Er hat so fit ausgesehen«, sagte Dagmar in ihrer normalen Stimme. »Wie alt war er denn?«

Wenn man alt ist und stirbt, fragt niemand danach, wie es passiert ist, dachte Amelia. Es wird einfach angenommen, daß man sich an die Regeln gehalten hat und ohne zuviel Aufhebens aus dieser Welt verschwunden ist.

»Er ist ein bißchen zu übermütig Auto gefahren und hat einen Unfall gehabt«, sagte sie, in der Hoffnung, dem Admiral gerecht geworden zu sein.

»War er ein guter Freund von Ihnen?« Alan trat einen Schritt zurück, um sie zuerst durch die Tür zu lassen. Er hatte eine angenehme Stimme – leise, mit dem Akzent der Neuenglandstaaten.

»Ich habe ihn gut leiden können, und ich kenne seinen Sohn inzwischen recht gut«, antwortete Amelia und winkte Selma zu, die zusammengesunken auf einem Stuhl beim Fernseher saß. Der Platz neben dem Aquarium war leer. Ein trauernder Sohn und ein leerer Platz beim Aquarium, waren das die einzigen Spuren, die der Admiral auf dieser Erde hinterlassen hatte? fragte sich Amelia fröstelnd.

Selma starrte sie ausdruckslos an, als sie auf sie zugingen. Ihre bandagierten Beine ruhten auf einem niedrigen Hocker, und sie trug ein gelbes Sackkleid, das die Blässe ihrer Haut noch betonte. Als Dagmar sich zu ihr hinunterbeugte und ihr einen Kuß gab, lächelte sie plötzlich. »Hallo, Liebes.« Sie packte Dagmars Hand. »Weißt du, im ersten Augenblick habe ich dich überhaupt nicht erkannt. Hast du dir die Haare anders machen lassen?«

Dagmar trug ihre Haare schon seit zwanzig Jahren in dieser Art. »Nein, Mummy.« Dagmar zwinkerte Alan zu, als sie sich aufrichtete. »Mummy, das ist Professor

Blake, er hat darauf bestanden, dich kennenzulernen«, verkündete sie mit stolzem Lächeln.
Amelia dachte: Genausogut hätte sie die Arme ausbreiten und laut rufen können: »Für mein nächstes Kunststück ohne Netz und doppelten Boden stelle ich Ihnen meine Mutter vor.«
Alan streckte Selma seine freie Hand hin, die sie argwöhnisch ergriff. »Es ist mir ein Vergnügen, Sie kennenzulernen, Ma'am.« Selma betrachtete ihn mit eisigem Blick; sie hatte noch nie viel von übertrieben guten Manieren gehalten. Der kleine Hund hatte die ganze Zeit über ausgiebigst seine Hoden geleckt, jetzt hob er den Kopf und spitzte die Ohren. Er stand auf und sprang kurz an Dagmar hoch, bevor er ihre Beine in der glänzenden Strumpfhose mit der gleichen Hingabe leckte.
Alan bot Dagmar einen Stuhl an, doch diese wehrte ab und sagte, sie müsse sich nach der Fahrt ein bißchen die Beine vertreten.
Mit einem »Darf ich?« setzte sich Alan neben Selma. »Süßer kleiner Kerl, finden Sie nicht auch?« Dabei deutete er auf den kleinen Hund. »Wissen Sie, ich hätte nie gedacht, daß Ihre Tochter das Land so liebt. Ich habe Tiere, die Natur, die Erde zwischen den Fingern schon immer gemocht. Und nun erklärt mir Dagmar, daß das auch ihr Leben ist.« Er holte eine Pfeife aus der Tasche und schlug die Beine übereinander. »Aber für ihre Mutter dürfte das keine Überraschung sein.«
Selma machte den Mund auf, um etwas zu sagen.
»Jetzt reicht's.« Dagmar wich der rosafarbenen Zunge des kleinen Hundes mit zusammengekniffenen Lippen aus.

»Simon, du kleiner Schlingel ... Jetzt reicht's wirklich. Simon! Hörst du mich? Ich habe gesagt, jetzt reicht's.« Dagmar vergewisserte sich, daß Alan nicht hersah, und schob den kleinen Hund mit der Schuhspitze weg. »Nimm ihn mir bitte ab, Amelia, ja?« zischte sie. »Hast du gesehen, wo er sich vorher abgeschleckt hat? Sein ganzes ... du weißt schon, was.«
Amelia hockte sich hin und streckte die Hände aus. Simon stürzte sich mit wackelndem Schwanz ihr entgegen, um sie zu beschnuppern.
»Warum setzt du dich denn nicht, Schatz?« fragte Alan. Dagmar lächelte ihn nervös an, holte ein Taschentuch aus ihrer Tasche und ließ es auf den Sitz des Stuhles fallen, bevor sie sich selbst darauf setzte.
Sie flüsterte Amelia zu: »Kleine Hunde haben Würmer. Dagegen kann man nichts machen.« Dann vergaß sie das Flüstern. »Wie soll ich denn den Rest des Tages genießen, wenn ich weiterhin die schmutzige Strumpfhose tragen muß?«
Alan wandte sich ihr zu und hob eine buschige Augenbraue.
»Es sind keine Würmer an deinen Beinen«, sagte Amelia. Eigentlich hatte sie nicht ganz so barsch klingen wollen.
»Pscht.« Dagmar sah nervös zu Alan hinüber, der sich wieder mit Selma unterhielt. »Es sind ja auch gar nicht die Würmer selbst«, flüsterte sie, »sondern die Eier, die gefährlich sind. Die kleben überall. Man kann sie nicht sehen, und man wird sie nicht einmal mit dem stärksten Desinfektionsmittel los.« Fast, dachte Amelia, klang das wie ein Werbespot für diese elenden Würmer.

Sie flüsterte ihrerseits Dagmar zu: »Ich weiß nicht, wie ich Großmutter die Sache mit Admiral Mallett beibringen soll. Ich habe nicht den Eindruck, daß es ihr schon gesagt worden ist.«
»Ach, glaubst du nicht?« Dagmar streckte das rechte Bein vor sich aus und verdrehte es, um die Rückseite ihrer glänzenden Strumpfhose zu betrachten. »Weißt du, daß ein Kind, das diese Wurmeier aufnimmt, erblinden könnte?«
»Ich kann mir eigentlich nicht vorstellen, daß hier plötzlich so ein kleiner Engel herauskrabbelt und dir die Beine ableckt. Nicht hier. Nicht in Cherryfield.«
Wütend über Dagmars Unfähigkeit, auch nur einen Augenblick an einen anderen Menschen als sich selbst zu denken, schenkte Amelia dem verletzten Blick ihrer Mutter keine Beachtung und rückte mit ihrem Stuhl näher zu Selma.
Alan erzählte gerade, daß auch er Jane Austen liebte, und als eine Gesprächspause entstand, die eigentlich Selma hätte füllen sollen, mischte sich Amelia ein.
»Gibt's was Neues? Alles in Ordnung bei euch?« Sie versuchte, ihre Stimme fröhlich klingen zu lassen, ließ dabei aber ihre Großmutter nicht aus den Augen. Sie merkte, daß Miss White, die nur wenige Meter von ihnen entfernt saß, aufmerksam lauschte, ein erwartungsvolles Lächeln auf den Lippen, den Kopf schräggelegt, als warte sie nur auf eine günstige Gelegenheit, sich in das Gespräch einzumischen. Und jetzt bot sich diese Gelegenheit.
»Ich habe gehört, Sie kommen aus dem schönen Amerika.« Sie beugte sich so weit zu Alan vor, daß Amelia fürchtete, sie könne jeden Augenblick von ihrem Stuhl

fallen. Alan wandte sich ihr mit einem höflichen Lächeln zu. Selma war wütend und stellte die beiden nicht vor.
»Sie würden mir doch zustimmen, daß es mit ziemlicher Sicherheit der KGB war, oder?«
»Pardon, Ma'am?« Alan sah verwirrt aus, wandte sich ohne Erfolg an Dagmar, die mit geistesabwesendem Blick vor sich hinstarrte, der Fremde oft faszinierte, von dem Amelia aber wußte, daß er nichts Gutes bedeutete: Sie überlegte, wie sie ihre Strumpfhose ausziehen konnte, ohne sich lächerlich zu machen.
»Admiral Mallett.« Miss White klang ungeduldig.
Amelia richtete sich auf ihrem Stuhl auf, bereit, Selma zu trösten.
»Sie begraben ihn morgen, soweit ich weiß. Je schneller man unter die Erde kommt, desto weniger Gerede gibt es, heißt es doch immer.«
Tja, dich haben sie nicht früh genug erwischt, du alte Krähe, dachte Amelia und warf Miss White einen wütenden Blick zu. Sie wandte sich Selma zu, mußte aber feststellen, daß sich der mürrisch-verwirrte Gesichtsausdruck ihrer Großmutter nicht im geringsten verändert hatte. Sie hat es noch nicht begriffen, dachte Amelia und nahm Selmas Hand. Während sie ihre kleine Rede vorbereitete, spürte sie, wie Selmas Hand in der ihren zitterte wie ein verängstigtes Tierchen.
»Ich wollte es dir gestern schon sagen, aber da hast du geschlafen«, sagte sie sanft. »Der Admiral war in einen Verkehrsunfall verwickelt. Es hieß, er habe nicht ...«
»Ich weiß«, fiel Selma ihr ins Wort. »Der arme alte Knabe. Verdammt schade, die Sache. Wir werden ihn vermissen.« Ihre nächste Bemerkung war bereits für

Alan bestimmt, den sie Miss White entreißen und unbedingt wieder als Gesprächspartner für sich gewinnen wollte. »Das Ende ihrer Romane finde ich allerdings immer ein bißchen enttäuschend.«
Amelia hatte mittlerweile Selmas Hand losgelassen und starrte sie mit offenem Mund an.
»Mach den Mund zu, Liebes«, sagte Dagmar völlig unnötigerweise zu ihr, während sie ihren Fuß von Simon wegzog, der lang ausgestreckt auf dem Teppich lag und jeder ihrer Bewegungen mit bewunderndem Blick folgte.
Amelia ließ Selma nicht aus den Augen. War das wieder ein neuer Beweis für ihre Würde und die Fähigkeit der Kriegsgeneration, sich zu beherrschen, oder hatte die Senilität auch das Mitleid und die Zuneigung ausgelöscht? Vielleicht redete Selma nur deshalb nicht so viel von ihrer Trauer um Willoughby, weil sie sie gar nicht empfand? Hatte das Alter Liebe und Trauer abgeschliffen wie die Wellen Steine am Strand abschleifen, bis sie glatt und rund sind?
Selma bemühte sich redlich, Miss White zu ignorieren, und verzog jedesmal, wenn die kleine Frau etwas sagte, verächtlich den Mund.
Vielleicht kannst du mich auch nicht mehr lieben, dachte Amelia und schniefte ein wenig vor sich hin. O Großmutter, was ist bloß aus dir geworden?
»Mein Gott, stinkt der!« Dagmar sprang von ihrem Stuhl hoch und deutete auf Simon, der sich mit seinem runden Hinterteil auf ihrem Schuh niedergelassen hatte, sie nun bewundernd ansah und langsam und erwartungsvoll mit dem Schwanz wedelte. Die beiden alten Frauen hörten auf, einander wütend anzustar-

ren, und musterten statt dessen Dagmar. Es wurde still in dem Raum, und Dagmar errötete.

»Was ist denn los, Schatz?« erkundigte sich Alan mit eisiger Stimme.

Amelia roch zwar nichts, meinte aber hastig: »Es riecht wirklich ein bißchen streng.« Dagmar war süchtig nach der Angst, nicht nach Drogen oder Alkohol, aber Amelia konnte nichts dagegen unternehmen, daß sie die Tochter einer Süchtigen war. Vielleicht trieb ihre Mutter sie zur Verzweiflung, manchmal auch zur Weißglut, aber nichtsdestotrotz war es Amelias Aufgabe, alle anderen vor diesen Gefühlen zu schützen. »Es weht immer mal wieder rüber«, fügte sie noch hinzu.

Alan bückte sich, streckte die Hand aus und rief Simon zu sich. »Hallo, kleiner Kerl. Was erzählen die alle, daß du komisch riechst?« Er schnüffelte am Rücken des kleinen Hundes herum, und Simon hob die Schnauze und grinste ihn mit entblößten Zähnen an. Dann ließ Alan die Finger unter Simons Halsband gleiten, bevor er an seiner Hand roch. »Wahrscheinlich hat er sich irgendwo gewälzt. Vermutlich, als er sich beim Wagen losgerissen hat«, sagte er zu Dagmar. »Du wirst sofort in die Badewanne gesteckt, wenn wir daheim sind, kleiner Kerl.«

»Wir fahren mit dem Auto?« fragte Dagmar, den Tränen nahe.

»Tja, du erwartest doch wohl nicht von dem kleinen Kerl, daß er bis nach Exeter laufen soll, oder?« Alan lachte.

»Da draußen gibt's doch sicher irgendwo einen Wasserhahn«, sagte Selma. »Warum wascht Ihr ihn nicht dort ab?« Dagmar und Amelia sahen Selma an,

schockiert darüber, wie vernünftig ihr Vorschlag klang.
Alan sagte: »Ist schon in Ordnung ...«
»Ich mache das gleich.« Dagmar war bereits mit einem höchst erfreuten Lächeln aufgesprungen. Nun nahm sie Alan die Leine aus der Hand und zerrte daran. »Komm schon, Simon, mein Kleiner.« Ihre Stimme klang angespannt, dachte Amelia, man hätte Pfeile damit abschießen können.
Simon blieb sitzen.
»Er will nicht mitkommen«, sagte Miss White.
»Ach, halten Sie doch den Mund«, meinte Selma mit einem Stirnrunzeln.
»Aber Mrs. Merryman!« Miss White sah sich triumphierend um, als wolle sie sagen: »Hab ich euch nicht gesagt, daß das ein garstiges Mädchen ist.«
»Dagmar, können wir Simon nicht mal eine Minute vergessen? Wir bringen doch hier alles durcheinander.« Alan warf ihr unter seinen dicken Augenbrauen einen wütenden Blick zu.
Dagmar schenkte seiner Bemerkung keine Beachtung, allerdings widerwillig, als wünschte sie sich, sie müsse ihn nicht ignorieren. »Na komm schon, Simon.« Dagmar zerrte so stark an der Leine, daß Simon, der immer noch auf dem Boden saß, mit dem Hinterteil mehrere Meter über den hochglanzpolierten Boden schlitterte. Dabei rutschte das Halsband über seinen Nacken. Plötzlich erhob er sich und trottete hinter Dagmar aus dem Raum, als habe er das schon die ganze Zeit vorgehabt.
»Immer diese Wutanfälle«, zwitscherte Miss White.
Das Alter macht einen böse, dachte Amelia.

Sie saßen schweigend da, als eine Schwester eine Frau mittleren Alters hereinbrachte, die Mr. Ambrose besuchen wollte. Mr. Ambrose war so sehr mit dem Bezug seines Sessels verschmolzen gewesen, daß er bisher niemandem aufgefallen war.
»Ich gehe und helfe meiner Mutter mit Simon«, sagte Amelia und stand auf.

»Halt dich ruhig! Zappel nicht so rum.« Dagmar stand da, die Beine gespreizt, einen Wasserschlauch in der einen Hand, die Leine des kleinen Hundes in der anderen. Simon wich dem Wasserstrahl immer wieder durch kleine Sprünge aus. In seinen Augen war schon das Weiße zu sehen, aber er versuchte es immer noch mit einem Schwanzwedeln.
»Wenn du noch einmal ausweichst ...«
Mit einem Schreckensschrei versteckte sich der kleine Hund vor dem harten Wasserstrahl hinter Dagmars Beinen. »Geh weg! Du kleines Biest, geh weg, hörst du mich!« Dagmar packte das Ende der Leine und schlug dem kleinen Hund damit immer wieder über den Rücken. Simon heulte auf, riß sich los und rannte an Amelia vorbei, die nur noch ein paar Schritte entfernt war.
Dagmar sah keuchend und mit rotem Gesicht hinauf zur Terrasse, von wo aus Alan sie anstarrte. »Du hast den kleinen Hund geschlagen«, sagte er und folgte Simon mit großen Schritten.

17 Für ein Kind war die Unvorhersehbarkeit des Verhaltens einer neurotischen Mutter eine Quelle ständiger Angst. Selbst jetzt noch, mit einunddreißig Jahren, zitterte Amelia, als sie ihre schluchzende Mutter zur Toilette begleitete. Ihr Herz klopfte wie wild, ihre Luftröhre fühlte sich an, als sei sie um etliches geschrumpft, als sie auf der Kante der Badewanne saß und Dagmar dabei zusah, wie sie die Mascarafarbe von der Wange wischte.

Dagmar tupfte sich die papierdünne Haut unter den Augen mit dem Zipfel eines rauhen Handtuchs ab und wandte ihr verheultes Gesicht Amelia zu. »Ich wollte Simon doch nicht schlagen. Ich weiß gar nicht, was über mich gekommen ist.« Schluchzend lehnte sie sich gegen die Wand und vergrub das Gesicht in der Armbeuge.

Das übliche, dachte Amelia. Sie hatte nur wenig Mitleid mit Dagmar, und dieses wenige Mitleid wurde durch Mitleid mit Simon und mit sich selbst verwässert. Eines Tages, dachte sie, während sie darauf wartete, daß Dagmar zu weinen aufhörte, werde ich Henry erzählen, wie alles gewesen ist. »Wie würdest du dich fühlen«, werde ich dann zu ihm sagen, »wenn dein Gott plötzlich anfängt, mit Ziegelsteinen nach dir zu werfen, wo du doch bloß am Altar mit ihm reden wolltest? Was würde aus deinem Selbstvertrauen, wenn er deine Gebete mit Flüchen beantwortet. Denn so fühlt sich ein Kind, wenn es merkt, daß der wichtigste Erwachsene in seinem Leben verrückt wird.«

Sie stand mit einem tiefen Seufzer auf und ging hinüber zu Dagmar. »Es ist okay«, sagte sie und legte den

Arm um die schmale Schulter ihrer Mutter, der der ihren so sehr ähnelte. »Es ist okay.«
Alan wartete im Flur mit dem kleinen Hund, der naß und glänzend zu seinen Füßen lag. Als Dagmar die Treppe herunterkam, sagte Alan nichts, sondern warf demonstrativ einen Blick auf seine Uhr. Simon rappelte sich hoch und tappte mit einem fragenden Schwanzwedeln hinüber zu Dagmar. Mit einem Blick auf Alan kniete sie nieder und streckte die Hand aus. Simon schnüffelte so vorsichtig daran, als handle es sich um ein glühendes Eisen.
»Laß uns gehen, ja?« sagte Alan mit eisiger Stimme. »Ich habe mich schon von deiner Mutter verabschiedet.«
»Ich noch nicht. Ich bin gleich wieder da.« Sie rannte fast den Flur entlang, die Knie ein wenig eingeknickt.
»Tja, war nett, Sie kennengelernt zu haben.« Alan streckte Amelia die Hand mit einem Lächeln hin, das breit genug war, um höflich zu wirken, aber zu schmallippig, um als freundlich mißverstanden zu werden.
»Wahrscheinlich sehen wir uns bald einmal wieder«, sagte sie zu Alan, um seine Wut zu erforschen, sie zu schüren.
Alan zuckte mit den Schultern und sagte nur: »Vielleicht.«
Dagmar kehrte so zerknirscht über das, was sie getan hatte, in den Flur zurück, daß man sie für ihren eigenen Schatten hätte halten können. Als sie Amelia einen Abschiedskuß gab, preßte sie ihre kalte Wange ziemlich lange gegen die ihre.
»Wir hatten eigentlich vor, uns in der Stadt mit dir zum Essen zu treffen, aber unter den gegebenen Um-

ständen wäre das wahrscheinlich nicht so klug«, flüsterte sie. In der Tür drehte sie sich noch einmal um und zuckte ein letztes Mal lächelnd mit den Schultern, bevor sie Alan folgte.
Alan hielt Dagmar die Tür seines Kombi auf, bevor er Simon auf den Rücksitz hob und sich auf die Fahrerseite begab. Sie hat es wieder mal geschafft, dachte Amelia traurig, sie hat eine Chance auf Glück gesehen, sie mit beiden Händen gepackt ... und sie erstickt. Sie winkte dem Wagen nach und machte die Tür des Gebäudes zu.

Im Gemeinschaftsraum saß eine winzige Frau in dem Rollstuhl neben Mr. Ambrose. Ihr Kopf wackelte hin und her, als sei er eine zu schwere Last für ihren dünnen Hals. Sie bekam gerade einen Kuß von ihrer Besucherin. »Paß auf dich auf, Mutter. Ich schaue dann nächsten Monat wieder vorbei, wie üblich.« Die Schwiegertochter der Ambroses nickte, lächelte Miss White zu, die sich gerade eine Feriensendung im Fernsehen anschaute, und trippelte dann mit so schnellen Schritten zur Tür, daß sie beinahe mit Amelia zusammengestoßen wäre.
»Oh, Entschuldigung«, murmelte die Frau, aber sie konnte die Erleichterung in ihrem Gesicht nicht verbergen: Gott sei Dank, für diesen Monat war es wieder geschafft.
Was, so fragte sich Amelia, konnte man im Alter tun, damit die Verwandten und Freunde keinen solchen Gesichtsausdruck bekamen, wenn sie einen besuchten? Sollte man Step tanzen, Witze erzählen, Geld verschenken?

Mrs. Ambrose, die zusammengesunken auf ihrem Rollstuhl saß, bewegte unaufhörlich die Lippen und murmelte ständig wirre Sätze. Worte ohne Ende, Amen, dachte Amelia, als sie über die dürren Beine der Frau stieg, um zu Selma zu gelangen, die auf dem Stuhl bei der Verandatür schlief.

»Trampeln Sie nicht auf mir herum.« Die Stimme klang fest und deutlich. »Schließlich zahle ich nicht das viele Geld, damit die Leute hier auf mir herumtrampeln.«

Verblüfft drehte sich Amelia um und schaute Mrs. Ambrose an. Ihre großen, himmelblauen Augen lächelten sie an.

»Tut mir leid«, murmelte Amelia.

Mr. Ambrose hob den Blick von seinem Kreuzworträtsel. Er nahm seine Frau bei der Hand und sagte: »Ist schon in Ordnung, Dorothy, du bist hier in Sicherheit.« Daraufhin sank Mrs. Ambroses Kopf wieder auf ihre Brust, wie bei einer Aufziehpuppe, die kurze Zeit zum Leben erwacht war und dann wieder ruhte.

Hätte Gerald sie wohl getröstet, wenn sie alt und verwirrt geworden war? fragte sich Amelia, während sie sich neben Selma setzte. Wahrscheinlich nicht. Er hatte oft in fast schon verschwörerischem Tonfall gesagt: »Ich weiß, das klingt albern, aber ich tauge einfach nicht für Krankenbesuche.« Das galt für viele Männer, war ihr inzwischen aufgefallen. Aber bei Clarissa mußte er sich da vermutlich keine Sorgen machen, denn es fiel schwer, sich vorzustellen, daß sie mit Neunzig nicht noch genauso knackig sein würde wie jetzt.

Selma schlief weiter. Amelia fragte sich, ob Alan Dagmar verziehen hatte. Vielleicht bereinigten sie ihre Schwierigkeiten gerade im Bett. Obwohl Amelia über diesen Gedanken durchaus erfreut war, errötete sie. Teenager weigerten sich normalerweise, zuzugeben, daß die Geschlechtsorgane ihrer Eltern tatsächlich auch eine Funktion erfüllten und nicht nur zur Zierde dienten, wie beispielsweise eine Tasche oder ein Knopf ohne Knopfloch, sobald sie selbst gezeugt worden waren. Mit einunddreißig Jahren wußte man es besser, aber das bedeutete nicht unbedingt, daß einem der Gedanke gefallen mußte. Amelia beobachtete die Ambroses verstohlen. Wann hörte der Geschlechtstrieb eigentlich auf? Passierte das plötzlich oder allmählich? War es eine gemeinsame oder eine einseitige Entscheidung?

In diesem Moment hob Mrs. Ambrose den Kopf und vermittelte Amelia das ungute Gefühl, daß sie diese Fragen laut ausgesprochen haben könnte, doch Dorothy Ambrose sah lediglich ihren Mann mit großen, klaren Augen an. Mr. Ambrose schien zu spüren, daß seine Frau ihn anschaute, hob den Blick von seiner Zeitung, nahm ihre Hand und drückte sie kurz.

Amelia, die dieser kleine Beweis der Zuneigung anrührte, lächelte, als Mrs. Ambrose, die Augen auf das Gesicht ihres Mannes gerichtet, die Zähne fletschte – sie hatte immer noch ein gutes Gebiß für ihr Alter – und sie in seine Handinnenseite schlug.

Miss White langweilte die Fernsehsendung. Mr. Ambroses leiser Schmerzensschrei und Amelias lauter Atem boten ihr eine willkommene Abwechslung. Sie versetzte Amelia mit ihrem Stock einen Stoß, als Mr. Ambrose, inzwischen wieder gefaßt, seine Hand

aus dem Biß seiner Frau löste. »Ich fürchte, Mrs. Ambrose beißt«, erklärte sie mit lautem Flüstern. »Ich weiß aber nicht, warum.«
Mrs. Ambrose lächelte ihren Mann fröhlich an. »Alberne Alte«, sagte sie.
Selma war mittlerweile aufgewacht, und Miss White wandte sich ihr mit selbstgefälligem Gesichtsausdruck zu. »Ich habe gesagt, ich weiß nicht, warum Mrs. Ambrose beißt.«
Amelia machte sich so klein wie möglich und wich Mr. Ambroses Blick aus, doch Selma schien alles andere als überrascht. Sie nickte ernst. »Das sind die schlimmsten«, sagte sie. »Menschenbisse sind die schlimmsten.«

Die ersten paar Kilometer ihrer Fahrt zurück nach Exeter glaubte Dagmar noch, sie habe eine Chance, daß Alan ihr vergebe. Er plauderte mit ihr, gratulierte ihr zu Selma und Amelia, als habe sie, Dagmar, irgendeinen Einfluß auf die beiden. Aber sie lächelte bescheiden und sagte, sie habe lediglich ihr Bestes gegeben.
»Das war gar nicht so leicht als alleinerziehende Mutter.« Mit wachsendem Selbstvertrauen fuhr sie fort: »Ich habe immer diese Bücher über wundervolle Frauen gelesen, die sich von Klippen stürzen oder vor Züge werfen, statt mit dem Wissen weiterzuleben, daß ihr Geliebter sie betrogen hat. Damals erschien mir das als eine vernünftige Alternative, aber dann habe ich dieses kleine rothaarige Wesen, meine Tochter, angeschaut, und mir gedacht, nein, das wäre der schlimmste Verrat überhaupt.« Sie lachte, wie sie es immer tat, wenn sie über ernste Dinge redete.

Als Alan sie weder ansah noch etwas sagte, wußte Dagmar, daß sie ihn verloren hatte. Den Rest der Fahrt hätte sie genausogut eine Sängerin im Fernsehen sein können, der man den Ton abgedreht hatte; ihre Lippen bewegten sich, sie sang sich das Herz aus dem Leib, aber ihre Zuhörer erreichte kein einziger Ton.

Nachdem sie vor Dagmars Wohnhaus gehalten hatten, sprang Alan wie immer aus dem Wagen, um ihr die Tür aufzuhalten. »Da wären wir.«

Aus seinem Mund klingt der Satz so endgültig, dachte Dagmar. »Hier wären wir, Miss« – wie der Kutscher in *Dracula*. Dagmar konnte ein Kichern nicht unterdrücken.

Alan machte sich nicht die Mühe zu fragen, warum sie kicherte, sondern ging nach hinten, um Simon herauszulassen. Dann reichte er ihr die Leine.

Dagmar zog die Hand weg und schüttelte den Kopf. »Nimm du ihn bitte.« Simon versuchte, das Bein an der Veranda zu heben, verlor aber das Gleichgewicht.

Alan nickte, aber er sah sie voller Mitleid an, als habe er ihr die schlechte Nachricht schon übermittelt. »Auf Wiedersehen, Dagmar.« Er sprach ihren Namen aus wie immer, das »R« betont. »Paß auf dich auf.«

Soll ich schreien, fragte sie sich, soll ich mich ihm zu Füßen werfen, ihn anflehen, mich an seine Beine klammern, wenn er weggeht? »Auf Wiedersehen, dann«, sagte sie nur.

Alan ging zum Wagen und ließ den Motor an.

Dagmar sah sich in ihrem Wohnzimmer um: Tische, die von Bienenwachs glänzten, ein makellos reiner

Teppich, polierte Oberflächen, staubfreie Bilderrahmen. Viele Leute wählten die Farben ihrer Einrichtung danach, wie leicht man den Schmutz darauf sah. Dagmar wußte, daß sie sich insofern von diesen Leuten unterschied, als sie genau die Farben wählte, auf denen man den Schmutz besonders schnell sah: Taubengrau und Gelbtöne. So entdeckte sie den Staub sofort. Im Möbelgeschäft war sie fröstelnd vor dem goldbraunen Teppich zurückgeschreckt – Gott allein wußte, was sich darin möglicherweise alles verbarg, und hatte nur den Kopf geschüttelt bei den praktischen Chintzbezügen.

Sie schlenderte hinüber in die Küche, aus der ihr die Schränke weiß entgegenglänzten. Sie machte sich eine Kanne Tee und setzte sich an den Lacktisch. »Tja«, sagte sie laut und ließ den Teelöffel auf die Untertasse scheppern. »Jetzt hab ich's also geschafft, alle Menschen, die mir je etwas bedeutet haben, zu vertreiben, aber wenigstens habe ich die ganze Zeit meine Wohnung saubergehalten.« Dann schleuderte sie die Tasse quer durch den Raum.

Sobald Amelia das Haus betrat, hörte sie die Musik. Je mehr sie im Gemeinschaftsraum von Cherryfield nachgedacht hatte, desto sicherer war sie sich geworden, daß Alan Dagmar die Hölle heiß machte. Wenn er sich überhaupt die Mühe machte, dachte sie, als sie die Nummer ihrer Mutter wählte. Jemand am anderen Ende hatte den Hörer abgenommen und dann gleich wieder aufgelegt. Amelia hatte sich noch mehr Sorgen gemacht, sich dann in Geralds Wagen gesetzt und war nach Exeter gefahren.

Jetzt hastete sie die Treppe hinauf und fragte sich, warum die Stufen so hoch sein mußten, als sie merkte, daß sich die Musik, die sie von oben hörte, verändert hatte. Dagmars Interpretationen waren normalerweise elegant, nie sonderlich emotional, doch das, was jetzt von da oben herunterdrang, klang so, als wäre es dem Instrument abgerungen, es klang gehetzt.
Völlig außer Atem erreichte sie den zweiten Stock und klingelte, aber die Musik hörte nicht auf. Wieder klingelte sie, aber als noch immer niemand reagierte, drückte sie gegen die Tür und stellte fest, daß diese nicht verschlossen war. Also trat sie ein. Vor dem Wohnzimmer blieb sie wie vom Donner gerührt stehen. Dagmar saß zusammengekauert über den Klaviertasten wie ein Raubvogel. Schimmel schien aus ihrem Kopf und ihrer Schulter herauszuwachsen, die blaugrauen Sporen bedeckten ihre Haare und hingen in pelzigen Fäden von ihren Armen, als sie die Hände zu einem letzten Crescendo heruntersausen ließ.
»O mein Gott.« Amelia hastete zu Dagmar hinüber, die sich langsam auf ihrem Klavierhocker herumdrehte, ein Lächeln auf den Lippen.
»Siehst du«, sagte sie mit weitaufgerissenen Augen. »Es ist gar nicht so schlimm, wenn man schmutzig ist.«

18

Eine Bemerkung, die Amelia eine Woche später im Postamt von Kingsmouth hörte, führte dazu, daß sie jetzt im Gebüsch hockte, das Ashcombe von dem Weg vor dem Haus abschirmte.

»Diese Hamiltons – jetzt haben sie das Haus erst gekauft, und schon fahren sie die ganze Zeit in Urlaub. ›Und wenn ich schon dabei bin‹, hat sie gesagt, ›bestellen Sie doch bitte die Zeitung für die Weihnachtszeit auch ab, da fahren wir wieder nach Antigua.‹« Mrs. Hodges, die Zeitungsverkäuferin, ahmte für ihre Kunden die Stimme von Doreen Hamilton nach.

»Was, sie sind über Weihnachten auch weg?« Amelia bezahlte gerade Selmas *Good Housekeeping*.

Mrs. Hodges nickte und schürzte die Lippen. »Drei ganze Wochen. Sie ziehen die ganze Zeit um, diese Hamiltons, aber zufrieden sind sie nie mit dem, was sie haben. Nicht wie Ihre Großmutter. Sie hat das Haus wirklich geliebt.«

»Sie hat das Haus wirklich geliebt«, wiederholte Amelia leise und mit schmerzenden Knien, während sie Doreen Hamilton dabei beobachtete, wie sie das Haus verließ. So wie der Schlüssel in ihrer Hand aussah, war das Schloß nicht ausgewechselt worden.

Als Doreen mit ihren hochhackigen Sandalen den Hügel hinunterklapperte, einen Weidenkorb am Arm, schlich Amelia hinter einem Oleanderbusch hervor und rannte durch das schwere Tor aus Holz, das in den großen Garten führte. Sie blickte sich um, ob sie auch wirklich allein war, ging dann zur Veranda und drückte die Nase gegen das Glas. Eine Weile starrte sie ins Wohnzimmer, bevor sie einen Schritt zurücktrat und ein kleines schwarzes Büchlein und einen Stift aus der Gesäßtasche ihrer Jeans holte. Sie schrieb eifrig eine Minute oder zwei in dieses Buch, schaute noch einmal in das Zimmer, überprüfte ihre Notizen, steckte Buch

und Stift wieder in die Tasche und hastete zurück zur Straße.
Nach fünf Minuten kam sie an einem Fußweg an, den sie nach links einbog. Als sie schon bald einen flachen Felsen entdeckte, setzte sie sich darauf und streckte die Beine aus. Während sie über den Ort hinweg hinüber zu dem grünen, terrassenförmig angelegten Hügel nach Cherryfield schaute, dachte sie darüber nach, wie sanft das Licht in Devon war, als verziehe sich der Regen nie ganz, sondern hinge nur in der Ferne, filtere das Sonnenlicht, bereit, jederzeit wiederzukommen. Sie stützte die Ellbogen auf dem warmen Felsen auf und schloß die Augen; es war eine harte Woche gewesen, und sie war müde.

Dagmar war überrascht gewesen über Amelias Bestürzung, hatte sich aber vom Klavier weg und ins Bad führen lassen. Amelia hatte den aufgerissenen, leeren Staubsaugerbeutel hinter dem Sofa gefunden. Der Staub hatte sich in allen Winkeln der Wohnung festgesetzt, so daß er bei jedem ihrer Schritte aufwirbelte.
»Die Sauberkeit verursacht so viel Leid«, hatte Dagmar gesagt, während Amelia sie bis auf Büstenhalter und Slip ausgezogen und in die Badewanne gesetzt hatte.
Dann hatte Amelia eine halbe Flasche Schaumbad mit Aprikosenduft in das heiße Wasser gekippt und die Wasserhähne zugedreht, als die Wanne voll war. »Ich lasse dich dann jetzt allein«, hatte sie leise gesagt.
Sie hatte die Nummer von Dagmars Arzt herausgesucht. »Nein, heute haben wir leider keinen Termin

mehr frei«, sagte die Helferin, offenbar zufrieden darüber, daß sie ihr Knüppel zwischen die Beine werfen konnte.
»Aber das ist ein Notfall. Meine Mutter ist verrückt.«
»Würden Sie bitte einen Moment dranbleiben? Ich habe gerade noch ein Gespräch hereinbekommen.«
Amelia lauschte auf Geräusche aus dem Bad, und als sie nichts hörte, stellte sie sich vor, wie Dagmar in der Wanne trieb wie eine etwas zu alte Ophelia, graue Staubtentakel im Haar statt Blumen. »Na komm schon«, hatte sie ins Telefon gemurmelt.
»Ja?« Die Helferin war wieder am Apparat und hatte so geklungen, als habe sie gehofft, daß Amelia es inzwischen aufgegeben hatte.
»Meine Mutter – sie ist verrückt geworden.« Manche Leute logen, wenn sie unter Streß standen, Amelia hingegen verspürte dann immer den Drang, völlig aufrichtig zu sein. Sie fügte hinzu: »Um genau zu sein: Sie ist noch verrückter geworden.« Schweigen. »Viel verrückter.«
Der Arzt kam. Mittlerweile lag Dagmar sauber und duftend im Bett und schlief. »Da drin.« Amelia machte die Schlafzimmertür leise auf, um den Arzt hineinzulassen. Dann schlich sie im Wohnzimmer hin und her wie ein werdender Vater in einer Komödie aus den fünfziger Jahren.
»Was halten Sie davon?« stürzte sie sich sofort auf Dr. Norland, als dieser wieder herauskam.
»Sie ist jetzt ruhig.« Der junge Arzt im Tweedanzug setzte sich auf die Armlehne des nächstgelegenen Stuhles.

»Ganz ruhig.« Amelia kam das Bild eines wütenden Gorillas in den Kopf, der an den Gitterstäben seines Käfigs rüttelte, bevor er in die Hocke ging, die Hände immer noch an den Stäben. »Ganz ruhig.«

»Ich weise sie über Nacht in die psychiatrische Station ein, zur Beobachtung. Ich halte nicht viel davon, einfach wahllos Tabletten zu verschreiben, aber achten Sie darauf, daß sie die hier im nächsten Monat regelmäßig nimmt, damit es ihr leichter fällt, das akute Stadium ihres Problems zu überwinden.« Dr. Norland reichte ihr ein Rezept.

Amelia blieb stehen. Wenn sie es sich auf einem Stuhl bequem machte, verschreckte ihn das vielleicht, ließ ihn denken, daß sie sich länger mit ihm unterhalten wollte.

»Mein ganzes Leben lang liegt mir schon eine Frage auf der Zunge«, sagte sie. »Was genau ist eigentlich das Problem meiner Mutter?«

Dr. Norland machte seine Tasche zu und erhob sich. »Es ist gar nicht so groß. Natürlich leidet sie unter Zwangsneurosen. Die heutige Reaktion war eine Extremreaktion auf Streß. Ich bezweifle, daß sich so etwas wiederholen wird.« Er ging auf die Tür zu.

»Aber Dr. Norland ...«

Er blieb stehen und wandte sich um. »Ja?«

»Diese Zwangsneurose oder was es auch immer sein mag, hat ihr Leben vergiftet und meines auch. Heute hat sie sich den Inhalt des Staubsaugerbeutels über den Kopf gekippt und dabei Chopins *Warschauer Konzert* gespielt. Wie können Sie sagen, daß das nicht so schlimm ist?«

»Weil es das letztlich auch nicht ist.« Er lächelte und

zuckte mit den Achseln. »Angst ist etwas Natürliches. Wir brauchen sie zum Überleben. Unsere Vorfahren waren genau *damit* beschäftigt, mit dem Überleben, aber im Lauf der Zeit sind die alltäglichen Bedrohungen, die wir hören und sehen konnten, aus unserem Leben verschwunden, so daß wir uns jetzt über indifferente Dinge Sorgen machen können, die fast immer nicht unserer Kontrolle unterliegen. Die Angst wächst, aber der Grund wird immer verschwommener. Das produziert Streß. Ihre Mutter ist von Natur aus ängstlich, hat wahrscheinlich kein großes Selbstvertrauen, und sie hat es zugelassen, daß ihre vagen Ängste sie beherrschen. Es wäre nicht schlecht, wenn sie sich bald einmal in Therapie begibt.« Er machte die Tür auf, blieb jedoch auf der Schwelle stehen. »Sie haben sicher schon von Leuten gehört, die ohne Grund rebellieren. Tja, meine Praxis ist voll von ängstlichen Menschen, die sich ohne Grund ängstigen.«
Dann verschwand er mit einem hastigen Lächeln.

Amelia hatte eine umwälzende Veränderung bei ihrer Mutter erwartet, egal, ob zum Besseren oder zum Schlechteren, denn wie sollte jemand eine so einschneidende Erfahrung machen, ohne sich zu verändern? Doch Dagmar kehrte zwar ein wenig ruhiger aus dem Krankenhaus zurück, aber ansonsten so, wie sie immer gewesen war: ein bißchen verwirrt, ein bißchen reizbar, immer damit beschäftigt, sich über ihre Ängste Gedanken zu machen.
Amelia blieb jedoch für den Fall eines Falles bei ihr. Sie wußte zwar nicht, wie dieser Fall aussehen könn-

te, aber als sie sich am Mittwoch auf den Weg zur Beerdigung des Admirals machte, mußte sie an all die Filme denken, in denen Menschen Seile und scharfe Gegenstände wegräumen, weil jemand, den sie kennen, selbstmordgefährdet ist. Sie überlegte kurz, ob sie nicht den Staubsauger verstecken sollte.
Henry hatte dem Vikar von Kingsmouth bei den Beisetzungsfeierlichkeiten assistiert. Er hatte blaß ausgesehen, Amelia aber angelächelt, als sie die Kirche betrat, und er hatte die Predigt mit fester Stimme gehalten. Erst als er sich noch einmal erhoben hatte, um ein paar Zeilen von Tennyson zu zitieren, begann seine Stimme, brüchig zu werden.
Als Amelia nun auf dem warmen Felsen lag und hinauf zu den Wolken schaute, die über den Hügeln am Himmel aufzogen, zitierte sie diese Zeilen noch einmal: »Sunset and evening star / And one clear call for me! And may there be no moaning of the bar / When I put out to sea.«
Dann hatte der Vikar die Trauergäste hinaus in den Kirchhof geführt, hinaus in den Regen, der ihnen ins Gesicht peitschte. Bei Willoughbys Beerdigung im Februar hatte die Sonne geschienen. Amelia erinnerte sich, daß sie das damals beinahe für eine Beleidigung gehalten hatte, als schenke man einem Blinden ein Gemälde zum Geburtstag. Nein, Amelia kamen der Regen und der Wind gerade recht, als sie hinter dem Vikar herging und beobachtete, wie sein langes schwarzes Gewand um seine Knöchel herumwehte. Da geht sie hin, hatte sie gedacht, als der Sarg in den Boden hinuntergelassen wurde, die Welt, wie John Mallett sie sah.

Es war Sonntag, genau eine Woche nach Dagmars Zusammenbruch. »Zusammenbruch«, sagte Amelia laut, als sie von dem Felsen aufstand, es klingt, als wäre meine Mutter ein alter Kleinwagen. Sie prüfte, ob das Notizbuch immer noch in ihrer Gesäßtasche steckte, und ging hinunter zur Fähre, wo sie Geralds Wagen abgestellt hatte. Dagmar war jetzt genausowenig fähig, mit dem Leben fertig zu werden, wie sie es immer gewesen war, also gab es keinerlei Grund, nicht in die Old Rectory zurückzufahren: Sie war schließlich noch zwei Wochen lang ihr Zuhause.

»Fünf Bungalows mit Hausmeister – Kaufen Sie jetzt, zahlen Sie später.« Hatte sie das wirklich gelesen? Als Amelia nach Abbotslea hineinfuhr, drehte sie sich noch einmal um: »Fünf Bungalows mit Hausmeister – Zu verkaufen«, las sie auf dem großen Schild vor dem Baugrund, an dem sie gerade vorbeigefahren war. Als sie vor der nächsten Kreuzung etwas langsamer wurde, dachte sie ruhig: Ich werde verrückt. Sie empfand diesen Gedanken als beruhigend. Schließlich wurde auch Selma durch das Alter ganz allmählich verrückt. Dagmar war ohne unmittelbaren Grund wahnsinnig geworden. Wenn ihre Familie schon mit einem Fluch belastet war, warum ergab sie sich dann nicht einfach? Keine Verantwortung mehr – war das nicht ein schöner Gedanke?
Sie trat auf die Bremse. Beinahe hätte sie den alten Mike Aylard erwischt, der mitten im Julisonnenschein mit seiner Sherlock-Holmes-Mütze und dem Fuchskragen seiner Frau um den Hals auf der Straße herumlief. Sie hatte durchaus nicht das Gefühl, hier eine

verwandte Seele zu treffen, sondern wäre fast ihrem Drang gefolgt, ihn zu überfahren. Vielleicht macht das nur der Wettbewerb, dachte sie. Sie konnte in Abbotslea bleiben, sich ein kleines Haus kaufen, aber war genug Platz für zwei Dorftrottel in diesem Ort? Konnte sie hoffen, den alten Mike von seinem angestammten Platz zu vertreiben?

Sie sah Rosalind und Ronnie aus einem Laden kommen und winkte ihnen fröhlich zu.

Mrs. Wetherburn-Pryce zum Beispiel hatte Amelia nie zum morgendlichen Kaffeeklatsch eingeladen. Amelia hätte auch gar nicht hingehen wollen, aber es machte ihr etwas aus, daß sie nicht einmal gefragt wurde. Richtigen Adel gab es in Abbotslea nicht, also galten die Wetherburn-Pryces, die in The Poplars, dem größten Haus des Ortes, residierten und überdies noch einen Doppelnamen hatten, als passender Ersatz. Rosalind hatte Amelia, kurz nachdem sie mit Gerald in den Ort gezogen war, so taktvoll wie möglich erklärt, daß die liebe alte Janet sie durchaus mochte, daß Amelia sie aber verwirrte, weil sie keinen festen Platz im Sozialgefüge der kleinen Stadt hatte.

»Sie hält euch für ganz normale Leute«, hatte Rosalind ein wenig verschämt gemurmelt, »aber sie kann einfach nicht verstehen, daß du mit Gerald zusammenlebst, ohne mit ihm verheiratet zu sein. Sie hat seine Tante sehr gern gemocht.«

Aber, dachte Amelia fröhlich, während sie den Wagen vor der Old Rectory abstellte, sie würde wahrscheinlich sofort mit einer Einladung bei mir aufkreuzen, wenn ich mir Asche über den Kopf kippe und nur mit einem Müllbeutel bekleidet durch den Ort laufe – dann wäre ich zumindest ein Sozialfall. Wenn ich einfach verrückt würde, hätte ich eine gute Chance, endlich innerhalb dieser Gesellschaft akzeptiert zu werden. Sie zog die Handbremse und stieg aus dem Wagen aus.

Auf dem Tisch im Flur lag ein Zettel für sie: »Bitte bring mir sofort den Wagen zurück. Alles Liebe, Gerald.«

Sie zerknüllte den Zettel und ließ ihn auf dem Tisch liegen. Wie schön, endlich wieder etwas zu haben, was er begehrte. Sie schnüffelte, roch die frische Farbe. Hatte Gerald das Gästezimmer bereits neu gestrichen? Als sie am Wohnzimmer vorbeiging, wurde der Geruch stärker. Sie machte die Tür vorsichtig auf, als erwarte sie eine verwesende Leiche auf dem Teppich vor dem Kamin, blieb stehen, sah sich verwundert in dem fremden Raum um, den sie gerade betreten hatte. Verschwunden war die schon etwas schäbig gewordene, cremiggelbe Farbe der Wände. Statt dessen leuchteten sie korallenrot. Und die Bücher, wo waren die hingekommen? Und die Bücherregale zu beiden Seiten des Kamins? Amelia betrat den Raum und sah sich um. Sie beugte sich vor und betrachtete alles genau, als erwarte sie, etwas unter dem Sofa zu finden. Dann entdeckte sie den zweiten Zettel, eine Mitteilung auf dickem Papier, die auf einem grünen Porzellanteller in Form eines Kohlblattes lag. Clarissas Teller, dachte sie, als sie den Zettel in die Hand nahm und las: »Da Du ja sowieso eine Weile wegbleiben wolltest, habe ich mir gedacht, ich könnte auch gleich das Wohnzimmer machen. Die Bücher sind in der Garage. Alles Liebe, Gerald.«

Sie starrte den Zettel an, als sie in den alten Sessel sank, der so groß wie ein zweisitziges Sofa war, und beruhigend vertraut. »Die Bücher sind in der Garage. Alles Liebe, Gerald.«

Das war es also. Es war wirklich vorbei. Tief drinnen in ihrem Herzen, dort, wo sie die wirklich wichtigen Dinge verstaut hielt, hatte sie auch noch immer die Hoffnung auf eine Rückkehr Geralds gehegt. Doch diese Worte ließen ihre Hoffnungen zerplatzen. Die Hoffnung humpelte heraus aus ihrem Herzen, röchelte noch einmal kurz und starb.

»Du hast die schlechteren Karten gezogen, Gerald Forbes«, sagte sie laut. »Jetzt sitzt du mit einer Frau da, die mit einem wadenlangen Faltenrock auf die Welt gekommen ist.« Dann weinte sie.

Nach einer Weile, als ihr vom Weinen das Gesicht weh tat und es draußen allmählich dunkel wurde, versuchte sie, einen einzigen ästhetisch schönen Satz zustande zu bringen. All der Kummer mußte doch wenigstens dazu führen, daß sie eine Zeile eines guten Gedichts produzierte. Sie wischte sich die Nase mit dem Handrücken ab und stand auf, um einen Block und einen Stift zu holen. Wenigstens hatten sie ihren Schreibtisch nicht angerührt.

Auf Schwedisch, dachte sie, reimten sich Herz und Schmerz, und das nützten schlechte Dichter weidlich aus. Doch ihr fielen überhaupt keine Zeilen ein, weder gute noch schlechte, nur die Erinnerungen an einen Abend kurz nach ihrem Einzug in der Old Rectory, als Gerald und sie die Kisten mit ihren jeweiligen Büchern

ausgepackt und verglichen und sich gegenseitig zu beeindrucken versucht hatten mit literarischen Titeln.
»Ich liebe Proust sehr«, hatte sie damals gesagt, als Gerald ihr originalverpacktes Exemplar von *In Swanns Welt* in die Hand genommen hatte. »Aber wenn ich ihn weglege, fällt es mir sehr schwer, wieder damit anzufangen.«
Sie dachte an die Abende, an denen sie ein bißchen befangen vor dem Kamin gesessen und sich gegenseitig aus Romanen vorgelesen hatten, die so schwer im Magen lagen wie frisches Brot, und dabei hatten sie festgestellt, daß ihnen das tatsächlich Spaß machte.
Amelia seufzte und kritzelte etwas auf ihren Block.
»Kurz ...? Furz. Du bist ein großer, dicker Furz, doch die Zeit mit dir war zu kurz.«
Das Telefon klingelte. Es war Henry.
»Ich wollte mich noch einmal bedanken, daß du zur Beerdigung gekommen bist, das hat mir viel bedeutet.« Er schwieg einen Augenblick. »Wie geht's sonst?«
»Gerald und Clarissa haben mein Zuhause soeben in eine bücherlose Mischung aus Laura Ashley und Nuttenboudoir verwandelt.«
»Oje«, meinte Henry. »Eigentlich rufe ich an, weil ich in Kingsmouth ein kleines Häuschen zum Verkauf gesehen und gedacht habe, das könnte das richtige für dein Café sein. Früher war ein Milchladen drin.«
»Ist es gleich beim Hafen?«
»Genau.«
»Ich weiß nicht so recht«, meinte Amelia alles andere als begeistert und erwartete eigentlich, daß Henry sagte: »Was meinst du damit: Du weißt nicht so recht?«

Doch Henry fragte: »Bei der Beerdigung meines Vaters, inmitten all der Trauer, habe ich plötzlich gedacht, daß du in Schwarz wirklich gut aussiehst. Ich habe deshalb ein ziemlich schlechtes Gewissen.«
»Das solltest du nicht, und das weißt du ganz genau. Außerdem hat dein Vater mich gemocht, warum sollte er da etwas dagegen haben, wenn du denkst, ich sehe bei seiner Beerdigung gut aus?« Er gab keine Antwort, also fragte sie: »Henry, wie kommst du zurecht?«
Sie hörte, daß er schlucken mußte. »Wenn jemand stirbt, den man liebt«, sagte er, »ist es, als hinterließe er die halben Anteile des gemeinsamen Lebens. Der Mensch, der man in seinen Augen war, stirbt zusammen mit ihm.« Er schwieg, und als Amelia noch überlegte, ob ihr etwas einfiele, was tröstend, aber gleichzeitig nicht peinlich klingen würde, fuhr Henry auch schon fort: »Ich vermisse ihn einfach. Ich wollte dir auch nur das mit dem Milchladen sagen.« Er legte so schnell auf, daß Amelia kaum Zeit hatte, sich von ihm zu verabschieden.
Amelia verbrachte den Abend mit Packen. Sie steckte ihre Kleider in drei Koffer und zwei Müllbeutel. Dann stellte sie die Müllbeutel und einen der Koffer neben die Bücher in die Garage. Danach beschriftete sie kleine Aufkleber mit einem großen roten A und befestigte sie an allen Dingen in der Old Rectory, die ihr gehörten: zwei schwedische Ölgemälde, die Selma ihr geschenkt hatte, drei englische Aquarelle, die sie selbst gekauft hatte, ein paar kleinere Tische, einige Stühle, Nippes, Küchenutensilien. Auf Dinge, die sie zusammen gekauft oder als Paar geschenkt bekommen hatten, klebte sie ein Fragezeichen. Um zehn Uhr war sie

damit fertig. Sie ging hinauf ins Schlafzimmer und fragte sich, wie oft Gerald und Clarissa wohl in diesem Bett miteinander geschlafen hatten.
»Schließlich machen sie das sicherlich nicht immer auf dem Stuhl«, sagte sie laut, um sich aufzumuntern. Bevor sie das Licht ausschaltete, rief sie Dagmar an, die ihr in leisem, distanziertem Tonfall antwortete und ihr sagte, daß alles in Ordnung sei.
Wie schön wäre es doch, dachte Amelia, nachdem sie aufgelegt hatte, wenn ich eine Mutter hätte, zu der ich sagen könnte: »Als ich nach Hause gekommen bin, habe ich feststellen müssen, daß sich dieses Zuhause gerade in das Zuhause eines anderen Menschen verwandelt. Im Wohnzimmer und im Gästezimmer ist dieser Prozeß beinahe abgeschlossen, und ich wage es nicht, hier einzuschlafen, weil ich Angst habe, in einem Jungmädchenzimmer mit Spitzendeckchen und gerafften Jalousien an den Fenstern aufzuwachen.«
Sie lag eine ganze Weile auf dem Rücken und starrte die Schatten an der Decke an. Dann schlug sie das Oberbett zurück und rannte hinunter. Sie schaltete das Licht im Wohnzimmer an und ging hinüber zur Verandatür, schloß sie auf und öffnete sie so heftig, daß sie gegen die Wand knallte. Einen Augenblick stand sie in der kühlen Nachtluft, bevor sie hinaus auf die Terrasse hastete. Zitternd lief sie in ihrem kurzen Nachthemd zur vorderen Seite des Hauses, stieg in den Wagen und ließ den Motor an. Sie schaltete die Scheinwerfer ein, fuhr auf den Rasen und durch die Lücke zwischen der Eibenhecke und dem Haus nach hinten zur Terrasse. Dabei schrammte der Wagen am

Haus entlang. Die Räder rollten leise über den Rasen; jetzt nahm sie mit dem Citroën Kurs auf die weit geöffnete Verandatür. Einen Augenblick drehten die Räder durch, und sie schlitterte ein wenig, als sie den Wagen über die niedrige Stufe ins Wohnzimmer zwang und ihn direkt vor dem Kamin abstellte. Sie zog die Handbremse an und schaltete den Motor aus, bevor sie ausstieg.

Sie zitterte, als sie wieder ins Bett zurückschlüpfte, aber nachdem sie das Oberbett bis zur Nase hochgezogen hatte, schlief sie schon bald ein.

Am nächsten Morgen rief sie ein Taxi und verließ die Old Rectory für immer. Auf dem Tisch im Flur lag ein Zettel. »Der Wagen ist im Wohnzimmer. Alles Liebe, Amelia.«

19

Amelia fuhr zu einer alten Kollegin in London. Ihre Freundschaft mit Kate hatte sich, seit sie aufs Land gezogen war, auf ein paar bedauernde Telefonate reduziert. Aber auf der Flucht, dachte Amelia, vergißt man seinen Stolz. Sie blieb zwei Wochen lang bei Kate, half ihr bei Forschungsarbeiten und schrieb einen Artikel über den neuen englischen Roman für eine schwedische Zeitschrift. Sie hatte die Frage gestellt: »Was ist überhaupt der neue englische Roman?« und sich glücklich geschätzt, daß niemand darauf eine Antwort zu erwarten schien. Die Arbeit hatte ihr einen Scheck über zweihundertfünfzig Pfund eingebracht. Dann war sie zu Dagmar gefah-

ren, zu ihrer Mutter, und hatte sich einzureden versucht, daß sie Dagmar damit einen Gefallen tat.
Dagmar sagte ihr, daß die Verbrennungen an Selmas Beinen allmählich verheilten. Sie näßten schon seit einer Woche nicht mehr. Dies genügte Amelia, um Schwester Morris zu fragen, ob es nicht möglich wäre, sie wieder in ihr altes Zimmer im Hauptgebäude von Cherryfield zu verlegen.
»Sie haßt es, wenn sie auf dem Abstellgleis landet«, erklärte Amelia und versuchte, auf dem hochglanzpolierten Flur mit Schwester Morris Schritt zu halten. »Für sie ist es wichtig, immer im Zentrum des Geschehens zu sein, egal, wie schwach sie ist. Schwester Morris, bitte, ich spreche nicht gern mit einem Roboter.«
Schwester Morris blieb stehen und drehte sich zu ihr um, die Hand auf der Klinke der Küchentür.
»Schwester Morris, meine Großmutter glaubt, daß sie überhaupt nicht in ein Altenheim gehört ...«
»Das glauben auch nur sehr wenige Menschen, Miss Lindsay.«
»... geschweige denn in den Teil, der Honeysuckle heißt. Sie meint, sie habe das Tennisspielen nur wegen der Verbrennungen aufgegeben.«
Schwester Williams kam aus dem Belegschaftszimmer und wollte von Schwester Morris wissen, wo die sauberen Laken vom Donnerstag geblieben waren.
»Vielleicht versucht ja jemand auszubrechen«, meinte Amelia.
»Sehr witzig«, erwiderte Schwester Morris. »Wenn Sie mich einen Augenblick entschuldigen würden.« Damit ging sie den Flur hinunter.

»Sie kommt gleich wieder«, rief Schwester Williams, als sie ihr folgte.

Amelia stieg im Anchor ab. Sie traf sich zum Abendessen mit Henry, und am nächsten Morgen wollte sie sich den ehemaligen Milchladen ansehen. Sie seufzte. Sie wollte diesen Milchladen nicht, sie wollte ihr Zuhause, all die Dinge, die sie fälschlicherweise als ihr Eigentum betrachtet hatte – als ihr Zuhause, ihren Wagen, ihren Gerald.

Die Hotelaufenthalte wurden allmählich ziemlich teuer. Sie hatte angefangen, Verse für eine Grußkartenfirma zu verfassen, um ihr Einkommen aufzubessern, aber sie brauchte für jeden einzelnen Vers so lange, daß sie damit nicht allzuviel verdiente. Jede Woche schrieb sie dem Portier, der so wenig zu dem altmodischen Charme der eichengetäfelten Rezeption paßte, einen Scheck über vierzig Pfund aus. Der Gedanke ans Geld hielt sie sogar in der Nacht wach. Scheck um Scheck flatterte an ihrem geistigen Auge vorbei. Das war noch schlimmer als Schafe zählen, und das hatte sie schon immer gehaßt.

»Zähl Schafe, Liebes«, hatte Dagmar immer gesagt, wenn ein besonders schlimmes Ungeheuer Amelia daran hinderte, einzuschlafen. Amelia war ein gehorsames Kind, also hatte sie die Augen zugemacht und sich schon bald auf das Problem mit den Schafen konzentriert. Schafe, die über einen Zaun sprangen, sich gegenseitig wegdrängten aus Gier, als erste zu der grüneren Wiese auf der anderen Seite zu gelangen. Und da war immer dieses Lämmchen gewesen. Ein kleines weißes Lamm mit einem schwarzen Fleck, das jämmerlich blökend zurückblieb, so daß Amelia seine

Mutter suchen mußte, die als eine der ersten über den Zaun gesprungen war.
Amelia war in Gedanken versunken, als Schwester Morris mit einer hastigen Entschuldigung zurückkehrte und das Gespräch dort wieder aufnahm, wo sie es unterbrochen hatten.
»... Wundbrand«, sagte sie. »Wir haben Angst, daß sie Wundbrand bekommen könnte. Deshalb wäre eine Verlegung ...«
Amelia starrte sie an. »Aber das ist doch nicht möglich. Ich meine, die Sache mit dem Wundbrand. So etwas bekommen die Leute in *Vom Winde verweht,* in dem schrecklichen Feldlazarett. Kennen Sie die Stelle, wo Scarlett sich auf die Suche nach Ashley macht?«
Reiß dich zusammen, dachte sie, als sie weitersprach: »Ich meine, ich hätte nicht geglaubt, daß so etwas heutzutage noch passieren kann.«
»Es ist nicht die Frage, ob so etwas passieren kann, Miss Lindsay. Ich versichere Ihnen, daß es sogar bei der bestmöglichen Pflege« – Schwester Morris betonte bestmögliche – »vorkommt, besonders bei älteren Leuten. Sie wissen ja, daß ihr Fuß schon bei ihrer Ankunft in einem ziemlich schlechten Zustand gewesen war.«
»Aber was tun Sie dagegen?«
»Alles Menschenmögliche, das versichere ich Ihnen. Aber Sie müssen verstehen, daß es nicht in Frage kommt, Ihre Großmutter zu verlegen. Wenn Sie mich jetzt bitte entschuldigen würden.« Schwester Morris eilte davon.
Selma schlief in ihrem Rollstuhl. Rollstühle ersparen das Reisen, dachte Amelia traurig, als sie sich hinunterbeugte, um Selmas Stirn zu küssen. Selmas Haut

fühlte sich klamm an, und sie brauchte länger als gewöhnlich, bis sie aufwachte. Als sie schließlich doch die Augen aufschlug, sah sie Amelia an, als habe diese sie erst vor ein paar Minuten verlassen.

»Tut mir leid, Liebes, ich bin ein bißchen weggedöst. Du hättest mich wecken sollen.«

Die Locken waren inzwischen herausgewachsen, und abgesehen von der für Selma ungewöhnlichen Farbe, waren es wieder ihre eigenen borstigen Haare. Sie trug ein gemustertes Polyesterkleid, das ihr über die Knie hinaufgerutscht war und sich über die Oberschenkel spannte. Amelia begriff, warum es in den Zimmern in Honeysuckle – abgesehen von dem kleinen Spiegel über dem Waschbecken – keine glänzenden Oberflächen gab. Als Schwester Morris Amelia gebeten hatte, Selma ein paar pflegeleichtere Kleider zu kaufen, wollte Amelia wissen, was denn los sei mit der Kleidung, die ihre Großmutter nach Cherryfield mitgebracht hatte. »Meine Großmutter haßt Kunstfasern«, hatte sie erklärt, »und ich halte es für wichtig, daß man ihr ein paar Abneigungen läßt.«

Allein die Tatsache, daß sie Schwester Morris' Erklärung darüber zuhörte, warum es sich für Selma anbot, pflegeleichte Kleidung zu tragen, erschien Amelia wie ein Verrat. Amelia war dann aber doch in die Stadt gefahren und hatte sich umgesehen, was es an pflegleichten Sachen in Selmas Größe gab.

Als sie Selma jetzt in den Wintergarten schob, meinte diese: »Hier gibt's eine Frau, die hat ein Kaninchen in einer Schachtel. Das ist sehr merkwürdig.«

»Ein richtiges Kaninchen?« fragte Amelia und kam sich ziemlich dumm vor.

»Ich glaube schon, jedenfalls füttert sie es immer mit Grünzeug oder versucht es wenigstens.«
Amelia stellte den Rollstuhl am anderen Ende des Raumes ab. »Ich habe dir was mitgebracht.« Sie bückte sich und holte ein Päckchen aus ihrer Handtasche. »Einen tragbaren CD-Player.«
»Einen was, Liebes?«
»Einen tragbaren CD-Player, das ist so was Ähnliches wie ein Plattenspieler, nur besser. Es sind kleine Kopfhörer dabei, damit du ungestört Musik hören kannst. Dann mußt du dir nicht mehr die ganze Zeit das Geplärre aus dem Fernseher antun. Ich habe dir auch ein paar CDs mitgebracht: Bachs *Konzert für zwei Violinen,* Lars-Erik Larssons *Pastorale, Finlandia* und ...«
»Da ist diese Hudd, die Frau mit dem Kaninchen.« Selma deutete auf eine großgewachsene Frau, die den Wintergarten auf zwei Krücken gestützt betrat. Ihre Glieder waren lang und dünn, und ihr großes Gesicht wurde von einem weißen Zopf gekrönt, der um ihren Kopf herumgewunden war. Als sie nach einem geeigneten Stuhl Ausschau hielt, entdeckte sie Amelia und kam zu ihr herüber.
»Würde es Ihnen wohl etwas ausmachen, mir Hafer mitzubringen? Haferflocken tun's auch.« Ihre Stimme war tief, und ihr Blick wanderte nervös zur Tür, während sie sprach. »Und ein paar Karotten.« Nachdem sie eine Weile in ihrer langen Strickjacke herumgesucht hatte, streckte sie ihr eine Münze entgegen.
Arme alte Seele, dachte Amelia, aber sie nahm die Münze und nickte: »Natürlich, kein Problem.« Sie fragte sich, ob sie mitspielen und sich erkundigen sollte, wie es dem Kaninchen ging.

»Ich hab nie sonderlich viel am Hut gehabt mit Tieren«, sagte die Frau. »Katzen – igitt, diese gräßlichen stinkenden Dinger. Aber Kaninchen, die sind anders. Kaninchen können nicht böse sein.« Dann schlurfte sie weg.
»Alberne Alte«, zischte Selma.

Porzellan, das zusammenpaßt, dachte Henry: Tassen, Untertassen, Teller, alle mit buntem Muster und ohne abgeschlagene Ecken, das waren die Dinge, mit denen seine Kinder aufwachsen würden. Er spielte mit dem Aschenbecher herum, während er in der Bar des Anchor Inn auf Amelia wartete.
Würde sie sich aufregen, wenn er ihr sagte, daß er bald in See stechen würde? Er nahm einen großen Schluck von seinem Wodka mit Tonic. In letzter Zeit hatte ihn der Gedanke an den Krieg fast schon erregt; also hatte er mit mehr Inbrunst als je zuvor für den Frieden gebetet, und erst neulich hatte er eine ganze Nacht in der Kapelle verbracht. Er hatte an die Leute im Geschwader gedacht, an seine Leute, und hätte sie am liebsten um Verzeihung gebeten. Statt dessen bat er Gott.
Der Gedanke daran, daß er gebraucht wurde, erzeugte dieses Gefühl der Erregung in ihm. In einem Krieg wurden die Menschen mit den Grundprinzipien konfrontiert – entweder man bleibt am Leben, oder man stirbt. Und er würde helfen können. All die Jahre der Arbeit und Vorbereitung würden endlich einen Sinn bekommen. Er seufzte. Seine Gedanken waren so undiszipliniert wie eine Bande von Kindern, sie jagten durch seinen Kopf, warfen alles um. Er rieb sich die

Augen mit den Knöcheln, genoß den Schmerz, als er seine Knochen spürte.
Als er den Blick hob, sah er Amelia durch die Tür kommen. Er stand auf, um sie zu begrüßen, und wunderte sich darüber, wie blaß sie nach dem heißen Sommer noch war. Sie brauchte ihn auch, vielleicht wußte sie das noch nicht, aber er war sich sicher. Immer wieder überraschte es ihn, zu sehen, wie aufrecht sie einherschritt; er hatte sie im Verdacht, daß sie innerlich eigentlich immer gebeugt ging. Er lächelte vor sich hin – im Grunde seines Herzens war er wie ein frustrierter großer Bruder. Er hatte selbst keine jüngeren Geschwister gehabt, nicht einmal einen Hund oder eine Katze, es hatte nur zwei große, wohlmeinende, immer beschäftigte Männer gegeben.
Amelia musterte ihn, bevor sie ihm zur Begrüßung einen Kuß gab. »Deine Augen sind ein bißchen rot. Alles in Ordnung?«
»Mit mir?« Er lächelte. »Mir geht's wunderbar.« Er ging zur Theke hinüber, um ihr einen Whisky-Soda zu holen, und als er zurückkam, erkundigte er sich: »Hast du dir den Milchladen schon angeschaut?«
»Noch nicht«, antwortete Amelia und senkte den Blick. »Ich bin mir nicht mehr so sicher wegen dem Café, außerdem mache ich mir Gedanken, ob Kingsmouth der richtige Ort dafür ist.« Sie nippte an ihrem Drink und ärgerte sich darüber, daß sie immer unnötige Wörter einfügte, wenn sie etwas sagte, das ihrem Gegenüber vielleicht nicht gefiel, so als wolle sie ihre Aussage verwässern, um sie akzeptabel zu machen.
»Du willst doch nicht etwa schon aufgeben, oder?«

Henry sah sie erwartungsvoll an. Sie wünschte, sie hätte die Kraft gehabt, ihn genauso erwartungsvoll anzuschauen, statt ihm den Gefallen zu tun und einfach weiterzuplappern. Bei Abendeinladungen war es das gleiche, dachte sie. Zehn Leute schwiegen, und Amelia fühlte sich dafür verantwortlich, das Gespräch zu führen.

»Vielleicht funktioniert es ja auch«, fügte sie lahm hinzu. »Ach, ich weiß es einfach nicht.«

Henry lächelte sie an. »Was weißt du nicht?«

Amelia lachte. »Wo soll ich anfangen? Ich habe kein Vertrauen in meine Fähigkeit, etwas durchzuziehen. Du weißt schon, das ist wie bei einem Kind, das sagt: ›Ich will Gitarre lernen‹ oder ›Reiten‹ oder ›ein Streichholzmodell des Eiffelturms bauen‹, und dann kommt ein Erwachsener daher und meint: ›Das ist ja alles schön und gut, aber wirst du das auch wirklich zu Ende bringen?‹ Tja, jetzt bin ich ganz auf mich allein gestellt. Ich habe alle Vermittler ausgeschaltet. Jedesmal, wenn ich beschließe, etwas zu tun, jedesmal, wenn ich mich für einen neuen Plan begeistere, sage ich: ›Ist ja alles schön und gut, meine liebe Amelia, aber wirst du das auch wirklich zu Ende bringen?‹ Geschieht mir recht. Ich bin süchtig nach neuen Projekten. Wenn ich die eine Sache angefangen habe, suche ich schon nach einer neuen, besseren.« Sie schwieg. Wieder fixierte er sie mit seinen großen, haselnußbraunen Augen, als habe das, was sie sagte, tatsächlich Bedeutung. Verwirrt spielte sie an den Perlen an ihrem Hals. Sie stammten aus einem Weihnachtscracker. Gerald hatte damals gesagt, die könne sie nicht tragen, aber Amelia fand sie trotzdem sehr hübsch.

»Ich halte es immer noch für eine sehr interessante Idee«, sagte Henry jetzt. »Entscheide dich einfach. Hier in der Gegend gibt's viele Rentner und Urlauber. Du mußt deine Bibliothek nur mit Hardy, Dick Francis und Jackie Collins bestücken, dann klappt das schon.«

Amelia trank ihren Whisky und verzog das Gesicht. Sie zwang sich dazu, das Zeug zu trinken, weil es ihrer Meinung nach auf der Welt schon zu viele Frauen gab, die immer nur trockenen Weißwein bestellten.

»Der Zeitungshändler gegenüber verkauft natürlich auch Bücher«, sagte sie, »aber er versteckt sie unter solchen Bergen von Fachzeitschriften und Ninja-Turtle-Briefpapier, daß man fast einen Spürhund braucht, um sie zu finden. Ich könnte zusätzlich ein paar Kassetten kaufen, aber ansonsten beschränke ich mich ausschließlich auf Bücher. Ich würde auch eine ziemlich große Bandbreite wählen: Sex und Einkaufen, Sex und Leiden, Sex und der Intellekt, kein Sex, aber eine Menge Intellekt. Das würde es alles bei mir geben. Ich sehe mich schon auf einer wackeligen alten Bücherleiter nach einem verstaubten Band ganz oben im Regal greifen und meine Gäste mit meiner Intellektualität und meinen grandiosen Beinen beeindrucken.«

»Was ist mit dem Gebäck?«

»Ach, mach dir deswegen keine Gedanken, das schaffe ich schon irgendwie. Immer vorausgesetzt natürlich, daß ich mich überhaupt dazu durchringe.« Sie seufzte. »Aber das glaube ich nicht.«

»Du klingst ganz so, als könntest du das nicht selbst entscheiden«, meinte Henry ein wenig verstimmt.

»Manche Menschen besitzen beneidenswerte Selbstkontrolle«, entgegnete Amelia, »andere nicht. Also mach dich nicht lustig über die Minderbemittelten.«

»Ach, Unsinn«, erwiderte Henry. »Wollen wir was essen?«

Jedesmal, wenn sie das Restaurant des Hotels betrat, war sie wieder überrascht von der alles beherrschenden braunen Farbe dort: Braune Balken trugen die Decke, braune Tische und Stühle standen dicht gedrängt auf dem braunen Boden, sogar die Vorhänge und Sitzkissen waren braun gemustert. Sie fragte sich, welcher kleine Teufel es wohl gewagt hatte, rote Servietten aufzulegen.

Sie setzten sich und nahmen die riesige Speisekarte mit ziemlich exotisch anmutenden Gerichten entgegen: »Gebackene Seezunge mit Banane, Entenbrust mit Kiwisauce, Filet Mignon mit Hummerscheren.«

»Ich muß unbedingt die Seezunge mit Bananen haben«, meinte Amelia lächelnd. Henry spielte mit seiner Serviette herum, glättete sie und faltete sie, glättete sie wieder.

Sie legte ihre Hand auf die seine. »Ich wollte dir folgendes sagen: Es ist schön, bei all den verrückten Großmüttern und abspenstigen Liebhabern einen Freund wie dich zu haben. Nur die Sache mit deinem Vater tut mir leid. Ich glaube nicht, daß ich dir eine große Hilfe sein konnte.«

Zum erstenmal schien Henry ihr nicht zuzuhören. Nachdem er tief Luft geholt hatte, als wolle er sich von einem hohen Felsen ins Meer stürzen, sagte er: »Wir fahren am Montag in einer Woche los. Wir werden

sechs Monate weg sein. Vielleicht sogar länger, wenn es zum Krieg kommt.« Er sah sie schuldbewußt an, als habe er sie im Stich gelassen.
Als Amelia nichts darauf sagte, fragte er: »Alles in Ordnung?«
»Aber sicher.« Sie lächelte. »Ich glaube, ich werde allmählich immun gegen Männer, die mich verlassen, oder wenigstens erwarte ich das.« Und dann merkte sie, daß das, was sie um der Wirkung willen gesagt hatte, tatsächlich stimmte. Daniel, ihr Vater, Willoughby und Gerald – sie alle hatten sie verlassen. Sie verzog das Gesicht und sagte: »Es ist fast so, als laute die Beschreibung folgendermaßen: Mann – nicht fähig, Kinder zu bekommen, starke Körperbehaarung, Schwanz, neigt dazu, andere zu verlassen.«
In Henrys Lachen schwang Nachsicht mit, dachte sie, als er über den Tisch hinweg nach ihrer Hand griff. Er hob sie an seinen Mund und begann, jede Fingerspitze einzeln zu küssen.
Während sie das Gefühl seiner warmen trockenen Lippen auf ihrer Haut genoß, suchte sie verzweifelt nach einem passenden Satz, den sie sagen konnte, sobald er ihren letzten Finger geküßt hatte.
»Alle Pfarrer im Radio und Fernsehen, die auch nur einen Pfifferling wert sind, sagen uns, wir sollen um den Frieden beten. Natürlich stimme ich zu, aber ...«
Henry hörte auf, ihre Fingerspitzen zu küssen, und ließ ihre Hand los. »Aber was?«
»Ich versteh's einfach nicht. Das habe ich noch nie. Wir lernen, daß Gott allmächtig ist, also stellen wir alle die gleiche Frage: Warum läßt er es zu, daß Kinder gefoltert und ermordet werden? Wieso läßt er es zu, daß

Millionen von Menschen verhungern, im Krieg umkommen, im Holocaust vernichtet werden? Und alle bekommen wir immer wieder die gleiche Antwort zu hören: Gott hat uns mit einem freien Willen ausgestattet. Wir sind keine Marionetten. Wenn wir nicht die Freiheit besitzen, uns für das Böse zu entscheiden, sind wir auch nicht in der Lage, das Wesen des Guten zu verstehen. Er leidet mit uns, aber er mischt sich nicht ein. Gut, sagen wir und nicken weise. Das heißt, bis jemand ankommt und uns rät, wir sollen beten. Warum, frage ich mich, sollen wir angesichts dieser entschiedenen Politik der Nichteinmischung beten?«

»Ach das. Das gehört eben dazu.« Henry hob die Hände, um Platz zu machen für den Teller mit Stilton-Apfelsuppe.

Amelia drückte den Löffel in das feste Fleisch ihrer Avocado. »Ich warte. Und ein ›Gott allein weiß das‹ genügt mir nicht als Antwort.«

Plötzlich wirkte Henry ernst. »Ich kann dir keine allumfassende, hieb- und stichfeste Antwort geben, aber das hast du sowieso gewußt. Meiner Meinung nach darfst du das Gebet nicht als eine Art Einkaufszettel verstehen: langes Leben, Glück, der Tante Caroline alles Schlechte und so weiter, sondern als eine Möglichkeit, miteinander in Verbindung zu bleiben, zu kommunizieren. In beide Richtungen übrigens.« Er probierte seine Suppe und nahm einen Schluck Wein. »Die Bibel beschreibt das Gebet als Lichtstrahl durch die Finsternis.« Er saß einen Augenblick schweigend da. »Vielleicht klingt das wie eine faule Ausrede«, sagte er schließlich, »aber in der Schule hat mir ein Lehrer mal ein Buch gegeben. Darin stand, daß wir nicht immer einen Grund für alles suchen sollen. Warum wollen wir Gott bis ins letzte Detail verstehen? Als Christ muß man auch etwas von einem Hochseilakrobaten haben, der bereit ist, den Sprung zu wagen von dem, was er kennt, zu dem, was er nicht weiß. Er muß Netz und doppelten Boden verweigern und damit auch die Sicherheit und sich auf etwas Neues einlassen. Wenn man das einmal geschafft hat, hält man an seinem Glauben fest, dann enthüllt Gott einem auch nach und nach sein Wirken.« Er sah sie an, berührte ihre Stirn mit der Fingerspitze, zeichnete ihren Nasenrücken nach, wanderte weiter zu ihren Lippen. »Ich habe diesen Sprung gewagt«, sagte er.

Als sie mit dem Essen fertig waren und im lauen Wind, der vom Meer herwehte, am Kai spazierengingen, fragte Amelia: »Wirst du Angst haben, wenn es wirklich einen Krieg gibt?«

Er dachte einen Moment nach. »Wahrscheinlich schon.« Er legte ihr den Arm um die Schulter und sagte mit seiner üblichen Energie: »Aber Angst kann etwas sehr Nützliches sein.«

Amelia blieb wie angewurzelt stehen. »Du kennst meine Mutter nicht. Die Angst hat ihr Leben ruiniert. Und das meine hat sie auch nicht gerade bereichert.«

Henry schob sie weiter. Über ihnen kreischte eine Möwe, zog ihre Kreise und glitt dann über das Wasser. »Angst muß man in den Griff bekommen, dann wird sie nützlich. Nach allem, was du mir erzählt hast, kämpft deine Mutter gegen Geister an, vergeudet die Angst sinnlos in alle Richtungen, ohne etwas damit auszurichten.«

Amelia schüttelte seinen Arm ab. »Das klingt ja fast so, als habe sie eine Wahl. Als verderbe sie sich das Leben absichtlich.«
»Tut mir leid«, sagte Henry leise. Dann blieb er stehen und zog sie zu sich heran. Er nahm ihr Gesicht in seine Hände und küßte sie.
Amelia lächelte ihn im Schein der Straßenlaterne an.
»Wieso grinst du so?« Henry ließ seine Hände sinken.
»Das interessiert dich sicher nicht«, meinte Amelia nüchtern.
»O doch.«
Sie seufzte und legte ihm die Hände auf die Schultern. »Ich habe gelächelt, weil mir dein Kuß gefallen hat. Du bist wahrscheinlich der netteste Mann, den ich jemals kennengelernt habe. Und ...« Sie betrachtete die Spitzen ihrer blauen Schuhe.
»Und ...?«
»Und ich genieße es, wenn ein starker Mann in meinen Armen schwach wird. Dieses Gefühl verstärkt sich noch, wenn dieser Mann Priester ist«, sagte sie schnell. »Siehst du, ich habe dir doch gesagt, daß es dir nicht gefällt.« Sie wurde rot. Es war ein Fehler gewesen, so ehrlich zu sein. Es war fast immer ein Fehler.
Henry sah sie streng an. »Wir Kaplane haben auch eine Ader für Sadomasochismus, wenn dich das antörnt.«
»Siehst du, jetzt bist du beleidigt.«
»Nein, bin ich nicht.« Sie waren um den Block herumgegangen und standen vor dem Eingang zum Hotel.
»Wie lange willst du hierbleiben?«
»Ich fahre morgen zu meiner Mutter. Dort werde ich ein paar Wochen bleiben, und dann ...« Sie zuckte mit

den Schultern, als sei ihr das Leben wirklich zu anstrengend.
Henry schrieb sich die Telefonnummer ihrer Mutter auf und küßte sie nach kurzem Zögern noch einmal, bevor er sie nach drinnen begleitete.
Ich bin fast wie die Prinzessin von Wales, dachte er, als er zurück nach Devonport fuhr, und mußte über den unpassenden Vergleich lächeln. Ich würde in dem Wissen heiraten, daß ich mich, egal, was um mich herum passiert, nie scheiden lassen könnte.

20

Am nächsten Morgen holte Amelia vom Immobilienmakler die Schlüssel zu dem ehemaligen Milchladen und hörte in dem leeren Gebäude über ihren Walkman Bach. Sie mochte Bach, die Ordnung, die sich so plötzlich in Leidenschaft auflöste. Sie hatte Selmas und Dagmars Musikalität nicht geerbt, aber ihre Liebe zur Musik. Mozart, Chopin, Beethoven, Bach – ihre Musik wirkte wie ein Aufruf zum Kampf, wenn sie sich an die Verwirklichung einer neuen Idee machte, denn wenn der Mensch dazu in der Lage war, etwas so Schönes zu schaffen, war sicherlich alles möglich. So dachte sie jedenfalls, solange die Musik spielte.
Sie ließ den rechten Zeigefinger träge über die verstaubten Holzregale gleiten und stellte sich vor, wie Henry wieder zurückkäme, sie überraschte, wenn sie gerade einen Gast bediente oder Bücher in die Regale räumte. Und was dann, dachte sie verdrießlich. Was

mache ich dann? Vergewaltige ich ihn? Gestehe ich ihm, daß ich die Liebe brauche wie das tägliche Brot, als Basis, bevor sich alles andere ergibt?

Sie kletterte die knarrende Eichentreppe hinauf, und als sie ihre Lieblingspassage des Stücks hörte, dachte sie an Selma, deren Verfall sich bis zum Tod von Willoughby ganz allmählich vollzogen hatte, seitdem aber eher einem freien Fall ähnelte.

Sie erinnerte sich, daß sie früher mit Selma in den Milchladen gekommen war, um ihre leeren Eierschachteln aufzufüllen. Selma hatte sie die großen, weißen Eier eines nach dem anderen aussuchen lassen, hatte darauf bestanden, daß sie sie auf Risse überprüfte. Amelia spürte fast wieder die Schale zwischen ihren Fingern, kühl und körnig, wie von Gänsehaut überzogen. Dann kauften sie Sahne, dicke gelbe Sahne, wie weiche Butter. Sie seufzte. Vielleicht sollte das hier ein Milchgeschäft bleiben, ein störrisches, unrentables Mahnmal der Vergangenheit, als die Leute noch die Zeit hatten, sich an mehr als einer Reihe anzustellen. Weiß Gott, wie sie das gemacht haben, dachte Amelia, denn damals waren ihnen doch sowieso wegen der cholesterinreichen Molkereiprodukte weniger Tage auf der Erde vergönnt.

Als sie nach oben in die dazugehörende Wohnung ging, dachte sie, daß Mrs. Phillips, die rundliche Frau mit der Schürze, die den Milchladen mehr als dreißig Jahre lang geführt hatte, für sie, vielleicht auch für die anderen Kunden, immer nur Sahne und Butter und Eier verkauft hatte und sich dann einfach in Luft auflöste, wenn der letzte Kunde bedient war. Deshalb kam es Amelia jetzt, als sie in Mrs. Phillips' Wohnung stand, einen Blick in die winzige Küche warf, sich das schmale Schlafzimmer ansah, wo die bunten Rosen der Tapete sich gegen die Pfingstrosen auf den Vorhängen zu behaupten versuchten, auch so vor, als sehe sie plötzlich das Bein eines Schauspielers unten aus dem Fernseher herausragen.

Bevor sie ging, blieb sie einen Augenblick am Wohnzimmerfenster stehen und schaute hinaus über die grauen Schaumkronen der Wellen. Das war ein guter Ausblick für eine Dichterin.

Später am Nachmittag erzählte sie Selma: »Ich habe überlegt, ob ich nicht das alte Milchgeschäft kaufen soll. Mrs. Phillips verkauft es und zieht nach Portugal. Ich würde es gern in einen Bücherladen mit angeschlossenem Café verwandeln. Oder vielleicht auch umgekehrt.«

»Das ist eine gute Idee, Liebes.« Selma schwieg und dachte einen Augenblick nach. »Aber warum führst du den Milchladen nicht weiter? Die Menschen brauchen gute Sahne und Eier. Mrs. Phillips hat immer die besten Sachen frisch vom Bauernhof gehabt.«

Amelia lachte. Es machte sie glücklich, wenn Selma so etwas sagte, so etwas völlig Normales und Logisches. Rosalind lächelte ganz ähnlich, wenn Ronnie zum Abschied mit seinem kleinen fetten Patschhändchen winkte oder sein Fläschchen selbst festhielt.

»Daran habe ich auch schon gedacht. Aber sie hat ziemlich viel Verlust damit gemacht. Niemand geht heute noch in die kleinen Läden. Es ist einfacher, im Supermarkt alles auf einmal einzukaufen.«

»Die jungen Frauen heute sind einfach zu faul«, erwiderte Selma. »Sie machen sich nicht mal mehr die

Mühe, einen Kinderwagen zu schieben. Sie stecken ihre Kinder lieber in Overalls und schnallen sie in diesen gestreiften Dingern fest, über die man immer drüberfällt.« Sie hob Kaffeetasse und Untertasse mit zitternder Hand an die Lippen.

Nach einer Weile nahm Amelia ihr die Tasse und die Untertasse sanft aus der Hand und half ihr beim Trinken. Es gab kaum etwas Einfacheres, aber während Selma ihren Kaffee schlürfte, dachte Amelia, daß es hier in Cherryfield schon fast arrogant war, seine Jugend und Gesundheit öffentlich zur Schau zu stellen.

»Ich habe deinen alten Kinderwagen immer noch. Ich glaube, er ist in der Garage«, sagte Selma. »Der ist sicher noch schön, wenn man ihn saubermacht.«

Miss White hatte schon eine ganze Weile die Ohren in ihre Richtung gespitzt, und ihre Lippen hatten sich bei jedem Satz, den sie sprachen, mitbewegt. Jetzt mischte sie sich ein. »Sie erwarten wohl was Kleines, was?« zwinkerte sie Amelia zu.

Selma warf ihr einen bösen Blick zu, den Miss White geflissentlich ignorierte.

Miss Hudd saß auf dem hohen Stuhl am ehemaligen Stammplatz des Admirals, direkt neben dem mittlerweile wieder mit Fischen aufgefüllten Aquarium. »Ich mag Babys«, sagte sie mit ihrer tiefen Stimme. »Babys und Kaninchen, die sind nicht böse.«

Plötzlich wünschte sich Amelia, für die beiden kinderlosen alten Damen mindestens genauso sehr wie für sich selbst, daß sie ein Kind hätte, damit ihre Aufregung und ihre mütterlichen Gefühle tatsächlich ein Ziel erhalten hätten. »Im Moment wird das noch nichts mit dem Baby«, sagte sie statt dessen nur, weil sie auch sich selbst diese Idee nicht verbauen wollte.

»Machen Sie sich deshalb mal keine Gedanken, sage ich immer«, meinte Miss Hudd und nickte wissend. »Solche Dinge brauchen ihre Zeit.«

»Insbesondere«, mischte sich Selma ein, »wenn kein Vater in Aussicht ist.«

»Ich muß wirklich etwas Grünes für das Kaninchen besorgen«, sagte Miss Hudd, ohne Selmas verächtlicher Bemerkung Beachtung zu schenken. »Sie haben doch den Hafer mitgebracht, oder?« Dabei beugte sie sich mit erwartungsvollem Blick zu Amelia vor.

Amelia errötete. »Tut mir leid, das habe ich völlig vergessen.«

Miss Hudd rutschte aufgeregt auf ihrem Stuhl herum. »Aber wieso denn?«

»Ach halt doch den Mund, du dumme Alte«, rief Selma aus.

Miss Hudd riß die Augen weit auf und brach dann in Tränen aus. Genau wie große Jungen, weinen auch große Mädchen nicht, jedenfalls sagt man ihnen das immer. Miss Hudd weinte vorsichtig-zurückhaltend, wie jemand, der zum erstenmal eine ihm unbekannte Köstlichkeit versucht. Als die Sekunden vergingen und sie kein Blitzschlag traf, gab sie sich dieser neuen Erfahrung uneingeschränkt hin und schluchzte, bis Schwester Morris in der Tür erschien. Sie erkannte mit einen Blick, was los war, und winkte eine Schwester, ähnlich, wie ein Oberkellner einem Kellner Anweisung gibt, einen vollen Aschenbecher zu entfernen, in Richtung Miss Hudd, die diese dann wegführte.

Amelia war entsetzt über die Genugtuung, die Selma

wegen Miss Hudds Demütigung empfand. Miss White saß still da, den Rücken fest gegen die Lehne des Stuhles gepreßt.
Die Abendsonne war bereits herbstlich, das Licht fahler als noch eine Woche zuvor. Selma döste vor sich hin: Die belebende Wirkung der Schadenfreude war, wie fast alle Muntermacher, nur von kurzer Dauer. Schwestern liefen in den Raum und wieder hinaus, sahen nach den Bewohnern, nahmen hin und wieder einen mit, als stutzten sie eine Pflanze. Ab und an warfen sie auch einen Blick auf Selma, um festzustellen, ob sie ebenfalls fällig war. Es war heiß in dem Raum, wahrscheinlich war die Heizung angestellt worden. Der Fernseher dröhnte vor sich hin, nicht leise genug, um ignoriert zu werden, aber auch nicht laut genug, um Sinn zu ergeben. Amelia fragte sich, was aus dem Rosenthal-Service geworden war, aus dem Selma zu Hause so gern ihren morgendlichen Kaffee getrunken hatte. Selma rutschte unruhig auf ihrem Stuhl hin und her, als ihr Magen zu knurren begann. Amelia seufzte. Der Preis des Lebens war hoch, soviel war klar.

Als Amelia wieder in Dagmars Wohnung war, fragte sie: »Hast du eigentlich das Rosenthal-Service?«
Dagmar schüttelte den Kopf. »Das ist wahrscheinlich zusammen mit den anderen Sachen eingelagert. Warum? Willst du es?«
»Nein, nein, ist schon in Ordnung, ich habe bloß gefragt.« Amelia blätterte weiter in ihrem Buch *Wie man ein eigenes Geschäft gründet – schlagen Sie der Rezession ein Schnippchen.*

»Könntest du bitte etwas auf dem Klavier spielen?« fragte sie nach einer Weile. Dagmar stand auch tatsächlich vom Sofa auf, wo sie die neueste Ausgabe der *Vogue* durchgeblättert hatte.
Amelia hörte sich die »Träumerei« an und dachte darüber nach, wie sich so gar nichts verändert hatte in der kleinen Wohnung. Nach dem Zusammenbruch hatte Dagmar wieder zu genau derselben Form zurückgefunden wie früher, wie ein alter Gummi. Sie hatte ihre vermutlich letzte Gelegenheit, jemanden zu lieben, vertan, und sie hatte alle schockiert, aber nichts hatte sich verändert. Welch sinnloses Leid.
Als Dagmar das Stück zu Ende gespielt hatte, fragte Amelia sie genauso wie früher schon einmal Selma: »Warum hast du die Musik eigentlich nicht zu deinem Beruf gemacht?«
Dagmar stand nicht vom Klavier auf, sondern drehte sich langsam auf ihrem Hocker herum. Dann zuckte sie lächelnd mit den Schultern, wie immer bereit, eine Entschuldigung zu finden, dachte Amelia.
»Ich liebe die Musik zu sehr«, sagte Dagmar schließlich. »Ich habe zu viel Achtung vor den großen Komponisten. Sie sollten nur von den Besten gespielt werden, aber ich wäre nie besser als durchschnittlich geworden.«
Amelia spürte, wie wieder einmal Wut in ihr hochstieg.
»Woher willst du das denn wissen? Du hast es nie richtig versucht. Ich habe auch Dylan Thomas gelesen und möchte trotzdem immer noch Dichterin werden.«
Dagmar erhob sich von ihrem Hocker, inspizierte kurz

den Überzug, glättete ihren Rock. »Tja, dann bist du eben sehr mutig, Liebes«, sagte sie.
Amelia war wie am Boden zerstört. Nach einer Weile fragte sie: »Hast du die Adresse der Lagerfirma? Ich habe Großmutter versprochen, nachzusehen, ob alles in Ordnung ist.« Dagmar eine krasse Lüge zu erzählen verschaffte ihr Erleichterung.

Drei Tage später schaute sie die Kisten mit Silber und Porzellan und Büchern durch und maß die Möbel aus, die einmal Selmas Wohnung behaglich gemacht hatten und jetzt nur noch als Einzelposten in den Listen von Grant & Son, Einlagerungsfirma, auftauchten. Die vergoldete Löwenklaue von Selmas Chaiselongue lugte unter einem Tuch hervor und erinnerte Amelia an die amerikanischen Filme, in denen man von dem armen Mr. X. nur noch den weißen Zeh mit einem Zettel daran unter einem Leichentuch hervorschauen sah.
Sie fand die Ringbücher, in die Selma alle möglichen Bilder und Informationen über die unterschiedlichsten schönen und nützlichen Dinge eingeklebt hatte: handbemalte Stühle, viktorianische Fliesen, billige Leintücher, Einmachgläser aus der Zeit Edwards, Zahnputzbecher aus Porzellan. Sie hatte die Dinge abgehakt, die sie sofort brauchte; die Sachen, die sie sich vielleicht einmal eines Tages leisten wollte, hatte sie mit einem Kreuz versehen. Auf der Rückseite eines jeden Ringbuches befand sich dann noch ein Teil, der – nach den Hängenden Gärten der Semiramis – mit der Überschrift »Babylon« versehen war. Hier klebten Bilder von den Dingen, die sie niemals

bekommen würde: ein Gemälde von Monet, ein Chippendale-Stuhl oder Flora-Danica-Porzellan. Und doch war ihr Selma nie materialistisch erschienen, eher wie eine Künstlerin, die auf ewig an einem sich ändernden Bild arbeitete.

Mit Plastik geschützt und hinter einem großen Sideboard gestapelt, standen Selmas Hutschachteln. Sie hatte sie all die Jahre hindurch gesammelt, und extravagant, nutzlos, gestreift und gepunktet waren sie im Flur aufgereiht gewesen. »Nur so zum Spaß, meine Lieben«, hatte Selma immer gesagt, wenn sie sie herzeigte.

Amelia holte die Schachteln aus den Plastiküberzügen und stellte sie auf die Chaiselongue. Dann zog sie das ganze verschwenderisch vergoldete Möbelstück hinüber zu dem einzigen freien Platz in dem Lagerraum, sah sich um, holte ihr schwarzes Notizbuch aus der Tasche und überprüfte ihre Liste. Sie schob Selmas Lieblingssessel zu der Chaiselongue, dazu zwei kleine Kaffeetischchen, eine Vitrine, zwei kleinere Stühle und einen Schemel. Nachdem sie die Sachen eng zusammengerückt hatte, maß sie aus, wieviel Raum alles einnahm. Sie holte Gegenstände aus den Kisten heraus und stellte sie ebenfalls zu den Sachen bei der Chaiselongue, legte anderes wieder zurück, hakte verschiedenes ab. Bevor sie ging, holte sie noch zwei große Laken heraus, mit denen sie ihre Sammlung zudeckte.

An jenem Abend rief sie Henry auf seinem Schiff an. Sie stellte ihm die Frage ohne große Umschweife: »Ich weiß, du bist kein Jesuit, aber glaubst du, daß der Zweck die Mittel heiligt?«

Henry schien über ihre Frage nicht überrascht, und er erkundigte sich auch nicht, warum sie das wissen wollte. Amelia hegte deshalb noch größere Achtung vor ihm als vorher. »Ich glaube, das hängt mit dem Zweck zusammen, den du verfolgst, und mit den Mitteln, die du einsetzen möchtest, um diesen Zweck zu erreichen. Ich weiß, das ist eine langweilige Antwort.«
Amelia schwieg einen Augenblick, bevor sie sagte: »Mehr willst du mir nicht sagen?«
»Ich fürchte, nein.« Henry klang amüsiert. »Wenn *du* mir allerdings mehr sagen möchtest, höre ich dir gerne zu.«
»Ach, Henry, ich weiß es nicht. Eigentlich neige ich ja immer dazu, alles sofort zu gestehen, meine große Last einem anderen aufzubürden, aber ich glaube, diesmal werde ich warten.«
»Wenn du dir sicher bist«, sagte er. »Wir fahren am Montag ganz früh los. Ich wollte dich fragen, ob du das Wochenende mit mir verbringen möchtest. Ein Freund hat mir angeboten, daß ich sein Cottage in Cornwall ein paar Tage haben kann, solange er mit seiner Familie weg ist. Es wäre schön, wenn ich etwas Zeit mit dir verbringen könnte.«
Amelia stimmte freudig zu, und sie verabredeten, daß Henry sie am Samstag morgen abholen sollte.

Vielleicht ist es ein Fehler, zuviel über solche Dinge nachzudenken, überlegte Henry, als er in den Wagen stieg und sich auf den Weg nach Exeter machte. Vielleicht ist es auch für Amelia nur eine Frage des Glaubens – der Mut, den Sprung zu wagen. Natürlich war er schon früher verliebt gewesen, in strahlende junge

Mädchen, die studierten oder kochten oder sich um kleine Kinder kümmerten, aber vor allen Dingen ihn umsorgten: Alice, Arabella, Olivia und Jane, alles nette Mädchen mit regelmäßigen Zähnen und ebenso regelmäßigem Temperament, die das Leben nicht unnötig verkomplizierten. Und jetzt gab es Amelia. Er begriff allmählich, warum er begann, sich in sie zu verlieben. Sie gab ihm das Gefühl, tja ... er suchte nach dem richtigen Wort ..., daß er wichtig war, genau, das war es. Und sie war hübsch, er seufzte und strich sich die Haare mit verräterisch feuchter Hand aus der Stirn.

Amelia packte gerade noch die letzten Sachen ein und warf einen Blick auf den kleinen Koffer, der offen auf dem Boden lag. Noch vor einem Augenblick war er auf dem Bett gewesen, doch Dagmar war hereingekommen und hatte sie entsetzt gefragt, ob ihr eigentlich klar sei, wieviel Schmutz so ein Koffer in Autos, Flugzeugen und auf Förderbändern ausgesetzt sei. Außerdem müsse sie doch sehen, daß sich die Bakterien munter auf Dagmars Tagesdecke ausbreiteten, die dann wieder in die Reinigung gebracht werden mußte. Amelia hatte den Koffer ohne Widerrede auf den Boden gestellt und betrachtete ihn kopfschüttelnd. So klein war er gar nicht.
Sie hätte immer gern lediglich eine Umhängetasche oder, noch besser, einen Rucksack mit gut kombinierbaren Baumwollsachen, die sie überall tragen konnte, gepackt. Aber das schaffte sie nie. Da war zum Beispiel die mitternachtsblaue Seidenjacke, die ließ sich einfach nicht gut einpacken, und die Leinenshorts und

der Chiffonrock mit dem ausgewaschenen Blumenmuster, und Schuhe und Make-up. Außerdem wußte sie, daß sie gut aussah mit dem weichen Strohhut. Sie warf einen Blick auf ihre Uhr; es war elf, und Henry würde jeden Moment kommen.
Er war wirklich nett. Sie wußte, daß das Adjektiv »nett« für viele ihrer Freundinnen kein Grund gewesen wäre, ihre Kleider so sorgfältig auszuwählen oder frischen Lippenstift aufzutragen, aber für sie war dieses Wort so ziemlich das größte Kompliment, das sie machen konnte. Henry war der netteste Mann, den sie je kennengelernt hatte. Sein Lächeln erhellte sein Gesicht, und er lachte viel. Er hörte ihr zu. Er war so ... positiv. Als sie einen Freund brauchte, war er da.
Als sie ihren Kulturbeutel holte, fiel ihr Blick auf den Hefter mit Gedichten, der daneben auf der Kommode lag. Ein paar der Arbeiten darin waren gut, einige davon, nicht unbedingt die besten, waren bereits in Zeitschriften veröffentlicht worden, aber es waren einfach noch nicht genug, als daß sie sie einem Verlag hätte schicken können. Auf dem Umschlag des Hefters hatte sie Elizabeth Smart zitiert: »Ich muß zuerst der Natur Genüge tun, bevor ich Gott einlade.«
Dies, so dachte Amelia, war eine ziemlich pompöse Art, das auszudrücken, was ich schon immer empfunden habe: Ich muß mein Leben in den Griff bekommen, bevor ich schreiben kann – pompös, aber klug. Doch plötzlich glaubte sie zu wissen, was das Zitat auf dem Hefter wirklich bedeutete: eine Entschuldigung, warum sie das Leben immer wieder aufschob. Möglicherweise hatte die Maxime für Elizabeth Smart funktioniert, aber mir hat sie nichts genützt. Welchen Sinn

hatte es auch, irgend jemanden, sei es nun die Natur oder Gott, in ein wackeliges Gebäude einzuladen? Sie seufzte, als sie ihr Nachthemd zusammenlegte und dabei die pfirsichfarbene Seide glättete. Ein wackeliges Gebäude, das ist mit Sicherheit nicht das schönste Bild, das man von sich selbst haben kann, und ganz gewiß auch nicht das Bild, das sie je in Henrys Augen wiedererkennen wollte.

Dann dachte sie an die bevorstehende Fahrt, klappte den Koffer zu und sagte laut: »Was soll's! Was kann ein Wochenende schon schaden?«

Henry lud sie zum Mittagessen in ein kleines Lokal in Modbury ein und erwähnte kein einziges Mal Selma oder das Altenheim. Es war ganz so, dachte Amelia, als loteten sie sich gegenseitig aus, als wollten sie völlig sicher sein, daß es abgesehen von Cherryfield auch noch andere Gemeinsamkeiten gab. Sie erinnerte sich, wie Rosalind einmal mit Ronnie auf dem Schoß in Amelias Küche gesessen und traurig gesagt hatte: »Ich kann mich mit Chris nur über das Baby unterhalten. Wir scheinen zwei verschiedene Leben zu führen, die nur durch Ronnie zusammengehalten werden, und wenn wir nichts mehr über ihn reden können, schweigen wir höflich und warten darauf, daß sein nächster Schritt, sein erster Zahn, sein erstes Wort uns rettet.«

Plötzlich stellte sie sich Gerald in stacheliges Schweigen gehüllt vor wie einen Kaktus. Henry würde nie so werden. Er stürzte sich in jedes neue Gespräch wie ein kleiner Hund, der sich neugierig mit einem neuen Freund auseinandersetzte. Und dann seine Energie: In der Mittagshitze, die sogar das Summen der Bienen wie eine müde Geste erscheinen ließ, machte er sogar aus einer Rast noch etwas Aktives.

Beim Mittagessen hatte er alles über ihre Pläne für das Milchgeschäft hören wollen: War es ihr ernst mit dem Café, wollte sie weiterhin als Journalistin arbeiten?

Amelia kam sich allmählich vor wie eine Spätgebärende mit einem Wunderkind, erschöpft, ein bißchen frustriert, aber auch bezaubert.

»Ich würde gern ein paar von deinen Gedichten sehen«, sagte Henry.

Amelia schenkte ihm ein träges Lächeln. »Die kleine Bo-Peep hat den Verstand verloren und weiß nicht, wo sie ihn suchen soll.«

»Ha, ha«, meinte Henry.

»Da gibt es nichts zu lachen«, erwiderte Amelia vorwurfsvoll. »Ich schreibe Sprüche für Grußkarten, damit ich mir den Großmuttertick leisten kann.«

»Ach?« fragte Henry interessiert.

»Ach«, antwortete Amelia, »aber die letzten haben sie mir wieder zurückgeschickt.«

»Dann mußt du es noch einmal versuchen«, sagte Henry.

Er summte vor sich hin, als sie später nach Cornwall fuhren, fröhliche kleine Melodien, die Amelia nicht kannte. Seine Singstimme war nicht schlecht, ein wenig tiefer als seine Sprechstimme. In der Kirche würde er gut klingen, dachte sie. Sie streichelte die nackte Haut in seiner Armbeuge. Es war heiß, und er schwitzte.

»Du hast schöne Arme«, sagte sie.

Henry wurde rot. »Weißt du was«, meinte er lächelnd,

»meine Mutter hat das auch zu meinem Vater gesagt, das hat mir mein Vater erzählt. Er konnte es sich einfach nicht erklären, warum sie ihn geheiratet hatte, schließlich war er schon Anfang Fünfzig, zweimal so alt wie sie, ziemlich gesetzt und langweilig, wie er es ausdrückte. Ich weiß noch, wie er darüber lachte. ›Es müssen meine Arme gewesen sein; sie hat meine Arme sexy gefunden!‹«

»Na schön, na schön.« Jetzt mußte Amelia lachen. »Deine Arme sind auch sexy.«

Sie sah auf ihre Uhr. Bis sie angekommen waren, wäre es Zeit für den Tee. Sie fragte sich, wie das Cottage aussehen würde. Henry hatte gesagt, daß die Cowans ihnen ein bißchen Essen dalassen würden, aber trotzdem hatte sie Käse und Weintrauben, ein paar Scones und ein Glas selbstgemachter Marmelade mitgebracht. Sie hatte die Marmelade zwar nicht selbst eingemacht, und wahrscheinlich hatte sie auch schon mehrere Käufer und Verkäufer auf den Flohmärkten in Abbotslea erlebt, aber sie sah ganz gut aus – Erdbeermarmelade mit einem hübschen Stück Stoff über dem Deckel. Amelia versuchte, nicht daran zu denken, daß Henry sie schon bald verlassen, vielleicht sogar am Golfkrieg teilnehmen müßte. Dieser Gedanke erschien ihr inmitten des Sonnenscheins und der Normalität ziemlich absurd. So, dachte sie mit plötzlichem Schaudern, war es wohl auch den Leuten ergangen, die vor acht Jahren bei den Falklands den Männern zum Abschied nachgewinkt hatten.

Sie schüttelte sich. »Vierundzwanzig Stunden nur für uns.« Sie lächelte, als er seine Hand auf die ihre legte.

21

Als sie bei dem grauen Steincottage mit dem Garten voller Rosen und Fingerhut und Kohl aus dem Wagen ausstiegen, flog die Tür auf, und ein kleiner Junge kam den Weg heruntergelaufen. Er riß das Gartentor auf und fiel Henry um den Hals.

»Onkel Henry, Onkel Henry! Mummy hat gesagt, du freust dich sicher nicht, uns zu sehen, aber das stimmt doch nicht, oder?« Der Junge war fünf Jahre alt und ganz und gar überzeugt davon, daß seine Mutter ziemlich albern war.

»Elvira hat die ganze Nacht gekotzt.« Er hüpfte vor Aufregung auf und ab und wirbelte dabei kleine graue Erdklumpen vom Boden auf. »Zuerst hat sie ins Bett gekotzt. Und dann ist sie zu mir ins Bett gekrochen, weil bei ihr alles so eklig war, und da hat sie meins auch noch vollgekotzt.« Seine Stimme wurde schrill. »Und dann ...«

Henry warf Amelia über den Blondschopf des Jungen hinweg einen flehenden Blick zu. »Das ist Freddie, mein Patenkind.«

Amelia lächelte hilflos zurück.

»Bist du Amelia? Mummy hat gesagt, du willst mit Onkel Henry allein sein. Du kannst in mein Spielzimmer, das ist ziemlich groß. Komm.« Freddie gab ihr die Hand.

Freddies Mutter erschien in der Tür, und mit einem verlegenen kleinen Winken rief sie: »Tut mir wirklich schrecklich leid, aber ihr könnt euch ja vorstellen ... mit Elvira können wir im Moment nicht zum Zelten.«

Henry eilte auf Jenny Cowan zu und küßte sie auf beide Wangen. »Mark ist drinnen und schaut Leichtathletik«, sagte Jenny, bevor sie sich Amelia zuwandte und ihr die Hand schüttelte. »Kommen Sie rein, ich zeige Ihnen Ihr Zimmer.«

Jetzt ist nur wichtig, daß ich nicht in Tränen ausbreche, dachte Amelia.

»Ich hole die Sachen«, sagte Henry und ging hinüber zum Wagen.

»Wir wissen ja, wie das ist mit Henrys ›Berufung‹ und so, also haben wir das Gästezimmer für Sie hergerichtet«, erklärte Jenny, als sie Amelia durchs Haus führte. »Aber Henry wird sich das Zimmer mit Freddie teilen müssen. Der Kleine«, dabei lächelte sie Amelia verschwörerisch zu, »kann sein Glück noch gar nicht fassen. Er war so traurig, als er gehört hat, daß ihr kommt und er nicht hier sein wird.«

Sie öffnete die Tür zu einem kleinen, sonnigen Raum, der von einem Doppelbett in der Mitte der Wand beherrscht wurde. »Ich hoffe, Sie haben es hier bequem. Ich muß nur noch mal schnell nach Elvira sehen. Gleich bekommen sie eine Tasse Tee.«

Denk positiv, dachte Amelia, während sie ihre Kleider aufhängte. Es könnte schlimmer sein. Aber wie sollte das zugehen? Wenigstens die Kinder waren eine Abwechslung zu Cherryfield. Und Jenny schien wirklich sehr nett zu sein. Sie putzte sich die Zähne und versuchte es mit einem Lächeln, bevor sie sich zu den anderen im Wohnzimmer gesellte.

Mark fragte sie, ob sie statt des Tees lieber einen großen Gin Tonic wollte. »Damit Sie den Schock schneller überwinden.« Er grinste sie an, als amüsierten sie sich alle über einen guten Scherz.

»Tee ist mir schon recht.«

Sie ging zu Henry hinüber, der dasaß und dreinschaute, als sei er soeben von jemandem geschlagen worden, dem er vertraute. Sie nahm seine Hand und sagte mit möglichst fröhlicher Stimme: »Wie schön, Sie beide kennenzulernen.« Sie lächelte ihre Gastgeber an. »Und natürlich auch die Kinder.« Sie wurde mit einem dankbaren Blick von Henry belohnt.

Nach dem Tee fragte Henry, ob sie nicht ein bißchen mit ihm spazierengehen wolle. »Kann ich mitkommen, kann ich mitkommen?« Freddie, der bis dahin einen Zoo aus Legosteinen gebaut hatte, sprang auf und begann, nach seinen Stiefeln zu suchen.

»Du brauchst keine Stiefel«, rief Jenny ihm nach, »es ist doch ganz trocken draußen.«

Henry nahm Amelias Hand, sobald sie aus dem Haus waren. »Es tut mir so leid«, flüsterte er. »Willst du wieder heimfahren? Wir könnten ja in ein Hotel gehen.«

Freddie umkreiste sie wie ein fröhlicher Aasgeier. »Auf Onkel Henrys Schiff gibt es Flugzeuge.«

»Hubschrauber«, berichtigte Henry ihn ganz automatisch. Freddies Kreise wurden enger. »Amelia, auf Onkel Henrys Schiff gibt es Hubschrauber. Hunderte von Hubschraubern.«

Amelia lächelte ihn an. »Ist das nicht toll?« Und dann flüsterte sie Henry zu: »Das können wir doch nicht machen, oder? Das wäre schrecklich unhöflich. Wahrscheinlich würde sie das sehr verletzen.« Sie hoffte, daß Henry ihr widersprechen würde, aber das tat er natürlich nicht.

»Und die Geschichte mit den Zimmern«, meinte Henry und legte ihr den Arm um die Schulter. »Weißt du, Jenny weiß, was ich normalerweise von solchen Sachen halte ...«

»Onkel Henry, liebt Gott alle Menschen?« unterbrach Freddie ihn. Er hatte aufgehört, um sie herumzulaufen, und folgte ihnen. Seine Wangen waren gerötet, sein Haar verschwitzt vom Laufen.
»Ja, Freddie. Gott liebt alle Menschen.« Henry warf Amelia einen unglücklichen Blick zu. »Das wird alles schrecklich. Wenn wir wenigstens diese eine Nacht gehabt hätten ...«
»Hat Gott die Dinosaurier auch geliebt?« Freddie drängte sich zwischen sie und nahm sie beide bei den Händen.
»Ja!« schrie Henry fast. »Ja, auch die Dinosaurier.«
Freddie runzelte die Stirn. »Aber wenn er sie geliebt hat, warum hat er sie dann aussterben lassen?«

***

Freddie und Elvira schliefen, und Amelia half, ihre Spielsachen aus der Küche zu räumen. Dann schlenderte sie hinaus in den Garten, um ein paar Blumen für den Tisch zu pflücken. Als sie mit einem Strauß Fingerhut im Arm zurückkam, stieß sie fast mit Henry zusammen, der hinaus wollte, um Holz zu holen.
»Fingerhut«, lächelte sie, »für die Kinder.«
Henry ließ den Holzkorb los und legte den Arm um sie. Dabei zerdrückte er die Blumen. »Ich bete dich an, weißt du das?« Er murmelte die Worte so schnell, daß sie sich fast überschlugen. Dann ließ er sie los und hastete weg.
Amelia sah ihm nach, die zerdrückten Blumen im Arm. Ihr hatten schon ein paar Männer gesagt, daß sie sie liebten, aber noch nie hatte jemand ihr erklärt, daß

er sie anbetete. Sie lächelte, als sie die Blumen in Jennys Vase arrangierte.
Henry öffnete die Flasche Wein, und Jenny brachte eine Lasagne auf den Tisch, von der eine Ecke fehlte, die die Kinder zum Abendessen bekommen hatten. Als Nachspeise gab es Orangen mit Karamelsauce, Amelia nahm Käse. Während Mark die Möglichkeit des Kriegs ins Gespräch brachte, sie von allen Seiten beleuchtete, Informationen aus Presse und Fernsehen diskutierte, die Alternativen gegeneinander abwog, hackte Amelia immer wieder kleine Stücke von ihrem Käse ab und steckte sie geistesabwesend in den Mund. Während ihres ganzen Lebens, dachte sie, gab es irgendwo auf der Welt Krieg. Doch sie hätten genausogut dasitzen und sich über Hexen oder Drachen oder über ein Geisterhaus unterhalten können wie über den Krieg, denn trotz aller Angst und Aufregung glaubte keiner so recht daran.
»Wenn Mark erst mal von der Golfkrise anfängt, hört er so schnell nicht wieder auf«, meinte Jenny zu Amelia und verzog das Gesicht. »Er war früher auch bei der Marine, da haben wir uns alle kennengelernt.« Sie schob ihren Teller zur Seite, und nachdem sie Henry die Hand auf die Schulter gelegt hatte, sagte sie: »Ihr Jungs könnt den Abwasch machen. Kommen Sie, Amelia, ich sehne mich so nach einem vernünftigen Gespräch.«
Amelia erhob sich artig. Ihr erschien diese Gastfreundschaft wie ein Netz mit einer Spinne darin, die diesem Wochenende das Leben aussaugte.
Henry erhob sich ebenfalls. »Fangen wir an mit dem Aufräumen«, sagte er zu Mark.

»Ach, das eilt nicht«, meinte Jenny lächelnd. »Ihr zwei habt ja auch so selten Gelegenheit, euch richtig zu unterhalten. Wir kommen schon zurecht, stimmt's?« Sie wandte sich an Amelia. Als sie keine Antwort bekam, versuchte sie es noch einmal: »Nicht wahr, Amelia?«

Amelia hatte keine Kraft mehr zum Kämpfen. Sie setzte sich artig neben Jenny aufs Sofa und ließ sich ebenso artig mit Kaffee und Pfefferminzstäbchen bedienen.

»Sind die nicht einfach köstlich?« kicherte Jenny, als sie das dritte Stäbchen in den Mund steckte.

Nein, wollte Amelia eigentlich sagen. Ich hasse sie. Ich mag nur die mit Orangengeschmack. Aber sie sagte nichts, sondern lächelte zustimmend.

»Sie müssen sich ja schreckliche Sorgen machen bei dem ganzen Gerede vom Krieg.« Wieder streckte Jenny die Hand nach der Schachtel mit den Süßigkeiten aus. Bevor Amelia Zeit hatte, etwas zu erwidern, fuhr sie schon fort: »Er ist völlig auf Sie fixiert, wissen Sie. Wir haben ihn ja schon mit einer ganzen Reihe von Mädchen gesehen, aber das war alles nichts Ernstes.« Dann fügte sie freundlich hinzu: »Offenbar hat er auf eine ganz besondere Frau gewartet, und jetzt sieht es ganz so aus, als habe er sie gefunden.«

»So gut kennen wir uns auch wieder nicht«, erwiderte Amelia schroff, verärgert darüber, daß Jenny ihre zaghaften Annäherungsversuche so wunderbar zusammenfaßte und interpretierte. »Wir haben uns fast nur im Altenheim gesehen, und außerdem bin ich älter als er«, fügte sie hinzu.

»Und jetzt sind wir auch noch da und verderben Ihnen

Ihr letztes gemeinsames Wochenende, sagte Jenny. »Sie Arme.«
Amelia errötete und entschuldigte sich, aber Jenny lachte nur.
Da es ihr heiß wurde, sagte Amelia, sie wolle sich etwas frisch machen, und verschwand ins Bad, um neuen Lippenstift aufzulegen und sich ein wenig Parfüm hinters Ohr zu tupfen. Als sie zurückkam, sah Jenny sie an und sagte: »Mein Gott, ich weiß noch, wie ich das vor unserer Ehe auch immer gemacht habe. Ich gebe Ihnen zwei Monate, dann werden Sie genauso träge wie wir alle.«
Sie hatte überhaupt nicht zugehört, dachte Amelia, aber als Henry sich endlich zu ihnen gesellte, ein Geschirrtuch über der Schulter, hatte sie das Gefühl, als habe sich eine Tür zu einem neuen Zuhause geöffnet.
Henry hatte gedacht, daß Jenny ihm vorschlagen würde, das Gästezimmer doch mit Amelia zu teilen, weil das für alle Beteiligten bequemer wäre, aber das tat sie nicht. Während des Abendessens hatte er fast das Ticken der Uhr wahrgenommen, als ihr letzter gemeinsamer Abend verrann und Amelia immer stiller wurde. Wenn sie unglücklich war oder sich Sorgen machte, dachte Henry, ließ sie manchmal die Schultern hängen, wodurch sie noch kleiner wirkte, als sie ohnehin schon war. Neben ihr sah Jenny fast unanständig robust aus mit ihren dunklen Haaren und ihren rosigen Wangen. Sie war so sicher in ihrem Hafen der Ehe, daß sie vergessen zu haben schien, wie sehr sich Unverheiratete manchmal nach der Zweisamkeit sehnen. Und Mark, Mark war sein bester Freund, doch er war auch nicht sensibler und redete

stundenlang von der Golfkrise. Henry dachte an die jungen Seeleute und die weiblichen Besatzungsmitglieder, die am Montag mit ihm losfahren sollten. Keiner von ihnen wußte, ob es tatsächlich zum Krieg kommen würde. Plötzlich war er wütend auf Mark und all die anderen Männer, die in der Sicherheit ihres Hauses herumsaßen und schwadronierten, wie schön es doch sein mußte, »da draußen« zu sein.

Auf dem Bett unter ihm schniefte und schnarchte Freddie vor sich hin und wälzte sich herum, obwohl er tief und fest schlief. Henry schwang seine Beine über die eine Seite des Stockbettes und sprang auf den weichen Teppich darunter.

»Onkel Henry.« Freddie richtete sich hellwach in seinem Bett auf. »Wo willst du denn hin? Mummy sagt, große Jungs sollten es die ganze Nacht aushalten, ohne aufs Klo zu gehen.«

»Schlaf weiter, Freddie.«

»Ich kann nicht.«

»Schlaf weiter, Freddie«, zischte Henry.

»Du bist schrecklich«, fing Freddie an zu weinen. »Mummy sagt, weil du Kaplan bist, bist du besonders nett, aber das stimmt nicht, und außerdem ist mir schlecht. Ich will zu Mummy.«

Henry seufzte, kniete neben dem Jungen nieder und streichelte ihm die Wange. »Tut mir leid, Freddie. Ich hole Mummy. Aber geh zuerst mit mir ins Bad.«

Freddie lächelte ein wenig und kroch aus dem Bett. Dann gab er Henry die Hand.

»Haben Sie gut geschlafen?« erkundigte sich Jenny am nächsten Morgen mit fröhlicher Stimme bei Amelia. »Henry hat fürs erste wahrscheinlich genug von seinem Patenkind. Der arme kleine Kerl war fast die ganze Nacht wach.« Sie lächelte Elvira liebevoll an, die mit interessiertem Gesichtsausdruck in einem leuchtend roten Kinderstuhl saß. »Hat mein kleines Mädchen vielleicht Freddie angesteckt?«

Amelia und Henry gingen allein zur Kirche, dorthin folgte ihnen niemand. Als sie zusammen in der Kirchenbank saßen, sah Amelia Henry von der Seite an. Obwohl das hier nicht seine eigene Gemeinde war, verwandelte sich Henry doch sofort in einen Kaplan, in öffentliches Eigentum. Der Gedanke an ihre Küsse und Zärtlichkeiten schien plötzlich auf delikate Weise fehl am Platze, es war fast so, als wisse man als einziger im Gerichtssaal, daß der Richter unter seiner Robe nackt war. Unter all den zweifelhaften Weisheiten, die eine Frau im Lauf ihres Lebens so mitbekam, dachte Amelia, befand sich wohl auch die, daß man Personen des öffentlichen Interesses nicht begehren durfte.

Henry saß neben ihr ins Gebet vertieft, also schaute sie ihn nicht länger an und murmelte ein Vaterunser, damit ihre unwürdigen Gedanken seine Konzentration auf Gott nicht störten.

Nach dem Mittagessen mit den Cowans verabschiedeten sie sich und machten sich auf den Weg zurück nach Exeter. »Ich schicke Ihnen meine neue Adresse«, rief Amelia durch das offene Fenster des Wagens zurück. »Sie müssen mir versprechen, mich einmal zu besuchen.«

Henry grinste sie an. »So freundliche Abschiedsgrüße

haben meistens etwas mit einem schlechten Gewissen zu tun. Aber«, fügte er mit ernster Miene hinzu, »du warst wundervoll, ich muß dir wirklich danken.«
»Ich komme morgen noch einmal vorbei, um dich zu verabschieden.« Amelia strich ihm über die Haare, glättete sie hinter seinen Ohren. »Sind deine Haare nicht zu lang? Mustern sie dich da nicht aus?«
»Wahrscheinlich schon«, meinte er lächelnd. »Ich werde sehr viel zu tun haben, hoffentlich macht dir das nichts aus?«
Sie schüttelte den Kopf.
Sie blieben noch eine Weile in dem Wagen vor Dagmars Haus. Henry hatte den Arm um Amelias Schulter gelegt und schaute hinaus auf den Park vor ihnen. Plötzlich zog er seinen Arm weg und holte ein herzförmiges Medaillon an einem Kettchen aus seiner Tasche. Er streckte es ihr hin und sagte: »Das hat meiner Mutter gehört. Es würde mich freuen, wenn du es trägst.«
Amelia berührte das mattgoldene Herz vorsichtig mit der Fingerspitze. »Das ist ein wunderschönes Medaillon.«
»Bitte nimm es.«
Sie entspannte sich ein wenig und nahm das Kettchen. Henry berührte sanft ihre Wange und zeichnete ihren Kinnbogen bis zu den Lippen nach. »Du bist ein offenes Buch. Was ist los? Geht dir das alles zu schnell?«
Als Amelia den Blick abwandte, meinte er sanft: »Du bist ein sehr netter Mensch, Amelia, und du willst mir nichts Schlimmes sagen, weil ich weg muß und weil es vielleicht einen Krieg geben könnte, stimmt's? Aber

genau deswegen mußt du besonders ehrlich zu mir sein.« Er nahm ihre Hand. »Wahrscheinlich möchte ich dich bloß fragen, welche Gefühle du mir gegenüber hegst.«

»Es ist schon komisch«, sagte Amelia. »Du bist fünf Jahre jünger als ich, aber im Vergleich zu dir fühle ich mich unreif. Und ... Was ist das Gegenteil von beherrscht?« fragte sie lächelnd. »Ohne Beherrscher? Ja, das auch.«

Sie hob seine Hand an ihr Gesicht und preßte sie gegen ihre Wange. »Ich weiß nicht, was ich die letzten Monate ohne dich gemacht hätte. Und ... das hast du inzwischen vermutlich gemerkt«, dabei ließ sie seine Hand los, »ich hätte gern mit dir geschlafen. Aber noch vor nicht allzulanger Zeit habe ich gedacht, ich würde den Rest meines Lebens mit Gerald verbringen.« Sie schwieg.

»Es ist mir gerade erst gelungen, ihn zu vertreiben. Wahrscheinlich sollte ich mir eine Pause gönnen, bevor ich es mit einem anderen versuche.«

»Wenn der letzte Satz dazu dienen sollte, die Atmosphäre aufzulockern«, sagte Henry, »ist dir das nicht gelungen.« Aber er lächelte schon wieder.

»Henry, das Medaillon hat deiner Mutter gehört.«

»Ich weiß, das habe ich dir gerade gesagt.«

Dann betrachtete er sie mit so viel Verständnis, daß sie sich wünschte, es gäbe nichts zu verstehen in ihrem Leben. Sie machte Anstalten, das Kettchen anzulegen. Henry hielt sie zurück. »Die Wahrheit, und nichts als die Wahrheit, das hast du doch nicht vergessen, oder?« fragte er.

Amelia sah ihn unglücklich an. »Warum wünschst du

dir in einer solchen Zeit Wahrheiten? Ich habe eine gute Erziehung genossen, daran bin ich nicht gewöhnt.«

Henry begann zu lachen. »Nimm es trotzdem und bewahre es für mich auf.« Er ließ das Medaillon in ihre Handtasche gleiten.

»Ich will dich hier begrüßen, wenn du mit dem Schiff zurückkommst, das heißt, wenn du das möchtest. Schließlich sind wir Freunde«, sagte Amelia. »Und ich höre dir zu. Du hast mir gesagt, daß ich mich nur treiben lasse und darauf warte, daß andere mir die Dinge bringen, die ich mir vom Leben erwarte. Wie eine von diesen Frauen um die Fünfzig, die verbittert denken: Ich hätte eigentlich die Frau eines Managers werden sollen oder die Mutter eines Arztes.«

»Habe ich das gesagt?«

Sie grinste ihn an. »Vielleicht nicht genau mit diesen Worten, aber so ähnlich, und du hattest recht. Es kann einfach nicht mehr so weitergehen. Ich bin einunddreißig Jahre alt, und den größten Teil meines Lebens bin ich herumgeflattert wie eine Brieftaube, deren Schlag zerstört worden ist und die sich gern in einem fremden einnisten möchte. Sehr viel Erfolg habe ich damit nicht gehabt. Ich bin nicht allzu stolz auf mich selbst; auf der Liste der Leute, mit denen ich gern einen Abend verbringen würde, stehe ich ziemlich weit unten.«

Sie beugte sich vor und küßte ihn auf die Wange. »Und du wirst sehen: Bald schon wirst du das gleiche empfinden.«

Als Henry ihr widersprechen wollte, legte sie ihm sanft den Finger auf den Mund.

»Nein, das ist mein Ernst. Ich muß lernen, mich selbst ein bißchen zu mögen, bevor ich das von einem anderen erwarten kann.« Sie preßte ihren Finger fester auf seine Lippen. »Bitte, Henry.«
»Ich komme mir vor wie eine mittelalterliche Prinzessin«, sagte Henry schließlich, »die auf ihren verdammten fahrenden Ritter wartet.«
Amelia lehnte ihren Kopf gegen seine Schulter. »Du bist mir schon eine Prinzessin«, sagte sie.
Henry löste sich, sah ihr in die Augen, nahm ihr Gesicht in seine Hände und küßte sie. »Dann werde ich also warten«, sagte er.

22

Die Umrisse der großen grauen Fregatte schienen im Nebel des Septembermorgens zu verschwimmen, und Amelia hatte den Eindruck, als würde sie sich jeden Augenblick auflösen und das kleine Grüppchen von Frauen und Kindern im Nieselregen allein zurücklassen. Doch der Abschied verlief gemächlich, die Takler lösten Leinen und Seile, so daß nur noch ein einziges Drahtseil das Vorderdeck des Schiffes mit dem Pier verband – das Wasser sprudelte auf, als die Motoren das Heck vorwärtsschoben. Drei kurze Sirenenstöße, dann löste sich auch das letzte Drahtseil vom Poller, und der Union Jack wurde eingeholt. Das Schiff verschwand durch die Engstelle, vorbei am Devil's Point und hinaus in den Sund. Alle winkten zum Abschied – niemand wedelte aufgeregt mit der Hand in der Luft herum, alles lief ruhig ab, als habe das Schiff noch gar nicht abgelegt.

»Henry ist weg. Admiral Malletts Sohn, er ist zum Golf gefahren«, erzählte Amelia Selma. »Ich habe sie heute morgen verabschiedet.« Sie hoffte auf ein Wunder, darauf, daß Selma verstand und kluge, tröstende Worte sprach.
Selma sagte kein Wort, sondern musterte Amelia, die zitternde Hand im Schoß.
Wieder war Amelia wütend, sie konnte sich nicht dagegen wehren. Welches Recht hatte Selma, selbst so verführerisch dreinzuschauen? Auf Amelias eigene Anweisung hin hatte der Friseur, der nach Cherryfield gekommen war, Selmas Haare sorgfältig bläulich getönt und in große Wellen gelegt. Ihre Nägel waren geschnitten, und sie trug heute das hübschere der beiden Polyesterkleider. Sie war eine Huldra, eine schwedische Fabelgestalt, die als hübsches junges Mädchen vor Reisenden im Wald auftauchte, sie tiefer hineinlockte, sie immer weiter vom Weg abbrachte, bis kein Licht mehr durch die Bäume drang. Dann wandte sie ihnen den Rücken zu, und in diesem Augenblick wußten die Reisenden, daß sie verloren waren, erkannten, daß sie die Huldra gesehen hatten, denn dort, wo eigentlich ihr Rücken sein sollte, war nur ein Loch.
Die Huldra von Cherryfield ähnelte Amelias kluger und liebevoller Großmutter so sehr, daß Amelia sich zu weiteren Vertraulichkeiten hinreißen ließ. »Er hat mir das Medaillon seiner Mutter zum Aufbewahren gegeben, es ist alles sehr verwirrend, so kurz nach Ge-

rald.« Sie sah Selma an, die wiederum sie anschaute. »Weißt du, Großmutter, ich kann nicht ständig neue Beziehungen anfangen. Ich komme mir allmählich vor wie das Staffelholz bei einem Rennen, ich bin immer das Staffelholz, aber nie der Läufer. Andererseits kann ich Henry wirklich sehr gut leiden, und jetzt kommt es vielleicht zum Krieg, und möglicherweise sehe ich ihn nie wieder.« Sie seufzte. »Er hat darauf bestanden, daß ich ehrlich bin, und du weißt, wie schrecklich das manchmal sein kann.«

Selma blinzelte, als sei sie gerade aufgewacht. »Ach, Liebes, laß uns nicht über den Krieg reden, du weißt doch, wie ich dieses Thema hasse. Die ganzen Filme und Fernsehsendungen, die immer alles so aufregend und romantisch hinstellen, obwohl es in Wirklichkeit so schrecklich ist.«

Da geht sie hin, die Huldra, dachte Amelia resigniert.

Selma gab sich Mühe: »Wie geht es dir überhaupt, Liebes? Warst du in letzter Zeit mal auf einem Fest?« Als zerbreche sie sich das Gehirn, um passende Gesprächsthemen für einen langweiligen Gast zu finden.

Amelia seufzte, doch dann kaschierte sie das Seufzen mit einem Lächeln. »Mir geht's blendend.« Körperkontakt, dachte sie, das ist es, so dringe ich zu ihr durch. Sie warf einen verstohlenen Blick auf Selmas Hände, auf die zitternde und auf die ruhige, wie jemand, der sich im Waisenhaus ein Kind aussucht. Wenn sie die schwächere, die hilflosere Hand wählte, würde sich die Absurdität des Unterfangens um so deutlicher zeigen, und sie würde Selma verletzen. Also nahm sie die gesunde Hand.

Selma fielen immer wieder die Augen zu, sie schien

zufrieden zu sein. Erst jetzt merkte Amelia, daß die einzigen Berührungen in Cherryfield bei den pflegerischen Leistungen stattfanden – wenn einen Hände von der Toilette oder aus dem Bett hoben, wenn sie einen wuschen oder abputzten. Aber niemand berührte einen aus freien Stücken.

Ein bißchen später streckte Schwester Williams den Kopf zur Tür herein, und als sie Selma und Amelia entdeckte, lächelte sie und rief: »Ach, da sind Sie ja, Mrs. Merryman, ich habe schon nach Ihnen gesucht.« Sie klang, als habe Selma Verstecken mit ihr gespielt. Dann schob sie forsch einen Rollstuhl zu ihnen herüber. »Es wird Zeit, daß wir ihren Verband überprüfen.«

Selma zuckte auf ihrem Stuhl zurück. »Ich fürchte, ich kann jetzt nicht weg. Meine Enkelin ist hier.« Sie entspannte sich ein wenig. »Ich glaube, Sie kennen sie noch nicht.«

»Aber natürlich, meine Liebe, nicht wahr, Miss Lindsay?« Schwester Williams zwinkerte Amelia zu. »Es dauert nicht lange, Mrs. Merryman, ich bin mir sicher, daß Ihre Enkelin warten wird.« Sie begann, Selma aus ihrem Stuhl hochzuziehen.

Plötzlich spürte Amelia, wie sich Selmas Fingernägel in ihren Arm gruben. »Du mußt mich hier wegbringen. Ich will nach Hause«, sagte sie und fing an zu weinen.

Mit geübten Bewegungen manövrierte Schwester Williams sie in den Rollstuhl. »Sehen Sie«, meinte sie. »Das war doch nicht so schlimm, Mrs. Merryman, oder?«

Die Schwestern entwickelten wahrscheinlich die gleiche selektive Taubheit wie die Mütter kleiner Kinder, dachte Amelia. »Warten Sie doch einen Augenblick, Schwester Williams, ja?« sagte sie. »Meine Großmutter scheint ziemlich durcheinander zu sein.«

Die Schwester beugte sich zu Amelia hinunter. »Ich weiß, meine Liebe, es ist nicht sehr schön, aber das vergißt sie schnell wieder, wenn ich sie Ihnen frisch und rosig wiederbringe.« Während Amelia sie noch anstarrte, löste sie schon die Bremse des Rollstuhls mit einem Tritt ihrer bequemen weißen Schnürschuhe.

Amelia legte Selma die Hand auf die Schulter.

»Es ist alles in Ordnung, lassen Sie ruhig«, sagte Schwester Williams, und in ihren großen braunen Augen las Amelia, daß auch sie verletzt war. Sie hatte die gleichen Augen, dachte Amelia, wie Mrs. King, die freundliche Nachbarin, bei der Dagmar sie als Kind manchmal abgeliefert hatte, wenn sie etwas erledigen mußte. Amelia hatte Mrs. King von Anfang an völlig grundlos gehaßt, und jedesmal, wenn Dagmar Anstalten machte, zu gehen, hatte sie losgeheult. Mrs. King sah dann genauso verwirrt und verletzt drein, als wenn sie sich gegen Vorwürfe zu verteidigen suchte, sie habe Amelia schlecht behandelt, die natürlich niemals jemand erhob. Und Dagmar war die Angelegenheit damals genauso peinlich gewesen wie Amelia die Situation jetzt. Trotz des Mitleids für Selma, war es ihr peinlich, daß sie so taktlos gewesen war zu weinen.

Amelia tätschelte verlegen Selmas Schulter und sagte zu Schwester Williams: »Ich weiß, daß Sie sich hier wirklich um sie kümmern, das ist es nicht.« Wieder tätschelte sie Selmas Schulter. »Es ist okay«, murmelte sie, »es ist okay.«

Selma hob den Kopf. »Es ist eben nicht okay!« Dann

begann sie wieder zu weinen. »Ich verstehe nichts mehr. Robert hat gesagt, es wäre nur für kurze Zeit, aber niemand nimmt Notiz von dem, was ich sage. Wenn ich den Mund aufmache, scheint niemand zuzuhören.« Sie holte ein schmutziges rosafarbenes Taschentuch aus dem Ärmel ihrer Strickjacke und wischte sich die Nase ab.

Sie hat die Himmelsfahrtsnase eines kleinen Mädchens, dachte Amelia traurig: Nasen wurden nicht älter. Sie kniete nieder und legte den Arm um ihre Großmutter. »Ich höre dir zu«, sagte sie und warf dann Schwester Williams einen Blick zu. »Ich bringe Sie ihnen gleich, ja?«

Schwester Williams sah immer noch verletzt aus, aber sie ließ sie allein.

»Ich habe Angst, Amelia.« Selma ließ den Kopf hängen wie ein kleines Kind. Als sie den Blick hob, flehte sie sie an: »Ich habe Angst, daß ich hier sterbe.«

Es war das erste Mal, daß Selma etwas vom Tod gesagt hatte. Manche alten Leute redeten ständig darüber, über ihren eigenen Tod wie über den anderer Menschen, so besitzergreifend, als sei das Sterben ein exklusives Hobby. Selma jedoch war dem Thema ausgewichen wie einem unangenehmen Geruch: »Achte einfach nicht darauf, Liebes, dann vergeht es schon wieder.«

Ihre ungleichmäßig geschnittenen Fingernägel gruben sich tief in Amelias Arm, und sie ließ Amelia nicht aus den Augen. Als könne sie das Ende ihres Lebens in meinen Gesichtszügen sehen, dachte Amelia und schaute sie hilflos an. Was sollte sie nur sagen? »Unsinn, du stirbst noch lange nicht. Du hast noch Jahre vor dir.« Sollte sie das sagen? Sie plante schon seit Wochen und genoß das, was nur ein Tagtraum war oder schon so etwas wie Wahnsinn. Und jetzt flehte Selma, die vor noch nicht allzulanger Zeit der ruhende Pol in ihrem Leben gewesen war, sie um Hilfe an, wie eigentlich kein Mensch um Hilfe flehen sollte.

Amelia schloß die Augen einen Moment und nahm dann Selmas Hände in die ihren. »Du bist an Weihnachten daheim, das verspreche ich dir.«

Selma seufzte tief, als sie sich wieder in ihren Stuhl zurücklehnte. »Danke, Liebes.« Dann fügte sie fast schon nonchalant hinzu: »Ich wüßte nicht, was ich ohne dich tun sollte.«

Amelia kam sich vor wie jemand, der gerade sein Leben für jemanden aufs Spiel gesetzt, ihn von einer herannahenden Dampfwalze weggezogen hatte und dann feststellen mußte, daß es sich lediglich um eine Pappkulisse von *Potemkin* handelte. Mit immer noch klopfendem Herzen schob sie Selma hinaus zu Schwester Williams, die im Flur zu Honeysuckle wartete. Selma begrüßte die Schwester mit einem huldvollen Lächeln und ließ sich von ihr wegschieben, als habe sie überhaupt keine Sorgen.

Die hat sie ja auch alle mir aufgehalst, dachte Amelia, als sie hinaus in den Garten schlenderte. In Cherryfield ging man Luft schnappen, sobald sich die Gelegenheit ergab. Als sie den Rasen betrat, erwartete sie fast, Henry mit einem seiner schrecklichen Hemden unter dem Kirschbaum stehen zu sehen. Den Kopf ein wenig zur Seite geneigt, würde er sie mit seinen aufmerksamen braunen Augen ansehen, die so anders waren als die von Selma, bei der Alter, Verwirrung,

Trauer die Farbe verwässert hatten. Und Schwester Williams, dachte Amelia, während sie einen Stein mit dem Fuß über den Rasen kickte, hatte die großen, traurigen Augen einer Kuh, die man gerade von ihrer Lieblingsweide vertrieben hatte.

»Es gibt keine richtige Methode, mit alten Leuten umzugehen«, wollte sich Amelia bei Henry beklagen. Sie setzte sich unter den Baum und dachte nach. Man bringt sie nach Cherryfield und bricht ihnen das Herz. Man holt sie zu sich und bricht ihren Geist und wird zum Mitgefangenen ihres Verfalls. »Nein, danke, tut mir leid, Rosalind, ich kann nicht mit dir nach London fahren, Großmutter paßt nicht in den Zug«, oder »Sehr geehrter Redakteur, Ich hoffe, daß Ihnen mein Artikel über japanische Geschäftsleute in Milton Keynes gefällt. Leider mußte ich es mir ausdenken, wie die Lage in Milton Keynes ist, weil ich hier zu Hause auf meine Großmutter aufpassen muß.«

Wie lange hätte Selma es wohl ausgehalten, fragte sich Amelia, wenn sie sie zu Hause in Ashcombe gelassen, wenn sie sich nicht eingemischt hätten?

Sie saß unter dem Baum und versuchte, über all die Gründe nachzudenken, warum sie das Versprechen, das sie Selma gegeben hatte, nicht einlösen würde, doch dann erinnerte sie sich wieder, daß Henry einmal gesagt hatte, auch das Nichtstun könne eine schwere Sünde sein. Vielleicht sogar die schwerste überhaupt, dachte sie, weil man sich dafür so selten rechtfertigen muß. Sie warf einen Blick auf ihre Uhr und erhob sich. Der Rock klebte feucht an ihrem Hinterteil. Ich gehöre zu den Menschen, die immer nur dastehen und die Hände ringen. Leute wie mich gibt es bei allen schlim-

men Ereignissen der Weltgeschichte. »Oje, oje«, lautet unser Motto, wenn wir vor der Wiege stehen, eingezwängt zwischen der guten und der bösen Fee, und einen ängstlichen Blick hineinwerfen. »Oje, oje.«
»Ihre Großmutter döst ein bißchen«, erklärte Schwester Williams Amelia, die im Flur nach Selma suchte. »Ich fürchte, es nimmt sie immer ziemlich mit, wenn sie ihre Beine beim Wechseln des Verbandes sieht.« Dann eilte sie Miss Hudd, die sich in den Treppenlift gesetzt hatte, mit erstaunlicher Behendigkeit nach und entwand ihr ein kleines Papierpäckchen.
»Gekochte Karotten aus der Küche«, flüsterte sie Amelia zu.
»In der Hölle sollen Sie schmoren, Sie Mörderin«, sagte Miss Hudd mit ruhiger Stimme, bevor sie sich umdrehte und wieder zurück in den Gemeinschaftsraum ging. Sie sah an Amelia vorbei, als sie sich auf einen Stuhl setzte, der ein kleines Stück von den anderen entfernt stand.
Amelia wartete einen Moment, dann trat sie zu ihr und fragte: »Waren die Karotten für das Kaninchen?«
Miss Hudd wandte sich Amelia mit so schmerzerfülltem Gesicht zu, daß Amelia zurückzuckte, als hätte diese ihr mit ihrer großen, geäderten Hand eine Ohrfeige gegeben.
»Es tut mir so leid, daß ich neulich das Futter vergessen habe. Soll ich jetzt noch welches holen?« Ich suche mir wieder mal den einfachsten Weg, dachte sie, indem ich ihren Wahn unterstütze: Erkauf dir jetzt ein Lächeln, zahle später.
»Jetzt ist es zu spät.« Miss Hudd schaute Amelia nicht mehr an und redete eher mit sich selbst. »Die Karotten

hätten auch nichts mehr genützt, aber ich hatte das Gefühl, daß ich es wenigstens versuchen mußte.«
Amelia fragte sich, was sie sagen sollte, als Miss Hudd sie direkt ansah. »Kommen Sie und schauen Sie es sich selbst an, jetzt ist es sowieso egal.« Sie erhob sich von ihrem Stuhl.
Oben in ihrem Zimmer ging Miss Hudd zu ihrer Kommode gegenüber dem Bett. Sie ließ den einen Stock los, stützte sich auf den anderen und zog die oberste Schublade heraus. Dann sah sie Amelia an. »Da«, sagte sie nur.
Amelia trat näher und schaute hinein. Auf einem Stück dicken grünen Samts lag etwas, das auf den ersten Blick aussah wie ein unordentliches Knäuel grauer Wolle. Dann entdeckte sie das seidige Ohr und die kleinen Vorderpfoten. »O mein Gott!« Amelia schlug sich die Hand vors Gesicht und wich einen Schritt zurück.
Miss Hudd ließ auch den zweiten Stock fallen, stützte sich gegen die Wand und ließ ihre großen Hände in der Schublade verschwinden. Sanft hob sie das kleine Tier heraus und preßte es fest gegen ihren flachen Busen. Amelia wandte sich einen Augenblick ab, weil sie Miss Hudds Gesichtsausdruck nicht ertragen konnte. Dann trat sie näher und flüsterte: »Ist es tot?«
Miss Hudd küßte den Nacken des Kaninchens. Einen Moment flatterten seine Lider noch, als es versuchte, die Augen zu öffnen. Dann lag es ganz still da.
»Es hat mir nichts ausgemacht, daß ich hierher mußte«, sagte Miss Hudd mit ruhiger Stimme. »Ich weiß, daß ich allen nur zur Last fiel, weil ich ständig gestürzt bin. Ich hatte bereits zugestimmt, als mein

Neffe mir sagte, daß hier keine Haustiere erlaubt sind.« Sie vergrub die Nase in dem zerzausten Fell; als sie den Blick wieder hob, hatte sie Tränen in den Augen. »Ich konnte nicht ohne das Kaninchen gehen, das verstehen Sie doch, oder?« Sie sah aus, als würde sie gleich hinfallen.

Amelia stützte sie und führte sie zu dem einzigen Stuhl des Raumes. Das Kaninchen immer gegen die Brust gepreßt, sank Miss Hudd darauf. Sie saß auf dem Stuhl und streichelte schweigend das Tier. Ihre große Hand bedeckte es wie ein schweres Laken. Dann rief sie plötzlich: »Sehen Sie doch, wie groß ich bin! Sehen Sie mich an. ›Hudd macht das schon‹, hat die Lehrerin in der Schule immer gesagt. ›Sie ist groß und stark.‹ Und meine Mutter meinte: ›Vertraut Elizabeth, Elizabeth schafft das, sie ist so vernünftig, so fähig.‹ Sehen Sie mich an«, rief Miss Hudd wieder, streckte ihre langen Arme aus und zeigte ihr das ausgezehrte Kaninchen, das bewegungslos auf ihren Händen lag. »Ich tauge zu nichts«, flüsterte sie, »zu überhaupt nichts.« Dann begann sie zu weinen, und die Tränen tropften auf das Gesicht des Kaninchens.

Amelia kniete neben dem Stuhl nieder und legte Miss Hudd die Hand sanft auf die Schulter. »Es tut mir so leid, daß ich Ihnen nicht geglaubt habe. Es tut mir wirklich leid. Lassen Sie mich es bitte zum Tierarzt bringen.«

Miss Hudd schüttelte heftig den Kopf wie ein verzweifeltes Kind; ihre Zöpfe lösten sich, und die Haare fielen über ihren Rücken. »Es ist zu spät. Es ist tot.« Sie rieb die feuchte Wange an dem Kaninchen, küßte es immer wieder und hielt es dann zitternd Amelia hin.

»Nehmen Sie es bitte mit und begraben Sie es für mich. Bitte. Unter dem Kirschbaum.«

»Du kannst meinen Wagen benutzen, während ich weg bin«, hatte Henry gesagt, bevor er am Morgen weggefahren war. »Das erspart mir Mühe, denn sonst müßte ich ihn verkaufen oder einen Haufen Geld für eine Garage bezahlen.« Also legte Amelia das tote Kaninchen auf den Boden von Henrys Wagen und fuhr, da Selma immer noch schlief, weg, um die Zeit bis zum Einbruch der Dunkelheit zu nutzen. Sie trank Tee unten am Hafen und sah sich das alte Milchgeschäft noch einmal an. Dann kam sie wieder nach Cherryfield zurück und setzte sich neben Selma, bis die Konturen des Kirschbaumes in der Mitte des Rasens immer mehr verschwammen und schließlich ganz verschwanden.
Sie hatte den Spaten des Gärtners aus dem Schuppen geholt, bevor dieser zugesperrt wurde, und jetzt holte sie ihn aus seinem Versteck zwischen den Rhododendren. Sie trug das Kaninchen, eingehüllt in einem weißen Handtuch von Cherryfield, in den Garten und spürte dabei seine Knochen unter dem Stoff, so zerbrechlich wie ein Füllfederhalter. Nach einem Blick hinauf zum sternenlosen Himmel stieß sie den Spaten in den harten Boden, aus dem der süßlich-faulige Geruch von Erde und vermodernden Blättern aufstieg.
Sie legte das Kaninchen, noch immer in das Handtuch gehüllt, in das Loch, das sie gegraben hatte. Dieser kleine Diebstahl verschaffte ihr Befriedigung. Der Wind raschelte im Laub des Baumes, die frischen

Blätter fielen zu Boden. Ein paar davon landeten auf dem weißen Bündel in dem Grab.
Plötzlich stellte sich Amelia vor, wie Schwester Morris mit schwarzem Umhang und wildem Blick ein viel größeres Grab aushob. Sie schüttelte sich. Schwester Morris würde so etwas nie machen. Alle, die nach Cherryfield kamen und es wieder verließen, wurden ordnungsgemäß registriert.
»Alle, außer dir«, flüsterte sie dem Kaninchen zu. Dann schaufelte sie schwarze Erde darauf, bis man nicht mehr erkennen konnte, daß sich unter dem Kirschbaum ein Grab befand.

23

»Doreen? Hier spricht Amelia Lindsay. Ja, uns geht's allen gut, danke.« Amelia hielt den Hörer ein bißchen vom Ohr weg, denn Doreen Hamilton schien nicht darauf zu vertrauen, daß das Telefon ihre Stimme tatsächlich den ganzen Weg von Exeter bis zu Amelia transportierte. »Ich rufe für meinen Onkel an«, log sie. »Er lebt im Moment in Brasilien, aber er hat mich gebeten, mich zu vergewissern, daß alles in Ordnung ist.«
Sie spielte an ihrem Schlüsselbund herum und schaute durch das offene Fenster hinaus auf die Straße. Das trockene Herbstlaub raschelte auf dem Gehsteig wie eine Armee bunter Kakerlaken, während Doreen ihr sagte, wie viele Risse, Feuchtigkeitsflecke, lose Fliesen und merkwürdige Gerüche sich in Haus und Keller befanden.

»Wunderbar«, sagte Amelia, »dann kann ich ihm ja sagen, daß alles in Ordnung ist.« Alle Beschwerden mit fröhlich-bestimmter Stimme zu ignorieren, war ein Trick, den sie von den Arbeitern gelernt hatte, die die Old Rectory restauriert hatten.

»Ach, ja, übrigens«, sagte sie noch schnell, als Doreen Anstalten machte, aufzulegen, »ich habe gehört, daß Sie Weihnachten dieses Jahr in der Sonne verbringen. Sie sind also während der Ferien gar nicht da?« Sie kaschierte die Frage mit den besten Wünschen. »So, so, bis zum Sechsten.« Dann legte sie auf und holte ihren Kalender heraus.

Das rote Bändchen des blauen Lederkalenders (seit sie mit vierzehn Jahren *Mrs. Miniver* gelesen hatte, kaufte sie sich nur die besten Kalender), merkte den dreiundzwanzigsten Dezember ein. Es waren nur noch zwei Monate bis zu dem rot markierten Datum. Zeit war in diesen Tagen noch mehr mit Geld verknüpft als sonst, dachte sie, während sie sich – den offenen Kalender auf dem Schoß – aufs Bett setzte. Immer größere Mengen dieser Zeit verschwanden immer schneller. Zwei heiße Sommerwochen waren noch etwas, wenn man siebzehn Jahre wurde – in jungen Jahren bekam man ziemlich viel für vierzehn Tage. Heute waren diese zwei Wochen kurz, und sie verschwendete sie, als habe sie noch viele, viele Jahre vor sich; obwohl sie sich eigentlich bereits die Minuten sorgfältig einteilen sollte, wie ein Rentner, der an der Kasse die Pfennige einzeln aus der Geldbörse holt.

Sie seufzte und stand auf. Dann legte sie den Kalender zusammen mit den Briefen von Henry auf ihren

Schreibtisch. Für ihn schien die Zeit auf dem Schiff stillzustehen, während er dem möglichen Krieg immer näher kam. Sie hatte schon einen kleinen Stoß Briefe von ihm – witzige, kluge, manchmal auch schöne Briefe, in denen das letzte Wochenende immer wieder als unausgesprochene Frage zwischen den Zeilen zu lesen war.
Später am Tag stand Amelia am Fenster in Selmas Zimmer und beobachtete den sanften Tod der Blätter, die gerade dann am schönsten waren, wenn sie vom Baum fielen. Dann warf sie Selma einen Blick zu.
Jetzt war keine Rede mehr davon, daß sie in ihr altes Zimmer zurück sollte. Die düsteren Abende und die kalten Winde wurden durch das elektrische Licht und die Zentralheizung ausgesperrt, aber genau wie heulende Wölfe vor der Tür, schienen sie die Bewohner von Cherryfield immer noch zu bedrohen.
»Im Winter verlieren wir immer mehr Bewohner als im Sommer«, sagte Schwester Williams.
Eine Woche später starb Mrs. Ambrose. Sie hatten ihren Mann zu ihr gebracht, und Selma verbrachte den Tag im Gemeinschaftsraum, bis sie wieder in das Zimmer mit dem leeren zweiten Bett durfte. Sie fragte nicht nach Mrs. Ambrose, also sagte ihr auch niemand etwas.
Der neue Vikar machte seine Runden in Cherryfield und erwähnte Amelia gegenüber sogar etwas von einem befreundeten Rabbiner. »Wenn der Teufel alt wird, wird er fromm«, hatte Selma früher immer gesagt. Aber jetzt stand ihr der Sinn ebensowenig nach Frömmigkeit wie in jungen Jahren. Wahrscheinlich

lag das daran, daß sie nicht um ihr Alter wußte, dachte Amelia.
»Ihre Großmutter wirkt viel ruhiger, finden Sie nicht auch?« meinte Schwester Morris fast lächelnd, als sie Amelia auf dem Flur traf.
»Ich habe daran gedacht, sie einen Tag mit in die Wohnung meiner Mutter zu nehmen«, sagte Amelia.
Schwester Morris hatte ihren Schritt kaum verlangsamt, als sie mit Amelia sprach, doch jetzt blieb sie stehen. »Ich weiß nicht so recht, Miss Lindsay, normalerweise befürworten wir solche Ausflüge natürlich, aber jetzt, wo ihre Verbrennungen endlich heilen ... Die Haut ist so dünn wie Seidenpapier.«
Als Amelia wieder bei ihrer Mutter war, wusch diese sich die Hände dreimal, als sie die Neuigkeiten hörte. »Ich habe Schuldgefühle. Du weißt ja nicht, was für spitze Bemerkungen die Leute manchmal machen. Ein paar von Mutters alten Freundinnen haben mich sogar angerufen und mir erklärt, was ich doch für eine schlechte Tochter bin, daß ich sie nicht zu mir nehme.« Sie rieb sich die aufgesprungenen Hände mit Creme ein. »Natürlich haben sich die – außer der alten Evelyn – auch nicht die Mühe gemacht, sie zu besuchen, aber sie wissen alle ganz genau, daß ich Mutter zu mir nehmen sollte.«
Amelia hatte für die Lokalzeitung einen Artikel darüber geschrieben, wie wichtig es war, daß alte Menschen ihre Haustiere behalten durften. Inzwischen hatte man sie gebeten, noch einen weiteren Artikel zum Thema alte Leute zu verfassen. Der Redakteur hatte folgenden Titel vorgeschlagen: »Altenpflege – Schande oder Chaos?«

»Schande *und* Chaos«, hatte Amelia ihn sanft berichtigt. Doch sie mußte zugeben, daß ihr auch keine Alternativen zum derzeitigen Mißstand einfielen.

»Wie soll man sich um Selma kümmern?« fragte sie eher sich selbst als Dagmar, als sie ihr ins Wohnzimmer folgte. Sie wußte, das war eine der Fragen, die niemand beantworten konnte.
»Ich mag William Hurt, du auch?« sagte Dagmar, steckte ein Videotape in den Recorder und machte es sich auf dem Sofa bequem. Während des Vorspanns fragte sie Amelia: »Bist du sicher, daß du dich in einem kleinen Loch wie Kingsmouth verkriechen möchtest? Ist London nicht viel besser?«
Als Amelia antworten wollte, hatte sie das Gefühl, nichts passe zusammen, sie kam sich vor wie ein rosafarbener Knopf an einer orangefarbenen Strickjacke. Sie wußte, eigentlich sollte sie London wegen seiner Kunstgalerien und Theater, wegen seiner Geschäfte und Restaurants lieben. Und sie liebte es auch tatsächlich, wenn sie nur zu Besuch dort war. Aber sie hatte versucht, dort zu leben, und die Einsamkeit hatte sie erstarren lassen, sie so beeinträchtigt, daß sogar schon das Aufstehen am Morgen ein Kraftakt war.
»Ich mag nur die teueren, extravaganten Dinge, die ich mir nicht leisten kann«, sagte sie und fütterte ihre Mutter häppchenweise mit der Wahrheit, denn wer wollte mit einunddreißig Jahren seiner Mutter gegenüber schon zugeben, daß das Leben in der Großstadt einen ängstigte? »Ich habe versucht, auch das Elend zu mögen. Ich habe versucht, das kosmopolitisch und lebhaft zu nennen.« Sie ließ sich auf das klei-

ne Sofa sinken. »Warum sagen die Leute eigentlich immer ›echt‹ zu den häßlichen Dingen und nennen das Kind nicht beim Namen? Warum bezeichnet man ruhige, baumbestandene Terrassen und Tee im Ritz nie so? Für manche ist das auch die Realität. Aber nur für die, die Glück gehabt haben.«
»Pscht.« Dagmar stellte den Fernseher lauter.

Im Bett wälzte Selma sich unruhig hin und her. Als ihr Arm gegen den Nachttisch stieß, wachte sie auf. Eine Weile trieben ihre Gedanken wohlig dahin wie in einer warmen Lagune, doch dann machte sich Unsicherheit breit. Dies war lediglich ein neuer Tag voller kleiner Aufgaben im Haus, nichts weiter, oder?
Peng! Plötzlich wurde ihr das Elend bewußt. Sie rappelte sich hoch. Daniel, ihr Daniel, war tot, das hatte in dem Brief gestanden. Sie machte den Mund auf und schrie: »Daniel!«
Schritte hasteten herein, ein grelles Neonlicht wurde eingeschaltet. »Mrs. Merryman, Mrs. Merryman! Was ist denn los? Alles in Ordnung?«

Immer wieder schüttelten die Schwestern am Nachmittag den Kopf, als Dagmar und Amelia zu Besuch kamen. Schwester Williams sog die Luft durch die Lücken zwischen ihren Zähnen ein und sagte: »Sie war völlig verwirrt. Hat die ganze Zeit in einer fremden Sprache geredet ...«
»Schwedisch«, erklärte Amelia.
»... dann hat sie Englisch gesprochen, aber davon haben wir auch nicht viel mehr verstanden, weil sie immer wieder erzählt hat, daß ihr Mann gerade ge-

storben sei. Sie hat die ganze Zeit Daniel zu ihm gesagt, wo wir doch alle wissen, daß er Willoughby hieß.«

Danach kam Selmas Verfall Amelia vor wie eine Zeitraffersequenz – sie konnte fast zusehen, wie ihre Großmutter verfiel. Selma erkannte Dagmar und Amelia jedesmal, aber ihr Lächeln wirkte freudlos, fast schon anklagend, und immer, wenn Amelia aufstand, um zu gehen, spürte sie, wie der Grenzbaum sich senkte zwischen dem Besucher, dem es freistand, Cherryfield zu verlassen, und dem Bewohner, der das nicht konnte. Sie fragte sich, ob Selma sie haßte.

Sie kaufte das Milchgeschäft. Sie mußte eine Umzugsfirma beauftragen, ihre Sachen von Abbotslea zu holen. An dem Tag, als sie alles zusammenpackte, nahm sich Gerald ein paar Stunden frei, um ihr zur Hand zu gehen. Er machte sie traurig durch den Charme und die Freundlichkeit, die er ihr gegenüber so sorglos ausstrahlte. Er lächelte sie so herzlich an, wie er es schon seit langem nicht mehr getan hatte. Indem er ihr zeigte, wie sehr es ihn freute, daß sie sich ohne allzugroßes Aufhebens aus seinem Leben verabschiedete (er hatte gesagt, die Kratzer am Wagen seien kaum zu sehen, und auch die Flecken auf dem Teppich ließen sich ganz leicht beseitigen), entfachte er fast wieder ihre Liebe zu ihm.

Als sie am nächsten Tag in einem Supermarkt in der Nähe ihres neuen Zuhauses einkaufte, beobachtete sie neidisch die müde junge Frau vor sich, die immer mehr Nahrungsmittel auf das Kassenband legte, während sich ihre beiden kleinen Kinder irgendwo in Hüfthöhe zankten. Amelia warf einen Blick auf ihren eigenen Korb, sie hatte mit den Mengen, die sie einkaufte, nicht einmal Anrecht auf einen Wagen, und dachte: Allmählich verwandle ich mich in dieses schreckliche Klischee – die alleinstehende Frau.

Doch schon bald gewöhnte sie sich an alles und stellte fest, daß Untätigkeit durchaus etwas Geschäftiges hatte – sie führte zu weiterer Untätigkeit. Sie stand nie früher als um acht Uhr auf und tappte dann die nackten Holzdielen zur Tür hinunter, wo die Zeitungen auf dem Fußabstreifer lagen. Sie hatte drei Zeitungen abonniert, zwei überregionale und eine lokale, und sie las sie alle, während sie Vollkorntoast mit Butter und Devon-Honig aß. So gegen zehn war sie dann angezogen und bereit, mit der Arbeit an ihren Artikeln anzufangen, bevor sie einen langen Spaziergang über die Klippen machte. Sie hatte ganz vergessen, wie sehr sie den Anblick und den Klang des Meeres mochte. Während dieser Spaziergänge gab sie sich ganz ihren Tagträumen von den Dichterlesungen im Café hin. Sie malte sich aus, wie ganze Busladungen Londoner Kritiker sich an den Tischen unten drängten. Sie hatte noch keine Möbel gefunden, die ihr gefielen und die sie sich auch leisten konnte, also sahen die Stühle und Tische in ihrer Phantasie immer anders aus: Manchmal waren die Stühle aus Bugholz, und sie standen um gedeckte Tische, manchmal waren die Tische aber auch aus Eiche, und aus den Stühlen wurden Bänke.

Nach dem Mittagessen arbeitete sie weiter an ihren Artikeln und beschäftigte sich mit einem Fernkurs in Buchhaltung. Zum Nachmittagstee wanderte sie meist den Hügel von Cherryfield hinauf.

Nein, für mich ist alles wunderbar in dieser statischsten aller Welten, seufzte sie, als sie im Gemeinschaftsraum neben Selma saß. Was würde Henry jetzt wohl von mir halten, nach meinen kühnen Worten bei unserem Abschied?
Den ganzen Herbst über hatte Amelia die buntesten Herbstblätter vom Boden aufgesammelt und sie zwischen den Seiten von Strindbergs *Gesammelten Dramen* gepreßt. Als die ersten Weihnachtslichter dann die letzten Blätter an den Eichen in dem kleinen Park beim Hafen ersetzten, hatte sie sie in einen großen wattierten Umschlag gesteckt und sie Henry geschickt. Er liebte den Herbst in England, hatte er gesagt, bevor er weggefahren war, und jetzt erzählte er ihr in seinen Briefen von der Hitze, die wie ein Klebefilm über dem Schiff lag und alle Energie der Menschen erstickte, davon, daß keine Delphine über die Wellen sprangen, sondern daß die aufgeblähten Kadaver von Schafen, die ein Viehtransporter auf dem Weg nach Damman über Bord geworfen hatte, auf dem Wasser trieben.
Als Amelia im Garten von Cherryfield spazierenging, fand sie kleine Stücke gekochter Karotten im Gras unter dem Kirschbaum, wo Miss Hudds Kaninchen begraben lag.
»Ich nehme meine Großmutter an Weihnachten mit nach Hause«, sagte sie zu Schwester Morris.
Schwester Morris machte einen Schmollmund. »Normalerweise befürworten wir natürlich weihnachtliche Besuche bei Freunden und Familie, aber Mrs. Merryman befindet sich wirklich nicht in der richtigen Verfassung für solche Unternehmungen.

Denken Sie doch nur mal an ihr Gewicht. Ich bezweifle, daß Sie sie überhaupt aus dem Wagen herausbekommen. Außerdem kann sie sich inzwischen nicht einmal mehr bei den kleinsten Dingen selbst helfen.«
»Sie zieht sich schon irgendwie an.«
Schwester Morris gab keine Antwort.
»Die Verbrennungen sind mittlerweile verheilt. Ich verstehe wirklich nicht, warum wegen ihres Fußes nichts unternommen wird. Er ist, seit sie hier ist, schlimmer geworden.« Amelia hatte zum erstenmal das Gefühl, Schwester Morris in die Enge getrieben zu haben.
»Kommen Sie doch in mein Büro, Miss Lindsay, ja?« sagte Schwester Morris.
Sie bot ihr einen der beiden Holzstühle in dem kleinen Zimmer an und setzte sich selbst auf den anderen. Von den Gebühren der Bewohner war nicht allzuviel in dieses Büro gesteckt worden, dachte Amelia mit widerwilliger Anerkennung, während sie darauf wartete, daß Schwester Morris etwas sagte.
»Der Wundbrand breitet sich aus«, sagte Schwester Morris mit geschäftsmäßiger Stimme und sah Amelia direkt an. »Wir könnten amputieren, aber das würde sie mit ziemlicher Sicherheit umbringen. Ihr Blutdruck ist sehr hoch, sie leidet unter der Parkinsonschen Krankheit im Anfangsstadium. Es tut mir leid, aber wir können wirklich nicht sehr viel tun. Den Schmerz halten wir einigermaßen unter Kontrolle, und das einzige, was wir jetzt machen können, ist, ihr das Leben so behaglich wie möglich zu gestalten und zu hoffen, daß sich die Infektion nicht oberhalb des Knies ausbreitet.«
»Wie lange hat sie noch?« erkundigte sich Amelia und

errötete, als sie merkte, daß sie irgendwie hoffte, der Tod möge noch vor Weihnachten eintreten, weil das einfacher wäre. Dann fiel ihr Selmas Gesichtsausdruck ein, als sie sie angefleht hatte, sie nicht in Cherryfield sterben zu lassen.
Schwester Morris seufzte und zuckte mit den Achseln. »Das könnte noch ein paar Wochen dauern, vielleicht auch Monate. Wer soll das schon wissen?«
»Die meisten Leuten scheinen zu glauben, daß Gott es weiß«, fauchte Amelia sie an. »Aber mit welchem Recht, frage ich mich manchmal.« Sie genoß Schwester Morris' entsetzten Blick, bevor sie sich zum Gehen wandte.
Sie lief am Gemeinschaftsraum mit seinem Geruch nach abgestandenem Urin und seinem Gemurmel vorbei und den Flur zu Selmas Zimmer entlang. Die Hölle, dachte sie, das waren wahrscheinlich nicht Feuer und Schwefel, sondern endlose, hochglanzpolierte Flure, auf denen man jeden einzelnen Schritt der armen Sünder sah, und wo die Luft schwer war von Desinfektionsmitteln.

24

Am dreiundzwanzigsten Dezember stand Amelia zum erstenmal wieder im Flur von Ashcombe, seit das Haus im Frühjahr verkauft worden war. Sie hatte ihren alten Schlüssel ins Schloß gesteckt, ihn herumgedreht, und jetzt war sie im Haus und ließ die Hand über die vertrauten ockerfarbenen Wände gleiten, die von dem milchigen Licht der Wintersonne erhellt wurden. Sie wanderte im Haus herum, erstaunt darüber, wie wenig sich verändert zu haben schien. Es war weniger staubig als in den letzten Monaten, die Selma hier gewohnt hatte, und der Geruch der Katzen war verschwunden, so daß man die Gestecke, die Doreen genau wie Selma in kleinen Schalen in den Räumen aufstellte, auch wieder wahrnahm. Was für ein Segen, daß Doreen den, wie sie es ausdrückte, Landhausstil mochte. Die Räume, das Arbeitszimmer mit den Bücherregalen und dem geschnitzten Kiefernkamin, das Wohnzimmer mit dem Erker, von dem aus man den Garten sah, die sonnigen Flure, all das hatte einen sehr eigenwilligen Charakter, den andere Möbel kaum verändern konnten. Sie wirkten eher wie dezentes Make-up auf einem markanten Gesicht. Nur das Eßzimmer sah wirklich anders aus, es war nicht mehr goldgelb, als habe dieses kleine Universum seine eigene Sonne, sondern dunkelgrün, und es war mit Jagdszenen geschmückt. Nachdem Amelia sich im Haus umgesehen hatte, ging sie nach draußen und lud den gemieteten Lieferwagen aus, den sie vor der Garage abgestellt hatte. Sie war dankbar für die hohen Eibenhecken, die das Haus und die Auffahrt von dem Weg und von den benachbarten Gärten abschirmten.

Sie arbeitete hart und sang dabei: »Die Glocken der Hölle klingen ding-a-ling-a-ling.« Als sie mit einem Sessel zurückkehrte, folgte die zweite Zeile: »Für dich, doch nicht für mich.« Dann zerrte sie die Chaiselongue den Kiesweg entlang und ins Arbeitszimmer. »Ding-a-ling-a-ling«, stellte die Kisten in den Flur und ließ den Stapel Laken und Bettüberzüge auf den alten Kartentisch fallen. Als sie einen Augenblick innehielt, um sich die nassen Haare aus der Stirn zu streichen, dachte sie, nun komme ich also in die Hölle für das, was ich tue, aber wenigstens bin ich dann ein besserer Mensch.

Als es dunkel wurde, stand sie im Wohnzimmer, ein paar Stechpalmenzweige in den Armen, und betrachtete ihr Werk. Tische, die Selma nicht gehörten, wirkten vertraut, weil Amelia die von Willoughbys Mutter bestickten Weihnachtstischdecken darübergebreitet hatte.

Die beiden schwedischen Ölgemälde mit Ansichten von Göteborg und der Westküste flankierten den Kamin, und Selmas Sessel stand an seinem Platz beim Erkerfenster.

Vor langer Zeit hatte Amelia Selma einmal gefragt, ob sie nicht ihren jüdischen Glauben verriet, wenn sie Weihnachten mit solcher Begeisterung feierte. Selma hatte damals gerade den hohen Baum geschmückt und war mit einer Schachtel voller Flitter ganz oben auf der Bücherleiter gestanden. Amelia sah sie wieder vor sich, wie sie lächelnd herunterschaute und sagte: »Jesus war ein großer Jude, warum sollte ich da nicht mitfeiern?« Dann hatte sie den goldenen Stern, den Amelia mit ihr gebastelt hatte, auf die Spitze des Baumes gesteckt.

Als letztes holte Amelia einen fast zwei Meter hohen Christbaum aus dem Lieferwagen. Sie schmückte ihn mit dem, was sie in vier Schachteln gefunden hatte, die zusammen mit den anderen Sachen im Lagerhaus gewesen waren. Der Stern war aus Pappe ausgeschnitten und mit Goldfolie überzogen, in der sich das Licht der elektrischen Kerzen spiegelte. Erst jetzt fiel es Amelia auf, wie sehr er dem Davidstern ähnelte.

»Geschmackvoll dekorierte Christbäume sind ein Widerspruch in sich«, hatte Selma immer gesagt. Amelias Baum würde ihr gefallen. Er stand mit Lametta, Lichtern und Flitter überladen im Erker wie eine glitzernde Pyramide.

Amelia sah sich noch ein letztes Mal um, bevor sie zur Haustür hinausschlüpfte und diese hinter sich verschloß.

Im Gemeinschaftsraum von Cherryfield schimmerte ein Plastikbaum in der Düsternis. Die künstlichen Lämpchen blitzten bunt über die Magnolienwände und die grauen Gesichter der Bewohner, und aus einem Kassettenrecorder auf dem Kaffeetisch drangen verjazzte Weihnachtslieder.

»Sie sollten sich wegen Ihrer Großmutter keine Sorgen machen«, sagte Schwester Williams. »Weihnachten ist immer schön hier: Wir machen Truthahn mit allem Drum und Dran, den müssen wir natürlich schon einen Tag zuvor tranchieren, weil das Küchenpersonal frei hat, aber der Vogel wird immer sehr gut. Dann gibt's noch Plumpudding, aber ohne Glückspfennige darin, wegen der Gebisse, und jeder bekommt ein kleines Geschenk.« Sie lächelte Amelia an.

»Sie denken ja wirklich an alles.«

»Ja. Ach, das hätte ich beinahe vergessen. Wir haben auch Weihnachtscracker. Dieses Jahr sind sie grün und goldfarben.«

»Und Papierhütchen?« fragte Amelia mit schwerer Stimme.

»Aber natürlich.« Eine kleine Frau, die zusammengesunken auf einem Stuhl bei der Verandatür saß, fing an zu jammern. Bevor sie zu ihr hinübereilte, sagte Schwester Williams noch: »Ihre Großmutter ruht sich heute ein bißchen im Bett aus. Sie finden sie also in ihrem Zimmer.«

Amelia wandte sich in der Tür noch einmal um. »Und was ist, wenn sie keine Papierhütchen mögen?«

Schwester Williams schaute einen Augenblick verwirrt drein, dann hellte sich ihr Gesicht auf. »Aber alle mögen doch Papierhütchen an Weihnachten, oder?«

Amelia hatte nicht besonders gut geschlafen. Sie war immer wieder mit trockenem Mund und klopfendem Herzen aufgewacht. Sie hatte das Gefühl, als habe sie mindestens einen Arm zu viel, auf den sie sich immer wieder legte, wenn sie versuchte, eine bequemere Stellung zu finden.

Auf dem Weg zu Selmas Zimmer bemühte sie sich, sich zu beruhigen. Sie hatte noch nichts getan, was sich nicht wieder rückgängig machen ließ. Vielleicht wollte Selma ja gar nicht mitgehen, wenn es soweit war. Schließlich hatte sie sich mittlerweile an Cherryfield gewöhnt. Dort war es warm und behaglich und ... es war immer jemand da.

Ich sage ihr, daß ich den Weihnachtstag hier mit ihr verbringe, beschloß sie. Ich bringe ihr Süßigkeiten, Trockenfrüchte, Kuchen, vielleicht sogar Champagner. Sie machte die Tür zu Selmas Zimmer auf.

»Da bist du ja endlich, Amelia. Ich habe schon auf dich gewartet.« Selma saß im Bett, ein altes Tuch von Gucci um den Kopf gewunden, den vorwurfsvollen Blick auf sie gerichtet. Sie schien sich mit allem behängt zu haben, was sie in ihrem Schmuckkästchen gefunden hatte: Um ihren Hals hingen zwei Goldketten, und drei ziemlich große Broschen steckten schief an ihrer lilafarbenen Strickjacke. Die Edelsteine funkelten lebhaft zwischen den Flecken.

»Ich bin fertig«, sagte sie und deutete auf einen kleinen Koffer, der auf dem Stuhl lag und aus dem auf der einen Seite ein Strumpf herauslugte. Amelia atmete tief durch und versuchte, ihre Stimme fröhlich und vernünftig klingen zu lassen, als sie fragte: »Bist du dir sicher, daß du nicht hierbleiben möchtest, wo alles für dich erledigt wird?«

Selma lachte spöttisch. »Natürlich will ich nicht bleiben. Ich will nach Hause.«

»Ah.« Amelia nickte nachdrücklich, als könne diese rhythmische Bewegung sie beruhigen. »Gut.«

Als sie den Koffer in die Hand nahm fiel eine Perlenkette heraus und auf den Boden.

Amelia schob den Rollstuhl aus Honeysuckle hinaus und blieb vor dem Gemeinschaftsraum stehen. »Willst du dich von irgend jemandem verabschieden? Da drüben sehe ich Miss White und Mr. Ambrose.«

Auch Schwester Morris hielt sich im Gemeinschaftsraum auf. Sie warf einen Blick auf den Koffer in Amelias Hand und sagte: »Dann fährt Mrs. Merryman über die Feiertage also doch nach Hause.« Sie schaute Amelia mit großen Augen entrüstet an, und das schlaffe Fleisch unter ihrem Kinn erzitterte.

Weihnachtszeit, dachte Amelia, sogar Schwester Morris erinnert mich an einen Truthahn.

»Sie verpassen ja den ganzen Spaß«, zwitscherte Miss White. »Man hat uns eine Party versprochen.«

Schwester Morris' Gesichtsausdruck wurde weicher, als lausche sie den Worten ihres Lieblingskindes. »Genau, Miss White, und das wird eine schöne Party.«

Selma hatte die beiden angesehen und die Finger fester um die Armlehne ihres Rollstuhls gekrampft. Als sie den Mund aufmachte, kam ein Schrei heraus. »Ich bleibe nicht hier, verstehen Sie? Ich bleibe nicht!« Sie schlug mit den Armen um sich bei dem Versuch, sich umzudrehen und Amelia anzusehen. »Ich gehe heim!«

Abgesehen von Miss White, die Schwester Morris ansah, als wolle sie sagen: Na, ist sie nicht wieder garstig, nahm niemand Notiz. Alle starrten weiterhin entweder die Wände oder den ausgeschalteten Fernseher an. Aus dem Kassettenrecorder ertönten blechern immer neue Weihnachtslieder.

Hier ist es wie in der New Yorker U-Bahn, dachte Amelia, als sie sich über den Rollstuhl beugte – niemand traut sich, etwas zu sagen. Sie nahm Selmas Hände. »Es ist deine Entscheidung«, sagte sie langsam und deutlich. Als sie diese Worte sprach, hatte sie das Gefühl, daß sie mit zum wichtigsten gehörten, was sie je gesagt hatte.

»Wären Sie bitte so nett, auf dem Weg hinaus noch in mein Büro zu kommen?« sagte Schwester Morris mit der schrecklich fröhlichen Stimme einer Lehrerin, die einen Schüler endgültig aufgibt.

»Warte hier«, sagte Amelia völlig unnötigerweise zu Selma, bevor sie ging.

Schwester Morris reichte Amelia ein Formular. »Würden Sie bitte hier unterschreiben.« Sie deutete auf eine gepunktete Linie am unteren Ende des Blattes. »Sie erklären sich damit einverstanden, daß

Cherryfield keinerlei Verantwortung für Ihre Großmutter übernimmt, während sie sich in Ihrer Obhut befindet. Schöne Weihnachten, Miss Lindsay.«

25

Vor vielen Jahren war Willoughbys alter Boxer einmal vom Tierarzt wieder zurückgekehrt, obwohl niemand mehr damit gerechnet hatte. Nachdem er aus dem Fond des Wagens gehoben worden war, war er – so schnell er konnte – ins Haus gehumpelt und auf seinen Lieblingsplatz auf dem Teppich vor dem Kamin zugesteuert. Er hatte sich einmal um die eigene Achse gedreht, bevor er sich niederließ, und hatte dann mit einem leichten Schwanzwedeln und einem tiefen Seufzer der Zufriedenheit, der seinen ganzen Körper erschauern ließ, die Augen zugemacht und war eingeschlafen.

Manche Dinge waren für Menschen ganz ähnlich wie für Hunde; heimzukommen nach einer schwierigen Zeit zum Beispiel, wenn man geglaubt hatte, man würde es nicht mehr schaffen, das gehörte dazu, dachte Amelia, während sie noch ein Scheit ins Feuer legte. Selma, die in ihrem alten Sessel vor sich hindöste, bewegte sich etwas und murmelte vor sich hin. Obwohl sie schlief, hing das Lächeln genauso in ihren Mundwinkeln wie die Bläschen von der Milch, die sie gerade getrunken hatte. Neben ihr auf dem dreistufigen Kuchenständer stand die Tasse – mit der Katze darauf – mit dem Sprung, den Willoughby geklebt hatte und der sich wie ein schwarzer Faden durch die Katze zog.

Amelia konnte sich vorstellen, daß es Willoughby amüsiert hätte, zu sehen, wie seine Klebearbeit länger durchgehalten hatte als er selbst.
Auf der Fahrt zurück nach Ashcombe hatte Amelia mit vielen kleinen Lügen, die immer neue hervorzubringen schienen, erklärt, warum sich ihr Zuhause ein wenig verändert hatte. »Jemand hat in deinem Haus gewohnt, während du weg warst. Die Leute haben sozusagen darauf aufgepaßt. Sie haben ziemlich viele eigene Sachen mitgebracht, weil ihr Haus unter Wasser stand. Die Frau hat eine Katzenallergie ... wir haben es noch nicht ganz wieder so, wie es früher gewesen ist ...« Als sie merkte, wie fadenscheinig ihre Erklärungen klingen mußten, warf Amelia Selma einen besorgten Blick zu. Doch Selma lächelte nur, nickte und sagte, sie könne das alles schon verstehen. Amelia fragte sich, ob der Mensch sich immer selbst etwas vormachen mußte, ob dieses Bedürfnis genauso stark war wie der Wille, zu überleben.
»Ich habe dir die Chaiselongue im Arbeitszimmer hergerichtet«, sagte sie jetzt, als Selma in ihrem Sessel aufwachte und ihr mit verschwommenem Blick zulächelte. »Bloß so lange, bis es deinen Beinen wieder besser geht.«
Das Arbeitszimmer war ziemlich groß, aber es hatten sich nie allzu viele Möbelstücke darin befunden – Bücher, die Chaiselongue mit einem alten chinesischen Paravent, der diesen Teil des Raumes vom Rest des Zimmers abtrennte, der alte Schreibtisch von Willoughby am Fenster, und schon gehörte der Raum wieder den Merrymans.
Amelia kleidete Selma aus und half ihr ins Bett. Sie

wollte gerade das Zimmer verlassen, als sie merkte, daß Selmas Unterlippe zitterte und ihr die Tränen in die braunen Augen traten. Amelia betrachtete sie entsetzt wie eine Mutter, deren Kind gerade das mit viel Liebe ausgewählte Geschenk mit dem Fuß durchs Zimmer gekickt hat.

»Was ist los? Was ist denn jetzt wieder?« flehte sie Selma an und kratzte an einer kleinen Wunde an ihrer Hand, bis ein winziger Tropfen Blut kam.

Selma schniefte und lächelte und streckte Amelia die gesunde linke Hand hin. »Nichts ist los, Liebes. Ich bin bloß so glücklich, daß ich wieder hier bin.« Sie drückte zitternd Amelias Hand und meinte lachend: »Ich weiß, es ist albern, Liebes, aber ich habe schon Angst gehabt, daß ich nie wieder nach Hause zurückkomme.« Die Tränen liefen ihr über die Wangen, hinterließen Spuren in der dichten Puderschicht. Ihre Hand zitterte so sehr, daß es aussah, als wolle sie sie von ihrem Arm abschütteln. »Liebes, ich habe solche Angst gehabt.«

Und ich wollte ihr gerade sagen, daß sie nach Weihnachten wieder nach Cherryfield zurück muß, dachte Amelia und warf Selma einen hilflosen Blick zu, die immer noch lächelte. »Na ja, jetzt bist du ja zu Hause, das ist das einzige, was zählt.« Amelia stand auf, deckte Selma zu, schob das Kissen ein bißchen hoch. »Ist es bequem so?«

»Mmm«, strahlte Selma sie an. »Danke, Liebes.«

Dagmar fand Amelias Anruf merkwürdig. »Was meinst du damit: Komm doch nach Ashcombe und verbring dort Weihnachten mit uns? Na schön, ich stelle

keine Fragen. Ich komme morgen. Um zwölf Uhr.«
Dagmar legte auf und füllte den Kessel mit Wasser. Sie war wirklich neugierig, was Amelia wieder im Schilde führte. Aber wer wäre das unter den gegebenen Umständen nicht gewesen, dachte sie. Das klang sehr nach einem Abenteuer. Dagmar hatte schon immer das Gefühl gehabt, daß sie zu Besserem berufen war, daß sie intelligent und aufregend hätte werden sollen wie ein Renaissance-Gemälde, bevor der Staub der Jahrhunderte die ursprünglichen Absichten seines Schöpfers entstellte. Mit anderen Worten: Sie wäre eine abenteuerlustige Person geworden, wenn sie sich nur fünf zusammenhängende Minuten gegönnt hätte, in denen sie sich keine Sorgen machte.
Was hatte Amelia getan? Dagmar schenkte sich eine Tasse Tee ein und rollte sich in dem großen Sessel beim Fenster zusammen, bereit, ein wenig zu träumen, aber ihre Gedanken wollten nicht mitspielen. Seit dem kleinen Zwischenfall, wie sie ihren Zusammenbruch nannte, hatte ihre Angst vor Bakterien und Würmern ein bißchen nachgelassen, hatte sich abgeschliffen. Aber trotzdem war sie nicht zur Ruhe gekommen, weil sich eine neue Angst an sie herangeschlichen hatte: Ich bin mir sicher, daß ich etwas nicht vergessen durfte, aber was war das nur, überlegte sie immer wieder. Sie hatte das Gefühl, als müsse sie jeden einzelnen Gedanken festhalten, vielleicht verbarg sich ja im Treibgut des Gehirns etwas wirklich Wichtiges. Etwas, das ihr Schaden zufügen würde, wenn sie sich nicht damit auseinandersetzte, aber ihre Gedanken entwischten ihr ständig, und sie saß im Dunkeln.

Während sie ihre Sachen zusammenpackte und ihre Nachbarin anrief, um ihr zu sagen, wo sie sie im Notfall erreichen konnte, während sie dem Milchmann einen Zettel schrieb, um die Milch abzubestellen, dachte sie die ganze Zeit: die Bank – vielleicht war es das? Oder hatte es mit der Arbeit zu tun? Wie hatte Amelia die Hamiltons überhaupt dazu gebracht, daß sie Weihnachten in Ashcombe verbringen durften? Den langen roten Rock für den Weihnachtstag, eine rote Bluse, dazu eine tannengrüne Samtjacke. Sie liebte Weihnachten, und jedes Jahr wieder hoffte sie, daß sie es in vollen Zügen genießen könnte.

Der Morgen des vierundzwanzigsten Dezembers war mild und neblig. Als Dagmar an der Tür von Ashcombe klingelte, machte Amelia auf und zog sie herein. »Hat dich jemand gesehen?«
Dagmar schaute sie beleidigt an. »Fröhliche Weihnachten, Amelia. Was meinst du damit: ›Hat dich jemand gesehen?‹«
Amelia führte sie in die Küche, wo Dagmar die Nase rümpfte über die neuen dunklen Eichenschränke, die Selmas weißblau bemalte ersetzt hatten. »Über Geschmack läßt sich streiten«, sagte sie, als sie sich setzte.
Als Amelia ihre Erklärung beendet hatte, bekam Dagmar einen Lachanfall. Sie sagte: »Wie willst du sie dazu bringen, wieder zurückzugehen?«
Amelia goß gerade Wasser in Selmas Wasserkessel. »Das weiß ich nicht.« Sie stellte den Kessel auf den alten beigefarbenen Küchenherd, der noch aus Selmas Zeit stammte, und setzte sich. Sie lächelte Dagmar an,

massierte sich aber unablässig mit den Fingern die Stirn. »Ich weiß es wirklich nicht«, sagte sie schließlich.
»Aber das hat keinen Sinn«, sagte Dagmar, stand auf und schenkte sich eine Tasse Kaffee ein.
»Na schön!« rief Amelia. »Dann erzähle ich eben noch mehr Lügen. Ja, genau, so mache ich es. Ich erzähle Lügen, bis mir keine mehr einfallen, und dann muß ich sie wieder zurückschleppen, und das übersteht sie nicht, und Schwester Morris sagt, sie habe ja schon immer gewußt, daß es so enden würde, und dir fällt sicher auch etwas Hilfreiches ein wie: ›Amelia, das hat keinen Sinn‹, und der verdammte Onkel Robert kommt wunderbarerweise nach England zurück, gerade rechtzeitig, um mir zu erklären, daß ich mich nicht hätte einmischen sollen. Der einzige, der nicht zurückkommen wird, ist Henry, weil er mir wirklich helfen könnte, und so etwas Schönes würde doch nicht in die Geschichte passen, oder?«
»Jetzt übertreibst du aber«, meinte Dagmar.
Amelia vergrub das Gesicht eine Weile in der Armbeuge, um sich zu trösten, und atmete den leichten, schon fast verflogenen Duft von Jasmin ein, den sie so sehr liebte.
»Tut mir leid«, sagte sie dann, hob den Kopf und lächelte ihrer Mutter zu. »Aber wenigstens hat sich ein Wunsch von Selma erfüllt. Sie wollte Weihnachten zu Hause verbringen, und genau das macht sie jetzt auch. Das muß doch etwas wert sein. Es wird ihr zeigen, daß sie durchaus noch etwas zu sagen hat in ihrem Leben. Wenn man keine Kontrolle hat, hat man auch keine Hoffnung. Und wenn man keine Hoffnung mehr hat, stirbt man am besten.«

Mit einem Blick auf ihre Uhr stand sie auf. »Komm und sag hallo. Es ist sowieso Zeit für ihre Tabletten.«

Es war Weihnachten, und der Nebel vom Vortag lag gefroren auf dem Rasen. Die Sonne schien fahl, wie es sich für so einen Tag gehörte.

»Danke, Gott«, sagte Amelia, als sie am offenen Fenster ihres alten Zimmers stand. »Können wir bitte so weitermachen?«

Selma trank ihre Tasse Tee im Bett, und Amelia und Dagmar saßen am Fußende der Chaiselongue. »Ich fürchte, ich habe dir dieses Jahr gar keinen Strumpf mit Geschenken gemacht«, sagte Selma, hob die Tasse an die Lippen und nahm schnell einen Schluck, bevor sie sie wieder klappernd auf die Untertasse stellte. »Ich habe einfach nicht soviel Zeit gehabt wie sonst.« Sie bemerkte den gereizten Blick Dagmars und hielt sich die Hand vor den Mund. »Ich habe doch nichts Falsches gesagt, oder?« Dann lachte sie. »Aber natürlich nicht. Ihr kennt mich ja lange genug.«

Amelia fragte sich, warum Lewis Carroll einen weißen Hasen gebraucht hatte, um Alice ins Wunderland zu führen; eine weißhaarige Großmutter hätte völlig ausgereicht.

Um zwölf Uhr klingelte es an der Tür. Amelia, die gerade vor dem Ofen kniete und den Truthahn mit Fett übergoß, hielt den Kopf gesenkt. Das Klingeln hörte nicht auf, übertönte die Jungenstimme, die im Radio Weihnachtslieder sang. Amelia blieb auf den Knien und betete, daß ihre Mutter nicht aufkreuzte. Pause, dann erneutes Klingeln. Amelia hob einen Arm und tastete auf der Arbeitsfläche nach ihrem Glas Champagner. Als ihre Finger das kalte Glas spürten, ergriff sie es und holte es herunter. Sie lehnte sich gegen den Küchenschrank und trank. Selma hatte nie ein Weihnachtsessen gekocht, ohne sich durch mehrere Gläser Champagner inspirieren zu lassen. »Das ist eine gute Methode, um die weniger aufregenden Stunden des Tages hinter sich zu bringen«, hatte sie immer gesagt. Als Amelia das Glas leergetrunken hatte, klingelte es nicht mehr.

Einen Augenblick später hastete Dagmar in die Küche und schaute mehrmals hektisch über ihre Schulter zurück. Wahrscheinlich muß sie nachsehen, ob ihr Wölfe auf den Fersen sind, dachte Amelia.

»Soll ich dir nachschenken?« Amelia saß noch immer auf dem Boden und griff nach der Flasche.

Dagmar schüttelte den Kopf. »Ich hab noch was im Glas. Und Mummy auch. Ich glaube nicht, daß sie was trinken sollte.« Sie machte die Ofentür auf und warf einen geistesabwesenden Blick auf den brutzelnden Truthahn. »Vielleicht hätten wir die Tür öffnen sollen. Wenn wir gefragt worden wären, hätten wir sagen können, wir haben auf dem Nachhauseweg von der Kirche vorbeigeschaut und nachgesehen, ob alles in Ordnung ist. Oder irgendwas anderes.« Ihre Stimme wurde ein wenig lauter. »Vielleicht haben die uns sowieso schon gesehen und alarmieren jetzt die Polizei.«

Amelia sah ihre Mutter an und nahm einen großen Schluck aus ihrem Glas. In diesem Moment, dachte sie, genau jetzt, feiern Gerald und Clarissa Weihnachten in meinem Zuhause. Mein Gerald, mein Zuhause; alles verloren.

»Du bekommst ja einen Schwips.« Dagmar hob ihre dünnen Augenbrauen.
»Hoffentlich.« Amelia stand auf und setzte das Wasser für den Rosenkohl auf den Herd.
Im Wohnzimmer schimmerten die weißen Weihnachtslichter durch den Flitter des Baumes, die Stechpalmenzweige hingen über den vergoldeten Bilderrahmen, und das Feuer brannte im Kamin. Amelia hatte den Tisch der Hamiltons mit einer roten Tischdecke mit Kreuzstichstechpalmen und Schneeflocken geschmückt und ihn mit Selmas blaugoldenem Porzellan gedeckt.
»Ich hoffe, es macht dir nichts aus, hier drin zu essen«, hatte Amelia zu Selma gesagt. »Aber anscheinend funktioniert die Heizung im Eßzimmer nicht.« Wieder so eine Lüge.
Selma machte es überhaupt nichts aus. Amelia und Dagmar hatten ihr dabei geholfen, ein lockeres, pfauenblaues Kaschmirkleid anzuziehen, das sie ihr am gleichen Morgen gegeben hatten, und jetzt saß Selma da und lächelte vor sich hin, wie jemand, der die Pointe eines Witzes immer ein paar Sekunden zu spät versteht.
»Keine Plastikunterlage?« hatte Dagmar Amelia zugezischt, als diese Selma auf den Stuhl geholfen hatte.
»Keine Plastikunterlage«, hatte Amelia zurückgeflüstert. »Ich will, daß sie den Stoff des Stuhls spürt.«
»Warum?« hatte Dagmar gefragt. Amelia wußte es auch nicht so genau. »Ist nur so ein Gefühl.« Sie hatte mit den Schultern gezuckt.
Als Amelia einen Teller mit geräuchertem Lachs vor Selma hinstellte, hob diese fragend den Blick. »Ich bin

weggewesen, wißt ihr«, sagte sie mit unsicherem Lächeln. »Es hat mir überhaupt nicht gefallen.« Danach aß sie schweigend und konzentriert, und in den Falten ihres Kleides landeten Truthahnstücke, Saucenspritzer und Rosenkohlblätter. Dagmar hatte ihr das Essen auf dem Teller kleingeschnitten, und Selma hatte sich nicht gesträubt. Sie hatte sich damit abgefunden, daß sie von anderen abhängig war, soviel hatte Cherryfield immerhin geschafft.

Amelia hatte im Zimmer Kerzen aufgestellt: auf dem Kaffeetisch und auf dem Kartentisch, im Erker und auf dem Kamin. Sie saßen von Kerzen umgeben da, während es draußen dunkel wurde.

»Ich muß schon sagen«, meinte Selma mit vom Wein und von der Wärme des Kamins geröteten Wangen, »das ist ein wunderbarer Truthahn.«

Sie ist glücklich, dachte Amelia. Da sitzt sie nun, eine alte Frau mit einem offenen Bein, die an mindestens drei schweren Krankheiten zugrunde geht, und sie ist glücklich. Und das hat sie alles mir zu verdanken. Sie stand auf, um den Plumpudding zu holen. Als sie wiederkam, hielt sie ihn hoch über den Kopf, damit man die blaubrennende Flamme besser sah.

»Ein Hoch der Köchin!« lachte Selma und klatschte in die Hände, als Amelia den Pudding vor ihr abstellte und sie zusahen, wie die blaue Flamme kleiner wurde und in der süßen Flüssigkeit ertrank.

»Aber du wirfst doch die Reste nicht weg, oder?« fragte Selma mit einem Blick auf den klebrigen Brei auf dem Servierteller. »Herausgebraten schmeckt das morgen noch wunderbar.«

Sie lacht und denkt an morgen, dachte Amelia,

während sie die Teller abräumte. Und das habe alles ich geschafft.
Als sie mit dem Essen fertig waren, bat Selma Amelia, ihr den Schmuck aus dem Schmuckkästchen zu holen. »Ich glaube, er ist immer noch dort.« Dann hob sie den Blick und fügte erklärend hinzu: »Wißt ihr, ich bin weggewesen.«
Amelia erinnerte sich, daß sie ein kleines Lederkästchen ausgepackt hatte, und holte es aus dem Arbeitszimmer.
Selma beugte sich tief über das Kästchen und stocherte darin herum. »Ich habe ein paar kleine Dinge für euch.«
»Aber du hast uns doch schon ein paar wunderschöne Geschenke gemacht.« Amelia deutete auf einen kleinen Stapel mit Büchern, auf einen Schal, eine Flasche Parfüm, die auf einem Stuhl beim Kamin lagen. Geschenke von Selma an sie und Dagmar, die Amelia sorgfältig ausgewählt und eingepackt hatte.
»Ach das, das ist doch nichts«, winkte Selma ab. »Ich habe dieses Weihnachten nicht viel Zeit zum Einkaufen gehabt«, sagte sie an Dagmar gewandt, »aber ich würde dir das gern schenken, es ist von der Familie deines Vaters, aus Deutschland.«
Die Brosche war geformt wie ein Korb mit Blumen. Dagmar steckte das mit Diamanten und Rubinen bestückte Schmuckstück an ihre rote Bluse. »Die ist ja wunderschön. Ich habe sie immer gern gemocht«, sagte sie und stand auf, um ihrer Mutter einen Kuß zu geben.
Selma schenkte Amelia einen Jadearmreif, und schließlich holte sie noch einen großen Siegelring her-

aus. »Der hat Willoughby gehört. Du erinnerst dich doch noch, oder, Liebes? Robert hat ihn von seinem Großvater, also hätte ich es gern, wenn du ihn deinem jungen Mann gibst. Jemand soll ihn tragen. Er nützt nichts, wenn er nur hier in dem Kästchen liegt.«

Amelia warf Dagmar über den Tisch hinweg einen Blick zu. Sie fragten sich beide, welchen jungen Mann Selma meinte.

»Na komm schon, Liebes, nimm ihn«, drängte Selma sie. Also nahm Amelia den Ring und bedankte sich. »Das ist ja wundervoll, er wird sich freuen.«

Selma sah ihrerseits erfreut aus. »Ihr habt doch wohl nicht gedacht, daß ich eure Geschenke vergessen habe, oder?« sagte sie, und dann fügte sie hinzu: »Ich glaube, ich habe meine Weihnachtskarten noch gar nicht richtig angeschaut.«

Amelia versuchte, ihrem Blick auszuweichen. »Nein«, sagte sie schwach. »Du hast recht.«

Selma sah hinauf zum Kaminsims und schaute dann Amelia fragend an. »Ich kann mich nicht mal dran erinnern, welche aufgemacht zu haben. Bin ich nicht schrecklich vergeßlich?«

Überhaupt nicht, dachte Amelia, wenn man bedenkt, daß ich sie gerade frisch aus der Verpackung geholt habe, bevor du gekommen bist.

»Liebes, könntest du sie mir bitte geben?« fragte Selma ungeduldig. »Ich komme nicht mehr so leicht hoch wie früher. Wahrscheinlich habe ich zu viel gegessen.«

»Soll ich dir eine Nuß knacken?« erkundigte sich Dagmar und griff nach der Schale, die sie aus Holz geschnitzt hatte, als sie neun Jahre alt war.

Selma ignorierte ihre Frage und schaute weiter sehnsuchtsvoll zu den Karten hinauf. Amelia konnte einen Seufzer nicht unterdrücken, stand auf und wählte eine winterliche Darstellung des Trafalgar Square à la Dickens. Sie hatte sich den Kauf reiflich überlegt, weil diese Karte über ein Pfund gekostet hatte.
»Ich lese sie dir vor, ja?« sagte sie. »Hier drin ist es ziemlich düster, und ich weiß nicht, wo du deine Brille hingelegt hast.« Selma wehrte sich nicht, also begann Amelia, höfliche Weihnachtsgrüße zu erfinden, und versuchte, sich beim Vorlesen an Selmas und Willoughbys Freunde zu erinnern. »... Alles Liebe, Gordon und Sheila.«
Selma lächelte und nickte bei dem vertrauten Namen, hob dann aber den Kopf mit einem Stirnrunzeln. »Gordon ist tot.«
Amelia kam sich vor wie der Kapitän eines Schiffes, der verbotenerweise bei Nebel Anker lichtet, dann aber feststellen muß, daß sich der Nebel plötzlich verzieht und alle Welt seinen Betrug sehen kann.
»Sheila hat wahrscheinlich ganz automatisch für beide unterschrieben. Das passiert manchmal, habe ich mir sagen lassen«, erklärte sie lahm.
»Nicht aus dem Grab, das passiert nicht«, sagte Selma. »Der arme Gordon war schon seit Jahren verwitwet.«
Amelia war müde. Warum, dachte sie böse, wird dein Gedächtnis ausgerechnet dann aktiv, wenn man es am allerwenigsten brauchen kann?
»Soll ich dir wirklich keine Nuß aufmachen? Die sind wunderbar«, sagte Dagmar.

»Und hier ist eine von den Hammonds«, rief Amelia und wedelte mit einer glänzenden Karte mit Goldrand vor Selma herum. Die Hammonds waren ganz bestimmt nicht tot, sie hatte sie erst neulich vormittag im Supermarkt gesehen. Aber Selma hatte bereits das Interesse verloren. Die Farbe war aus ihren Wangen gewichen, sie sahen jetzt aus wie ungebleichtes Schreibpapier, und die Augen fielen ihr immer wieder zu. Dagmar stand auf und begann, das Geschenkpapier vom Boden aufzuheben. Sie wollte gerade einen glänzend grünen Bogen ins Feuer werfen, als Selma die Hand ausstreckte und sagte: »Nicht, Liebes. Das können wir nächstes Jahr noch mal verwenden.« Dann nahm sie das Papier, legte es auf ihre runden Knie und glättete die Falten vorsichtig mit zittrigen Fingern.

Um acht Uhr lag sie im Bett und lächelte Amelia an wie ein zufriedenes Kind. »Das war ein wunderschöner Tag.« Dann runzelte sie die Stirn. »Aber wo steckt denn dein junger Mann? Ich dachte, er wollte kommen.«

Amelia küßte sie leicht auf die Wange. »Er muß über Weihnachten arbeiten«, sagte sie. »Er war schrecklich enttäuscht.« Aber Selma war schon eingeschlafen.

Amelia betrachtete sie eine ganze Weile und wandte sich dann fröstelnd ab. Und ich habe ihr den Tod gewünscht, dachte sie. Ich habe dagestanden und gedacht, es wäre eigentlich perfekt, wenn sie nie mehr aufwacht.

Als sie den Blick hob, sah sie ihre Mutter an der Tür stehen. Während sie gemeinsam den Raum verließen, flüsterte Dagmar: »Es wäre besser für alle Beteiligten, wenn sie stürbe.«

Amelia lächelte sie an. Dann sagte sie: »Ich frage mich oft, warum richtig und menschenfreundlich oft zweierlei Dinge sind.«

26

Natürlich wachte Selma am nächsten Morgen auf und auch am übernächsten, und mit jedem Tag schien sie stärker zu werden. Fast konnte man den Eindruck haben, daß das Leben mit jeder Berührung einer vertrauten Oberfläche, jedem Kontakt ihrer Lippen mit ihrer eigenen Tasse, dem Anblick der Bäume und Sträucher draußen in sie zurückfloß.

»Wir müssen die Leute jetzt, wo ich wieder da bin, bitten, ihre Sachen wegzuschaffen«, sagte Selma, als Amelia ihr am vierten Tag das Frühstück brachte. »Ich verstehe immer noch nicht, warum sie sie überhaupt hierhergestellt haben.«

Als Amelia Dagmar davon erzählte, verdrehte diese die Augen und seufzte: »Ich habe dir doch gleich gesagt, daß du dir das nicht genau überlegt hast. Morgen wollen wir sie zurückbringen, aber sie glaubt immer noch, daß das Haus ihr gehört und sie jetzt wieder hier wohnt.«

»Fahr du nach Exeter zurück wie geplant«, sagte Amelia. »Vielleicht bleiben wir noch einen oder zwei Tage. Die Hamiltons kommen erst in zehn Tagen wieder.«

»Es wird immer schwieriger, es ihr zu sagen«, warnte Dagmar sie.

»Da hast du schon recht, aber wenn du nur noch viel-

leicht hundert Tage zu leben hast, ist jeder einzelne sehr viel wert.« Amelia hatte diese Antwort improvisiert und war recht zufrieden damit.
Also fuhr Dagmar weg, und Amelia war mit Selma allein in Ashcombe. Das war genau das Problem: Sie war allein. Selmas Ausflug zurück ins Leben war genauso kurz gewesen wie ein schwedischer Sommer, und jetzt wurden die dunklen, verwirrten Zeiten wieder länger. Sie schlief so viel, daß Amelia begann, sich Sorgen zu machen. War es gut für sie, wenn sie viele Stunden des Tages einfach vor sich hindöste? Sollte sie sie wie eine Drogensüchtige wachhalten? Sie konnte niemanden fragen. Sie telefonierte jeden Tag mit Dagmar, aber Dagmar wußte nur einen Rat: »Bring sie wieder zurück.«
Sie schrieb Henry. Sie stellte sich vor, mit ihm zu reden, sie fragte ihn nach seiner Meinung und verlor sich so sehr in den imaginären Gesprächen mit ihm, daß sie ziemlich enttäuscht war, daß er ihr nicht antwortete.
Wenn sie durch das stille Haus ging, stellte sie sich manchmal vor, daß es im Weltall schwebte, so isoliert und eigenständig wie ein Planet. Erst nach der Dunkelheit wagte sie sich hinaus in den Garten. Plötzlich wurde ihr klar: Wenn niemand Bescheid wußte, daß man lebte, konnte man sich nur auf sein eigenes Wort verlassen, daß man tatsächlich existierte. Dann wieder, früh am Morgen oder wenn der Abend bereits um vier Uhr hereinbrach, galoppierten ihre Gedanken wie durchgegangene Pferde durch ihr Gehirn – Entdeckung, Zeitungsreporter, Gefängnis. Sie wünschte sich, daß sie Willoughbys Gesetzestexte nicht im La-

gerhaus gelassen hätte, sie hätten ihr zumindest gesagt, ob das Eindringen in fremde Häuser nur ein Kavaliersdelikt oder aber ein richtiges Verbrechen war. Jedenfalls konnte ihr niemand vorwerfen, sie habe etwas gestohlen, denn sogar der Brandy auf dem Plumpudding hatte ihr selbst gehört. Doch was war mit der Elektrizität und dem Gas? Eines Morgens wälzte sie sich im Bett und seufzte vor sich hin, bis sie glaubte, die Brust müsse ihr aufspringen und all ihre Sorgen ausspucken.

Zwischen Weihnachten und Neujahr war es ziemlich dunkel. Zwar zog Amelia jeden Morgen die Vorhänge so weit zurück, wie es nur ging, aber in dem Haus herrschte trotzdem den ganzen Tag Abendstimmung.

»Die Hecken müßten geschnitten werden«, sagte Selma eines Morgens, als Amelia ihr das Frühstück brachte. »Im neuen Jahr werde ich mal mit Mr. Edwards reden.« Amelia kam die Stimme ihrer Großmutter schwach vor, als spreche sie die Worte aus weiter Ferne, nicht aus ein paar Metern Entfernung.

»Ich kümmere mich hier längst nicht so gut um dich wie die Leute in Cherryfield«, sagte sie, »jetzt bin ich schon wieder zu spät dran mit deinen Tabletten.«

»Ich hasse Tabletten. Mein Vater ist an den verdammten Dingern gestorben. Er hat zu viele davon genommen, und sie haben nicht zusammengepaßt.« Sie lächelte schwach und streckte Amelia die Hand hin, die sie schnell nahm, bevor sie wieder auf die Laken zurücksank. »Weißt du, eigentlich fehlt mir gar nichts. Jedenfalls nichts, was ein paar Tage Ruhe hier in meinem Zuhause zusammen mit meiner kleinen Enkelin nicht kurieren könnte.« Sie rutschte auf ihrem Bett herum und versuchte, das Tablett daneben zu erreichen.

»Jedenfalls«, meinte sie, während eine Scheibe butterbestrichener Toast auf ihre Brust fiel, »würden mich keine zehn Pferde wieder dorthin zurückbringen. Du weißt ja, daß ich als Mädchen das Internat gehaßt habe.« Sie schloß die Augen und murmelte. »Ich hab's gehaßt.«

Amelia erhob sich vom Fuß der Chaiselongue, als schaufle sie sich den Weg unter einem hohen Berg von Schutt frei. Morgen sage ich es ihr. Sie seufzte. Ich packe alles zusammen, und dann sage ich es ihr, damit sie keine Zeit zum Streiten hat und sich keine Gedanken machen kann.

Am nächsten Morgen war Neujahr, und Amelia mußte Selma leicht an der Schulter schütteln, um sie zu wecken. Doch sie machte die Augen nur auf, um zu lächeln, und schloß sie sofort wieder. Ihr Atem ging schnell und flach. Amelia sah sie an, und während sie sie so anschaute, bekam sie immer mehr Angst. Sie war wie eine Whistspielerin aus dem Ort, die plötzlich in einem Pokerspiel in Las Vegas steckte: Es überstieg ihre Kräfte. Mit blassem Gesicht wandte sie sich um, rannte zum Telefon und wählte die Nummer eines Arztes.

Dr. Donaldson legte ihr Stethoskop weg und wandte sich mit ernstem Gesicht von Amelia ab. Dann winkte sie sie von der Chaiselongue weg, wo Selma immer wieder eindöste.

»Ich fürchte, ihr Zustand ist ziemlich schlecht, sie reagiert nicht mehr richtig auf die Medikamente. Ihr Blut-

druck ist zu hoch, und was das Bein anbelangt ...« Wieder schüttelte sie den Kopf. »Ich würde mich gern mit ihrem Hausarzt in Verbindung setzen, aber er kommt erst am zweiten Januar wieder.« Sie hob den Blick von ihren Notizen. »Allerdings sehe ich gerade, daß sie im Cherryfield-Altenheim gemeldet ist.« Sie betrachtete Selma. »Ich glaube wirklich, daß sie dort besser aufgehoben wäre. Wann wollten Sie sie zurückbringen?«
»Vor einer Woche, aber sie hat Angst vor dem Heim.« Amelia spürte, wie sich ihr der Hals zuschnürte. »Wie lange hat sie noch?«
Dr. Donaldson zuckte genauso mit den Schultern wie Schwester Morris. »Das läßt sich nicht so leicht sagen. Tage, Wochen, vielleicht mehr.«
Tja, wir haben nur noch fünf Tage, dachte Amelia, den Tränen nahe. Fünf Tage, in denen Selma in Frieden sterben kann. Sie betrachtete ihre Großmutter lange, wandte sich dann ab und folgte Dr. Donaldson ins Wohnzimmer.
»Welche sind die lebenswichtigen Tabletten, die sie unbedingt braucht? Ich meine, vielleicht nimmt sie einfach zu viele.«
Dr. Donaldson sah sie an. »Sie sind alle lebenswichtig für sie, abgesehen von den Schmerztabletten natürlich.« Dann sah sie sich um. »Ich dachte, die Hamiltons wohnen hier.«
»Das stimmt«, bestätigte Amelia. »Aber sie haben panische Angst vor Einbrechern, also passe ich auf das Haus auf. Allerdings mußte ich meine Großmutter mitbringen.«
Dr. Donaldson schien sich mit der Antwort zufriedenzugeben. »Wann kommen die Hamiltons wieder?«

»In ein paar Tagen«, wich Amelia ihrer Frage aus. »Sie haben nicht zufällig einen Nachtstuhl übrig, oder? Wissen Sie, es ist wegen meinem Rücken.«
»Wenn Sie sich ganz sicher sind, daß Ihre Großmutter lieber mit Ihnen hier bleibt, schicke ich Ihnen die Gemeindeschwester zweimal täglich vorbei, und ich versuche, nach den Vormittagsstunden in der Praxis selbst zu kommen. Aber ewig geht das nicht. Ich kümmere mich um den Nachtstuhl, vielleicht können wir einen vom Cottage Hospital kriegen.«
Die Gemeindeschwester kam noch am gleichen Abend. Sie half Amelia, Selma zu waschen, überprüfte ihren Blutdruck und wechselte den Verband an ihrem Bein.
»Heute würde ich gern aufstehen«, sagte Selma am zweiten Tag, an dem die Schwester gekommen war. »Ich fühle mich viel besser.«
Sie zogen ihr einen warmen, smaragdgrünen Hausmantel an und hoben sie in den Rollstuhl. Sie zuckte zusammen, als ihr Bein die Chaiselongue berührte, aber sie beklagte sich nicht. Statt dessen sagte sie: »Es tut mir leid, daß ich heuer nicht so viel beim Kochen habe helfen können wie sonst. Aber meine kleine Enkelin ist trotzdem wunderbar klargekommen.« Sie versuchte, sich zu Amelia umzudrehen und ihr aufmunternd zuzulächeln.
Bevor sie das Haus verließ, sagte die Schwester zu Amelia: »Geben Sie nicht auf, meine Liebe. Man soll die Alten in ihrem eigenen Haus sterben lassen, das sage ich auch immer.«
»Was glauben Sie, wann sie sterben wird?« Amelia merkte, wie überrascht die Schwester dreinschaute,

und zuckte verlegen mit den Achseln. »Ich meine bloß, daß ich gerne darauf vorbereitet wäre.«
Das Gesicht der Schwester hellte sich wieder auf. »Aber natürlich. Doch wer kann das schon sagen? Sie werden die Kraft finden, wenn die Zeit kommt, machen Sie sich da mal keine Sorgen.«
Amelia wollte nicht, daß sie ging, denn mit ihr zusammen verschwanden ihre fröhliche Fähigkeit, ihr Lob, der Hauch der Welt dort draußen, wo junge, einunddreißigjährige Frauen nicht in die Häuser anderer Leute einbrachen, um das Weihnachtsfest mit ihrer sterbenden Großmutter zu verbringen. Sie blieb noch ein bißchen an der Tür stehen und sah der Schwester nach, wie sie zu ihrem Wagen eilte. Als der kleine rote Mini sich entfernte, hatte sie das Gefühl, als sei ihr eigener Verstand zusammen mit der Schwester verschwunden und vergnüge sich auf deren Beifahrersitz. »Schnall dich an«, murmelte sie. »Vielleicht brauche ich dich noch.«
Am nächsten Morgen stand sie in der Küche und machte Selmas Milchkaffee warm, als sie hörte, wie die Haustür zugeschlagen wurde. Es war zu früh für die Schwester, und außerdem hatte diese keinen Schlüssel. Amelia hatte die Temperatur der Milch überprüft, indem sie den Knöchel in die Tasse steckte, und als sie jetzt im Flur Schritte hörte, verharrte sie so und starrte die Tür an. Die Schritte verstummten, dann wurde die Tür aufgestoßen, und ein langes, blasses weibliches Gesicht schaute herein. »O mein Gott«, sagte sie, als sie Amelia entdeckte. »Wer sind Sie denn?«
Amelia erinnerte sich, daß Angriff die beste Verteidi-

gung war, und meinte: »Darf ich fragen, wer Sie sind?« Dann fügte sie wahrheitsgemäß hinzu: »Wir haben niemanden erwartet.«
Offenbar war die Frau zu dem Schluß gekommen, daß Amelia, wenn sie gefährlich gewesen wäre, mittlerweile die Kaffeetasse weggestellt und ein Messer ergriffen hätte, also kam sie in die Küche, blieb aber für alle Fälle neben der offenen Tür stehen. »Ich bin Mrs. Clover, ich komme immer am Dienstag und Donnerstag zum Saubermachen.« Sie verschränkte ihre schmalen Arme über der geblümten Schürze. »Und heute ist Dienstag.«
»Na, dann lassen Sie sich mal nicht stören«, sagte Amelia. »Die Hamiltons kommen ja am Sonntag zurück, da haben Sie sicher viel zu tun. Ich habe das Wohnzimmer übrigens schon gesaugt.« Dann ging sie mit laut klopfendem Herzen zur Tür. Sie fürchtete, daß auch Mrs. Clover dieses Klopfen hören würde.
Mrs. Clover versperrte ihr, inzwischen mutiger geworden, den Weg. »Mrs. Hamilton hat nichts erwähnt, daß jemand im Haus ist.«
»Das war nachlässig von ihr.« Amelia schüttelte den Kopf. »Ich weiß, so etwas sollte man schon gesagt bekommen. Ich bin die Enkelin von Mr. und Mrs. Merryman, Amelia Lindsay. Meine Großeltern haben früher hier gewohnt, und die Hamiltons haben mich gebeten, auf das Haus aufzupassen. Haben sie Ihnen das wirklich nicht gesagt?« erkundigte sie sich mitfühlend.
»Nein, mit Sicherheit nicht.« Mrs. Clover wirkte irritiert, dann wurde ihr schmales Gesicht weicher. »Ich erinnere mich schon noch an Mr. und Mrs. Merryman.

Ich habe früher bei Freunden von ihnen, den Franklins, saubergemacht. Ich hatte gedacht, daß die beiden schon gestorben sind.«

»Noch nicht ganz«, sagte Amelia mit bitterer Stimme. »Aber ich darf Sie nicht von Ihrer Arbeit abhalten. Übrigens sollten Sie das Arbeitszimmer nicht machen.« Dann schlüpfte sie an ihr vorbei hinaus.

Selma war mittlerweile wieder auf ihrem Stuhl im Wohnzimmer eingeschlafen, also ging Amelia nach oben in ihr Zimmer, um ihre Schreibsachen zu holen.

»Ich brauche dich, Henry Mallett«, sagte sie, als sie wieder hinunter zu Selma eilte. »Ein Kaplan würde meiner Glaubwürdigkeit im Moment sehr nützen.«

Sie setzte sich auf die Fensterbank und begann zu schreiben: »Mein lieber Henry, ich wünschte, Du wärst hier.«

Dann hielt sie inne, kaute auf der Kappe des Füllers herum und hörte zu, wie das Geräusch des Staubsaugers näher kam.

»Hier stimmt doch was nicht.« Mrs. Clover zerrte den Staubsauger hinter sich her. »Schauen Sie sich das Haus doch an. Es ist anders.«

»Meine Großmutter schläft.«

Mrs. Clover blickte hinüber zu Selma und senkte die Stimme. »Ich rufe die Hamiltons an. Sie haben mir ihre Nummer für den Notfall dagelassen.«

»Tja, dies ist kein Notfall«, sagte Amelia müde. »Warum wollen Sie ihnen unnötig Sorgen machen?«

Selma schnarchte und erschauderte, dann sank ihr Kopf gegen die Lehne, und ihr Mund klappte auf. Ihr Gesicht sah so klein aus, ihre Haut war so grau. Das war das Grau einer Leiche, bevor der Bestattungs-

unternehmer sie mit Schminke herrichtet, dachte Amelia fröstelnd.
»Bitte rufen Sie nicht an.« Sie sah Mrs. Clover in die Augen, hoffte inständig auf ihr Mitleid. »Bitte. Am Samstag sind wir wieder weg.«
Mrs. Clovers Augen verengten sich. »Sie sind also Hausbesetzer. Ich sollte wirklich die Polizei rufen.«
Als Amelia aufstand und auf sie zuging, floh sie aus dem Zimmer.
Amelia setzte sich wieder und vergrub das Gesicht in den Händen. Schon bald würden sie kommen und Selma aus ihrem geliebten Ashcombe wegholen, sie aus ihrem Sessel zerren, weg von dem Blick über den Garten und das Meer. Sie würden sie wieder nach Cherryfield zurückschleppen, wo sie ohne alle Hoffnung und Illusion sterben würde.
»Sie kennen Sie.« Mrs. Clover war wieder da und sprach von der Tür aus mit Amelia. »Sie haben gesagt, ich soll Ihnen raten, sofort zu verschwinden, dann kümmern sie sich um die Sache, wenn sie wieder da sind. Sie haben Glück, daß sie die Polizei nicht einschalten wollen. Jedenfalls noch nicht.«
Amelia hob den Kopf und sah sie an. »Wir bleiben.« Tatsächlich, dachte sie, ich habe es tatsächlich getan.
Als sie sich erhob, trat Mrs. Clover einen Schritt zurück, und als diese sah, daß Amelia auf sie zukam, drehte sie sich um und rannte davon. Amelia hörte einen Knall, dann einen Schrei, und als sie hinaus in den Flur eilte, wäre sie fast über Mrs. Clover gestolpert, die, den rechten Fuß im Kabel des Staubsaugers verheddert, auf dem Boden lag.
»Kommen Sie.« Amelia streckte ihr die Hand hin.

Mit einem Blick, als wisse sie, daß sie es gleich bedauern werde, ließ Mrs. Clover sich aufhelfen.
»Ich bin eigentlich ziemlich harmlos.« Amelia lächelte sie an. »Aber wir bleiben trotzdem.« Jetzt erschien ihr alles ganz einfach, viel einfacher, als Selma wieder nach Cherryfield zurückzubringen.
Mrs. Clover zuckte mit den Schultern. »Wie Sie wollen, aber ich bleibe keine Minute länger hier, nicht zusammen mit einer Kriminellen.«
»Soll mir recht sein«, sagte Amelia müde. »Dann sauge ich eben selber fertig.«

27

Der Himmel draußen war tiefgrau, so daß man gar nicht merkte, wie es allmählich Nacht wurde, dachte Amelia. Selma hatte ein bißchen Brühe gegessen und saß jetzt, ein paar Kissen im Rücken, im Bett. Sie wollte Amelias Hand nicht loslassen, also blieb Amelia bei ihr und redete. Das Gespräch fädelte sich immer wieder in Selmas Erinnerungen ein.
»Du hast deinen Großvater ja nie kennengelernt«, sagte Selma plötzlich mit klarer, deutlicher Stimme. »Weißt du, er ist vor dem Krieg in Deutschland gestorben.«
»Ich würde gern mehr über ihn erfahren«, erwiderte Amelia, und merkte, daß sie das zum erstenmal auch wirklich so meinte. Aber Selma war schon wieder eingeschlafen.
Die Schwester – sie hieß Mary, das hatte sie Amelia

gesagt – sah Selma an. Sie lächelte. »Ich wünschte, all die alten Leute, die ich betreue, könnten so sterben wie sie, in ihrer vertrauten Umgebung und mit einer Verwandten, die sich um sie kümmert.«
Auch Amelia lächelte. Es ist ja völlig egal, daß das alles nur eine schöne Illusion ist, dachte sie. Selma glaubte, sie sei zu Hause, die Hausherrin, die den nächsten Tag planen mußte, nicht die hilflose Bewohnerin eines Altenheims, wo das Morgen eher wie eine Strafe erschien, nicht wie ein Bonus. Mary kannte die Hintergründe nicht, also hatte sich die Illusion vielleicht wirklich in Realität verwandelt. Amelia wartete, während die Schwester Selmas Blutdruck maß und den Verband an ihrem Bein überprüfte. War nicht eine funktionierende Illusion die Voraussetzung für ein glückliches Leben? Wenn wir alle uns selbst und unsere Mitmenschen und das Leben als das sehen würden, was es wirklich ist, würden wir dann überhaupt den Mut zum Weiterleben haben?
Sie merkte, daß Mary etwas zu ihr gesagt hatte.
»Sie hat ein erstaunlich starkes Herz, sie könnte noch Wochen weiterleben, wissen Sie? Werden Sie das durchhalten? Gibt es niemanden sonst, der hierherkommen und eine Weile bei Ihnen bleiben könnte?«
Amelia schüttelte den Kopf. »Sie haben gesagt Wochen?«
»Möglicherweise, aber es könnte auch jede Minute zu Ende gehen. Wenigstens leidet sie nicht. Sie ist zufrieden, nicht wahr?« Mary sah Amelia lächelnd an, doch Amelia zog sich, den Tränen nahe, ins Arbeitszimmer zurück.
»Wenn du schon sterben mußt, dann bitte hier«, flü-

sterte sie mit zusammengebissenen Zähnen. »Ich bin wie eine Artistin, die schon mit unglaublich vielen Tellern jongliert und noch einen dazunehmen muß. Es geht nichts mehr, sonst kracht alles zusammen – klirr, klirr, klirr«, murmelte sie und schlug sich mit der Faust gegen die Stirn. Selma schnarchte und bewegte sich lächelnd im Schlaf.

Amelia rief ihre Mutter an.

»Was, du bist immer noch dort?« fragte Dagmar. »Ich wollte gerade in Cherryfield anrufen, um mich zu erkundigen, ob Mummy wieder eingetroffen ist. Du mußt sie wirklich wieder zurückbringen. Ich halte das nicht mehr aus.« Sie klang beleidigt, als stelle Selmas Aufenthalt einen bewußten Angriff auf ihre schwachen Nerven dar. »Da war etwas Wichtiges, das ich dir sagen wollte, aber ich kann mich im Moment einfach nicht erinnern ... Egal, ich habe dir gesagt, was ich von der Sache halte, Amelia, ich wasche meine Hände in Unschuld.«

»Ha, ha, ha«, sagte Amelia, und Dagmar legte auf.

Ein Nachbar schaute vorbei – Mr. Squire, den Amelia noch aus früheren Zeiten kannte. »Mrs. Clover hat uns erzählt, daß Sie das Haus besetzen oder so was Ähnliches.« Mr. Squire, ein großer, gebeugter Mann, kratzte sich die Glatze. »Eigentlich können wir damit nicht soviel anfangen, wissen Sie.« Er schaute mit traurigem Gesicht links an Amelia vorbei.

Amelia stand in der Tür und sagte nichts. Ich lächle einfach so lange, bis er weggeht, dachte sie.

Mr. Squire wirkte verwirrt. »Tja, wahrscheinlich müssen Sie das mit den Hamiltons ausmachen«, sagte er und ging. Amelia kehrte ins Arbeitszimmer zurück und las Selma weiter aus *Emma* vor. Ihre Großmutter kannte das Buch so gut, daß sie ohne weiteres zwischendurch eindösen und beim Aufwachen das Gefühl haben konnte, niemals eingeschlafen zu sein.

Am Abend vor der Rückkehr der Hamiltons blieb Amelia die ganze Nacht auf einem Sessel im Arbeitszimmer und beobachtete Selma. Sie lauschte auf ihren Atem, der genauso schnell und leicht klang wie die Schritte eines Läufers. Sie hatte das Fenster aufgemacht, so daß der eisige Wind vom Meer hereinwehte, doch Selma fror nicht, denn sie war in mehrere Decken eingewickelt. Irgendwie wußte Amelia, daß man im Tod keine Stille und Sterilität wollte, sondern Luft und Bewegung, den Geruch von Blumen und Essen, Stimmen und Musik – alles, was das Leben zu bieten hatte, solange man noch existierte.
Früher am Tag, als Dr. Donaldson Amelia mitgeteilt hatte, daß Selma wahrscheinlich nicht wieder aufstehen würde, hatte sie den Weihnachtsschmuck weggeräumt und Selmas Möbel wieder in den Lieferwagen geladen. Sie hatte das Bett in ihrem alten Zimmer abgezogen und die Laken auf den Sessel im Arbeitszimmer gelegt. Das ganze Porzellan bis auf eine Tasse und eine Untertasse waren verpackt und wieder im Lieferwagen. Nur das Arbeitszimmer hatte sie nicht verändert.
Jetzt streckte sie sich in ihrem Sessel und gähnte, beugte sich über die Chaiselongue und zog Selma die Decken bis über die Schulter hinauf. Sie wollte gerade die Schreibsachen hervorholen, um ihren Brief an Henry zu beenden, als sie einen Augenblick zögerte

und statt dessen ihre Handtasche holte. In einem kleinen Seitenfach lag Henrys Medaillon. Sie nahm es in die Hand, sah es eine Weile an und hängte es sich um den Hals. Mit leisem Seufzen lehnte sie sich zurück und begann zu schreiben:

»Selma stirbt. Du weißt, daß ich sie liebe, aber könntest Du mir vielleicht erklären, warum das Sterben so lange dauern muß? Schon bald werde ich wissen, ob die Hamiltons es übers Herz bringen, eine sterbende Frau aus ihrem Bett zu verjagen. Das Leben, das mir immer akzeptabel lang erschienen ist, wird plötzlich jämmerlich kurz. Sie liegt da, ihr Atem geht schnell und flach, ihre Zeit hier ist fast zu Ende. Ihr selbst ist es wahrscheinlich nicht länger wie ein Moment erschienen. Aber wahrscheinlich geht das allen Menschen so.

Wenn ich nicht für meine Handlungen bestraft werden sollte, was ich sehr hoffe, werde ich wahrscheinlich nach Selmas Tod nicht in Kingsmouth bleiben. Vermutlich würden die Leute nicht allzuviel mit mir anfangen können. Es wird das Beste sein, nach London zurückzugehen und dort eine Arbeit zu suchen. Hier habe ich endlich eine Aufgabe bewältigt. Ich habe gehandelt. Ich habe gelogen, und ich bin in ein Haus eingebrochen, und weißt Du, was – zum erstenmal im Leben bin ich stolz auf mich selbst. Ich erinnere mich, daß ich einmal zu Dir gesagt habe, es gäbe kein glückliches Ende des Lebens, keinen glücklichen Tod. Vielleicht habe ich mich getäuscht. Vielleicht stirbt Selma wirklich glücklich, und ich habe ihr das ermöglicht.

... Ich lege den Siegelring meines Großvaters bei; es

würde mich freuen, wenn Du ihn trägst, Selma ist ganz meiner Meinung. Eigentlich ist er ein Geschenk von ihr. Während ich schreibe, spüre ich Dein Medaillon auf meiner Haut. Paß auf Dich auf, Henry, ich bete jede Nacht, daß es keinen Krieg geben wird ...«

Selma wurde unruhig und murmelte vor sich hin. Amelia legte den Stift weg und ging hinüber zum Fenster. Sie zog die Vorhänge zurück, um das Licht der Morgensonne hereinzulassen. Dann machte sie in der Küche eine Kanne Tee und ein paar Butterbrote. Im Kühlschrank befand sich, abgesehen von einem Liter H-Milch, nichts mehr. Sie trug das Tablett ins Arbeitszimmer und stellte es auf den Tisch neben der Chaiselongue. Ein wenig später machte Selma die Augen auf und versuchte sich aufzusetzen. Als ihr Kopf wieder in die Kissen zurücksank, flüsterte sie: »Könntest du mir heute bitte Essen auf Rädern bestellen, Liebes? Ich fürchte, mir geht es nicht so gut.«

Es war acht Uhr, und Amelia schlenderte hinaus in den Garten. Zwei Kamelien, die eine rot, die andere rosafarben, wuchsen an der Südseite des Hauses. Die rosafarbene blühte bereits – ganz unenglisch – vorwitzig zwischen den üppig grünen Blättern. Sie pflückte ein paar Blüten und brachte sie Selma.

Um zehn Uhr wachte Selma auf und trank ein bißchen von der warmen Milch aus der Flasche, die Amelia ihr gemacht hatte.

»Ich muß Willoughby sagen, daß die Kamelien schon blühen«, sagte sie.

Kurz darauf ging die Haustür auf und wurde wieder zugeschlagen.

»Und was macht Ihre Großmutter immer noch auf meinem Sofa?« erkundigte sich Doreen Hamilton, eingehüllt in einen Mohairmantel, als sie an der Tür zum Arbeitszimmer stand, das gebleichte Haar durch die tropische Sonne noch heller, die fast türkisfarbenen Augen umkränzt von getuschten Wimpern, die so starr und pelzig wirkten wie Fliegenbeine.
Amelia stand von Selmas Bett auf und schob den Paravent näher heran. Dann ging sie zu Doreen hinüber.
»Sie stirbt immer noch«, sagte sie leise, »und die Chaiselongue gehört ihr. Wenn Sie sie dazu zwingen, das Haus zu verlassen, beschleunigen Sie wahrscheinlich den Prozeß.« Sie versuchte, ruhig zu bleiben bei der Vorstellung, daß Selma verwirrt und verängstigt nach Cherryfield zurückgebracht wurde.
»Sie haben gesagt, sie stirbt?« zischte Doreen. Amelia dirigierte sie aus dem Zimmer. Doreen wandte sich zu ihrem Mann um, der mittlerweile hinter ihr aufgetaucht war. Nur sein runder Kopf ragte aus dem riesigen Kragen seines Lammfellmantels heraus.
»Desmond, Mrs. Merryman stirbt in unserem Arbeitszimmer, aber es ist nicht mal was Akutes.«
»Ich rufe das Altenheim an«, sagte Desmond Hamilton mit einem wütenden Blick auf Amelia. »Und dann die Polizei.«
»Nein!« Amelia rannte an ihm vorbei und riß das Telefon heraus.
»Was glauben Sie eigentlich, was Sie tun?« Er marschierte in den Flur, wo sich das zweite Telefon befand.
»In der Zeitung macht sich das sicher nicht gut«, rief Amelia ihm nach. »Örtlicher Bauunternehmer jagt sterbende Frau auf die Straße.«

Desmond Hamiltons Kopf erschien wieder in der Tür. »Ich jage Ihre Großmutter nirgendwohin. Ich bringe sie nur in das Altenheim zurück, wo sie hingehört.«
Einen Augenblick unternahm Amelia nichts, weil sie spürte, wie ihr Kampfeswille verflog – was Desmond gerade gesagt hatte, klang so vernünftig. Dann dachte sie an Selma, die zufrieden im Arbeitszimmer ihres geliebten Ashcombe starb. Würde sie weinen und betteln? Sie würde schreckliche Angst haben. Mit leisem Schluchzen hastete Amelia an Doreen vorbei ins Arbeitszimmer und verschloß die Tür hinter sich. Nach Luft ringend rannte sie zum Fenster und machte es ebenfalls zu. Einen Augenblick stand sie da und schaute hinaus in den Garten, wo die Nebel sich lichteten und die vertrauten Formen von Büschen und Bäumen allmählich wieder zu erkennen waren. Ihr Puls wurde etwas langsamer, auch ihr Atem normalisierte sich.
»Hallo, Liebes.« Selma hatte die Augen aufgeschlagen und lächelte sie an. »Ist es schon Morgen?« Sie streckte die Hand aus und warf dabei eines der Medikamentenfläschchen auf dem kleinen Tisch neben der Chaiselongue um.
Ganz automatisch schaute Amelia auf die Uhr: Es war Zeit für die ersten Tabletten des Tages. Doch sie blieb sitzen, lehnte den Kopf gegen den Stuhlrücken, schloß die Augen. Die Tabletten konnten noch ein paar Minuten warten. Als sie die Augen bald darauf wieder öffnete, schlief Selma, und sie hörte Gemurmel aus dem Nebenraum. Es klopfte an der Tür, sie zuckte zusammen. Mit einem Blick auf Selma hastete sie durchs Zimmer zur Tür.

»Ja?«
»Miss Lindsay, Amelia«, lockte die Stimme. »Ich bin's, Doreen. Wir haben im Altenheim angerufen und mit der Oberschwester gesprochen. Sie schicken einen Wagen, also können Sie ruhig aufmachen.«
Amelia begann zu weinen. Was konnte sie jetzt noch tun? Was konnte sie mit Selmas armem altem Körper tun, der kaum noch in der Lage war, die Seele zurückzuhalten, wie konnte sie es verhindern, daß sie auf einer Bahre nach Cherryfield gebracht wurde, wo man für einen angemessenen, einen ordentlichen und vor allen Dingen gesetzlich geregelten Tod sorgen würde?
»Einen Augenblick noch, Doreen, ja?« Ihr brach die Stimme. »Bitte.«
Es herrschte Stille, dann hörte sie erneut Doreens vernünftige Stimme. »Na schön, Amelia, noch fünf Minuten, aber dann müssen Sie die Tür aufmachen.«
Fünf Minuten und dann noch einmal fünf Minuten. Amelia hörte auf zu weinen und legte eine Platte auf. Sie setzte sich zu Selma, sah sie an, lauschte dem Liebesspiel der beiden Violinen. Sie steckte die Hand in die Tasche und ließ die Finger über den Siegelring gleiten, der zusammen mit dem Brief darauf wartete, an Henry geschickt zu werden. Wieder klopfte es an der Tür.
»Desmond sagt, sie können jeden Augenblick hier sein.«
Amelia antwortete nicht, und wunderbarerweise war eine gute halbe Stunde nichts anderes zu hören als die Musik und der Wind, der durch den Schornstein pfiff.
Dann: »Miss Lindsay, hier ist jemand, der Sie spre-

chen möchte.« Das war Doreen auf der anderen Seite der Tür. Ihre Stimme klang einladend.
»Lassen Sie uns bitte allein.«
»Miss Lindsay, hier ist Schwester Morris. Ich glaube, Sie wissen nicht so ganz, was Sie tun. Lassen Sie uns lieber herein, Ihre Großmutter braucht professionelle Pflege.«
Erschöpft ging Amelia zur Tür. Mit ruhiger Stimme sagte sie: »Sie haben recht, ich weiß nicht so ganz, was ich tue, aber das ist völlig in Ordnung so, und wenn Sie uns nicht in Ruhe lassen, bringe ich sie um. Würden Sie jetzt bitte gehen?«
Amelia war froh, daß sie ein paar Butterbrote und etwas zu trinken vorbereitet hatte. Am Mittag aß sie einige Brote, doch sie weinte, als sie Selma nicht einmal dazu bewegen konnte, etwas zu trinken.
»Miss Lindsay«, meldete sich wieder eine Stimme von der anderen Seite der Tür. »Hier ist Dr. Donaldson. Schwester Morris von Cherryfield ist nicht mehr da. Ich habe ihr gesagt, daß es keinen zwingenden Grund gibt, warum Ihre Großmutter nach Cherryfield zurück müßte.«
»Desmond ruft die Polizei, ich warne Sie.« Das war Doreen.
»Aber ich fürchte, Sie müssen die Sache mit den Hamiltons regeln, Miss Lindsay«, meinte Dr. Donaldson. »Ich komme bald wieder, falls Sie dann noch hier sind. Überprüfen Sie in der Zwischenzeit bitte den Verband Ihrer Großmutter und sorgen Sie dafür, daß sie keine Schmerzen hat.«
Wieder hörte Amelia eine ganze Weile nichts von den Hamiltons, und es gelang ihr sogar, Selmas Chaise-

longue mit frischen, trockenen Laken zu beziehen. Das Auswechseln war gar nicht so einfach, wenn Selma liegenbleiben mußte, doch Selma wachte für einen Moment auf und half ihr, indem sie Beine und Schultern hob. Sie lächelte Amelia schwach an. »Morgen geht's mir besser, du wirst schon sehen, Liebes.« Dann machte sie die Augen zu und schlief wieder ein.
Amelia mußte auf die Toilette. Sie sah nach, ob jemand im Garten war, machte das Fenster auf, kletterte hinaus und eilte am Haus entlang zu dem Gebüsch an der Ecke. Als sie wieder zurückkam und das Fenster hinter sich verschloß, hörte sie Doreen rufen.
»Amelia, wann kommen Sie denn endlich zur Vernunft? Wir wollen Ihnen hier keine Szene machen.«
»Können Sie uns denn nicht eine Weile als Gäste betrachten?« flehte Amelia sie an, das Gesicht gegen den schmalen Spalt an der Tür gepreßt. »Sie haben doch das ganze Haus, und schließlich sind wir auch keine Fremden.«
»Sie sind keine Gäste, sondern Hausbesetzer oder wie man das nennen will. Und meine Gäste kommen normalerweise auch nicht zum Sterben hierher.«
Amelia fing zu lachen an. Sie lachte so laut, daß Doreen schreien mußte, um sie zum Schweigen zu bringen. Selma murmelte etwas vor sich hin, was Amelia nicht verstand, aber sie wachte nicht auf.
Es dauerte nicht lange, bis Desmond Hamiltons Gesicht am Fenster erschien. Er wirkte grau und verschwommen in der Dämmerung und sagte etwas, während er ihr einen Zettel hinhielt: »Sie haben bis sieben Uhr morgen Zeit, um sich alles zu überlegen. Dann rufen wir die Polizei.« Er nickte nachdrücklich

und verschwand wieder in der Dunkelheit. Amelia richtete sich aufs Warten ein.
»Hat sie etwas gegessen?« erkundigte sich Dr. Donaldson ein paar Stunden später durch die Tür. »Und was ist mit Ihnen? Haben Sie schon was gegessen?«
»Sie hat vor ein paar Minuten einen Teelöffel Brühe zu sich genommen.« Amelia brach die Stimme. »Mehr will sie nicht. Sie schläft die ganze Zeit – schrecklich tief.«
»Das ist gut so.« Dr. Donaldson klang beruhigend. »Versuchen Sie es mit einem Schluck Wasser, und essen Sie selber was von der Brühe. Hat sie ihre Tabletten genommen?«
»Die von heute morgen nicht ... Ich hab's vor einer Weile probiert, aber sie hat bloß die weiße genommen, die für den Blutdruck, und dazu noch die schwarze und die gelbe Kapsel. Sie scheint keine Schmerzen zu haben.«
»Dann ist es nicht so schlimm. Versuchen Sie zu schlafen. Ach ja, Miss Lindsay: Sie wollen Sie morgen früh wirklich da herausholen, egal, wie. Es tut mir leid.«
Amelia setzte sich auf den Boden, den Rücken an die Chaiselongue gelehnt, die Finger um das Medaillon an ihrem Hals gekrallt. Hin und wieder döste sie ein, zuckte dann jedoch plötzlich mit trockenem Mund und klopfendem Herzen zusammen.
Es war sechs Uhr, als sie mit schmerzenden Gliedern aufstand, um das Fenster zu öffnen. Sie lehnte sich hinaus und spürte die kalte Morgenluft auf ihrem Gesicht. Als sie sich umdrehte, fiel ihr Blick auf das weiche Kissen unter Selmas Kopf. Selmas Atem war so flach, daß die kleinste Bewegung, der geringste Druck,

ihrem Leben ein Ende machen würde. Amelia ging mit hastigen kleinen Schritten hinüber zu der Chaiselongue und legte die Hände aufs Kissen. Sie stand da und starrte ihre Großmutter an, dann schloß sie die Augen, als stehe sie am Rand einer Klippe, bereit, in das kalte, klare Meer unter ihr zu springen. Als sie die Augen wieder aufmachte, sah sie, daß Selma sie anschaute.

»Bist du das, Liebes?« Selmas Stimme klang weit, weit weg. »Liebes, bist du da?« fragte sie ängstlich. Amelia wußte, daß sie viele Menschen meinen konnte, die sie immer »Liebes« genannt hatte: Daniel, Dagmar, Willoughby, Robert oder Amelia. Es war auch egal, solange nur einer dieser Menschen, der zu ihr gehörte, hier bei ihr war.

Amelia beugte sich mit einem leisen Seufzen zu ihr hinab und küßte Selmas Wange. Sie fühlte sich heiß und trocken an unter ihren Lippen.

»Es ist Zeit für deine Tabletten«, sagte sie, »Zeit für deine Tabletten.« Sie griff über das Kissen hinweg zu einem der Fläschchen und schüttelte zwei kleine rote Kapseln auf ihre feuchte Handfläche.

Selma riß die Augen weit auf. Sie richtete sich ein wenig auf, sah Amelia an und flüsterte: »Verdammte Tabletten.« Dann sank sie zurück und starb mit einem leichten Stirnrunzeln.

Langsam trat eine Träne in Amelias Augen, dann noch eine. Sie kniete neben dem Bett nieder und schlang die Arme um Selma. Sie hielt sie eine Weile fest. Als sie das Geräusch von Reifen auf dem Kies hörte, erhob sie sich und schloß die Tür auf.

Marika Cobbold

Das Leben, wie es sein sollte

Roman. Aus dem Englischen von Sonja Hauser. 480 Seiten. Serie Piper

Ihre Mütter waren in Kindertagen gute Freundinnen, doch Esther aus London und Linus aus Göteborg sind sich nie begegnet. Persönliche Bedenken und gegenseitige Skepsis stehen am Anfang dessen, was sich im Licht einer zauberhaften Insel vor der schwedischen Westküste und im Kreis einer ungewöhnlichen Familie zur großen Liebe entwickelt. Voller Wärme und Humor erzählt Marika Cobbold, die in England und Schweden als neuer Star der Unterhaltungsliteratur gefeiert wird, diese verrückte und hinreißende Liebesgeschichte.

»Zwischen Strandhafer und Schlick entwickelt sich eine große Liebe. Zum Nachahmen schön.«
Madame

05/1358/01/L

Madeleine Bourdouxhe

Auf der Suche nach Marie

Roman. Aus dem Französischen von Monika Schlitzer. Mit einem Nachwort von Faith Evans. 192 Seiten. Serie Piper

Sie genießt den Ruf, die treueste und glücklichste alle Ehefrauen zu sein. Dennoch hat sie am Strand durchaus Augen für den jungen Mann in ihrer Nähe. Aus dem Blickkontakt wird eine lustvolle Affäre. Und Marie zermürbt sich nicht. Jedes Treffen mit ihrem Liebhaber ist ein ganz besonderes Glück, trotzdem verliert sie die Realität als feste Größe in ihrem Leben nicht aus den Augen. Ein literarisches Meisterwerk voller Leidenschaft, Liebe und Gefühl.

»Dieser Roman ist einer der schönsten Liebesromane, die es momentan zu lesen gibt.«
Die Woche

05/1342/01/R

SERIE PIPER

Judith Lennox

Tildas Geheimnis

Roman. Aus dem Englischen von Mechtild Sandberg. 552 Seiten. Serie Piper

Die begabte junge Rebecca aus London, gerade verlassen und auch sonst nicht vom Glück verwöhnt, glaubt zu träumen: Für einen renommierten Verlag darf sie die Biographie der Tilda Franklin niederschreiben, die ihr Leben ganz in den Dienst von Waisen und unehelichen Kindern gestellt hat. Rebecca aber hat nicht geahnt, worauf sie sich einläßt: Durch ihre Besuche bei Tilda in deren malerischem Haus in Oxfordshire, durch die Gespräche mit der faszinierenden alten Dame und nicht zuletzt durch ihre Gefühle für Tildas Enkel Patrick läßt Rebecca sich immer tiefer in ein tragisches Familiengeheimis hineinziehen, dessen Wurzeln bis in die Zeit des Ersten Weltkriegs zurückreichen. Bis sie erkennt, daß der Schatten eines schrecklichen Verbrechens auf Tildas Vergangenheit lastet ... Eine bewegende Familiengeschichte, deren dramatischem Sog man sich nicht entziehen kann.

05/1018/01/L

Angela Huth

Brombeertage

Roman. Aus dem Englischen von Renate Zeschitz. 382 Seiten. Serie Piper

England im Kriegsjahr 1941: Drei junge Frauen haben sich als Landmädchen zur Arbeit auf einer abgelegenen Farm verpflichtet. Die Farmerfamilie steht den jungen Städterinnen zunächst skeptisch gegenüber: Mit Mistgabel, Melkeimer und Overall bieten sie ein eher komisches Bild. Doch die unternehmungslustige Prue, die in puncto Männer nichts anbrennen läßt, die ernste Cambridge-Studentin Agatha, die mit dem Farmersohn Joe nicht nur geistigen Gedankenaustausch sucht, und die verträumte, schöne Stella, die nur an ihren Verlobten Philipp denkt, erweisen sich bald als geschickte, zupackende Kräfte. Dabei sorgen allerlei amouröse Verwirrungen um den attraktiven Joe für Spannungen, für Liebe und für Leidenschaft zwischen Kornfeldern und Kuhställen.

05/1024/01/R